Jenn Bennett

Unter dem Zelt der Sterne

Jenn Bennett wurde in Deutschland geboren, zog dann aber in die USA. Sie schreibt historische Liebesgeschichten und Fantasy für Erwachsene, doch vor allem ihre romantischen Jugendbücher wie »Unter dem Zelt der Sterne« haben ihr eine große Fangemeinde beschert. Wenn sie nicht reist – z. B. nach Europa oder Südostasien –, lebt sie mit ihrem Mann und zwei Hunden in Georgia.

Jenn Bennett

Unter dem Zelt der Sterne

Aus dem Englischen von Claudia Max

CARLSEN

Außerdem von Jenn Bennett im Carlsen Verlag:
Annähernd Alex
Die Anatomie der Nacht
Wiedersehen mit Lucky

Veröffentlicht im Carlsen Verlag
März 2022

Originalverlag: Simon Pulse, an imprint of Simon & Schuster Children's Publishing Division, New York, USA
Originaltitel: »Starry Eyes«

Umschlagabbildungen: shutterstock.com © Sloth Astronaut/ Rolau Elena/hchjjl/grop/foxaon1987
Umschlaggestaltung und -typografie: formlabor
ISBN 978-3-551-32017-9

Für meinen Bruder und meine Schwägerin;
sie haben geheiratet, nachdem sie sich bei
einem Campingausflug in der Wildnis verlaufen
hatten. Manchmal ist ein bisschen Todesangst
der Funken für eine große Liebe.

Teil I

STERNWARTE
AVANI
MOUNTAIN VIEW
MISS ANGELA
HEIL-
KRÄUTER
MELITA HIGHSCHOOL
CLEARVIEW AVENUE
KRANKENHAUS
REPTILE ISLE
FAHRRADLADEN
MISSION STREET
PROMENADE
THAI PALACE
FRISEUR
JITTERBUG
COFFEESHOP
SKATEPARK

MELITA HILLS
KALIFORNIEN
OAKLAND
SAN FRANCISCO
CAMPING-
AUSRÜSTUNG
BIOMARKT
S.F.
BAY
580
ZORIE
SEXTOYS
TOYS
IN THE
ATTIC
EVERHART
WELLNESS
RADWEG
DIE EVERHARTS
SACK-
GASSE
LENNON
RASSISTISCHER
KATZNAPPER
A
B
DIE MACKENZIES
HUMBOLDT AVENUE
MR
HENRYS
KATZE

1

Spontanität wird überbewertet. Filme und Fernsehserien möchten uns weismachen, Leute, die bei Partys in voller Montur ins Wasser springen, hätten ein besseres Leben. Dabei ist das hinter den Kulissen doch alles bis ins kleinste Detail inszeniert. Das Wasser hat die richtige Temperatur. Beleuchtung und Kamerawinkel sind genau berechnet. Die Dialoge sind auswendig gelernt. Nur deshalb wirkt es so ansprechend – weil jemand alles sorgfältig durchgeplant hat. Hat man das erst mal kapiert, wird das Leben entschieden einfacher. So war es bei mir jedenfalls.

Ich plane alles bis ins letzte Detail, und es ist mir egal, ob es jemand weiß.

Ich glaube an Zeitpläne, Abläufe, mit Washi Tape markierte Kalender, an Millimeterpapierhefte mit Listen, ausgeklügelte Pläne. Die Art Pläne, bei denen nichts schiefgehen kann, weil sie unter sorgfältiger Abwägung aller Eventualitäten und Folgen erstellt wurden. Keine Improvisation, keine spontanen Entscheidungen. Das endet nämlich im Desaster.

Nicht mit mir. Ich erstelle Pläne für mein Leben und halte mich daran. Nehmt zum Beispiel die Sommerferien. Bis in drei Wochen die Schule wieder anfängt, ich achtzehn werde und mein letztes Schuljahr beginnt, sieht der Plan für den Rest des Sommers wie folgt aus:

Plan eins: Zwei Vormittage die Woche in der *Everhart Wellness-Oase* meiner Eltern arbeiten, wo ich für die reguläre Rezeptionistin einspringe, die einen Sommerkurs an der Uni in Berkeley belegt. Meine Mutter ist Akupunkteurin und mein Vater Masseur, die Praxis gehört ihnen zusammen. Das bedeutet, statt Burger zu wenden und von irgendwelchen Fremden durch das Drive-through-Fenster angebrüllt zu werden, darf ich an einer tiefenentspannten Rezeption arbeiten, wo ich alles mustergültig organisiert habe und ganz genau weiß, welche Patienten durch die Tür kommen sollen. Keine Überraschungen, keine Szenen. Alles vorhersehbar, genau wie ich es mag.

Plan zwei: Mit meinem Astronomie-Club Fotos vom bevorstehenden Perseiden-Meteorstrom machen. Astronomie ist mein Hobby. Sterne, Planeten, Monde, alles, was mit Weltraum zu tun hat. Gestatten: Zorie Everhart, zukünftige NASA-Astrophysikerin.

Plan drei: Jeglichen Kontakt mit unseren Nachbarn, den Mackenzies, meiden.

Bis vor fünf Minuten sah es aus, als seien alle drei Punkte problemlos zu realisieren. Doch nun stehen meine Sommerpläne auf wackeligen Füßen, weil meine Mutter mich überreden will, zelten zu gehen.

Zelten. Ich.

Die freie Natur ist die große Unbekannte für mich. Ich bin nicht mal sicher, ob ich gern draußen bin. Eigentlich hat sich die Gesellschaft doch so weit fortentwickelt, dass Dinge wie frische Luft und Sonnenlicht vermeidbar sein sollten. Wenn ich wilde Tiere sehen will, schaue ich mir eine Doku im Fernsehen an.

Mom weiß das, aber das hindert sie nicht daran, gerade sämtliche Register zu ziehen, um mir so einen abgehobenen Natur-ist-gut-Idealismus à la Henry David Thoreau zu verkaufen. Das war dieser Typ, der im vorletzten Jahrhundert in einem Anfall von Weltflucht eine Zeit lang im Wald gehaust hat. Sie predigt auch sonst ständig die Vorzüge von Naturheilverfahren und Vegetarismus, aber jetzt kriegt sie sich gar nicht mehr ein über die majestätische Schönheit Kaliforniens und welche »einzigartige Möglichkeit« es für mich wäre, vor Schulbeginn die Wildnis zu erleben.

»Mal ganz ehrlich. Kannst du dir mich ernsthaft beim Camping vorstellen?«, frage ich sie und schiebe dunkle Korkenzieherlocken hinters Ohr.

»Ich rede nicht von Camping, Zorie«, sagt sie. »Mrs Reid lädt dich zum *Glamping* ein.« Sie beugt sich in ihrem grauen, mit dem Logo der Klinik bestickten Kittel über den Empfangstresen und redet leise und mit aufgeregter Stimme über die reiche Patientin, die sich hinten gerade auf einer der Akupunkturliegen entspannt und den angestaubten, aber heilsamen Klängen von Enya lauscht, der Schutzheiligen alternativer Naturheilpraxen rund um die Welt.

»Glamping«, wiederhole ich skeptisch.

»Mrs Reid sagt, sie haben Reservierungen für diese luxuriösen Zelte in der Sierra Nevada, irgendwo zwischen dem Yosemite- und dem King's-Forest-Nationalpark«, erklärt meine Mutter. »Glamouröses Camping. Verstehst du? Glamping.«

»Das hast du schon mehrmals erwähnt, aber ich habe trotzdem keine Ahnung, was das sein soll«, erkläre ich ihr. »Wie soll ein Zelt luxuriös sein? Schläft man da nicht auf Stein?«

Mom beugt sich näher zu mir. »Mrs Reid und ihr Mann sind kurzfristig von einem Kollegen in sein Chalet in der Schweiz eingeladen worden und müssen den Campingtrip deshalb absagen. Sie haben eine Reservierung für ein schickes Zelt. Dieser Glampingplatz –«

»Da tanzen aber nicht irgendwelche Ökos ihren Namen oder so?«

Theatralisches Aufstöhnen meiner Mutter. »Hör zu. Ein Koch bereitet Gourmet-Essen zu, es gibt eine Feuerstelle im Freien, heiße Duschen – alles Mögliche.«

»Heiße Duschen«, wiederhole ich mit unverhohlenem Sarkasmus. »Was für ein Luxus.«

Sie überhört meinen Kommentar geflissentlich. »Der Punkt ist, obwohl es nicht wirklich Camping ist, fühlt es sich so an. Der Platz ist derart beliebt, dass die Zelte ein Jahr im Voraus verlost werden. Verpflegung und Übernachtung sind bereits bezahlt. Weil Mrs Reid es schade fand, die Buchung einfach so verfallen zu lassen, erlauben sie Reagan, ein paar Schulfreundinnen einzuladen – um vor Schulbeginn noch mal eine Woche lang die Freiheit auszukosten.«

Mrs Reid ist die Mutter von Reagan Reid, Sportskanone, Alphamädchen meiner Klasse und für mich so was wie eine Freundin. Beziehungsweise waren Reagan und ich einmal gute Freundinnen, als wir noch jünger waren. Als ihre Eltern zu Geld kamen, fing sie an, mit anderen Leuten abzuhängen. Außerdem hat sie ununterbrochen für die Olympischen Spiele trainiert. Bevor es mir richtig bewusst war, hatten wir uns … auseinandergelebt.

Bis zum letzten Sommer, als wir wieder anfingen, in der Mittagspause miteinander zu reden.

»Ein bisschen Natur würde dir guttun«, sagt meine Mutter und zupft an ihren dunklen Haaren herum, während sie mich weiter davon zu überzeugen versucht, bei diesem bescheuerten Campingtrip mitzufahren.

»Nächste Woche findet der Perseiden-Meteorstrom statt«, erinnere ich sie.

Sie weiß, dass ich eine eiserne Planerin bin. Unerwartete Änderungen und Überraschungen bringen mich völlig aus dem Konzept, und alles an diesem Camping… pardon, *Glamping*ausflug macht mich sehr, sehr nervös.

Meine Mutter seufzt nachdenklich. »Du könntest dein Teleskop mitnehmen. Nachts Sterne und tagsüber Wandern.«

Wandern klingt genau nach Reagans Geschmack. Sie hat steinharte Oberschenkel und einen Waschbrettbauch. Ich hingegen bin quasi schon außer Puste, wenn ich die zwei Blocks zum

Coffeeshop laufe – daran würde ich meine Mutter gern erinnern, aber sie schaltet in den nächsten Gang und spielt die Karte mit dem schlechten Gewissen aus.

»Mrs Reid hat erzählt, dass Reagan diesen Sommer ganz schön zu knabbern hat«, sagt sie. »Sie macht sich Sorgen ihretwegen. Ich glaube, sie hofft, dass dieser Trip Reagan nach dem Debakel bei den Ausscheidungskämpfen im Juni ein bisschen aufmuntern wird.«

Reagan ist gestürzt (damit meine ich, *pflatsch*, richtig langgelegt) und wurde nicht für die Olympischen Spiele zugelassen. Es war ihre große Chance, vorwärtszukommen. Nun wird sie vier weitere Jahre warten müssen. Ihre Familie ist deswegen todunglücklich. Trotzdem bin ich überrascht, dass sich Reagans Mutter ihretwegen Sorgen macht.

Mir geht noch etwas anderes durch den Kopf. »Hat Mrs Reid mich von sich aus zu diesem Trip eingeladen, oder hast du ein bisschen nachgeholfen?«

Ein zerknirschtes Grinsen lässt die Mundwinkel meiner Mutter nach oben wandern. »Ein bisschen von beidem.«

Ich lasse schweigend den Kopf auf den Tresen sinken.

»Komm schon«, sagt sie und rüttelt mich leicht an der Schulter, bis ich den Kopf wieder hebe. »Sie war überrascht, dass Reagan dich noch nicht gefragt hatte, also haben sie eindeutig darüber geredet, ob du mitkommst. Und vielleicht tut es Reagan und dir gut. Es fällt ihr schwer, wieder mit dem Alltag klarzukommen. Außerdem erzählst du ständig, dass du dich in ihrer Truppe als Außenseiterin fühlst, das hier ist deine Chance, mal außerhalb der Schule Zeit mit ihnen zu verbringen. Eigentlich solltest du einen Kniefall vor mir machen«, zieht mich meine Mutter auf. »Wie wäre es mit einem kleinen *Danke, du übercoolste Mom aller Zeiten, dass du mich in das Highlight des Sommers reingequatscht hast. Du bist meine Heldin, Joy Everhart?*« Sie presst sich theatralisch die Hände aufs Herz.

»Du hast sie nicht mehr alle«, murmle ich und tue desinteressiert.

Sie grinst. »Bist du nicht froh darüber?«

Und wie. Für sie ist es wirklich wichtig, dass ich glücklich bin, und sie würde fast alles dafür tun. Eigentlich ist Joy meine Stiefmutter. Als ich acht war, ist meine leibliche Mutter unerwartet an einem Aneurysma gestorben, damals haben wir noch auf der anderen Seite der Bay in San Francisco gewohnt. Doch dann beschloss mein Vater von einem Tag auf den anderen, Massagetherapeut zu werden, und steckte das gesamte Geld von der Lebensversicherung in seine Zulassung. Er ist ziemlich impulsiv. Na ja, und dann lernte er Joy bei einer Tagung über alternative Medizin kennen. Ein paar Monate später haben sie geheiratet, und wir sind alle hierher nach Melita Hills gezogen, wo sie Praxisräume und eine Wohnung angemietet haben.

Stimmt schon, trotz ihres reifen Alters von achtunddreißig ist Joy immer noch einige Jahre jünger als mein Vater, und weil sie zudem koreanische Wurzeln hat, darf ich mich mit megaschlauen Kommentaren von irgendwelchen engstirnigen Pfeifen herumschlagen, die mir unbedingt unter die Nase reiben wollen, was sowieso unverkennbar ist: dass sie nicht meine leibliche Mutter ist. Als wäre ich nicht in der Lage, das selbst zu sehen. Ganz ehrlich, für mich *ist* Joy jetzt meine Mutter. An das Leben vor ihr kann ich mich kaum erinnern. Über die Jahre ist die Bindung zu ihr wesentlich enger geworden als die zu meinem Vater. Sie unterstützt mich und macht mir Mut. Wenn sie nur nicht ganz so ökomäßig und begeisterungsfähig wäre …

Ich gebe es zwar nur ungern zu, aber vielleicht ist ihr Enthusiasmus wegen des Glampingtrips dieses Mal wirklich gerechtfertigt. Außerhalb der Schule Zeit mit Reagans engstem Kreis zu verbringen, würde definitiv meinen sozialen Status festigen. Der eher am seidenen Faden hängt, weil ich mit Leuten zusammen bin, die mehr Geld haben und beliebter sind. Ich wäre in ihrer

Gesellschaft gern entspannter. Das gilt auch für Reagan. Mir wäre es nur lieber gewesen, sie hätte mich selbst gefragt, ob ich mitkomme, nicht ihre Mutter.

Die Praxistür schwingt auf und mein Vater rauscht – frisch rasiert und die dunklen Haare glatt nach hinten gekämmt – ins Wartezimmer. »Zorie, hat Mr Wiley angerufen?«

»Er hat seinen Massagetermin heute abgesagt«, informiere ich ihn. »Aber dafür eine halbe Behandlung für Donnerstag vereinbart.«

Eine halbe Behandlung dauert eine halbe Stunde, und eine halbe Stunde bedeutet wiederum nur das halbe Geld, aber mein Vater überspielt seine Enttäuschung schnell. Selbst wenn man ihm sagen würde, dass gerade sein bester Freund gestorben sei, würde er schnurstracks und ohne mit der Wimper zu zucken, in den Squash-Club gehen. Viele Leute nennen ihn Diamond Dan, weil er so ein Strahlemann ist.

»Hat Mr Wiley einen Grund für seine Absage genannt?«, erkundigt er sich.

»Etwas Dringendes in einem seiner Restaurants«, richte ich aus. »Irgendein Fernsehkoch kommt vorbei und dreht einen Beitrag.«

Mr Wiley ist einer der besten Patienten meines Vaters. Wie die meisten, die herkommen, schwimmt er im Geld und kann sich überdurchschnittlich teure Massagen und Akupunkturbehandlungen leisten. Unsere Wellness-Praxis ist die beste in Melita Hills, meine Mutter wurde sogar in der Zeitung *San Francisco Chronicle* als eine der Top-Akupunkteurinnen der Bay Area erwähnt: »Die Fahrt über die Bay Bridge lohnt sich.« Dementsprechend hoch sind auch die Preise meiner Eltern.

Allerdings hat die Zahl solcher Patienten im letzten Jahr langsam, aber sicher abgenommen. Der Hauptgrund für den Schwund, und das Ziel der Wut meines Vaters, ist das neu eröffnete Geschäft nebenan. Es ist uns allen superpeinlich, dass die

Praxis nun neben einem Laden liegt, der Spielzeug für Erwachsene verkauft.

Jaaa, *genau* solches Spielzeug.

Das vaginaförmige Schild davor ist kaum zu übersehen. Und unseren gut betuchten Kunden ist es ganz sicher aufgefallen. Leute mit Niveau wollen bei einem Massagetermin normalerweise nicht vor einem Sexshop parken. Das haben meine Eltern, als langjährige Kunden ihre wöchentlichen Behandlungen abzusagen anfingen, ziemlich schnell rausgefunden. Die anderen, die uns wegen unserer guten Lage in der Nähe der ganzen Edelboutiquen auf der Mission Street die Treue halten, dürfen wir auf keinen Fall verlieren, das reibt mir mein Vater bei jeder Gelegenheit unter die Nase.

Ich weiß deshalb, wie sehr ihn die Absage von Mr Wiley trifft, es war sein einziger Termin heute. Als er vom Empfang zu seinem Büro geht, um dort in Ruhe vor sich hin zu brüten, bleibt meine Mutter ruhig.

»Und?«, fragt sie. »Soll ich Mrs Reid Bescheid sagen, dass du mit Reagan zum Glamping fährst?«

Als ob ich ihr sofort und ohne alle Faktoren abzuwägen, eine endgültige Antwort geben würde! Andererseits hasse ich es, ihrer strahlenden Begeisterung einen Dämpfer zu verpassen.

»Sei nicht ängstlich, sondern bedacht«, erinnert sie mich. Ängstliche Menschen fürchten das Unbekannte und gehen ihm aus dem Weg. Bedachte Menschen planen so, dass Unbekanntes sie souveräner werden lässt. Das bekomme ich jedes Mal zu hören, wenn ich mich weigere, meine Pläne zu ändern. »Wir werden uns zusammen schlaumachen.«

»Ich werde es in Erwägung ziehen«, erkläre ich diplomatisch. »Du kannst Mrs Reid ja sagen, dass ich Reagan wegen der Details schreibe und mich dann entscheide. Aber hast du gut gemacht, Dr. Pokenstein.«

Sie lächelt siegessicher. »Da wir schon von ihr reden, ich gehe jetzt mal lieber wieder zu ihr und ziehe die Nadeln raus, bevor sie auf der Liege einnickt. Oh, fast hätte ich es vergessen. War FedEx schon da?«

»Nein. Nur die normale Post.«

Sie runzelt die Stirn. »Ich habe eine Mail bekommen, dass ein Päckchen abgegeben wurde.«

Verdammter Mist. Ich weiß genau, was das bedeutet. Wir haben das Problem, dass unsere Post immer falsch zugestellt wird. Der Postbote liefert sie ständig im Sexshop nebenan ab. Und dieser wiederum steht in direkter Verbindung mit Plan drei für einen perfekten Sommer: jeglichen Kontakt mit den Mackenzies zu meiden.

Meine Mutter schiebt die Unterlippe vor und sieht mich mit Kulleraugen an. »Bitte, bitte«, bettelt sie zuckersüß. »Kannst du mal eben nach nebenan rennen und fragen, ob meine Sendung bei ihnen ist?«

Ich stöhne.

»Ich würde es ja selbst tun, aber Mrs Reid steckt voller Nadeln«, rechtfertigt sie sich und deutet mit dem Daumen auf die hinteren Räume. »Ich will schließlich ihre Lebenskraft ins Lot bringen, nicht die arme Frau foltern. Deshalb kann ich sie nicht ewig dort liegen lassen.«

»Kannst du das Paket nicht in deiner Mittagspause abholen?« Ich habe diese Woche schon eine Expedition nach Dildoland hinter mir, das reicht.

»Ich treffe mich in einer Stunde mit deiner Großmutter zum Mittagessen, weißt du nicht mehr?«

Stimmt. Grandma Esther verabscheut Unpünktlichkeit, eine Haltung, die ich aus vollem Herzen unterstütze. Es ändert trotzdem nichts an der Tatsache, dass ich mir lieber einen Zahn ziehen lassen würde, als nach nebenan zu gehen. »Was ist denn Wichtiges in diesem Päckchen?«

»Das ist es ja«, erwidert Mom und dreht ihre langen glatten

Haare zu einem straffen Dutt. »Die Benachrichtigung wurde von jemandem weitergeleitet. Einer ›Catherine Beatty‹. Ich kenne niemanden, der so heißt, und ich habe auch nichts bestellt. Aber die Benachrichtigung ging an meine Arbeitsmail, und unsere Adresse ist eingetragen.«

»Ein geheimnisvolles Päckchen.«

Ihre Augen funkeln. »Überraschungen sind toll.«

»Bis dir jemand ein Päckchen mit Spinnen schickt, oder eine abhackte Hand. Vielleicht hast du irgendjemanden ein bisschen zu fest gepikt.«

»Vielleicht habe ich auch jemanden genau richtig gepikt, und er oder sie schickt mir Schokolade.« Sie mopst einen Stift vom Tresen, um den Dutt festzustecken. »Bitte, Zorie. Solange dein Vater beschäftigt ist.«

Den letzten Satz sagt sie leise. Mein Vater würde einen Anfall kriegen, wenn er mich nebenan sehen würde.

»Na gut. Ausnahmsweise«, sage ich, alles andere als glücklich.

Sommerpläne, ihr wart ein schöner Traum.

Nachdem ich ein selbst gebasteltes BIN GLEICH WIEDER DA!-Schild auf den Tresen geklebt habe, gehe ich langsam durch die Eingangstür in die helle Morgensonne und bereite mich auf das Schlimmste vor.

2

Toys in the Attic oder *T&A*, Titten und Ärsche, wie meine Mutter immer scherzhaft sagt – bis mein Vater sie mit seinem *Das ist nicht lustig, Joy*-Blick ansieht –, liegt an der Ecke zur Mission Street und ist ein Nobel-Sexshop für Frauen. Er ist gut beleuchtet und sauber. Nicht schmierig und voll gruseliger Typen wie dieser Schuppen *Love Rocket* auf der anderen Seite der Stadt, wo die Fenster übermalt sind und der rund um die Uhr geöffnet ist. Man könnte ja morgens um drei plötzlich Plüschhandschellen brauchen.

Das Schaufenster von *T&A* wird von den Besitzerinnen jeden Monat nach einem anderen Motto dekoriert. Diesen Monat lautet es »Wald«, und aus dem Kunstgras ragt wie Pilze eine handverlesene Sammlung leuchtender Gummi-Dildos. An einen schmiegt sich sogar ein Eichhörnchen. Eigentlich könnte das lustig sein, aber viele Leute aus meiner Schule sehen dieses Fenster regelmäßig, und dann kann ich mir dümmliche gekicherte Kommentare darüber anhören.

Unsere sich bekämpfenden Gewerbe – und nahe gelegenen Wohnungen – befinden sich am Ende einer baumgesäumten Einkaufsstraße mit kleinen Boutiquen, Bio-Restaurants und Kunstateliers. In der Wendeschleife stehen vorwiegend alte viktorianische Häuser wie unseres, die irgendwann in Wohnungen unterteilt wurden. Nicht unbedingt der Ort, wo man käuflichen Sex erwarten würde.

Mein Vater ist der Meinung, dass ein Laden, der »Hilfsmittel für Ehepartner« verkauft, »kein Ort für ein junges Mädchen« sei. Die beiden Inhaberinnen des Sexshops sorgen mit schöner Regelmäßigkeit dafür, dass sich sein strahlendes Lächeln verdüstert. Der Streit mit unseren Nachbarinnen erinnert an diese Familienfehde zwischen den Hatfields und McCoys, die sich im neunzehnten Jahrhundert in den Appalachen bekriegten und bei der mehr als ein Dutzend Menschen zu Tode kamen. Oder an Alexander Hamilton und Aaron Burr, zwei bekannte Politiker, die sich 1804 ein Duell lieferten, das Ersteren das Leben kostete. Sie sind der Erzfeind. Wir verkehren nicht mit den Mackenzies. Oh nein, wo kämen wir da hin.

Meine Mutter war früher mit ihnen befreundet und teilt die Meinung meines Vaters nur bedingt. Und ich? Ich stehe zwischen allen Fronten. Die ganze Situation ist so was von ätzend. Und kompliziert. Sehr, *sehr* kompliziert.

Ich husche mit eingezogenem Kopf in den Sexshop und stehe im rosa gestrichenen Laden, der den synthetischen Geruch von Silikon verströmt. Es ist kurz vor Mittag, und nur wenige Kundinnen schauen sich um – schon mal ein Trost. Als ich schnurstracks auf den Tresen mitten im Raum zugehe, wo sich zwei Frauen Anfang vierzig unterhalten, vermeide ich den Blick auf ein Arrangement aus Reitpeitschen. Ich bin nun hinter der feindlichen Linie. Bleibt nur zu hoffen, dass ich nicht erschossen werde.

»Es war nicht Alice Cooper«, sagt eine Frau mit dunklen schulterlangen Haaren, die gerade einen kleinen Pappkarton auf den Tresen stellt. »Es war der Typ, der mit der rothaarigen Talkmasterin verheiratet ist. Wie heißt sie doch gleich. Osbourne.«

Die Frau mit den grünen Augen und der hellen Haut neben ihr lehnt sich gegen den Tresen und kratzt sich die sommersprossige Nase.

»Ozzy?«, fragt sie, ihr Akzent ist eine weiche Mischung aus amerikanischem und schottischem Englisch. »Glaube ich nicht.«

»Da wette ich aber einen Cupcake drauf.« Braune Augen wandern über den Tresen zu meinen. Ihr längliches Gesicht verzieht sich zu einem Lächeln. »Zorie! Lange nicht gesehen.«

»Hallo, Sunny«, erwidere ich, dann begrüße ich ihre sommersprossige Frau. »Mac.«

»Neckische Sonnenbrille«, kommentiert Sunny mein blaues Retromodell mit Katzenaugengläsern und hält den Daumen hoch.

Ich habe noch ein Dutzend andere in unterschiedlichen Formen und Farben. Ich kaufe sie passend zu meinen Outfits superbillig in einem Onlineshop. Neben extraknalligem Lippenstift und einer Vorliebe für Karos sind coole Brillen total mein Ding. Ich mag ein Nerd sein, aber ich habe Stil.

»Danke.« Das meine ich ehrlich. Nicht zum ersten Mal bedauere ich, dass mein Vater mit den zwei Frauen im Clinch liegt. Vor nicht allzu langer Zeit haben sie sich wie meine zweite Familie angefühlt.

Sunny und Jane »Mac« Mackenzie auf der anderen Seite der Wendeschleife sind unsere Nachbarinnen, seit wir hergezogen sind, und sie haben immer darauf bestanden, dass ich sie Sunny und Mac nenne. Punkt. Nicht Miss oder Mrs oder sonst irgendwas. Sie stehen nicht auf Formalitäten, weder bei Namen noch bei Klamotten. Sie sind der Inbegriff von Kalifornierinnen. Also einfach durchschnittliche lesbische Ex-Riot-Grrrl-Sexshop-Inhaberinnen.

»Hilf uns mal auf die Sprünge. Wir spielen gerade ein Rockstar-Quiz«, sagt Mac und streicht sich das mit Silberfäden durchzogene knallrote Haar aus dem Gesicht. »Welcher Heavy-Metal-Star hat einer Fledermaus den Kopf abgebissen? Auf der Bühne, damals in den Sechzigern.«

»In den Siebzigern«, verbessert Sunny.

Mac verdreht amüsiert die Augen. »Egal. Hör zu, Zorie. Wir tippen auf Ozzy Osbourne oder Alice Cooper. Welcher von beiden?«

»Ähm, da habe ich echt keine Ahnung«, antworte ich. Hoffentlich geben sie auf und ich bekomme endlich das, weshalb ich gekommen bin, und kann dann verschwinden. Sie benehmen sich, als hätte sich nichts geändert und ich würde nach wie vor sonntags zum Abendessen kommen. Als hätte mein Vater nicht gedroht, ihnen den Laden mit einem Baseballschläger kurz und klein zu schlagen, weil sie ihm die Kunden vergraulen, und als hätten sie ihm nicht vor großem Publikum, das auf der anderen Straße alles mit Handys aufnahm, geantwortet, er könne sie mal. Die Videos waren nach einer Stunde auf YouTube.

Jep. Richtig lustig. Mein Vater konnte die Mackenzies schon nicht leiden, als sie bloß die »schrägen Weiber von gegenüber« waren. Doch seit sie letzten Herbst den Sexshop eröffneten und unsere Praxis anfing, den Bach runterzugehen, hat sich die Antipathie in etwas Stärkeres verwandelt.

Aber gut, wenn Sunny und Mac so tun wollen, als sei alles in schönster Ordnung, von mir aus. Solange ich damit schneller hier rauskomme, spiele ich das Spiel mit. »Alice Cooper vielleicht?«, antworte ich.

»Auf keinen Fall. Das war Ozzy Osbourne«, sagt Sunny im Brustton der Überzeugung und schlitzt das Paket auf dem Tresen mit einem Teppichmesser auf. »Schau nach, Mac.«

»Mein Telefon ist nicht aufgeladen.«

Sunny schnalzt mit der Zunge. »Wer's glaubt, wird selig. Du willst bloß die Wette nicht verlieren.«

»Lennon weiß es bestimmt.«

Mein Magen zieht sich zusammen. Es gibt viele Gründe, warum ich nicht hierherkommen will. Der Dildowald. Die Angst, dass mich Leute sehen, die ich kenne. Die Dauerfehde meines Vaters mit den zwei Frauen, die sich hinter dem Tresen gegenseitig necken. Wer allerdings wirklich den Wunsch nach Unsichtbarkeit in mir hervorruft, ist der siebzehnjährige Junge, der gerade lässig aus dem Lager geschlendert kommt.

Lennon Mackenzie.

Monster-Shirt. Schwarze Jeans. Schwarze kniehohe Schnürstiefel. Schwarze fransig geschnittene Haare, demonstrativ zerzaust und gleichzeitig perfekt stachelig gestylt.

Würde eine bösartige Anime-Figur zum Leben erwachen, die aus finsteren Ecken den Weltuntergang plant, hätte sie viel Ähnlichkeit mit Lennon. Er ist das Paradebeispiel für alles, was schräg und makaber ist. Und der Hauptgrund, warum ich in der Schulcafeteria nicht mit dem gemeinen Volk zu Mittag essen will.

Er hält eine Graphic Novel mit Zombie-Cover in der Hand, unter dem anderen Arm klemmt irgendwas Kleines und Unidentifizierbares. Er mustert meinen blau karierten Rock, dann wandert sein Blick zu meinem Gesicht. Sofort wird seine lässige Haltung angespannt und kantig. Und als seine dunklen Augen meinen begegnen, bestätigen sie unmissverständlich, was ich schon weiß: Wir sind *keine* Freunde.

Die Sache ist, früher waren wir es. Gute Freunde. Okay, *beste* Freunde. Wir hatten viele gemeinsame Kurse, und weil wir gegenüber voneinander wohnen, waren wir auch nach der Schule zusammen. Als wir jünger waren, sind wir mit dem Rad in den Stadtpark gefahren. Auf der Highschool wurde aus dieser täglichen Radtour ein täglicher Gang die Mission Street hinunter zu unserem Coffeeshop – dem *Jitterbug*. Andromeda, meine weiße Husky-Hündin, kam auch immer mit. Und dieser Gang wiederum wurde zu nächtlichen Spaziergängen um die Bay. Lennon nannte mich Medusa (wegen meiner dunklen widerspenstigen Locken) und ich ihn Sensenmann (wegen seiner Aufmachung). Wir waren ständig zusammen. Unzertrennliche Freunde.

Bis sich letztes Jahr alles änderte.

Ich nehme all meinen Mut zusammen, rücke meine Brille zurecht, setze ein höfliches Lächeln auf und sage: »Hi.«

Als Antwort reckt er das Kinn. Mehr nicht. Früher hat er mir seine Geheimnisse anvertraut, und nun geruht er nicht mal zur

Begrüßung den Mund aufzumachen. Ich dachte, irgendwann würde der Schmerz nachlassen, aber es tut immer noch genauso weh.

Neuer Plan: Kein weiteres Wort zu ihm. Einfach links liegen lassen.

»Sohn«, sagt Sunny zu Lennon, während sie etwas auspackt, das nach Gleitgel aussieht. »Welcher Rockstar hat einer Fledermaus den Kopf abgebissen? Deine andere, weniger hippe Mutter tippt auf Alice Cooper.«

Mac tut beleidigt und deutet auf mich. »Hey, Zorie denkt das auch!«

»Dann täuscht sie sich«, sagt Lennon abweisend. Seine Stimme ist rau und tief und klingt, als würde er aus einem dunklen, unergründlichen Brunnen sprechen. Das ist noch etwas, das mich an Lennon kirre macht. Er hat nicht nur eine angenehme Stimme, er hat eine *attraktive* Stimme. Sie ist kräftig, selbstsicher und voll, und entschieden zu sexy. Er klingt wie der Bösewicht, der aus dem Hintergrund seine Kommentare ablässt, oder wie irgendein teuflischer Radiomoderator. Ich bekomme Gänsehaut, wenn ich sie höre, und ich nehme es ihm übel, dass er immer noch diese Wirkung auf mich hat.

»Es war Ozzy Osbourne«, klärt er uns auf.

»Ha! Hab ich's dir doch gesagt«, brüstet sich Sunny.

»Ich habe einfach auf irgendeinen getippt«, erkläre ich Lennon, ein wenig wütender als beabsichtigt.

»Tja, war der Falsche«, sagt er gelangweilt.

Ich bin eingeschnappt. »Seit wann habe ich mich mit Fledermausmissbrauch in der Rockmusik auszukennen?«

Das ist eher sein Stil.

»Ist ja kein Geheimwissen«, kontert er und streicht sich die kunstvoll zerzausten Haare aus dem Auge. »Bloß Popkultur.«

»Richtig. Lebensnotwendige Informationen, um an der Uni meiner Wahl zugelassen zu werden. Die Frage habe ich, glaube ich, bei den SAT-Eignungsprüfungen gesehen.«

»Das Leben besteht aus mehr als Tests.«

»Zumindest habe ich Freunde«, kontere ich.

»Falls du Reagan und den Rest ihrer Clique für echte Freunde hältst, unterliegst du einem traurigen Irrtum.«

»Hey, ihr zwei«, murmelt Sunny. »Sucht euch ein Zimmer.«

Mein Gesicht fängt zu glühen an.

Oh nein. Das ist kein *Insgeheim mag ich dich*-Streit. Das ist *Insgeheim hasse ich dich*. Klar, er hat diese Lippen und die Haare und die Baritonstimme, und ich bin ja nicht blind: Er ist attraktiv. Doch beim einzigen Mal, als unsere ehemalige Freundschaft gewagt hat, den kleinen Zeh über die Linie zu setzen – eine Phase, die wir das *Große Experiment* tauften –, habe ich mir bei der Homecoming-Party die Augen ausgeheult und mich gefragt, was schiefgelaufen ist.

Ich habe es nie herausgefunden. Aber ich habe eine Vermutung.

Er wirft seiner Mutter einen leidgeprüften Blick zu, so nach dem Motto *Bist du jetzt fertig?*, und wendet sich an Mac. »Ozzys Fledermaus-Story wurde hysterisch aufgebauscht. Irgendjemand aus dem Publikum hat eine tote Fledermaus auf die Bühne geworfen, und Ozzy dachte, sie sei aus Plastik. Als er ihr den Kopf abbiss, hat er sich total erschrocken. Nach der Show musste er ins Krankenhaus, um sich gegen Tollwut impfen zu lassen.«

Sunny schubst Mac mit der Hüfte an. »Auch egal. Ich habe trotzdem recht, und du schuldest mir einen Cupcake. Kokos. Da wir nicht gefrühstückt haben, würde ich ihn jetzt nehmen. Brunch.«

»Das klingt ziemlich verlockend«, sagt Mac. »Zorie, möchtest du auch einen?«

Ich schüttle den Kopf.

Mac wendet sich zu Lennon. »Liebster Sohn«, säuselt sie fröhlich. »Könntest du mal eben schnell zur Bäckerei laufen? Bitte, bitte?«

»Liebste Mutter. Ich muss in einer halben Stunde bei der Arbeit sein«, entgegnet er, und ich hasse ihn dafür, dass er den einen Moment so abweisend zu mir sein kann und im nächsten so nett zu seinen Eltern. Als er das Buch auf den Tresen legt, erkenne ich, was er unter dem Arm hält: eine rote Bartagame, ungefähr so lang wie mein Unterarm. Um ihre winzigen Schultern ist ein schwarzes Ledergeschirr mit Leine befestigt. »Muss nur noch vorher Ryuk in sein Terrarium zurückbringen.«

Lennon steht total auf Reptilien, was auch sonst. In seinem Zimmer nehmen sie ziemlich viel Platz ein – Schlangen, Echsen sowie sein einziges Nichtreptilien-Haustier, eine Vogelspinne. Er arbeitet Teilzeit in dem Reptilienladen auf der Mission Street, wo er mit anderen Schlangenliebhabern über Kriech- und Krabbelviecher fachsimpeln kann.

Mac streckt die Hand über den Tresen, um der Echse den geschuppten Kopf zu kraulen, und flötet mit Kinderstimme: »Gut. Da hast du wohl gewonnen, Ryuk. Hilfe, du befreist dich ja aus deinem Gurt.«

Lennon setzt die Bartagame auf seine Graphic Novel. Ryuk will ausbüxen und fällt fast vom Tresen. »Ineffiziente Methode«, klärt Lennon die Echse streng auf. »Wenn du dich unbedingt umbringen willst, dann lieber mit einer Überdosis Reptilienvitamine als durch einen Sprung.«

»Lennon«, ermahnt ihn Sunny milde.

Im Mundwinkel seiner vollen Lippen deutet sich ein finsteres Lächeln an. »Pardon, Mama«, entschuldigt er sich.

Als wir jünger waren, haben ihn die anderen in der Schule erbarmungslos gehänselt. *Wie kannst du deine Mütter eigentlich auseinanderhalten?* Für ihn ist Sunny Mama. Mac ist Mum. Und obwohl Mac ihn auf die Welt gebracht hat, betrachtet er beide als gleichwertige Mütter.

Sunny verzeiht ihm mit einem Lächeln. Seine Eltern sehen ihm alles nach. Er hat sie nicht verdient.

»So, Zorie. Was führt dich her, Liebes?«, fragt mich Mac, während Lennon das winzige Geschirr der Echse zurechtrückt.

Wenn ich kein Gespräch mit seinem Rücken führen will, werde ich mich wohl neben Lennon stellen müssen. Wann ist er so abartig groß geworden? »Meine Mutter ist auf der Suche nach einem FedEx-Päckchen.«

Macs Augen spähen zu Sunnys. Zwischen den beiden Frauen findet eine kaum wahrnehmbare, aber trotzdem deutliche Kommunikation statt.

»Stimmt irgendwas nicht?«, erkundige ich mich.

Sunny räuspert sich. »Nein, alles gut, Süße.« Sie zögert und wirkt einen Moment lang unentschlossen. »Ja, wir haben tatsächlich etwas«, sagt sie und zieht einen braunen Papierumschlag unter dem Tresen hervor, den sie mir unter Entschuldigungen reicht. »Ich habe ihn aus Versehen geöffnet, aber ich habe die Post deiner Mutter nicht gelesen. Ich habe die Adresse erst gesehen, als ich ihn aufgerissen habe.«

»Kein Problem«, sage ich. Es ist schon ein paarmal vorgekommen und jagt den Blutdruck meines Vaters regelmäßig kräftig in die Höhe, aber meiner Mutter wird es egal sein. Allerdings sieht Mac gerade extrem betreten aus. Selbst Lennon wirkt reservierter als sonst; seine Ausstrahlung wandelt sich von leicht unterkühlt zu arktisch. In meinem Kopf schrillen die Alarmglocken.

»Na denn, ich muss mal wieder zurück«, erkläre ich und tue, als bekäme ich nicht mit, dass irgendetwas faul ist.

»Richte Joy viele Grüße aus«, sagt Mac. »Falls deine Mutter irgendwann mal Lust auf einen Kaffee hat …« Sie redet nicht weiter, sondern lächelt mich verkrampft an. »Na ja, sie weiß ja, wo wir zu finden sind.«

Sunny nickt. »Und du auch. Lass dich mal blicken.«

Jetzt bin *ich* verlegen. Also, noch mehr als sonst, wenn ich die Erniedrigung ertragen muss, die dieser Laden darstellt.

»Klar. Und danke für das hier.« Ich halte den Umschlag hoch, doch als ich mich zum Gehen wende, renne ich fast den Werbeaufsteller in Form eines riesigen blauen Vibrators neben der Kasse um. Ich strecke automatisch die Hand aus, um das schwankende Stück Plastik aufzufangen, doch dann wird mir klar, was ich da anfasse. *Heiliger Himmel.*

Lennon senkt den Kopf und sieht unter einem Fächer schwarzer Wimpern zu Boden.

Ich muss hier raus. Auf der Stelle.

Nachdem ich fast über meine eigenen Füße gestolpert wäre, verlasse ich mit großen Schritten den Laden, und als ich wieder im Sonnenschein stehe, atme ich erst mal tief aus. Ich kann gar nicht schnell genug in die Praxis zurück.

Doch als ich hinter dem Empfangstresen sitze, wo mich niemand sehen kann, starre ich den Umschlag an, den mir die Mackenzies gegeben haben. Als Absender ist ein Postfach in San Francisco angegeben, und er ist in der Tat an Joy Everhart adressiert. Keine Ahnung, wie Mac und Sunny das übersehen konnten, aber egal.

Nachdem ich mich vergewissert habe, dass auch der Gang hinter mir leer ist, werfe ich einen Blick in den Umschlag.

Er enthält eine handschriftliche Notiz und ein kleines Buch mit Fotos. Die Marke kenne ich aus der Internetwerbung: Fotos hochladen, und ein paar Tage später bekommt man ein Fotobuch zugeschickt. Auf diesem steht in Schnörkelschrift *Unsere Woche auf den Bahamas.*

Als ich das Buch aufschlage, finde ich Tausende von sonnigen Urlaubsfotos. Den Ozean. Den Strand. Meinen Vater beim Schnorcheln. Meinen Vater mit irgendeiner Frau im Bikini im Arm.

Moment.

Was?

Ich blättere schneller weiter und starre auf Hochglanzseiten mit noch mehr Fotos im gleichen Stil. Abendessen und exotische Cocktails. Mein Vater mit seinem Strahlelächeln. Allerdings lächelt er nicht meine Mutter an, sondern irgendeine Unbekannte. Eine Unbekannte mit goldenem Fußkettchen und langen künstlichen Wimpern. Er hat sie im Arm – und auf einem Foto küsst er sogar ihren Hals.

Was ist das? Irgendein Flirt nach dem Tod meiner Mutter? Jemand vor Joy? Ich ziehe den Brief heraus.

Joy.
Du kennst mich nicht, aber ich dachte, vielleicht interessiert dich das hier, von Frau zu Frau. Fotos von unserem Urlaub letzten Sommer.
Viel Glück.
Eine von vielen

Meine Finger werden taub. Letzten Sommer? Da hat er hier in der Klinik gearbeitet. Nein, Moment. Eine Woche lang war er in Los Angeles zu einer Tagung über Massagetherapie. Und kam erstaunlich braun gebrannt zurück … angeblich, weil er jeden Nachmittag am Hotelpool gelegen hat.

»Oh Scheiße«, flüstere ich.

Mein Vater geht fremd.

3

Ich kann an nichts anderes mehr denken. Als Mom am Abend von ihrem Besuch bei Grandma Esther in Oakland zurückkommt, darf ich mir ihr Auto ausleihen, um zum monatlichen Treffen des Astronomie-Clubs zu fahren. Es findet in der Sternwarte von Melita Hills statt. Manchmal steigen wir mit unseren Teleskopen aufs Dach, aber diesen Monat ist es nur ein Informationsabend. Doch alles, was Dr. Viramontes, ein emeritierter Dozent aus Berkeley und Präsident unseres Ortsverbands, erklärt, geht dank des Fotobuches als Hintergrundrauschen an mir vorbei. Er steht neben dem Schaltpult, mit dem man die Decke in eine Lichtshow des Nachthimmels verwandeln kann, und redet mit der Gruppe – zwei Dutzend Leuten, hauptsächlich andere Rentner und ein paar Schüler in meinem Alter. Ich habe schon vor einer Viertelstunde, als er über den Ort redete, von dem wir uns den Meteorstrom der Perseiden anschauen wollen, den Faden verloren.

Mein Hirn kann sich nicht von dem Foto lösen, auf dem mein Vater diese Frau küsst.

Er hat meine Mutter angelogen. Er hat mich angelogen.

Und *mich* zum Lügen genötigt, ich habe meiner Mutter nämlich erzählt, die Mackenzies hätten keine Post von uns gehabt. Um nichts in der Welt wollte ich ihr diese tickende Zeitbombe an Schmerz in die Hand drücken. Nicht ausgerechnet jetzt, wo sie mir so fröhlich und strahlend Mut macht, mit Reagan zelten zu gehen. Vielleicht niemals. Ich weiß es nicht. Die Sache wird unsere Familie zerstören.

Ich war noch nie in der Zwangslage, entscheiden zu müssen, wo ich Fotos verstecken soll, auf denen mein Vater meine Mutter mit einer anderen betrügt. Oder mit zwei anderen. Oder dreien? Was meinte diese Frau mit »eine von vielen«? Die Fotos sind vom letzten Sommer, aber wenn diese Person noch etwas mit ihm hätte, würde sie ihn bestimmt nicht bei seiner Frau anschwärzen. Wann also hat diese Affäre aufgehört, und wie viele andere gab es noch? *Gibt* es noch?

Reißt er auf Tagungen über alternative Medizin ständig irgendwelche Akupunkteurinnen auf?

Wohnen sie alle hier in der Umgebung?

Kenne ich welche von ihnen?

Puh. Sämtliche Möglichkeiten in Erwägung zu ziehen macht mir Kopfschmerzen. Was die ganze Angelegenheit noch seltsamer macht, ist die Tatsache, dass die Frau auf den Fotos meiner leiblichen Mutter *sehr* ähnlich sieht. Also, sie ist es definitiv nicht, die Unbekannte ist jünger als meine Mutter bei ihrem Tod, aber die Ähnlichkeit ist krass. Das finde ich total gruselig.

Mein Vater hat eine Affäre mit jemandem, der aussieht wie seine verstorbene erste Frau. Das ist doch nicht normal.

Was sage ich da? Nichts von alldem ist normal, ganz gleich wie sie aussieht. Als ich daran denke, wie Mom heute Morgen gelächelt hat, völlig ahnungslos, dass mein Vater sie betrogen hat, krampft sich mein Magen von Neuem zusammen.

Zum Glück hat mich die reguläre Rezeptionistin in der Mittagspause abgelöst, ich hätte meinem Vater nicht in die Augen sehen können.

Mein Magen tut weh. Mein Herz tut weh. Die ganze Sache ist falsch, falsch, falsch.

Und als Sahnehäubchen auf diesem ganzen Scheißeisbecher wissen auch noch die Mackenzies Bescheid. Sunny und Mac haben den Inhalt des Umschlags gesehen. Es kann gar nicht anders sein. So komisch, wie sie sich benommen haben, und die ganze Arie von wegen Kaffee trinken, falls wir mal Redebedarf haben? Ich kann es ihnen kaum verübeln, dass sie sich das Fotobuch angeschaut haben. Falls sie den Umschlag wirklich zufällig geöffnet haben, hat sie garantiert die Neugier gepackt. Genau wie mich.

Fataler Fehler.

Oh nein. Ob Lennon auch Bescheid weiß?

»Was hast du denn?«

Als ich aus meinen Gedanken hochfahre, stelle ich fest, dass das Treffen vorüber ist. Die Person, die mit mir spricht, ist Avani Desai, ein Mädchen mit braunen Haaren, das ich schon genauso lange kenne wie Lennon und Reagan. Wir haben uns angefreundet, als wir in der Siebten im Physikunterricht Astronomie durchnahmen und beide eine Eins im Test über die Planeten bekamen. Früher waren Avani und ich gemeinsam bei Reagans Übernachtungspartys, wo wir lange aufgeblieben sind, Musik gehört und herumgetratscht haben, während ihre Eltern schliefen. Doch seit ich mit Reagan in den Schulhof gehe, wo sich die reichen Kids treffen, kommt Avani nicht mehr mit, es ist nicht ihre Welt. Ich habe sie immer um ihr Selbstbewusstsein beneidet. Mittlerweile rede ich nur noch im Astronomie-Club mit ihr.

»Ach, nichts«, erkläre ich ihr. Unter keinen Umständen werde ich über die Demütigung reden, die die Affäre meines Vaters bedeutet. »Ich denke bloß über etwas nach.«

»Ja, das war mir schon klar«, sagt sie mit einem kurzen Lächeln und verschränkt die Arme. Sie trägt ein T-Shirt mit dem Porträt von Neil deGrasse Tyson und einem nerdigen Wortspiel. »Du hast die ganze Zeit ›nachgedacht‹, während Viramontes seine Pläne für den Meteorstrom erklärt hat.«

Die meisten Clubmitglieder verlassen gerade den Zuschauerraum, doch ein paar belagern noch das Podium des Dozenten.

Avani wartet darauf, dass ich ihr mehr erzähle, und um ihre Neugier zu befriedigen, sage ich das Erste, was mir in den Kopf kommt.

»Ich habe eine Einladung bekommen, mit Reagan zelten zu gehen«, berichte ich.

Zu meiner Überraschung fängt sie zu strahlen an. »Oooh, davon habe ich gehört.«

Moment mal, sie wusste Bescheid und ich nicht? Und seit wann spricht sie wieder mit Reagan?

»Ich habe mitgehört, als Brett Seager darüber geredet hat«, erklärt sie aufgeregt und dreht sich zur Seite, damit sie mich sehen kann, obwohl sie im Schneidersitz auf ihrem Platz thront. »Er war vorhin mit seiner älteren Schwester in der Drogerie.«

»Was?« Jetzt bin ich interessiert. *Sehr* interessiert.

Sie nickt schnell. »Ich stand an der Kasse hinter ihm. Er telefonierte mit jemandem und erzählte ihm, er ginge mit ein paar Leuten aus seiner Schule in der Nähe vom King's Forest campen. Ich habe nur Reagans Namen mitgekriegt. Er wollte den anderen überreden mitzukommen.«

Brett Seager ist an unserer Schule so was wie ein Star. Seine Eltern haben nicht übermäßig viel Kohle, aber irgendwie macht er trotzdem ständig Sachen wie Skydiving oder hängt bei coolen Konzerten backstage ab oder springt bei einem reichen Kumpel vom Dach in den millionenteuren Pool. Doch er ist nicht nur ein draufgängerischer Partytyp, sondern liest auch Jack Kerouac und Allen Ginsberg ... die ganzen amerikanischen *Beat Poets*. Die meisten anderen Kerle, die ich kenne, wissen nicht mal, was ein Buchladen ist.

Ja, er sieht gut aus und ist beliebt, aber es steckt noch mehr in ihm. Ich bin seit der Grundschule in ihn verknallt. Seit er mich bei einer Party in den Frühjahrsferien geküsst hat, ist die Verknalltheit allerdings ein bisschen zur Manie geworden. Klar, am nächsten Tag hat er sich wieder mit seiner Freundin ausgesöhnt, mit der er ständig Schluss macht und dann doch wieder zusammenkommt. Damals hat mich das gedemütigt und völlig aus der Fassung gebracht. Reagan wollte mich aufmuntern und mit anderen Jungs verkuppeln, aber bei keinem sprang der Funke über, und schließlich haben sich Brett und seine Freundin im Sommer getrennt.

Die wichtige Information hier ist: Wenn Avani richtig gehört hat, klingt es, als würde Brett bei Reagans Campingtrip mitkommen. Und das macht die Pampa schon *wesentlich* verlockender.

Allerdings vergrößert es auch meine Panik, denn Brett kam in meiner Planung für diesen Trip nicht vor. Reagans Mutter hat nur Mädchen erwähnt. Meine Eltern werden mich nie im Leben eine Woche lang ohne Aufsicht mit Jungs zelten gehen lassen. Mein Vater würde im Dreieck springen.

Vermutlich ist diese Info nicht offiziell.

»Bist du *sicher,* dass Brett gesagt hat, er würde tatsächlich mitkommen?«, löchere ich Avani.

»Jep.« Sie zieht die Schultern hoch, um so muskulös auszusehen wie Brett. »Bro, du musst mitkommen. Ich *muss* diesen krassen Wasserfall einfach runterspringen. Do it for the gram!«

Ich pruste los, sie äfft ihn so was von miserabel nach.

Sie zuckt die Achseln. »Ich erzähle dir bloß, was ich gehört habe.«

»Mit wem hat er denn telefoniert?«, erkundige ich mich.

»Keine Ahnung. Vermutlich mit seiner neuesten Bromance. Er wechselt seine Freunde ja ständig, normalerweise ist es immer derjenige, dessen Eltern gerade nicht da sind und dessen Haus groß genug ist für eine seiner berühmten Partys.«

»Das ist nur Show«, wende ich ein. »In Wirklichkeit ist er nicht so.«

Ihre Miene wird weicher. »Tut mir leid. Ich weiß, du magst ihn, vor allem seit dieser Party …«

Hätte ich ihr doch bloß nie von diesem Kuss erzählt. Da habe ich mir echt eine Blöße gegeben.

»Wie dem auch sei, ich glaube, er hat seine Freundesliste diesen Sommer erweitert. Katy hat erzählt, dass sie ihn vor ein paar Wochen in Lennons Auto auf dem Beifahrersitz gesehen hat.«

Moment mal, was? Lennon und Brett Freunde? Das kann nur ein Zeichen des nahenden Weltuntergangs sein. »Das würde ich ernsthaft bezweifeln.«

»Oder auch nicht. Wenn du mich fragst, ist Lennon eine Nummer zu groß für Brett.«

»Ich denke, das hast du durcheinandergebracht«, sage ich wütend.

»Und *ich* denke, was immer zwischen Lennon und dir vorgefallen ist –«

»Avani«, protestiere ich. Ich möchte nicht über Lennon reden. Sie weiß nichts vom Großen Experiment. Bloß, dass wir uns mit ihr zur Homecoming-Party treffen wollten. Aber sie hat keine Ahnung, warum es nicht dazu kam. Das hat niemand. Nicht mal ich. Doch ich habe es schon vor langer Zeit aufgegeben, nach Lennons Gründen zu forschen.

Nicht an ihn zu denken ist entschieden einfacher.

»Ist ja auch egal«, sagt sie. »Tut mir leid, dass ich damit angefangen habe. Geht mich nichts an.«

Als ich kurz schweige, rempelt sie mich mit dem Ellbogen an. »Also ... Camping. Allein im Wald. Vielleicht ist das deine Chance mit Brett. Wann geht es los?«

Reagan hat auf meine Nachricht nur bestätigt, dass der Trip stattfindet, Details werde sie später schicken. Normalerweise würde mich so was verrückt machen, aber ich war ja panisch damit beschäftigt, das Fotobuch von der Affäre meines Vaters zu verstecken. Jetzt wünsche ich mir, ich hätte genauer bei Reagan nachgehakt. Diese ganzen Unbekannten und Möglichkeiten sind der absolute Stress.

»Ich denke, in ein paar Tagen?«, sage ich. »Soweit ich weiß, will sie eine Woche bleiben.«

Avani sieht betreten aus. »Das wäre während des Meteorstroms. Ich hatte gehofft, dass du zum Wochenendausflug mit der Gruppe mitkommst.«

»Mit welcher Gruppe?«

»*Unserer* Gruppe. Der East Bay Planetary Society«, sagt sie stirnrunzelnd. »Hast du überhaupt zugehört?«

Nein, habe ich nicht.

Sie klärt mich auf. »Statt uns hier auf dem Dach zu versammeln, organisiert Dr. Viramontes einen Gruppenausflug zum Lichtschutzgebiet auf dem Condor Peak, um den Meteorstrom von dort zu beobachten.«

Condor Peak State Park. Dort findet jedes Jahr die Sternenparty von Nordkalifornien statt.

»Alle anderen Astronomie-Clubs in der Umgebung werden kommen«, fügt Avani hinzu.

Neben dem Death Valley ist Condor Peak das nahegelegenste Lichtschutzgebiet. Dort ist künstliche Lichtverschmutzung verboten, damit man die Sterne besser sehen kann. Astronomen schießen in Lichtschutzgebieten sensationelle Fotos, vor allem während der Sternenpartys – die im Grunde genommen nichts anderes sind als nächtliche Treffen, bei denen Amateure astronomische Ereignisse beobachten. Wir haben zwar ein paar kleinere Sternenpartys hier im Observatorium veranstaltet, aber auf so einer großen mit anderen Astronomie-Clubs war ich noch nie. Das ist schon eine andere Hausnummer.

Ich lasse mir meine Optionen durch den Kopf gehen. Der Nerd in mir will einerseits unbedingt zu dieser Sternenparty. Ich meine, hallo. Der Meteorstrom der Perseiden ereignet sich nur einmal im Jahr. Andererseits – Brett Seager.

Dr. Viramontes kommt, einen Laptop-Trolley hinter sich herziehend, den Gang hoch. Als er uns sieht, bleibt er stehen. Ich mag es, wie sich Fältchen um seine Augen bilden, wenn er lächelt. »Schließen sich die Damen unserer Pilgerfahrt zum Condor Peak an? Wir werden spektakuläre Fotos machen. Tolle Sache für eure College-Bewerbungen, außerdem werden noch andere Professoren der Astrophysik dort sein und viele wichtige Mitglieder des Night-Sky-Programms. Ich wollte es nicht vor der Gruppe sagen, weil ich noch nicht ganz sicher bin, aber ich habe gehört, dass eventuell Sandra Faber vorbeikommt.«

Sandra Faber unterrichtet an der University of California in Santa Cruz Astrophysik und hat die National Medal of Science gewonnen, eine wichtige wissenschaftliche Auszeichnung. Sie ist eine echte Koryphäe. Jemanden wie sie zu treffen könnte mir bei der Aufnahme in Stanford helfen, wo ich Astronomie studieren möchte.

Avani schnappt aufgeregt nach Luft und schlägt mir auf die Schulter. »Jetzt musst du einfach mitkommen.«

»Eine Freundin hat mich zum Zelten in der Sierra Nevada eingeladen«, erkläre ich dem Professor. Plötzlich kommen mir Zweifel. Warum kann nicht mal irgendwas einfach sein?

Dr. Viramontes wirft den langen Silberzopf über die Schulter, das Ende wird von einer Perlenklammer zusammengehalten, die jemand aus seinem Ohlone-Stamm angefertigt hat. »Wie schade. Wo denn?«

Ich gebe die Infos weiter, die mir meine Mutter über den Luxuscampingplatz erzählt hat.

Dr. Viramontes kratzt sich am Kinn. »Ich glaube, ich weiß, welchen du meinst, er ist nicht weit vom Condor Peak entfernt.« Er nimmt einen Zettel aus der Vordertasche seines Rollkoffers und reicht ihn mir. Es ist das Infoblatt zur Exkursion. Er deutet auf die Karte und zeigt mir, wo der Glampingplatz im Verhältnis zum King's Forest und dem Condor Peak liegt. »Auf dem Highway wahrscheinlich nur zwei Stunden. Vielleicht könntest du vorbeischauen. Wir werden drei Nächte dort verbringen.«

»Dann treffen wir uns da«, sagt Avani ermunternd.

»Ich weiß noch nicht, wie wir zum Zeltplatz fahren, aber ich mache mich auf jeden Fall schlau«, erkläre ich ihm und falte das Blatt zusammen.

»Es wäre schön, wenn du kommen könntest. Sag mir Bescheid, wie du dich entscheidest.« Er legt zwei Finger auf die Stirn und deutet einen Gruß an, dann ermahnt er uns, vorsichtig nach Hause zu fahren.

»Du kommst, oder?«, flüstert Avani aufgeregt, als er sich entfernt.

Ich bin nervös. Genau wie mein Magen. »Ach, würde ich ja echt supergern.«

»Dann mach es«, erwidert sie. »Wir treffen uns auf dem Condor Peak. Versprich es mir, Zorie.«

»Ich werde es versuchen«, sage ich, nicht ganz überzeugt, aber hoffnungsvoll.

»Sternenparty, wir kommen!«, verkündet sie, und für einen Moment fühlt es sich zwischen uns an wie früher.

Doch als wir den Zuschauerraum verlassen und sie mich zum Parkplatz begleitet, fällt mir wieder ein, was mich zu Hause erwartet.

Ich verdränge die Angst und versuche, die Fahrt vom Observatorium in die Stadt hinunter zu genießen. Es ist eine herrliche Sommernacht und der Himmel ist voller Sterne. Meiner Sterne. Jeder funkelnde Punkt weißes Licht gehört mir. Sie sind wunderschön, die Stadt ist still und dunkel, und alles ist gut.

Nein, Fehlanzeige.

Es hat zwar schon ein paar Jahre auf dem Buckel und riecht schwach nach Patschuli, aber normalerweise liebe ich es, mit dem Auto meiner Mutter herumzufahren. Die Boxen haben einen satten Bass, und wenn ich den Umweg nehme und die Straße zwischen dem Freeway und dem dunkelblauen Wasser hinuntergleite und San Francisco in der Ferne funkeln sehe, ist es genial.

Ansonsten fahre ich nur ab und zu mal zum Supermarkt. Aber hey. Meine Mutter vertraut mir wenigstens ihren Kombi an – anders als mein Vater, der mich nicht mal in der Nähe seines teuren Nobelflitzers duldet.

Im Moment kann ich allerdings nur an die Zeile »eine von vielen« in diesem Brief denken. Ob mein Vater in seiner blöden Karre andere Frauen spazieren gefahren hat? Wie viele es wohl waren? Ich habe meinen Vater immer für anständig gehalten, wenn auch für ein bisschen gekünstelt und aufgesetzt, wenn er voll auf Diamond Dan umschaltet. Im Moment stelle ich ihn mir allerdings eher als Hugh Hefner im Bademantel vor, mit zwei vollbusigen Playmates im Arm.

Ich würde am liebsten kotzen.

Als ich in unsere Sackgasse einbiege und den Wagen in der schmalen Auffahrt neben unserem Haus hinter der Corvette meines Vaters parke, grüßen mich die Silhouetten dünner Palmen. Die Praxis ist dunkel, niemand scheint Überstunden zu machen. Ich steige zögernd die Treppe hoch und öffne vorsichtig unsere Wohnungstür.

Ein weißer Fellball kommt mir über die offene Wohnküche entgegengetappt und begrüßt mich. Andromeda wird zwar allmählich alt, aber sie ist nach wie vor schmusig und goldig. Und ihre zweifarbigen braun-blauen Huskyaugen sind einfach unwiderstehlich. Ich schiebe die Hände unter ihr Halsband und drücke ihr einen Kuss auf den Kopf, während ich sie ausgiebig kraule.

»Hallo, Süße.« Meine Mutter liegt unter einer Decke auf dem Sofa und liest im schwachen Licht einer Lampe eine Zeitschrift; auf dem stumm geschalteten Fernseher im Hintergrund flackert Werbung. »Wie war's im Astronomie-Club?«

»Gut.« Ich reiche ihr die Autoschlüssel. »Wo ist Dad?«

Sie deutet mit einem Kopfnicken zum Küchenbalkon, auf dem ich eine Silhouette erkenne. »Telefoniert.«

Beim Klang seiner Stimme zieht sich mein Magen zusammen,

doch er spricht zu leise, als dass ich etwas verstehen könnte. Er hängt ständig am Telefon, normalerweise werden diese Anrufe jedoch erst hinter verschlossener Tür angenommen. Ich habe es immer als ein Zeichen von Höflichkeit betrachtet, weil meine Mutter, was Handytelefonate vor anderen angeht, ziemlich altmodisch ist.

Nun frage ich mich, wer wohl am anderen Ende der Leitung ist.

Als ich Mom kurz von Dr. Viramontes' Einladung zur Sternenparty erzähle, hoffe ich, dass sie meine Nervosität nicht spürt. Sie antwortet völlig unkonzentriert mit »*Mmm-hmm*« und blättert weiter durch ihre Zeitschrift. Ich bemerke ihren Blick zur Balkontür und die feine Linie auf ihrer Stirn.

Vielleicht bilde ich mir das auch nur ein.

Da ich weiß, dass ich meinem Vater gegenüber kein überzeugendes Lächeln zustande bringen würde, täusche ich Müdigkeit vor, gebe ihr einen Gutenachtkuss und flüchte die Treppe hoch. Andromeda folgt mir auf den Fersen.

Mein Zimmer liegt im ausgebauten Dachgeschoss. Das Schlafzimmer meiner Eltern befindet sich eine Treppe tiefer, ich habe also die ganze Etage für mich. Nur ich, ein Steinzeit-Bad ohne Dusche und ein Lagerraum mit Material für die Praxis.

Zu meiner Schande muss ich gestehen, dass mein Zimmer fast noch aussieht wie in meiner Kindheit. An der Decke kleben unverändert Sterne, die theoretisch im Dunkeln leuchten, was sich aber schon vor Jahren erledigt hat. Ich habe sie in mühevoller Kleinarbeit zu Sternbildern angeordnet. Bei einem leichten Erdbeben hat Pegasus jedoch die Sterne des einen Beins eingebüßt. Die einzige Deko, die in den letzten Jahren dazugekommen ist, sind meine übergroßen selbst gebastelten Wandplaner – einer für jede Jahreszeit, auf dem alles in einem strikten Farbsystem markiert ist – und meine Fotos von der Milchstraße. Von den besten habe ich Abzüge machen und sie rahmen lassen. Vor allem der Orionnebel ist mir gut gelungen. Ich habe ihn auf dem Observatorium mit einer speziellen parallaktischen Montierung aufgenommen, die ich mir von Dr. Viramontes ausgeliehen habe, die Lilaschattierungen habe ich anschließend mit Stacking-Software optimiert.

Nachdem ich die Tür abgeschlossen habe, schiebe ich mich an zwei gerahmten Himmelskarten vorbei zu meinem Schreibtisch, über dem das Sonnensystem als Mobile hängt. Bevor ich zum Clubtreffen gefahren bin, habe ich das Fotobuch tief in der Schublade verstaut, wo es immer noch unter einem ordentlichen Stapel von Millimeterpapier-Heften, die ich zum Planen benutze, und einem regenbogenfarbenen Behälter mit Markern, Gelstiften und Rollen von Washi Tape liegt. Meine Eltern rühren meine Sachen nicht an – alles hat seine Ordnung –, insoweit kann ich mir meine Nervosität eigentlich nicht erklären. Vermutlich ist es bloß mein schlechtes Gewissen.

Besser nicht darüber nachdenken. »Bis ich eine Idee habe, was ich mit dem Fotobuch anfange, bleibt es unser kleines Geheimnis«, erkläre ich Andromeda. Sie springt auf mein Bett und rollt sich zusammen. Sie kann schweigen wie ein Grab.

Das einzige Fenster in meinem Zimmer hat einen schmalen Balkon mit Blick auf die Wendeschleife. Man kann kaum darauf stehen, aber für mein Teleskop reicht es. Ich öffne die Balkontür und nehme Nancy Grace Roman aus ihrer schwarzen Tragetasche. Ich habe das Teleskop nach der ersten Frau benannt, die eine leitende Funktion bei der NASA innehatte. Ich besitze auch noch ein kleineres tragbares, das ich bisher nicht häufig benutzt habe, aber zur Sternenparty auf dem Condor Peak werde ich es wohl mitnehmen.

Ob ich Luxuscamping und Meteorstrom unter einen Hut bekomme?

Es wäre ziemlich viel Planung nötig.

Ich tippe schnell eine Nachricht an Reagan: *Übrigens, apropos*

Glamping. Wer kommt mit? Fährst du mit deinem Auto? Wann geht es los?

Sie antwortet fast sofort: *Ganz ruhig. Liege im Bett. Megamüde. Wollen wir morgen Ausrüstung kaufen gehen? Dann können wir reden.*

Ich bin ebenso erleichtert wie frustriert. Erleichtert, weil es okay für sie zu sein scheint, dass ich mitkomme. Und frustriert, weil Reagan bloß chaotisch nach Bauchgefühl handelt, während ich Vorlaufzeit brauche, um alles zu planen. Sie erklärt mir ständig, dass ich lockerer werden muss und spontaner.

Aber von Spontanität kriege ich Krätze.

Na ja, jedenfalls so etwas in der Art.

Ich leide an chronischer Urtikaria. Das ist die elegante Bezeichnung für chronisches Nesselfieber. Es kommt spontan, das heißt, die Ärzte können nicht genau sagen, warum, wann und für wie lange es ausbricht. Manchmal bilden sich bei bestimmten Nahrungsmitteln oder wenn ich Hautkontakt mit einem Allergen habe oder – vor allem – übernervös bin, juckende blassrote Pusteln in meinen Armbeugen und auf meinem Bauch. Wenn ich dann nicht zur Ruhe komme und Antihistaminika einnehme, schwellen die Stellen über Tage oder sogar Wochen immer wieder zu großflächigen Quaddeln an. Der letzte Ausschlag ist mehrere Monate her, aber dank Reagan und der Sache mit meinem Vater spüre ich den Juckreiz schon wieder kommen.

Ich antworte auf Reagans Nachricht und frage, wo genau wir uns morgen treffen wollen. Dann schraube ich mein Teleskop zusammen und stelle das Stativ zwischen die geöffneten Balkontüren.

Während ich es in Position bringe, blicke ich über das Balkongeländer zur Wendeschleife hinunter. Von hier oben sieht unsere Straße wie ein dicker Regentropfen aus, in der Mitte befinden sich ein Dutzend öffentliche Parkplätze. Nachts sind sie meist leer, deshalb habe ich eine ziemlich gute Sicht zur anderen Straßenseite, wo ich Lennons Wagen entdecke. Der sperrige schwarze

Fünfzigerjahre-Chevy, der wie ein Leichenwagen aussieht, ist schwer zu übersehen. Durch die Heckklappe passen ganze Särge oder was Lennon sonst Fieses dort hinten drin befördert. Im Moment parkt er vor dem blassblauen Doppelhaus genau gegenüber: der Wohnung der Mackenzies.

Den exakten Moment, wann Lennon sich vom Comic-Nerd von nebenan zum Horrorfan in schwarzer Kluft gewandelt hat, kann ich nicht mehr benennen, aber vermutlich war er schon immer ein bisschen schräg. Das liegt bestimmt zum Teil daran, wie er aufgewachsen ist. Sein biologischer Vater – Adam Ahmed, der früher mit Mac zusammen war – ist der ehemalige Gitarrist einer Punkband aus San Francisco. In den Neunzigern feierte Punk in der Bay Area plötzlich ein Revival und die Band war sehr beliebt. Als Lennon drei war und sie bei einer Tournee von Green Day als Vorgruppe spielte, haben ihn seine Mütter einfach mitgenommen.

Ja, er hat nicht gerade ein sogenanntes normales Leben geführt, aber er hat immer normal *gewirkt*.

Jedenfalls bis zur Elften. Nach dem Abend der Homecoming-Party haben wir tagelang nicht miteinander geredet. Keine Ausflüge mehr zum *Jitterbug*, um nach der Schule noch einen Kaffee zu trinken. Keine nächtlichen Spaziergänge mehr. Wochen vergingen. Ich sah ihn manchmal in der Schule, aber unsere kurzen Begegnungen verliefen angespannt. Er fing an, mit anderen Leuten abzuhängen.

Aus dem Eckfenster im Haus der Mackenzies schimmert goldenes Licht. Lennons Zimmer. Ich kenne es gut. Früher haben wir uns von unseren Fenstern aus Zeichen gegeben, bevor wir uns spätabends mit Andromeda rausgeschlichen haben.

Wir haben ein Spiel daraus gemacht, uns genaue Routen durchs Viertel auszudenken und ihnen Namen zu geben. Lennon hat sie aufgezeichnet, die Straßennamen in seiner ordentlichen Handschrift eingetragen und kleine Skizzen hinzugefügt.

Schon als wir Kinder waren, hat er Karten gemalt. Manche waren Fantasiekarten nach Büchern, die er gelesen hatte – Mittelerde hat er ungefähr zwanzigmal neu entworfen. Ein paar waren von Melita Hills. So fing unsere Freundschaft überhaupt an. Ich war gerade hergezogen und kannte mich noch nicht aus, und er hat eine Karte von der Gegend um die Mission Street für mich angefertigt. Letztes Jahr hat er mir eine größere zum Geburtstag geschenkt, auf der die Lieblingsroute unserer nächtlichen Spaziergänge eingezeichnet ist, die auf einem Fahrradweg um die Bay führt. Außerdem witzige kleine Bilder, sämtliche Sehenswürdigkeiten, die wir damals für wichtig hielten, sowie eine Legende mit Symbolen, die er sich ausgedacht hatte.

Sie liegt mit der Beschriftung nach unten in der Schublade, in der ich das dämliche Fotobuch versteckt habe. Nachdem Lennon und ich zu reden aufgehört haben, wollte ich sie eigentlich wegwerfen, aber wegen der eingezeichneten Route habe ich es dann doch nicht übers Herz gebracht. Denn dort begann das Große Experiment.

Wer hätte gedacht, dass Spaziergänge zu einem gebrochenen Herzen führen können?

Aus Neugier schraube ich ein Okular mit geringer Vergrößerung auf und richte mein Teleskop zögernd auf das Doppelhaus der Mackenzies. Bloß ein kurzer Blick. Nicht dass ich unsere Nachbarn regelmäßig ausspähen würde. Ich schwenke kurz auf Lennons Zimmer. Es ist leer. Gott sei Dank. Als ich das Teleskop noch ein bisschen weiterdrehe, sehe ich sein ungemachtes Bett und direkt dahinter die Terrarien mit seinen Reptilien. Als ich das letzte Mal bei ihm war, gab es nur zwei, aber nun stehen mindestens sechs auf den Regalen und noch ein großes auf dem Boden. Es ist ein verdammter Dschungel.

Ich mustere den Rest des Raums. Lennon hat einen Fernseher und Massen von DVDs, die ohne Hülle wackelig aufeinandergestapelt sind. Wahrscheinlich alles Horrorfilme. Über seinem

Schreibtisch hängt eine riesige Karte. Wovon, kann ich nicht genau sehen, aber es ist eine gekaufte, keine selbst gezeichnete – eindeutig keine von unseren spätabendlichen Spaziergängen. Albern, es auch nur anzunehmen.

Als die Zimmertür geöffnet und wieder geschlossen wird, sehe ich einen Schatten. Dann wird Lennon sichtbar. Ich beobachte, wie er das Licht und die Wärmelampen in den Terrarien ausschaltet. Danach setzt er sich auf die Bettkante und beginnt seine Stiefel aufzuschnüren.

Mein Wink, den Abflug zu machen.

Tue ich aber nicht.

Ich beobachte, wie er die Stiefel auszieht und in die Zimmermitte schleudert. Als er das Shirt abstreift, ist sein Oberkörper nackt; er trägt nur noch schwarze Jeans. Ich sollte definitiv wegsehen, bevor es nicht mehr jugendfrei ist. Aber seit wann ist er so was von ... *durchtrainiert*? Also, er hat keine muskulöse Fußballerstatur oder so, dazu ist er zu schmal gebaut. Doch als er sich rückwärts aufs Bett fallen lässt, die Arme ausbreitet und an die Decke blickt, starre ich bloß.

Und starre weiter ...

Da sind plötzlich Muskeln, wo früher keine waren, und seine Brust ist wesentlich breiter. Trainiert er etwa mit Hanteln? Nie im Leben. Das würde ihm so *gar nicht* ähnlich sehen. Er hasst Sport. Sich mit einem Comic im Dunkeln zu verkriechen ist eher seins.

Nehme ich zumindest an. Mit einem Mal habe ich das Gefühl, ihn überhaupt nicht mehr zu kennen.

»Natürlich nicht«, flüstere ich. Er hat sich verändert.

Ich habe mich verändert. Oder eigentlich nicht, denn sonst würde ich nicht gerade etwas anstarren, das eigentlich tabu sein sollte.

Als ich das Teleskop schärfer stelle, peile ich die Bauchmuskeln an, die sich beim Aufrichten anspannen. Und ...

Ich schwenke auf sein Gesicht. Er starrt mir entgegen.

Nicht nur in meine Richtung, sondern DIREKT IN MEIN GESICHT.

Mit Herzrasen schnelle ich vom Teleskop zurück und lasse mich auf den Boden fallen. Sehr subtil. Als hätte er mich nicht sowieso schon ertappt. Mit etwas mehr Nervenstärke hätte ich das Teleskop einfach auf den Himmel gerichtet und die coole Nummer abgezogen und getan, als wäre nichts. Doch jetzt? Habe ich mich bis auf die Knochen blamiert.

Ganze Arbeit, Zorie.

Ich liege auf dem Boden und möchte am liebsten sterben. Wenn ich doch bloß die letzten Minuten rückgängig machen könnte.

Aber vermutlich kann ich es auf die Liste dessen setzen, was heute noch alles schiefgegangen ist. Andromeda springt vom Bett und leckt mir besorgt die Nase.

Neuer Plan: Ich werde mitfahren zum Glamping – und zur Sternenparty auf dem Condor Peak –, und wenn es das Letzte ist, was ich tue. Ich muss hier weg. Weg von meinem fremdgehenden Vater. Weg von der täglichen Demütigung, neben einem Sexshop zu wohnen. Und weit, *weit* weg von Lennon.

4

»Hey, schau dir den mal an. Der sieht bestimmt super an dir aus«, sagt Reagan mit ihrer lauten Reibeisenstimme und nimmt einen barbiepinken Rucksack vom Haken. Wir sind gerade mal seit zehn Minuten in diesem Outdoor-Laden, aber in unserem Einkaufswagen liegt bereits so viel Wanderausrüstung, dass es auch für einen ganzen Treck von Siedlern reichen würde. Der Ladenbesitzer addiert vermutlich schon den Umsatz im Kopf und leistet die Anzahlung für ein neues Haus. Reagans Mutter hat ihr eine Kreditkarte und freie Hand gegeben.

Hätte ich auch nichts dagegen.

»Hast du mal aufs Preisschild geschaut? Der ist viel zu teuer«, erwidere ich. Es ist einer dieser Rucksäcke mit vielen Fächern, der den gesamten Rücken bedeckt und in den alles hineinpasst, was man beim Wandern braucht – Schlafsack und Zeltstangen und so weiter.

»Mom meinte, wir dürfen alles kaufen, es muss nur aus diesem Laden sein«, sagt Reagan und wirft mit einem verschmitzten Lächeln den hellbraunen Pferdeschwanz über die Schulter. »Das wird sie noch bereuen. Abgesehen davon hat mein Vater gerade einen Haufen Kohle an der Börse gescheffelt. Was glaubst du, warum meine Eltern plötzlich beschlossen haben, in die Schweiz zu fliegen? Ein paar Rucksäcke können sie locker verschmerzen.«

»Im Wagen liegen schon vier«, gebe ich zu bedenken.

Vier Rucksäcke. Drei Zelte. Wanderstöcke. Schlafsäcke. Stirnlampen. Und ein Satz Emailletöpfe, weil sie ihn »süß« fand.

»Wir werden sie brauchen«, sagt sie lässig.

»Ich dachte, wir machen Glamping«, wende ich ein. »Deine Mutter hat meiner Mutter erzählt, für Zelte und Mahlzeiten sei gesorgt.«

Reagan schiebt den Wagen in eine Nische mit Outdoor-Klamotten. »Das stimmt, ich war letztes Jahr an meinem sechzehnten Geburtstag dort. Und die Jurten dort sind echt nice.«

»Joghurt?«

»Jurte«, wiederholt sie besonders deutlich und tut, als wolle sie mit den Zähnen nach meiner Nase schnappen. »Das sind riesige runde Zelte, in denen man eine fette Party feiern könnte. Wie dem auch sei, die Zelte heute kaufen wir nur für unseren Ausflug in die Wildnis.«

Das verheißt nichts Gutes. »Davon weiß ich noch gar nichts.«

»Wir laufen bloß ein bisschen, Zorie. Das schafft jeder.«

Ich schnaube. »Behauptet die Athletin, die jeden Morgen mit den Hühnern aufsteht, um zu trainieren.«

Ein gequälter Ausdruck verdüstert ihren Blick. Denkt sie daran, dass sie nicht zur Olympiade zugelassen wurde? Als mir die Bemerkung meiner Mutter einfällt, dass Reagan ziemlich daran knabbert, bereue ich meinen spitzen Kommentar sofort.

»Vermutlich hast du recht«, erwidere ich schnell. »Wir laufen bloß ein bisschen.«

Reagan mustert meinen Karorock und meine nackten Beine. »Wandern wird dir guttun.«

Ich bin nicht sicher, wie sie das meint, aber ich beschließe, es zu ignorieren, und lenke das Gespräch in eine andere Richtung. »Du hast vor, in der Wildnis zu zelten? Zwischen wilden Tieren und so?«

Reagan lässt eine Kaugummiblase platzen und schiebt den Wagen zu den Wanderschuhen. An der Wand hängt ein großes

Poster mit hübschen Models in Flanell, die uns aus der gestellten Wildnis des Fotoshootings tapfer mit makellosen Zähnen anlächeln. »Im King's Forest gibt es zig Zeltplätze. Bestimmt übernachten wir auf einem davon«, versichert sie mir. »Das nehme ich zumindest an. Ich habe bloß gehört, dass unser Ziel ein paar Stunden Fußweg von dem Glampingplatz entfernt ist. Irgendwelche durchschnittlichen Pseudo-Wanderer aus dem Silicon Valley kennen es natürlich nicht. Wir werden *abseits* der üblichen Trampelpfade laufen, Schätzchen.«

Das klingt ungut. Im Gegensatz zu Reagan sprühe ich nämlich nicht vor grenzenloser angeborener Energie, und ich habe auch keine Waden aus Stahl. Ich muss irgendwo in Laufweite von Koffein sein, wo ich mich nicht gegen Bären und Moskitos zu wehren brauche. Ich verziehe das Gesicht.

»Wir können so viel Krach machen, wie wir wollen, ohne dass uns ein Ranger ermahnt, leiser zu sein«, verkündet Reagan lauthals. »Die Leute von dem Glampingplatz sind nett, aber sie kennen meine Eltern. Bei ihnen können wir nicht richtig eskalieren, verstehst du? Ich kann gut darauf verzichten, dass alles brühwarm an meine Eltern weitergetragen wird.«

Allmählich frage ich mich, welche Art Aktivitäten sie dort im Sinn hat.

Reagan deutet auf das Poster mit den Wandermodels. »Wenn wir erst mal aus dem Tourigebiet raus sind ... kommt sowieso das Beste. Nicht weit vom Glampingplatz gibt es einen fantastischen verborgenen Wasserfall im King's Forest. Den muss man echt gesehen haben. Hast du eine Vorstellung, wie viele Leute im Internet berühmt werden, weil sie den Arsch in der Hose haben, an wirklich coole Orte zu fahren und dort Fotos zu machen?«

Mir kommt in den Sinn, was Avani über Bretts Telefonat erzählt hat. Mein Puls wird schneller. »Du hast mir immer noch nicht gesagt, wer alles mitkommt.«

»Ich dachte, das hätte ich schon«, sagt sie abwesend. »Summer.«

Eine aus Reagans Truppe. Sie isst manchmal mit uns im Hof zu Mittag.

»Und?«, dränge ich. »Wer noch?«

»Kendrick Taylor.« Geht auf die Alameda Academy, eine Privatschule auf der anderen Seite der Stadt. Hätten sie eine halbwegs brauchbare Sportförderung, wäre Reagan ebenfalls dort; aber da dem nicht so ist, besucht ein Haufen reicher Sportfanatiker mit uns gemeinem Fußvolk die staatliche Schule.

»Summer ist seit ein paar Wochen mit Kendrick zusammen«, erklärt sie, bevor ich nachhaken kann, dann brummt sie: »Warum müssen Wanderschuhe so hässlich sein?«

»Weil es kein Schwein interessiert, wie du aussiehst, wenn du schwitzend einen Berg hochschnaufst?«

»Weißt du, wenn du meinst, du packst es nicht, ein bisschen zu wandern, dann bleib doch zu Hause.«

Ihre Worte fühlen sich an wie eine Ohrfeige. Und muss sie es so laut sagen? Ihre durchdringende Stimme hallt durch den ganzen Laden, ein anderer Kunde hat sich schon umgedreht und uns fragend angeschaut. Öffentlich bloßgestellt zu werden ist einfach super.

»Tut mir leid«, sagt sie mit verkniffenem Mund. »War nicht so gemeint.«

Ich tue, als würde es mich nicht berühren. Seit dem Auswahlverfahren für die Olympiade hat Reagan die beschissene Angewohnheit, andere Leute niederzumachen, um sich besser zu fühlen. Was immer sie gerade nervt, hat vermutlich nichts mit mir zu tun. Ich frage mich gerade, ob ich auf diesem Trip klarkommen werde.

»Hör auf, deinen Arm zu zerkratzen«, maßregelt mich Reagan.

Es war mir gar nicht aufgefallen. Scheißausschlag. Ich werde Tabletten nehmen müssen.

Ich atme tief aus, um runterzukommen, und versuche, mich auf das Wesentliche zu konzentrieren. »Und wer noch?«, bohre ich. »Es können ja nicht nur Summer und Kendrick sein.«

Sie zuckt die Achseln. »Brett Seager und irgendein Kumpel von ihm.«

Bingo. »Ach, echt?«

»Ja, echt. Du brauchst nicht gleich in Ohnmacht zu fallen.«

»Keine Sorge«, sage ich.

»Ich weiß ja, dass du auf ihn stehst«, sagt sie. »Und ich will nicht, dass es komisch wird, weil du ihn anschmachtest und dich nicht mehr einkriegst.«

»Warum sollte es komisch werden? Glaubst du, ich stürze mich im Wald auf ihn?«

Sie kichert. »Man weiß ja nie. Was im Wald passiert, bleibt im Wald.«

Ich räuspere mich und versuche, locker zu klingen. »Ich habe gehört, er soll wieder Single sein.«

Reagan gibt einen undefinierbaren Laut von sich. »Ich dachte, du wärst über ihn hinweg?«

»Bin ich auch.« Mehr oder weniger.

»Na, dann ist ja gut. Aber ernsthaft. Ich will kein Drama auf diesem Trip. Oder dass es komisch läuft.«

»Es wird nicht komisch.«

»Sehr gut.« Sie nickt und schiebt den Wagen zu einer Wand mit Paddeln. Daneben hängen bunte Kajaks in Grün und Rot und Lila.

»Dieser Wasserfall, zu dem wir wandern wollen, ist also nur ein paar Stunden von dem Glampingplatz entfernt?«, hake ich nach.

»Das hat Brett zumindest gesagt. Er will seinen Kumpel, der ihm davon erzählt hat, überreden, uns hinzuführen. Oh, das erinnert mich an etwas. Bikinis. Wir werden schwimmen gehen. Führen die hier so was?« Sie reckt den Hals und sieht sich im Laden um.

Um nichts in der Welt werde ich vor Brett im Bikini herumlaufen. Vergiss es. Mein Stresspegel schnellt nach oben, aber ich drücke ihn mit aller Macht nieder und konzentriere mich auf meine Antwort. »Ich wüsste nur gern, wo dieser Wasserfall genau ist, ein paar Leute, die ich kenne, treffen sich nämlich auf dem Condor Peak. Ich habe überlegt, für eine Nacht nachzukommen.«

Reagan zieht die Nase kraus. »Wer von deinen Bekannten sollte sich auf dem Condor Peak treffen? Ach so. Ist das was vom Astronomie-Club?«

»Meteorstrom«, bestätige ich. »Dort findet eine große Sternenparty statt.«

Sie überlegt. »Das ist nicht weit von uns, und irgendwie kommst du bestimmt hin. In der Nähe des Glampingplatzes gibt es eine Haltestelle der Sierra-Nevada-Buslinie. Ich denke, für richtig Kohle kann man sich sogar von Uber abholen lassen.«

Das klingt vielversprechend, aber ich brauche genauere Details. Ich will das nicht auf den letzten Drücker organisieren. »Dann könnte ich ja mal den Campingplatz anschreiben und nachfragen.«

»Wird Avani dort sein?«, erkundigt sie sich. »Auf dem Condor Peak?«

Ich nicke. Manchmal habe ich den Verdacht, dass Reagan eifersüchtig auf unser gemeinsames Interesse für Astronomie ist. Was albern wäre, denn ich sehe Avani nur während der Clubtreffen. Reagan habe ich vor den Sommerferien jeden Tag gesehen.

Ich versuche, mich nicht am Arm zu kratzen, und tue, als würde ich mir ein Regal Trinkflaschen anschauen. Plötzlich kommt mir eine Idee. »Du könntest mitkommen zur Sternenparty. Avani würde sich freuen.«

Reagan bleibt stumm. Nur eine Sekunde lang. Dann schüttelt sie den Kopf. »Ich kann nicht Leute zum Campen einladen und sie dann sich selbst überlassen.«

Ich kichere leicht verlegen. »Natürlich nicht. Logisch.«

Ohne dass ich den Grund benennen könnte, schiebt sich plötzlich eine tiefe Verlegenheit zwischen uns. Vielleicht erinnert Reagan sich daran, dass wir alle mal enger befreundet waren. Vielleicht möchte sie wirklich gern zum Condor Peak mitkommen und muss nur ein bisschen angestupst werden. Manchmal sorgt es dafür, dass sie die andere Reagan hinter der Fassade zeigt – das Mädchen, das sie früher war. Vor dem ganzen Druck wegen der Olympiade. Bevor ihre Eltern reich geworden sind.

Sie schlägt mir auf die Schulter, was mich zusammenzucken lässt. Manchmal ist sich Reagan ihrer Kraft nicht bewusst. »Sei nicht so eine Schwarzseherin. Alles gut«, erklärt sie betont optimistisch. »Ich glaube, es wird für uns beide funktionieren. Du kannst ein bisschen Glamping mit meinen Leuten machen, und anschließend fährst du zu dem Astronomie-Dings mit Avani.«

»Erfordert vermutlich einiges an Koordination«, erwidere ich, nach wie vor etwas unentschlossen.

»Ach was, das wird schon«, beharrt sie, verdreht ironisch die Augen und streckt kurz die Zunge heraus. »Lass es einfach laufen, Zorie. Es kommt, wie es kommt.«

Ob sie weiß, dass das Bretts Motto ist? Er sagt das ständig.

Vielleicht ist es an der Zeit, den Ratschlag zu befolgen.

Am nächsten Morgen lasse ich es auf die einzige Art laufen, die ich kenne, indem ich nämlich am Empfang der Praxis eine extrem detaillierte To-do-Liste mit fünfundfünfzig Punkten durchgehe. Wir fahren morgen früh, mir bleibt also nicht viel Zeit, um nachzuprüfen, ob ich alles Nötige habe. Ich habe ein bisschen Angst, etwas zu vergessen.

Was das sein könnte, weiß ich nicht genau, denn ich war noch nie zelten. Auf der Website des Glampingplatzes sind vor allem Hochglanzaufnahmen der Landschaft ringsum zu sehen.

Das einzig Informative ist eine Rezension über den Küchenchef und die Weinsammlung. Außerdem eine Preisliste, die absolut größenwahnsinnig ist. Man könnte denken, wir wohnen in einem Vier-Sterne-Hotel, nicht in einem Zelt.

Avani und ich haben gestern Abend fast eine Stunde lang telefoniert und noch mal unser Vorhaben bekräftigt, uns bei der Sternenparty zu treffen. Sie hat mir geholfen, die Buslinien zu recherchieren, die – nicht allzu häufig – in der Sierra Nevada verkehren. So wie es aussieht, fährt zweimal am Tag ein Bus zum Condor Peak. Aber nun habe ich zumindest einen Plan, und mehr wollte ich ja nicht.

Als sich die Tür der Praxis öffnet und ich vom Computer aufblicke, erwarte ich den nächsten Akupunktur-Termin meiner Mutter. Mein Vater hat erst nach der Mittagspause wieder Patienten und ist deshalb vor ein paar Minuten für Besorgungen in die Stadt gefahren. Soll mir recht sein. Ich habe bisher kaum zwei Worte mit ihm gewechselt. Was soll ich ihm auch sagen? *Wie geht's? Irgendwelche neuen Geliebten diese Woche?* Oder vielleicht: *Was kann man eigentlich auf den Bahamas so unternehmen – außer sein Ehegelübde zu brechen und seine Familie zu zerstören?*

Ich verdränge sämtliche Gedanken und setze mein höfliches Vorzeigegesicht auf. Das Lächeln, das ich hervorzaubere, verflüchtigt sich allerdings ziemlich schnell, als ich sehe, wer da auf den Tresen zusteuert.

Der Herr der Dunkelheit höchstpersönlich, Lennon Mackenzie.

Mein erster Gedanke: *Was will der denn hier?*

Er kommt nie in die Praxis. Nie, nie, nie. Es ist bestimmt ein Jahr her, dass er einen Fuß ins Wartezimmer gesetzt hat.

Mein zweiter Gedanke: HILFE, ER HAT MITGEKRIEGT, DASS ICH IHN IN SEINEM SCHLAFZIMMER AUSSPIONIERT HABE.

Falls es eine Gottheit da oben im Himmel gibt, möge sie mir bitte die

Fähigkeit zur Zeitreise verleihen, damit ich die Uhr zurückdrehen kann und dieser Albtraum von Situation gar nicht erst eintritt. Ich blinzle im Zeitlupentempo. Hoffentlich wird Lennon verschwunden sein, wenn ich die Augen wieder öffne, aber Fehlanzeige. Er und sein zu großer Körper – *wehe, du denkst an diesen nackten Oberkörper* – nehmen auf der anderen Seite des Empfangstresens nach wie vor zu viel Raum ein.

»Hallo«, begrüßt er mich. Es klingt fast wie eine Frage.

Ich überlege, ob ich ebenso wortlos das Kinn heben soll, wie er es gestern bei mir gemacht hat, beschließe aber, dass ich mich nicht auf dieses Niveau herablassen werde. »Guten Morgen«, grüße ich steif. Kein Lächeln. Das hat er nicht verdient.

Er senkt den Blick. Dann ballt er die Hand zu einer Faust und klopft ein paarmal langsam und sachte auf den Tresen, während er mit zusammengebissenen Zähnen Luft holt ... als wisse er nicht, was er sagen soll. Oder er weiß es, will es aber unter keinen Umständen sagen.

»Also ...«, bringt er schließlich hervor.

»Also«, wiederhole ich. Weicht er meinem Blick aus? Es fühlt sich an, als könnte er jeden Moment Dynamit über den Tresen werfen und zur Tür hinausrennen. Jetzt verstehe ich die Redewendung, dass eine Stimmung explosiv sein kann.

Mehr hat er nicht zu sagen?

Ist er hier, um mich zur Rede zu stellen?

Was soll ich tun?

»Ich habe dir nicht hinterherspioniert«, platze ich vorsichtshalber heraus. »Ich habe bloß mein Teleskop eingestellt. Es war in Reparatur. Vor Kurzem. Vor Kurzem in Reparatur. Ich habe es überprüft.«

Oh, *jetzt* sieht er mich an. Auf seinem Gesicht zeigt sich etwas wie blankes Entsetzen. Oder Schreck. Vielleicht hält er mich für eine Idiotin. *Warum werde ich nicht aus ihm schlau?* Und warum sagt er nichts?

»Ich habe auch nicht viel gesehen«, beharre ich.

Er nickt bedächtig.

»Eigentlich überhaupt nichts«, füge ich hinzu. »Ich habe mein Teleskop ausgetestet.«

»Das hast du bereits erwähnt«, sagt er und mustert mich fragend.

»Sorry. Das heißt, mir muss gar nichts leidtun, ich habe ja nichts getan.«

»Genau.«

»Es war ein Versehen.«

»Schon klar.«

Meine Augen wandern zu seinen Armen. Er trägt kurze Ärmel, ich starre auf seine Muskeln. *Nicht hinsehen! Nicht hinsehen!* Zu spät. Er hat mich ertappt. Schon wieder.

WAS IST MEIN PROBLEM?

»Wie dem auch sei«, er legt einen Stapel Umschläge auf den Tisch, als sei alles in schönster Ordnung. »Ich soll euch eure Post vorbeibringen. Sie wurde heute Morgen mal wieder bei uns im Laden abgegeben.«

Oh.

Ich kann kaum das leise gequälte Stöhnen unterdrücken, das in meiner Kehle aufsteigt. Wenn ich doch bloß den Mund gehalten hätte ...

»Aha, danke.« Ich ziehe die Briefe mit einem Finger zu mir heran und versuche mein letztes bisschen Stolz zu wahren. »Dieses Mal scheinen sie ja noch geschlossen zu sein, ihr habt sie wohl nicht wieder aus Versehen geöffnet.«

Er zupft an seinem Ohr. Abgeblätterter schwarzer Nagellack schimmert im Licht. »Sie wollte ihn wirklich nicht öffnen. Ich war dabei, als es passiert ist.«

So eine Kacke. *Er weiß Bescheid.* Natürlich. Es ist ja nicht so, dass ich die Möglichkeit nicht in Erwägung gezogen hätte. Trotzdem könnte ich vor Verlegenheit im Erdboden versinken. Ich weiche seinem fragenden Blick aus, indem ich geschäftig Briefe sortiere.

»Hey«, sagt er mit unerwartet sanfter Stimme.

Als ich aufschaue, hat er diesen seltsamen Gesichtsausdruck, bei dem ich nicht weiß, ob es Mitleid oder Zärtlichkeit ist, oder womöglich etwas ganz anderes. Aber es fühlt sich an, als wisse er etwas, das ich nicht weiß, was meinen von Panik getriebenen Puls bloß noch mehr beschleunigt.

Die Praxistür schwingt auf. Mein Vater kommt hereingeeilt. »Habe vergessen, meinen ...« Als er Lennon sieht, bleibt er wie angewurzelt stehen. Seine Augenbrauen ziehen sich zu einer dunklen Linie zusammen. »Was hast du hier zu suchen?«

Lennon hebt kapitulierend beide Hände, aber mit absolut trotziger Miene. »Ich liefere nur die Post aus, Mann.«

»Ich bin nicht dein ›Mann‹«, schnauzt mein Vater; seine Wut ist ihm anzuhören.

»Man muss dem lieben Gott auch für die kleinen Freuden dankbar sein.«

»Etwas Respekt, wenn ich bitten darf.«

»Nur wenn ich auch mit Respekt behandelt werde«, spottet Lennon und setzt noch eins drauf: »Sir.« Allerdings klingt es alles andere als höflich.

Ich weiß nicht, was ich tun soll. Warum ist Lennon überhaupt rübergekommen? Er kennt meinen Vater doch. Um eine weitere Eskalation zu verhindern, mische ich mich ein: »Lennon hat falsch zugestellte Post vorbeigebracht.«

Mein Vater scheint mich überhaupt nicht zu hören. Er deutet bloß auf den Boden. »Du weißt, dass ich dich auf meinem Grundstück nicht sehen will.«

Lennon zuckt die Achseln. »Auf *Ihrem* Grundstück? Soweit ich weiß, sind Sie genau wie alle anderen nur Mieter hier.«

»Markier hier nicht den Klugscheißer.«

»Lieber Klugscheißer als Scheißkerl.«

Hm, unkluger Kommentar. Der Gesichtsausdruck meines Vaters steigert sich von wütend zu fuchsteufelswild. »Verschwinde.«

Lennon lächelt ihn finster an. »Schon unterwegs.«

»Besser ist es«, brummt mein Vater.

Im Gang hinter dem Tresen hallen Schritte. Meine Mutter taucht auf; sie ist außer Atem und dreht den Kopf hin und her, um die Situation abzuschätzen. »Was ist hier los?«, flüstert sie laut. »Ich habe eine Patientin auf der Liege!«

»Mrs Everhart«, Lennon nickt höflich. »Ihr Mann hat mich gerade rausgeworfen.«

»Dan!«, sagt meine Mutter vorwurfsvoll.

Mein Vater kümmert sich nicht um sie. »Lass dich hier bloß nicht mehr blicken«, erklärt er Lennon.

»Bis dann, Zorie«, sagt Lennon zu mir und stößt die Eingangstür auf.

»Wenn du noch einmal mit meiner Tochter sprichst, rufe ich die Polizei!«, brüllt ihm mein Vater hinterher.

Hui.

Lennon dreht sich in der Türöffnung um und starrt meinen Vater einige lange Sekunden an, dann schüttelt er den Kopf. »Immer wieder ein Vergnügen, Mr Everhart. Sie sind wirklich ein Ausbund an Höflichkeit und galantem Benehmen. Ein richtiges *Prachtexemplar.*«

Jetzt ist mein Vater auf hundertachtzig, einen Moment habe ich Angst, er könnte auf Lennon losgehen. Noch schlimmer – ich befürchte, Lennon wird das Fotobuch erwähnen.

Aber nach einem kurzen Blick zu meiner Mutter, dann zu mir, geht er ohne ein weiteres Wort. Die Tür schließt sich hinter ihm, und ich beobachte, wie sich seine dunkle Gestalt auf dem Gehweg entfernt.

»Dan«, wiederholt meine Mutter, dieses Mal leicht resigniert. Niedergeschlagen.

Schweigen legt sich über das Wartezimmer. Mein Vater hält seine Wut im Zaum, und von einem Moment auf den anderen löst sich seine Streitlust in dem Sonnenstrahl auf, der durch die Frontscheiben hereinfällt. Er dreht sich zu mir und fragt seelenruhig: »Was wollte er hier? Ich dachte, ihr würdet nicht mehr miteinander reden.«

Ich schwenke die Briefumschläge, die Lennon vorbeigebracht hat. »Tun wir auch nicht. Er hat die Wahrheit gesagt.«

Begreift er, wie demütigend der Vorfall für mich ist? Was immer Lennon und ich miteinander auszutragen haben, geht nur uns etwas an, und ich bin es leid, in die Querelen meines Vaters hineingezogen zu werden. Alles: seine Stänkereien mit den Mackenzies und was er meiner Mutter angetan hat. Wenn er wüsste, was ich in meinem Schreibtisch verstecke ...

Vielleicht sollte ich ihm das Fotobuch unter vier Augen zeigen und abwarten, was er dazu sagt.

Würde er versuchen, sich herauszureden? Oder würde er es zugeben?

Ich glaube, ich bringe nicht den Mut auf, es herauszufinden.

Dad starrt mich an – äußerlich unbeteiligt, aber ich kann förmlich sehen, wie sich die Zahnrädchen in seinem Kopf drehen. Ahnt er meine Gedanken? Ich entspanne mein Gesicht, bis es aussieht wie seines.

Einen Augenblick später zieht er leise die Nase hoch und lässt die Autoschlüssel in der Hand klimpern. »Wenn dich dieser Junge belästigt, Zorie, sag mir bitte Bescheid. Sofort.«

Darauf kann er gern hoffen, doch ich bezweifle, dass ich ihm in absehbarer Zeit irgendetwas anvertrauen werde.

Vielleicht nie wieder.

5

Damit war das Thema zwischen meinem Vater und mir erst mal abgehakt. Anschließend entschuldigte er sich bei meiner Mutter wegen der Szene bei der Arbeit, verschwand kurz in seinem Büro und rannte wieder zur Tür hinaus. Als wäre nichts geschehen. Ein paar Stunden später ist er immer noch nicht zurück, aber er ruft an und sagt, wir sollen ohne ihn zu Mittag essen. Angeblich spielt er mit einem Patienten Squash. Wer's glaubt, wird selig.

Vielleicht glaube ich ihm nie wieder *irgendetwas*.

Nachdem Mom die Praxis über Mittag geschlossen hat und wir Veggie Tacos in ihrem vegetarischen Lieblingsrestaurant gefuttert haben, wo alles direkt vom Erzeuger kommt, bummeln wir nun an den Läden der Mission Street vorbei.

Außer Essen und Kaffee gibt es auf der von Ahornbäumen gesäumten Promenade nichts, was irgendjemand wirklich braucht, aber alles, was man will. Zwischen ein paar Kettenläden befinden sich spezialisierte Geschäfte mit schwedischen Zahnbürsten, Craft-Sake, exotischen Handpuppen und Spielzeug aus recyceltem Holz. Und überall auf dem Gehweg sitzen Mütter und Tattooträger nebeneinander auf der Bank und hören einer Jazzband von Studenten zu, die vor dem *Jitterbug* Straßenmusik macht.

»Du warst so schweigsam im Restaurant«, meint meine Mutter. Sie trägt die Reste unserer Mahlzeit in einer weißen Plastiktüte. »Ich weiß, es war laut und wuselig da drinnen, aber normalerweise lässt du doch mindestens *einen* Spruch über Vegetarier ab.«

Bietet sich ja auch an. In Tacos muss Fleisch sein. Dieses Lokal ist ernährungstechnisch voll daneben. Die Hälfte der Leute dort könnte ein paar Eisentabletten vertragen.

»Ich denke bloß über den Trip nach«, lüge ich.

»Den Trip ... oder dass dein Vater sich vor Lennon zum Affen gemacht hat?«

»Vielleicht beides«, räume ich ein und sehe sie an. »Diamond Dan ist ganz schön abgegangen.«

»Diamond Dan hat seine Gefühle manchmal nicht im Griff.« Sie stößt einen tiefen Seufzer aus und zupft an der diagonalen Naht ihres Kittels. »Ich war noch nie damit einverstanden, wie er Lennon behandelt. Wenn die Mackenzies dich je so behandeln würden –«

»Tun sie aber nicht.«

Sie nickt. »Ich weiß. Und es ist auch keine wirkliche Entschuldigung, aber dein Vater hat ziemlich viel Stress wegen der Praxis. Er hat so viele Massagepatienten verloren. Wir lassen gerade ganz schön Blut, und ich weiß nicht so recht, wie wir die Wunde abbinden sollen, bis der Laden wieder läuft.«

Ich überlege einen Moment. »Ihr könntet Grandpa Sam anrufen. Er würde euch Geld leihen.«

Grandpa Sam ist Moms Vater. Er ist der netteste Typ der Welt. Ihre Eltern kamen in die USA, als sie noch ein Baby war, und ihre Spedition, *Moon Import und Export* – Moon ist ihr koreanischer Familienname – verschickt Maschinenteile aus Südkorea. Sie sind nicht wohlhabend, aber es geht ihnen gut. Grandpa Sam hat mir Nancy Grace Roman und die ganze übrige Astronomie-Ausrüstung gekauft. Ich schicke ihm jeden Monat meine besten Sternenfotos, auf die er immer mit mehreren enthusiastischen Emojis antwortet. Früher hat er nur Smileys geschickt, doch in letzter

Zeit hat sich sein Repertoire auf gereckte Daumen und Sterne erweitert.

»Nein, wir werden meine Eltern nicht um noch mehr Geld bitten«, sagt meine Mutter entschieden. »Sie haben schon genug für uns getan.«

Ein paar Schritte laufen wir schweigend nebeneinander her, dann fällt mir eine Bemerkung von ihr ein. »Warum verlierst du eigentlich keine Akupunktur-Patienten?«

»Hmm?«

»Wenn der Sexshop der Mackenzies Dads Massagepatienten vertreibt, warum kommen deine dann nach wie vor?«

Sie zuckt die Achseln. »Wer weiß? Vielleicht gibt es in Melita Hills mehr Massagetherapeuten als Akupunkteurinnen. Ich bin Mangelware.«

»Vielleicht sollte sich Dad dann auch auf Akupunktur verlegen?«

»Glaub mir, dein Vater und ich haben schon mehrere Optionen durchgespielt. Wir haben die Praxis in den letzten Monaten bis ins kleinste Detail analysiert.«

Am Ende des Blocks will uns eine über und über mit Perlenschmuck behängte Frau über die Vorzüge der Psychoimmunologie aufklären, während ein Mann in einem abgetragenen Anzug versucht, uns ein Pamphlet über Seelenrettung in die Hand zu drücken. Ich winke bei beiden ab. »Darf ich dich mal was fragen?«, sage ich zu ihr, nachdem wir die Kreuzung überquert haben. »Bist du glücklich mit Dad?«

Meine Mutter dreht den Kopf zu mir. »Warum fragst du mich das?«

»Keine Ahnung.« Aber ich wünsche mir, ich hätte den Mund gehalten.

»Selbstverständlich«, versichert sie mir.

Ich weiß nicht, wie ich das finden soll. Wie kann sie glücklich sein, während mein Vater mit anderen Frauen um den Globus scharwenzelt? Sollte ihr nicht auffallen, dass etwas nicht stimmt? Ich glaube, ich würde den Braten riechen, wenn mich mein Partner betrügt. Hoffe ich zumindest. Meine einzige Beziehungserfahrung ist Andre Smith. Es ging nach der Homecoming-Party los, aber genau vor unserem zweiten Date bekam seine Mutter einen Job in Chicago, und es war klar, dass sie umziehen würden. Unser drittes Date war seine Abschiedsparty, und da wir uns nie wiedersehen würden, sind wir beim Abschiednehmen ... ein bisschen weit gegangen. Es kam zu ein paar unklugen Entscheidungen. Abgesehen davon, dass ich nach seiner Abreise drei Schwangerschaftstests gemacht habe – um dreifach sicher zu sein – und danach alles meiner Mutter gebeichtet und sie um Rat gefragt habe, um *vierfach* sicher zu sein, war die ganze Erfahrung ein Flop. Für mich jedenfalls. Andre hat mir noch wochenlang Mails geschrieben und wollte die ganze Sache am Leben erhalten. Irgendwann blieb mir nichts anderes mehr übrig, als seine Mails als Spam zu markieren.

So läuft es, wenn ich mich nicht an einen Plan halte. Es geht total nach hinten los. Nie wieder.

Mom streicht mir über den Kopf. »Geldprobleme sind für jede Partnerschaft belastend. Aber wir schaffen das. Schlechte Zeiten dauern nicht ewig. Man muss nur durchhalten, bis sie vorüber sind.«

Allerdings hat sie keine Ahnung, wie schlecht die Zeiten wirklich sind. Was mir, abgesehen von dem grundlosen Wutanfall meines Vaters heute Morgen, außerdem auf der Seele liegt, ist die Befürchtung, dass ich nicht die Einzige bin, die Dads außerehelichen Aktivitäten geheim hält. Wie lange wird es dauern, bis sich einer der Mackenzies verplappert und Mom davon erfährt?

Das darf ich nicht zulassen.

»Ist das wieder Nesselfieber?« Meine Mutter bleibt stehen und mustert meinen Arm. »Oh nein, Zorie. Die Pusteln sind ja überall. Hast du Shrimps gegessen?«

»Nein.« Manchmal wird es von Schalentieren ausgelöst, aber meistens liegt es einfach am Stress oder irgendeinem Allergen. Es lässt sich nicht vorhersagen. Mein Körper ist ein Rätsel.

Sie verzieht besorgt das Gesicht. »Du musst wieder deine Tabletten nehmen. Und wir holen besser noch bei Angela einen Topf von dieser homöopathischen Salbe.«

Ich sage nicht, dass ich von der Salbe Kopfschmerzen bekomme. Mom schlägt vor, dass wir uns beeilen und sie auf dem Rückweg besorgen, aber meine Aufmerksamkeit wird von etwas auf der anderen Straßenseite beansprucht. An der Bordsteinkante parkt Lennons großer schwarzer Goth-Leichenwagen. Wir sind ungefähr einen halben Block von dem Laden entfernt, in dem er jobbt, er scheint also gerade zu arbeiten. Beim Gedanken an seinen Streit mit meinem Vater heute Morgen wird mir etwas bewusst: Ich werde eine Woche verreist sein, während Lennon hierbleiben wird. Es muss nur noch einmal knallen zwischen den beiden und Lennon erwähnt möglicherweise das Fotobuch.

Ich muss ihm das Versprechen abnehmen, dass er den Mund hält.

»Weißt du, komm lieber nicht zu spät zu deinem nächsten Termin«, erkläre ich meiner Mutter. »Ich werde bei Angela vorbeigehen und die Salbe holen.«

Nach kurzem Zögern kramt sie Geld aus ihrer Kitteltasche und gibt es mir. »In Ordnung. Frag sie, ob sie sie dir gegen einmal Schröpfen gibt. Manchmal lässt sie sich auf Tauschgeschäfte ein.«

»Ehre unter Heilenden?«

»So was in der Richtung. Nimm eine Tablette, wenn du nach Hause kommst, ich schaue mir das später noch mal an, okay?«

»Wird gemacht.«

»Ich meine es ernst. Ich will dich nicht ins Krankenhaus bringen müssen.«

»Nicht zu *diesen* Ungeheuern«, erkläre ich theatralisch. »Schulmedizin ist das Letzte.«

Sie kitzelt mich mit dem Finger an der Seite, bis ich lachen muss. »Kümmere dich um deine Nesselsucht, junge Dame.«

Ich versichere ihr, dass ich das tun werde.

Nachdem wir uns getrennt haben, gehe ich wieder auf die andere Straßenseite und an Lennons Wagen vorbei. Dann steuere ich auf das Geschäft an der Ecke zu.

Reptile Isle ist einer der ältesten Reptilienläden in Kalifornien. Auf die Ziegelsteinfassade ist ein gigantisches Wandbild vom Regenwald gemalt, mit Eidechsen und Schildkröten und Schlangen und dergleichen. Ich laufe an den riesigen Treibholzblöcken und tropischen Pflanzen im zurückgesetzten Eingang vorbei und stoße die Tür auf.

Im Ladeninneren stellen sich meine Augen auf das diffuse Licht ein, der schwere moschusartige Geruch von Substrat und Schlangen steigt mir in der Nase. An den Wänden stehen Hunderte von Becken und Terrarien, das UV-Licht und die Heizlampen verströmen Wärme. Die meisten Reptilien hier sind verkäuflich, aber im hinteren Bereich betreiben die Ladenbesitzer eine Zucht und bieten zahlreiche Schulprogramme an. Da Lennon nicht am großen Kassentresen neben dem Eingang sitzt, schaue ich mich in dem weitläufigen Laden um. Ich schlängele mich durch Gänge mit aufeinandergestapelten Plastikkäfigen, Kunstpflanzen und endlosem Reptilienzubehör: Beckenthermostate, Futternäpfe, Echsenhängematten. In der Mitte des Ladens steht in einem riesigen Käfig das Skelett eines alten Baums; auf den kahlen Ästen sind kleine Holzplattformen angebracht. Von der Käfigdecke hängen tropische Pflanzen, an den Gitterwänden ranken sich Blühpflanzen nach oben.

Und dort entdecke ich Lennon.

Er steht mit einem großen grünen Leguan um die Schultern im Käfig.

»Sie heißt Maria«, erklärt Lennon einem Kind, das von außen die Nase gegen das Drahtgitter drückt. »Sie kommt aus Costa Rica.«

»Wie alt ist sie?«, fragt das Mädchen.

»Sie ist fünf«, antwortet Lennon.

»Genauso alt wie du«, sagt die Mutter.

Das Mädchen wirkt entsprechend beeindruckt. »Und hier lebt sie?«

»Sie hat den ganzen Käfig für sich«, bestätigt Lennon. »Sie ist mehr als einen Meter zwanzig lang, deshalb braucht sie viel Bewegungsfreiraum. Möchtest du mal ihren Schwanz sehen?«

Er geht auf der anderen Seite des Drahtgitters in die Knie, damit das Mädchen sich ihn anschauen kann.

Sie macht große Augen und ist ebenso fasziniert wie vorsichtig. »Beißt sie?«

»Wenn sie Angst hat«, bestätigt Lennon und lockt die große Echse von seinen Schultern zu einer höher gelegenen Plattform, wo sie unter eine tropische Topfpflanze kriecht. »Sie lässt sich nur von ein paar wenigen Freunden anfassen. Es dauert lange, bis sie Menschen genug vertraut, um sie in ihre Nähe zu lassen. Aber wenn du sie von draußen bewunderst, stört sie das nicht.«

»Kann ich sie als Haustier haben?«

Lennon tut, als würde er über die Frage nachdenken. »Sie benötigt sehr viel Platz, und wir wären traurig, wenn wir sie nicht jeden Tag sehen würden. Wenn du Echsen magst, geben grüne Saumfingerechsen oder ein Leopardgecko bessere Haustiere ab. Sie sind ziemlich pflegeleicht, falls deine Mom bereit ist, lebende Insekten zu kaufen …« Er späht zu der Mutter, die entschieden den Kopf schüttelt, und fügt schnell hinzu: »*Oder* du kommst einfach her und besuchst Maria.«

Das Mädchen lässt sich Lennons Vorschlag nachdenklich durch den Kopf gehen, und die Mutter hält enthusiastisch die Daumen hoch. Sein Gesicht entspannt sich zu einem herzlichen

Lächeln. So habe ich ihn schon seit langer Zeit nicht mehr lächeln sehen. Es ist süß und jungenhaft. Der hohle Schmerz in meiner Brust ist unerwartet.

Hör auf, dich so lächerlich aufzuführen, ermahne ich mich.

Während sich die Mutter bei ihm bedankt und ihre Tochter in die Schildkrötenabteilung des Ladens lotst, verdränge ich die unerwünschten Gefühle. Dann gehe ich beklommen auf den Käfig zu.

»Hey«, sage ich.

Als er sich umdreht und mich entdeckt, zuckt sein Kopf überrascht zurück. Er sieht sich um, als könnten plötzlich versteckte Kameras auftauchen, und scheint mehr Angst zu haben, als das kleine Mädchen vor einem möglichen Leguanbiss hatte. »Was gibt's?«

»Ich habe auf dem Heimweg vom Mittagessen dein Auto gesehen«, erkläre ich, als sei es das Normalste der Welt, dass ich vorbeikomme. Als hätte ich mich nicht monatelang gesträubt, diese Straßenseite zu benutzen, um ihm nicht versehentlich in die Arme zu laufen.

Er nimmt eine Verteidigungshaltung ein und verschränkt die Arme vor der Brust. »Bist du sicher, dass du nicht hier bist, um mir einen Haftbefehl wegen Hausfriedensbruch zu überbringen?«

Ich winde mich innerlich. »Mein Vater ist –«

»Ein Arschloch?«

»Besorgt.«

Lennon schnaubt. »Ach, *so* nennen wir das.«

»Hey, du würdest dir auch einen Kopf machen, wenn dein Laden den Bach runtergeht, weil deine Kunden schneller abhauen, als Ratten ein sinkendes Schiff verlassen.«

Er stößt einen langen nachdenklichen Pfiff aus, der durch das Drahtgitter vibriert. Er sorgt für Chaos in meinen Gedanken und löst seltsame unerwünschte Dinge in meiner Brust aus.

»Das stimmt übrigens nicht«, klärt er mich auf. »Die ursprüngliche Redensart lautet: »Stürzt ein Haus ein, flüchten die Mäuse.«

»Ach ja? Dann hoff mal lieber, dass das nicht der Fall sein wird, wir sitzen schließlich alle im selben Haus«, erwidere ich. Mit einem Mal nervt mich sein neunmalkluges Pseudowissen. »Falls bei uns alles zusammenbricht, begraben wir vielleicht euren Laden unter uns. Und wo sollen dann die ganzen Fetischisten aus der Nachbarschaft ihre Analplugs kaufen?«

»Weiß ich auch nicht.« Er stützt sich mit den Händen auf den Holzrahmen des Käfigs und beugt sich vor, bis sein Gesicht auf meiner Höhe ist und seine Stirn gegen das Gitter zwischen uns drückt. Seine Kleider verströmen einen sauberen sonnigen Duft, der schmerzhaft vertraut ist. Den Duft von Lennon. »Vielleicht gehen sie dann in denselben Laden, wo dein Vater die Stöcke kauft, die ihm im Arsch stecken. Soweit ich weiß, liegt er direkt neben der Selbsthilfegruppe für Fremdgeher.«

Wut steigt in mir auf. »Du ...«, setze ich an, aber dann merke ich, wie laut ich bin. Ich beuge mich näher zum Gitter und senke die Stimme. »Von diesem Fotobuch darfst du niemandem erzählen.«

»Ich glaube, jeder mit einem brauchbaren Bullshit-Warnsystem weiß sowieso schon, was für ein Drecksack er ist.«

»Meine Mutter nicht!«, zische ich. So ein Blödmann.

Er mustert mich und stößt einen leisen Pfiff aus. »Du hast ihr das Päckchen nicht gegeben.«

»Weil es ihre Ehe zerstören wird«, flüstere ich. »Das kann ich meiner Mutter nicht antun. Es würde sie umbringen.«

Lennon gibt keine Antwort, sondern sieht mir nur weiter in die Augen.

»Du darfst meiner Mutter nichts sagen«, bettele ich. »Und bis mir irgendetwas einfällt, musst du deinen Müttern ausrichten, dass sie ebenfalls den Mund halten sollen.«

»Ich habe keine Kontrolle darüber, worüber sie mit deiner Mutter reden. Falls du dich noch erinnerst, sie waren alle mal befreundet. Nebenbei bemerkt, waren wir das übrigens auch, bevor du den sozialen Aufstieg für wichtiger befunden hast.«

»Wie bitte?« Das ist nicht der Grund, warum alles in die Brüche gegangen ist. *Er* hat mich sitzen lassen.

»Es überrascht mich ehrlich gesagt, dass du das Risiko eingehst, in aller Öffentlichkeit mit mir zu reden«, sagt er. »Jede Sekunde in meiner Nähe kostet dich Lebenspunkte. Pass lieber auf, dass sie nicht in den Keller gehen.«

»Ich weiß nicht mal, was das bedeuten soll.«

»Das liegt daran, dass du schon zu lange mit der bescheuerten Reagan Reid rumhängst.«

»Sagt der Typ, der allein mit seinen Schlangen zu Hause rumhockt.«

»Na, du musst es ja wissen, Superschnüfflerin.«

Ich drücke die Stirn gegen das Gitter. »Ich habe dir bereits erklärt, dass das ein Versehen war.«

Seine dunklen Augen sind nur Zentimeter von meinen entfernt. »Ach ja?«

»Ein großes.«

»Wenn du das sagst.«

»Ein riesengroßes.«

»Ich fühle mich geschmeichelt.«

»Ich …« *Moment mal, worüber reden wir hier eigentlich?*

Sein Lächeln ist träge und arrogant.

Ruckartig ziehe ich den Kopf zurück. Meine Ohren fühlen sich plötzlich an, als würde jemand einen Gasbrenner an meinen Kopf halten. Ich zupfe an den lockigen Spitzen meines Bobs, um die verräterische Röte zu verdecken, hoffentlich breitet sie sich nicht auf den Hals aus.

»Du kannst mich mal«, sage ich. »Ich wollte mich für das Verhalten meines Vaters entschuldigen, aber jetzt finde ich es eigentlich ganz okay, dass er dir den Kopf abgebissen hat. Ich hoffe, du brauchst eine Tollwutspritze.«

»Bin ich die Fledermaus oder Ozzy? Denn wenn dein Vater zugebissen hat, muss *er* die Tollwutimpfung kriegen.«

»Du bist so ein Arsch.«

»Weißt du«, sagt er nach einem sarkastischen Glucksen, »du hast mir echt leidgetan. Wirklich, aber nur zwei Sekunden. Vermutlich idiotisch von mir, denn jetzt sehe ich ja, dass sich nichts geändert hat. Du bist immer noch dieses eiskalte Mädchen. Du bist genau wie er. Das ist dir bewusst, oder? Schein ist dir wichtiger als Sein. Vielleicht ist die Lügerei erblich.«

Chaotische Gefühle kochen in mir hoch. Verlegenheit. Schmerz. Und etwas anderes, das ich nicht identifizieren kann. Wut. Das muss es sein, denn ohne Vorwarnung brennen unvergossene Tränen in meinen Augen.

Wehe, du flennst vor ihm rum, ermahne ich mich.

»Zorie«, sagt er leise und mit rauer Stimme. »Ich ...«

Er beendet den Satz nicht, und es ist auch egal. Es interessiert mich nicht, was Lennon Mackenzie denkt. Jetzt nicht und nie wieder.

»Ich dachte, ich könnte hier vernünftig mit dir reden«, sage ich so ruhig und professionell wie möglich, als ich vom Käfig weggehe. »Aber vermutlich habe ich mich getäuscht. Falls ihr, du und deine Eltern, nur einen Funken Respekt für meine Mutter habt, dann bitte ich euch einfach darum –«

»Zorie –«

Ich hebe die Stimme, um ihn zu übertönen. »– dass ihr euch aus ihren Angelegenheiten heraushaltet und es mir überlasst. Wenn jemand ihr Leben zerstören wird, sollte ich das sein, nicht irgendein Fremder, dem sie völlig egal ist.«

Mit diesem Kommentar stolziere ich aus dem Laden.

Es kann gar nicht schnell genug morgen werden.

6

»Hast du alles?«, fragt Mom und prüft das Gewicht meines Rucksacks. Es ist gleich zehn Uhr morgens, und Reagan will mich in ein paar Minuten abholen. Ich bin noch mal in der Praxis vorbeigegangen, um mich von meinen Eltern zu verabschieden. »Mensch, ist der schwer.«

»Das liegt an dem tragbaren Teleskop und meiner Kamera.« Wer hätte gedacht, dass zehn Pfund so schwer sein können? Da sie viel Platz in meinem Rucksack einnehmen, habe ich eines der Zelte von Reagan ganz unten hineingestopft, einen Schlafsack zusammengedrückt, Kleider eingerollt, um Platz zu sparen, und ein paar Energieriegel, Erdnussbutter und Schoko-Espressobohnen eingepackt – alles, was der Mensch für eine ausgewogene Ernährung braucht.

Vielleicht habe ich auch versehentlich ein Millimeterheft eingepackt. Ein ganz kleines. Und ein paar Gelstifte.

»Hast du das Geld für Notfälle eingesteckt?«

Ich klopfe auf die Tasche meiner lila karierten Shorts. Sie passen zu den lila Chucks, die wiederum zu meinem lila Brillengestell passen. Habe ich den lila Glitzernagellack schon erwähnt? Ich bin in Bestform. Eigentlich sollte ich dafür bezahlt werden, so umwerfend auszusehen. Her mit meinem Modelvertrag!

»Powerbank?«

»Im Rucksack«, lüge ich. Es ist ein tonnenschweres älteres Modell und im Kampf von schwer gegen schwer haben mein

Teleskop und meine Kamera gewonnen. Außerdem werden sie auf dem Glampingplatz ja wohl Strom haben. Dann kann ich mein Handy einfach an die Steckdose hängen.

Meine Mutter inspiziert meine Arme. »Die Salbe gegen die Nesselsucht?«

»Ja, ich habe die stinkende homöopathische Creme. Wo ist Dad? Ich muss gleich los.«

»Dan!«, ruft sie nach hinten und formt mit den Händen einen Trichter. Dann wendet sie sich wieder zu mir. »Er ist auf dem Weg zur Bank. Ich habe versucht, den Kreditrahmen für die Praxiskarte zu erhöhen, aber sie sagen, wir sind wegen der Überziehung nicht kreditwürdig. Was verrückt ist, denn es ist unser einziger Kredit, den für das Auto deines Vaters habe ich letztes Jahr abbezahlt. Da liegt bestimmt ein Missverständnis vor. Er wird das klären. Ah, da bist du ja«, sagt sie, als er mit den Schlüsseln in der Hand in den Empfangsbereich eilt.

Und zur Tür.

»Bin gleich wieder da«, sagt er, die Schlüssel in der Hand.

»Dan, Zorie bricht zu ihrem Campingtrip auf«, erklärt meine Mutter. Sie klingt genauso genervt, wie ich mich fühle.

Er dreht sich um und sieht mich verwirrt an – meinen Rucksack scheint er erst in diesem Moment wahrzunehmen. »Weiß ich doch«, sagt er und überspielt seinen Fauxpas mit einem charmanten Lächeln. »Bist du aufgeregt, dass du Zeit mit der Reid-Tochter verbringen wirst?«

»Reagan«, sage ich.

»Reagan«, wiederholt er. Breiteres Lächeln. Er dreht sich zu meiner Mutter und fragt: »Du hast dir den Campingplatz angesehen, oder? Die Mädchen sind dort gut aufgehoben?«

»Sie haben Sicherheitspersonal und alle Schikanen«, bestätigt meine Mutter. »Habe ich dir aber schon erzählt, weißt du noch? Mrs Reid hat mit der Besitzerin gesprochen, und sie werden die Gruppe im Auge behalten.«

»Ach ja, stimmt«, murmelt mein Vater und nickt enthusiastisch. Dann lächelt er mich an und streckt mir die Hände entgegen, als wolle er mich umarmen – was seltsam ist, weil wir das normalerweise nicht mehr tun –, doch schließlich überlegt er es sich anders und tätschelt mir nur den Kopf. »Viel Spaß, Kleines. Melde dich bei Joy und nimm dein Pfefferspray mit, für den Fall, dass es Jungs gibt, die ihre Finger nicht bei sich behalten können.«

Es *wird* Jungs geben und ich hoffe sehr, dass sie ihre Finger nicht bei sich behalten können. Aber da ich ihm das um nichts in der Welt auf die Nase binden werde, lache ich bloß. Es klingt genauso aufgesetzt, wie sein Lächeln aussieht.

Sein steifes Nicken macht alles noch unangenehmer. »Muss los zur Bank. Wir sehen uns, wenn du zurück bist«, sagt er, und bevor ich etwas darauf erwidern kann, ist er schon zur Tür hinaus.

Als er weg ist, lasse ich meine Wut heraus. »Hallo? Ich fahre eine ganze Woche weg. Rafft er das überhaupt?«

Meine Mutter winkt ebenso genervt ab. »Er weiß es. Ich habe ihm gesagt, dass ich mich in meiner Mittagspause um die Bank kümmern kann, aber er wollte es unbedingt jetzt erledigen. Er ist einfach –«

»Gestresst«, vollende ich den Satz resigniert. »Ja, ja.«

Und was ist mit diesem Kredit bei der Bank? Das klingt verdächtig. Vielleicht bin ich jetzt aber auch nur bei allem misstrauisch, wo mein Vater die Finger im Spiel hat.

»Ach, vergiss ihn. Wenigstens bin ich da«, sagt sie und umfasst mein Gesicht. »Du wirst mir sehr fehlen. Außerdem werde ich mir jeden Tag Sorgen machen. Ruf mich an oder schreib eine Nachricht, wenn du kannst.«

»Funklöcher«, erinnere ich sie. Wir haben die Warnungen auf der Website des Glampingplatzes gelesen.

Sie nickt. »Falls ich nichts von dir höre, werde ich schon keinen Suchtrupp losschicken. Sondern erst, wenn du Freitagmittag nicht vor der Tür stehst. Unversehrt, wenn ich das hinzufügen darf.«

»Unversehrt kann ich nicht versprechen, aber ich werde da sein. Reagan muss zu irgendeinem Vorbereitungsdings für ihr Crosslauf-Team«, erinnere ich sie. »Und da wir schon von ihr sprechen, ich gehe jetzt mal lieber raus. Ich will schließlich pünktlich sein.«

Sie hält mich am Arm fest und schaut auf meine Uhr. Als sie sieht, wie spät es ist, zuckt sie zusammen. »Mist. Ich muss das Behandlungszimmer für meinen ersten Termin herrichten.«

Gut. Ich haue lieber ab, bevor Joy womöglich beschließt, mich zu begleiten und Reagan Hallo zu sagen. Genau wie mein Vater lebt sie in der Illusion, es würden nur Mädchen mitfahren, und das bleibt auch besser so.

»Ich habe meine Meinung geändert. Fahr nicht.« Sie drückt mich besonders fest und klammert sich theatralisch an mich.

»Mom«, wehre ich sie lachend ab. »Du bringst meine Lebensenergie durcheinander.«

»Habe ich dir schon gesagt, wie lieb ich dich habe?«

»Nicht heute. Aber du hast mir als überzeugte Vegetarierin Truthahn-Jerky gekauft. Wenn das kein Liebesbeweis ist, weiß ich auch nicht.«

»Ich hab dich lieb, Süße.«

»Ich dich auch«, versichere ich ihr.

Als sie mich schließlich loslässt, hieve ich den schweren Rucksack über einen Arm und winke ihr zum Abschied zu.

»Vergiss nicht, Andromeda heute Abend zu füttern«, erinnere ich sie. Normalerweise ist das mein Job; Mom füttert sie morgens.

»Mach ich«, versichert sie mir, als ich die Tür öffne. »Und du pinkel dir nicht auf die Schuhe und provoziere möglichst keine Bären.«

»Beim Anblick eines Bären falle ich sowieso vor Angst in Ohnmacht und er wird mich einfach für tot halten.«

»Klingt vernünftig. Und, Zorie?«

»Ja?«

»Sei nicht ängstlich, sondern bedacht. Viel Spaß, ja?«

Ich nicke ihr aufmunternd zu und gehe nach draußen.

Es ist ein perfekter Sommertag. Nicht zu heiß, nicht zu kühl. Wunderschöner blauer Himmel. Als ich meinen Rucksack zu der als Halteverbot markierten Bordsteinkante schleife, erfüllt mich eine seltsame Mischung aus Angst und Vorfreude.

Nach wie vor kein Zeichen von Reagan, ich werde also ein letztes Mal mit meinem Rucksack üben. Ich habe die Gurte eingestellt, als er leer war, aber nun im vollgepackten Zustand muss ich in die Hocke gehen, um ihn anzuheben, und bekomme ihn nur mit Mühe und Not auf beide Schultern. Als es mir endlich gelingt, schwanke ich unbeholfen und kippe fast hintenüber. Wie soll ich mit diesem Ding auf irgendeinem Trampelpfad laufen? Es fühlt sich an, als würde sich ein übergewichtiges Faultier an meinen Hals klammern. Wenn ich vielleicht den Gurt um die Taille schließe …

»Du hast ihn falsch gepackt«, ruft jemand.

Ich drehe mich im Zeitlupentempo um (für den Fall, dass ich tatsächlich umkippe – gar nicht abwegig, ohne Quatsch), und es dauert genau eine Sekunde, bis ich den Besitzer der Stimme entdecke: schwarze Converse High Tops, schwarze Jeans mit kunstvoll ausgefransten Löchern an beiden Knien und ein T-Shirt mit einem Herz, das in eine Röntgenaufnahme des Brustkorbs montiert ist.

Lennon thront ein paar Meter weiter auf der Motorhaube seines Leichenwagens, der auf dem öffentlichen Parkplatz steht. »Man muss die schweren Sachen in die Mitte packen, nah an den Rücken. Lass die Hüften das Gewicht tragen, nicht die Schultern. Wenn du richtig packst, siehst du auch nicht aus wie der Schiefe Turm von Pisa.«

»Ich sehe nicht …« Ich stelle die Füße anders und beuge mich leicht vor. Es verhindert gerade noch, dass sich mein Körper wie eine Lawine in Bewegung setzt. *Verdammt.*

Lennons Grinsen ist träge und nervtötend. Durch seine pechschwarze Sonnenbrille sind seine Augen nicht zu erkennen. Doppelt nervtötend. Warum redet er überhaupt mit mir? Habe ich ihm nicht erst gestern erklärt, dass ich ihn hasse?

»Was hast du denn da drin?«, erkundigt er sich. »Goldbarren?«

»Mein Teleskop.«

»Du hast Nancy Grace Roman in diesen Rucksack reingekriegt?«

Ich bin platt, dass er sich noch an den Namen erinnert. »Nein, das tragbare.«

»Ah. Jedenfalls hast du falsch gepackt.«

»Und ich soll dir trauen, weil du ja der Mega-Experte im Rucksackpacken bist«, erwidere ich gereizt.

Er lehnt sich auf beiden Händen zurück und hält das Gesicht in die Sonne. »Bin ich tatsächlich.«

»Seit wann das denn?«

»Schon immer. Als ich dreizehn war, bin ich mit meinen Müttern mit dem Rucksack durch Europa gereist –«

Oh, stimmt. Hatte ich ganz vergessen. »Aber da habt ihr in Hostels geschlafen.«

»Und auf Campingplätzen.«

Richtig.

»Und dieses Jahr war ich dreimal unterwegs. Dreimal? Warte, vielleicht sogar viermal«, sagt er, mehr zu sich selbst als zu mir. Er zuckt leicht mit den Schultern. »Das eine Mal zählt nicht, aber egal.«

»Du warst dieses Jahr in Europa?«, frage ich überrascht.

»Nein, ich war hier in Kalifornien mit dem Rucksack unterwegs. Meine Eltern haben mir zu Weihnachten eine Jahreskarte für die Nationalparks geschenkt und in den Frühjahrsferien waren wir im Death Valley zelten. Ich habe sogar einen Survival-Kurs gemacht.«

Wie jetzt? Das ist überhaupt nicht Lennon. Der Junge, den ich gekannt habe, hat nie Zeit draußen verbracht. Na ja, praktisch gesehen waren wir bei unseren Spaziergängen meistens draußen, aber hier in der Stadt. Doch bevor ich mir auf diese neue Entwicklung bei Lennon, dem Undurchsichtigen, einen Reim machen kann, redet er schon weiter.

»Wenn du willst, kann ich dir helfen, ihn neu zu packen«, bietet er an. Dabei starrt er noch immer in den Himmel, an dem die Dunstschleier des Morgennebels zur Bay zurücktreiben, silberne Streifen auf strahlendem Blau.

Lennon Mackenzies Hände in meinen Sachen? *Vergiss es, mein Freund.*

»Nein danke.« Ich lasse die Träger des Rucksacks meine Arme hinuntergleiten, bis er wieder auf dem Boden steht. Und dann, in einem Versuch, Lennon zum Schweigen zu bringen, füge ich hinzu: »Ich werde gleich abgeholt.«

»Ja, ich habe gerade eine Nachricht bekommen.«

Hä? Moment mal.

Ratschläge zum Rucksack. Zelten im Death Valley. Wurde mit Brett gesichtet ...

Oh nein. *Nein, nein, nein.*

Das hier ist nicht die neueste Bromance von Brett. Das hier ist nicht der »Typ«, der uns zu dem geheimen abgelegenen Wasserfall in der Sierra Nevada führen wird. Das kann nicht sein! Reagan weiß, dass ich ihm aus dem Weg gehe. Sie weiß nicht genau, *warum*, aber das hätte sie mir sagen sollen. Warum hat sie es mir verschwiegen? Da muss irgendein Missverständnis vorliegen.

Als der dunkelblaue SUV auf den Parkplatz geschossen kommt, überwältigt mich Panik. Lennon springt lässig von der Motorhaube seines Wagens. Er bückt sich, um etwas neben dem

Vorderrad aufzuheben, das ich nicht sehen kann. Als er sich wieder aufrichtet, hievt er einen roten Rucksack auf eine Schulter. Die oberste Außentasche ist voll mit alten Punkrock-Buttons und auf alt gemachten Nationalpark-Aufnähern. Ganz unten ist ordentlich eine Isomatte befestigt.

Ach, du Scheiße.

Der SUV kommt etwas schlingernd und mit laut wummerndem Techno zwischen uns zum Stehen, Reagan streckt den Kopf aus der Fahrertür. »Auf zum Glamping, Bitches!«, überbrüllt sie fröhlich die Anlage. »Rucksäcke nach oben in die Dachbox. Beeilt euch.«

Mein Hirn ist zu keinem klaren Gedanken fähig. Als Brett aus dem Auto springt und Lennon fest auf die Schulter schlägt, ist mir durchaus bewusst, dass ich blöd vor mich hin starre. »Lennon, Alter«, ruft er fröhlich. »Das T-Shirt ist abgefahren! Voll geil. Los, ich helfe dir, die Dachbox zu öffnen. Das Schloss ist im Eimer.« Jetzt bemerkt er auch mich.

Mein Magen schlägt einen Salto.

Kennt ihr den Spruch, Liebe würde blind machen? Genau das passiert mit mir, wenn ich Brett sehe. Mit den braun gebrannten Beinen und hellbraunen Locken und dem Gesicht, das für einen Highschool-Typen viel zu perfekt ist, sieht er aus wie ein Star. Von den Zähnen fange ich lieber gar nicht erst an. Sie sind unfassbar makellos. Vorher war mir nie bewusst, dass Zähne so attraktiv sein können.

Er blitzt mich mit diesem Strahlelächeln gewinnend an. »Zorie. Du hast immer noch diesen sexy Wissenschaftlerinnen-Vibe.« Er hält die Finger wie eine Pistole, zielt auf meine Brille und schnalzt mit der Zunge. Dann winkt er mich heran, um mich zu umarmen. »Komm her, Mädchen. Hab dich ewig nicht gesehen.«

Oh, wow. Ich versinke im würzigen Duft seines Aftershaves. Er riecht ein bisschen wie mein Vater, was für ein schräger Gedanke.

Halt die Klappe, Hirn! Das ist alles Lennons Schuld, weil er mich so überrumpelt hat. Seine Anwesenheit bringt mich total durcheinander. Und jetzt lässt Brett mich los, womit ich die komplette Zwei-Sekunden-Umarmung mit meinem Traumtyp damit vergeudet habe, (A) an meinen Vater und (B) an meinen Albtraumtypen zu denken. Super.

»Was hast du diesen Sommer so gemacht?«, fragt Brett lässig.

Sag irgendwas. Vermassle das nicht. »Na ja, gearbeitet.«

Gearbeitet? Was Besseres ist mir nicht eingefallen? Ich arbeite zweimal die Woche für ein paar Stunden in der Praxis, warum sage ich das in einem Ton, als würde ich gegen Gehalt in einem richtigen Job schuften? Ich will noch mal von vorn ansetzen, aber Brett hat seine Aufmerksamkeit bereits auf das Öffnen der großen Plastikbox auf dem Dachgepäckträger gerichtet. Dafür dreht sich Lennon nach mir um – nein, er starrt mich unverhohlen an –, aber wegen der blöden Sonnenbrille habe ich keine Ahnung, was in seinem Kopf vor sich geht. Es *fühlt* sich auf jeden Fall negativ an.

Passiert das hier gerade wirklich? Lennon kommt mit?

Brett öffnet die Dachbox und hilft Lennon, seinen Rucksack zwischen den anderen zu verstauen. Mit fragend schief gelegtem Kopf streckt mir Lennon die Hand entgegen, damit ich den Rucksack nicht alleine hochhieven muss. Ich lehne ab, aber am Ende müssen Lennon und Brett ihn gemeinsam hochstemmen. Voll peinlich.

»Hey«, begrüße ich Kendrick Taylor, als ich mich neben ihn setze und die Tür zuschlage.

Kendricks Familie gehört ein erfolgreiches Weingut, das in der Presse als eines der besten im Sonoma County angepriesen wird. Da er auf die Privatschule in Melita Hills geht, habe ich ihn bisher erst einmal getroffen, bei einer Party, zu der mich Reagan mitgeschleppt hat.

»Zorie, richtig?«, fragt er und kneift ein Auge zu. Er trägt ein Hemd aus Chambray und kakifarbene Shorts, die gut zu seiner dunkelbraunen Haut passen, er sieht besser aus, als ich ihn in Erinnerung hatte, und wirkt freundlich und selbstbewusst.

Ein großes Mädchen mit langen, von der Sonne aufgehellten Haaren dreht sich vom Beifahrersitz zu mir. Summer Valentino. Wenn man irgendwelchen Klatsch über jemanden in der Schule wissen will, sie kennt ihn garantiert. Ihre Noten waren so unterirdisch, dass sie die Elfte eigentlich hätte wiederholen müssen, aber sie ist im Jahrbuch-Komitee *und* in der Schülerzeitung – das scheint sie gerettet zu haben.

»Zorie steht auf Astrologie«, erklärt sie Kendrick.

»Astronomie«, korrigiere ich sie.

»Ups«, antwortet sie lächelnd. »Das bringe ich immer durcheinander. Welches von beiden ist für Horoskope zuständig?«

»Astrologie«, erwidert Kendrick besonders deutlich und tut, als gäbe er ihr einen Klaps auf den Kopf, dem sie mit einem affektierten Lächeln ausweicht.

Brett meldet sich hinter mir und stellt Kendrick Lennon vor.

»Das ist mein Kumpel«, erklärt er und rüttelt Lennon an der Schulter. »Der Typ ist *wild*. Habe ich recht, John Lennon?«

Da Lennon hinter Kendrick sitzt, kann ich ihn besser sehen als Brett. »Wenn du meinst«, erwidert er trocken.

»Heißt du wirklich so?«, erkundigt sich Kendrick.

»Ohne den John«, sagt Lennon. »Aber das übersteigt Bretts Auffassungsvermögen.«

Soll das ein Seitenhieb sein? Doch Brett lacht bloß, als sei es der lustigste Witz der Welt.

Äh, okay. Was geht hier ab?

»Lennons Vater ist Adam Ahmed von den *Orphans of the State*«, schiebt Summer hinterher. »Sie waren vor ewigen Zeiten mal die Vorband von Green Day. Sein Vater war dieser ägyptisch-amerikanische Drummer.«

»Gitarrist«, verbessert Lennon ruhig.

»Hat nicht eine deiner Mütter ein paar Wochen lang bei Billie Joe Armstrong gepennt?«, fragt Reagan und gibt das Ziel ins Navi ein. »Kennt sie nicht seine Frau oder so?«

Bevor Lennon antworten kann, mischt sich Summer ein: »Stimmt es eigentlich, dass deine Mütter gleichzeitig mit deinem Vater zusammen waren?« Nach einer kurzen Pause fügt sie leiser hinzu. »Also als Dreier?«

»Ich verstehe schon, was du meinst«, sagt Lennon.

»Habe ich bloß so in der Schule gehört«, sagt Summer entschuldigend. Allerdings nicht so entschuldigend, dass sie die Frage zurücknehmen würde.

»Ich auch«, sagt Lennon.

»Und?«, bohrt Summer.

»Meine Eltern haben alles Mögliche gemacht«, sagt Lennon geheimnisvoll.

Die Faszination im Wagen ist groß. Skandal! Sensation! Die Sache ist bloß, Sunny und Mac sind eines der verliebtesten und treuesten Paare, die ich kenne. Was sie irgendwann mal getan oder nicht getan haben, geht niemanden etwas an. Das will ich gerade sagen, doch dann frage ich mich, warum ich Lennon verteidigen soll, wenn er sich nicht aufraffen kann, das selbst zu tun. Ich weiß, dass ihn die ganzen Gerüchte, die die Leute hinter seinem Rücken in der Schule erzählen, früher genervt haben. Sein Familienleben wird gern durchgehechelt. Selbst mein eigener Vater hat Sunny und Mac als unmoralisch bezeichnet.

Vielleicht ist es Lennon mittlerweile ja egal. Vielleicht findet er es sogar gut.

»Hundert Prozent Rock 'n' Roll«, sagt Brett. »Kerouac hätte das voll bejaht. Wusstet ihr, dass er und sein bester Freund Neal Cassady beide mit Carolyn Cassady, Neals Frau, geschlafen haben? Abgefahren, was? Ich wette, du kannst krasse Geschichten erzählen, wie es ist, bei Punkrockern aufzuwachsen.«

»Voll krass«, sagt Lennon tonlos.

Brett klatscht in die Hände und erklärt uns: »Dieser Typ hier hat legendäres Blut in den Adern. Punks aus San Francisco waren die *Beat Poets* der Achtziger und Neunziger.«

Ah. Allmählich durchschaue ich das Ganze. Für Brett ist Lennon jemand mit coolem Stammbaum. Deshalb hat er ihn zum »wilden Typen« hochstilisiert.

Lennon sieht wild aus, klar. Ungefähr so wild wie eine depressive Leiche.

»Okay, wir sind vollständig und alle haben sich kennengelernt«, sagt Reagan. »Kann's jetzt losgehen?«

»Wir werden diese Woche so einen Scheißspaß haben!« Brett wirft den Arm um Lennons Schulter, um noch schnell ein Selfie zu schießen. Lennons Miene bleibt mürrisch, aber Brett streckt dem Bildschirm die Zunge entgegen. »Habe ich recht?«

Lennon lehnt sich auf dem Sitz zurück und wiederholt seinen Spruch von vorhin. »Wenn du meinst.«

»Habe ich recht, Reagan?«, ruft Brett nach vorn.

»Aber hallo«, bestätigt sie und tritt aufs Gas. »Sierra Nevada, wir kommen!«

Auf der Fahrt die Mission Street hinunter informiert Reagan uns, dass die Fahrt zum Glampingplatz über vier Stunden dauern wird. Die ersten paar Minuten ist es laut und chaotisch im Wagen, weil alle gleichzeitig reden wollen. Reagan zählt Kendrick die Vorzüge des Camps auf, Summer gibt ihren Senf über irgendeinen Glampingplatz in Colorado dazu, auf dem ihre Eltern ihren Jahrestag verbracht haben. Brett versucht, Reagan von Orten in der Bay Area zu erzählen, die Jack Kerouac in *Unterwegs* erwähnt hat. Und überraschenderweise zeigt sich Reagan interessiert. Das ist neu für mich. Wenn Brett in der Schule voll Enthusiasmus von den *Beat Poets* anfängt, stellt sie normalerweise die Ohren auf Durchzug. Er versucht ständig, Leute zu bequatschen, für einen Nachmittag über die Bay Bridge in den City Lights Bookstore in

San Francisco zu fahren, der die *Beats* sehr unterstützt hat. »Das ist ein Wahrzeichen der Stadt.« Reagan beschwert sich immer, dass Gedichte öde seien.

Lennon schweigt zu allem.

Vielleicht wird es gar nicht so schwer sein, ihn zu ignorieren.

Als ich mich im Wagen umsehe, wird mir schlagartig bewusst, dass ich – mit Ausnahme von Lennon – eine Woche mit ein paar der beliebtesten Leute der Schule verbringen werde. Meine Mutter hatte recht. Es war notwendig, damit ich mich nicht mehr so als Außenseiterin fühle. Ich werde Spaß haben. Alles wird gut.

Lennons unerwünschte Anwesenheit darf das nicht zerstören.

Und ich kratze mir *definitiv* nicht den Arm auf. Wenn irgendwas die Nesselsucht noch schlimmer machen kann, dann Lennon. Das darf ich nicht zulassen. Tief Luft holen. Alles ist gut. Mir geht es blendend.

Nachdem wir aus der East Bay heraus sind, wird die Unterhaltung ebenso monoton wie das Central Valley. Durch das Fenster sehe ich flache Äcker, Obstbäume, hohen blauen Himmel und von Zeit zu Zeit eine kleine Stadt. An den langen Highway-Strecken taucht immer mal wieder ein Rastplatz oder ein Obststand am Straßenrand auf. Auf halber Strecke weist uns Kendrick auf Bullion's Bluff hin, einen winzigen historischen Bergbauort neben dem Highway. »Es gibt dort ein ziemlich großes Weingut«, sagt er. »Meine Eltern haben mich mal mitgenommen. Der Stadtkern ist immer noch wie zu Zeiten des Goldrauschs im neunzehnten Jahrhundert. Also mit Saloon und General Store und so. Außerdem gibt es ein Museum zum Thema. Das volle Programm. Es ist verkitscht, aber es macht Spaß.«

Da Summer, nachdem sie eine Riesencola getrunken hat, quengelt, sie brauche eine Toilette, fährt Reagan vom Highway. Hinter einer heruntergekommenen Tankstelle entdecken wir sofort den Stadtkern. Kendrick hatte recht: Es sieht aus wie eine Westernkulisse. Ein Schild prahlt sogar, dass hier in den Achtzigern ein Western gedreht wurde.

Das Museum über den Goldrausch sieht ziemlich schäbig aus und kostet Eintritt. Wir beschließen, uns das zu sparen, und gehen stattdessen zum Laden, wo wir vor einem hölzernen Balken zum Anbinden der Pferde – zum Glück ohne diese – und einem mit Kakteen bepflanzten Wassertrog zwischen Wohnmobilen parken.

In dem geräumigen Laden wimmelt es von Touristen. Die Waren stapeln sich bis unter die Decke – es gibt alles, von altmodischem Zuckerwerk und braunen Flaschen mit diesem alkoholfreien Kräutergebräu Sarsaparilla bis hin zu Schmuck aus Goldnuggets und einer Lore mit polierten Steinen. Der Duft nach Erdnussbutter-Fudge lässt mir das Wasser im Munde zusammenlaufen. Bei Erdnussbutter werde ich schwach.

Da vor dem Tresen mit den Süßigkeiten eine Schlange wartet, schlendere ich durch die Gänge, während Summer und Reagan nach der Toilette suchen und die Jungs magisch von dem Tisch mit Spitzhacken angezogen werden – inklusive Goldschürfer-Pappaufsteller, der wie eine altmodische Comicfigur aussieht. Schließlich stehe ich in der Abteilung für Trekkingausrüstung. Mir fällt ein Schild ins Auge, das für Bärenkanister wirbt. Vielleicht ist es aber auch der riesige ausgestopfte Bär, der mit erhobenen Tatzen auf zwei Beinen dasteht. Um seinen Hals hängt ein Schild mit der Aufschrift KINGSLY DER BÄR.

»Igitt«, flüstere ich. Ein Teil seines staubigen Fells ist aufgerissen. Außerdem riecht er eigenartig. Aber ehrlich gesagt sind sämtliche komischen Gerüche hier deutlich angenehmer als die im Wagen, wo ich von Bretts Aftershave allmählich Kopfschmerzen bekommen habe.

»Du hast einen, oder?«, fragt eine tiefe Stimme.

Neben mir taucht wie aus dem Nichts Lennon auf.

»Hey, musst du dich so an Leute heranschleichen?«, beschwere ich mich leise. »Was soll ich haben?«

Lennon deutet auf ein Holzfach an der Wand. Seine Kleider verströmen einen angenehmen Geruch. »Einen Bärenkanister.«

»Was soll ich denn damit?«

»Dein Essen darin aufbewahren, du Stadtpflanze.«

Ich sehe ihn von der Seite an. Er hält etwas Viereckiges in der Hand, das in Wachspapier eingewickelt ist. Als er ein Stück abbeißt, wird mir klar, warum er so gut riecht. Erdnussbutter-Fudge.

»So lecker«, brummt er. Er weiß, dass ich ein Erdnussbutter-Junkie bin. Zumindest wusste er das mal. Vielleicht hat er es vergessen und bekommt gar nicht mit, dass der bloße Anblick für mich schon Foodporn ist.

Ich überhöre sein leises ekstatisches Stöhnen. »Ich habe immer noch keine Ahnung, wovon du redest.«

Er balanciert in einer Hand den Fudge und nimmt mit der anderen einen fassförmigen schwarzen Kanister vom Regal und klappt den mit einer Lasche befestigten Deckel hoch. »Bärenkanister, um dein Essen zu verstauen. Bären sind in der Lage, Essen aus vielen Meilen Entfernung zu riechen. Echt kein Witz. Sie reißen Türen von Hütten heraus oder zerschlagen Autofenster, um da heranzukommen. Du musst alles in einem dieser Dinger aufbewahren. Essen. Waschzeug. Alles, was stark riecht, wie Bretts Parfüm.«

Ich werfe Lennon einen finsteren Blick zu. Brett benutzt Aftershave, kein Parfüm. Glaube ich zumindest. Wer benutzt schon Parfüm? Mal von Grummel-Grandpa John abgesehen. Das ist der homophobe und ziemlich rassistische Vater meines Vaters, der die Meinung vertritt, jeder habe »Englisch zu sprechen«. Grandpa Sam spricht kein Englisch, dafür benutzt er aber auch ganz sicher kein Parfüm.

»Der Zeltplatz wird schon wissen, wie sie Bären vom Essen fernhalten«, widerspreche ich Lennon.

»Genau deshalb ist auch kein Essen in den Zelten erlaubt, es sei denn, es ist in einem Kanister verstaut«, sagt er und das Wachspapier knistert, als er es für den nächsten Bissen Fudge zurückschiebt. Ich halte ein unsichtbares Handy hoch und tue, als würde ich hineinsprechen. »Hey, Siri, redet Lennon da gerade Quatsch? Wie? Ah, dachte ich es mir doch. Super. Danke.«

»Hey, Siri? Stimmt das, was ich gerade gesagt habe?«, fragt er und spielt mit. Er tut, als warte er auf eine Antwort, dann spricht er in den Bärenkanister. »Aber ja, Lennon. Genau so ist es. Ihr seid hier in einem Bärengebiet. Essen ungeschützt aufzubewahren verstößt gegen das Gesetz.«

»Das Gesetz klingt total an den Haaren herbeigezogen«, sage ich.

»Hast du die Regeln nicht gelesen?«

Welche Regeln?

Lennon verdreht die Augen. »Außerdem habe ich Brett eine Liste gemailt, was wir auf der Wanderung alles brauchen. Er hat versprochen, sie an die Gruppe weiterzuleiten.«

Was für eine Liste? Mit einem Mal beunruhigt es mich, dass ich nicht informiert worden bin. Vergessen wurde. Und es schürt von Neuem meine Zweifel, ob ich bei diesem Trip wirklich erwünscht bin. Aber das binde ich Lennon natürlich nicht auf die Nase.

»Reagan hat jede Menge Zeug für diese Woche besorgt«, berichte ich. »An Bärenkanister kann ich mich allerdings nicht erinnern. Da sie früher schon hier gecampt hat, weiß sie vielleicht besser Bescheid als du. Möglicherweise brauchen wir die Dinger nicht.«

Lennon brummt leise einen unverständlichen Fluch. »Wir werden sie aber auf jeden Fall brauchen, wenn wir mit dem Rucksack losziehen.« Er hält den Kanister hinter seinen Hals, und demonstriert es mir. Der Behälter ist ungefähr so groß wie sein Kopf. »Du kannst ihn entweder so oben auf deinen Rucksack binden oder unten dranhängen, was für Leute mit Gleichgewichtsproblemen vielleicht die bessere Lösung ist.« Er feixt mich an.

Ich male mir aus, wie ich ihm mit dem dämlichen Bärenkanister den Quadratschädel einschlage. »Warum bist du hier?«

»Warum ist irgendjemand von uns hier, Zorie? Das Leben ist ein Rätsel.«

Ich stöhne. »Bei diesem Trip.«

»Oh«, sagt er mit Unschuldsmiene. Er lächelt nicht, aber seine Augen funkeln amüsiert. »Der Parfümgangster hat mich eingeladen. Ich bin angeblich ›der Coolste‹.« Er deutet mit einer Hand Anführungszeichen an und beißt noch einmal von dem Fudge ab.

Wieder spricht er abfällig über Brett. Warum verbringt er Zeit mit ihm, wenn er ihn nicht ausstehen kann?

»Aber du wusstest, dass ich mitkomme?«, bohre ich nach.

»Ja.«

»Warum hast du nichts gesagt?«

Er zuckt die Achseln. »Habe mich ganz kurzfristig entschieden.«

Ist das wahr? Ich erinnere mich noch, wie Reagan mir beim ersten Mal erzählt hat, dass sie wild campen wollen und sie nicht sicher sei, ob der »Freund« von Brett, der ihm von diesem versteckten Wasserfall erzählt hat, wirklich mitkommen würde.

»Warum?«, frage ich.

»Ich habe meine Gründe.«

»Die da wären ...«

Lennon starrt eine ganze Weile seinen Fudge an. Er scheint sich einen Kommentar zu verkneifen und drückt mir stattdessen den leeren Kanister in die Hand. »Kauf den. Und vielleicht noch eine Bärenglocke«, sagt er und deutet auf einen Aufsteller mit großen silbernen Glocken, die man am Rucksack befestigen kann. »Es warnt die Bären vor, dass du in der Nähe bist. So überraschst du sie nicht. Ein Bär, der überrascht wird, verteidigt sich. Und ein Bär, der sich verteidigt, tötet.«

Meint er das ernst? Ich glaube schon, aber ich bin nicht ganz sicher. Doch bevor ich um Aufklärung bitten oder ihn darauf hinweisen kann, dass er meiner Frage ausgewichen ist, holt er etwas aus seiner Jackentasche und wirft es in den offenen Kanister. Dann geht er weg.

Ich schaue in den Kanister. Auf dem Boden liegt ein Viereck Erdnussbutter-Fudge in Wachspapier.

Was soll ich denn davon halten?

Ich hole den Fudge heraus und stelle den Kanister wieder ins Regal, dann verlasse ich Kingsly den Bären, um die anderen einzuholen. Nur weil Lennon »Bärenkanister« schreit, heißt das noch lange nicht, dass ich wirklich einen brauche. Das Ding ist schweineteuer. Außerdem hat Lennon die Tendenz, extrem penibel und detailversessen zu sein. Ich glaube, er übertreibt das mit dem Bärenschutz.

Vielleicht.

Trotzdem renne ich in letzter Sekunde zurück und nehme eine Bärenglocke vom Aufsteller.

Sicher ist sicher.

Teil II

KING'S-FOREST-
NATIONALPARK
BUS
FLUSS
WASSERFALL
FELSVORSPRUNG
25 KM BIS ZUM BUS
SIERRA NEVAD
ACHTU
STEIN
SCHLA
PARKPLATZ

MUIR-CAMPINGPLATZ
BUS
PARKPLATZ
AUSSICHTSTERRASSE
2 KM
HAUPTHAUS
FEUERSTELLE
DUSCHEN
LUXUSZELTE
JURTEN
CAMP EULE
MÄDCHENZELT
DUSCHEN
JUNGSZELT
BÄRENSICHERE BOX
BLACK BEAR HIGHWAY
36 KM ZUM NATIONALPARK

7

Je weiter wir nach Westen kommen, desto mehr weichen die monotonen Obstplantagen zerklüfteten Gebirgsausläufern mit Küstenkiefern. Als wir den Highway verlassen, erheben sich auf der kurvenreichen Straße zum Nationalwald links und rechts graue Granitfelsen. Geschnitzte Holzschilder mit weiß aufgemalter Schrift weisen auf vielfältige Sehenswürdigkeiten, jede mit Entfernungsangabe und wichtigen Hinweisen:

CANYON-RUNDWANDERWEG, 6 KM. 3,5 STD.

SCEPTER PASS, 4 KM. WAFFEN VERBOTEN.

BLACKWOOD LAKE, 10 KM. KEINE HAUSTIERE. KEINE FEUER. ÜBERNACHTUNG NUR MIT SONDERERLAUBNIS.

Und dann schließlich unser Ziel:

MUIR-CAMPING: 2 KM. 1 STD. RUNDWEG. FAHRZEUGE NUR BIS ZUM PARKPLATZ ZUGELASSEN.

Wie bitte?

»Das sind wir«, sagt Reagan und biegt ab. Ich merke mir eine Bushaltestelle der Sierra-Nevada-Linie und frage mich, ob das die Route ist, die mich zur Sternenparty auf dem Condor Peak bringen wird.

Am Ende eines steinigen Wegs befindet sich ein kleiner gepflasterter Parkplatz. Ungefähr ein Dutzend Autos stehen hier, die meisten davon Luxuskarossen. Wir finden eine Parklücke neben einer Holztreppe, die in einen dichten Wald hinaufführt. Neben der Treppe klärt ein weiteres Schild darüber auf, dass der

Weg Privatgelände und ausschließlich Gästen des Campingplatzes vorbehalten ist. Jeder, der den Pfad benutzt, muss ein Formular ausfüllen und in eine abgeschlossene Kiste werfen.

Hinter dem Parkplatz gibt es keine Straße mehr.

»Nehmt alles mit, was ihr braucht«, verkündet Reagan. »Es sei denn, ihr wollt ständig zum Wagen laufen. Zurück ist okay, aber auf dem Hinweg geht es die ganze Zeit bergauf.«

»Wir wandern zum Zeltplatz?«, frage ich und starre das Schild an. »Zwei Kilometer?«

Reagan mustert mich verächtlich. »Fang nicht wieder damit an, Everhart. Ich habe dich vorgewarnt, dass wir laufen werden.«

Es geht mir gar nicht so sehr um das Laufen. Es kommt bloß unerwartet, mehr nicht. »Ich wollte nicht –«

»Wie viel sind zwei Kilometer in Meilen?«, fragt Brett.

»Das ist nichts«, erklärt ihm Reagan aufgekratzt.

»Ein bisschen mehr als eine Meile«, kläre ich ihn auf.

»Oh, cool«, antwortet er, lächelt aber Reagan an.

Und Reagan erwidert sein Lächeln. »Echt Pillepalle.«

Warum grinsen die beiden wie Honigkuchenpferde? Ist mir ein Witz entgangen? Und jetzt geben sie sich auch noch ein High-Five. Es ist so … albern. Lennon dreht den Kopf zu mir, und obwohl ein Auge von einer schwarzen Haarsträhne verdeckt wird, macht eine hochgezogene dunkle Augenbraue klar, dass er das High-Five ebenfalls bescheuert findet.

Aber vielleicht findet er ja auch *mich* bescheuert.

Jeder von uns füllt an dem Informationsschild seinen Meldebogen aus – falls jemand unterwegs verloren geht oder ermordet wird, sind Name und zu benachrichtigende Angehörige bekannt. Nachdem Brett und Lennon sämtliches Gepäck aus der Dachbox heruntergewuchtet haben, mache ich schnell wieder die Erfahrung, dass ich ein menschliches Weeble bin, ihr wisst schon, eine dieser eiförmigen hin und her wackelnden Spielzeugfiguren.

Dank des falsch verteilten Gewichts in meinem Rucksack gelingt es mir kaum, mich auf den Füßen halten. Aber da ich schlecht mitten auf dem Parkplatz alles umpacken kann, zurre ich ihn so gut wie möglich fest und passe meine Haltung an.

»Auf geht's, Team«, verkündet Reagan. »Am Ende des Weges wartet der Luxus auf uns.«

Es sind bloß zwei Kilometer, rede ich mir zu. Und der Wald ist wirklich schön, ganz schattig und er duftet nach Kiefernnadeln. Vögel zwitschern, und es ist nicht zu heiß. Ich schaffe das. Doch nachdem ich fünf Minuten den ersten steilen Hügel hochgestiefelt bin, kommen mir Zweifel. Weitere zehn Minuten einen noch steileren Hang hinauf, und ich habe Fantasien von Reagan mit einer dieser Spitzhacken aus dem General Store im Schädel. Auf dem letzten Stück bis zum Zeltplatz will ich mich nur noch wie ein Embryo zusammenrollen.

Als das Schild MUIR-CAMPING auftaucht und ich ein großes Gebäude zwischen den Bäumen entdecke, fange ich fast zu heulen an. Mein Kopf ist schweißnass und ich bin so lange zusammengekrümmt bergauf gelaufen, dass ich mir wie eine Hundertjährige mit Osteoporose vorkomme.

Aber egal. Vor mir liegt das Heilige Land, und wenn ich mich so umschaue, war es die ganze Plackerei vermutlich wert, denn der Campingplatz ist der *Hammer.* Ganz vorn befindet sich das moderne Haupthaus aus Zedernholz, die Lodge: riesige Fensterfront, dicke Holzbalken. Ringsum dichter Wald. In der Ferne zerklüftete Berge. Die ganze Szenerie hat etwas Traumähnliches.

Als wir über die Böden aus polierten Kieselsteinen zur Rezeption laufen, fällt durch die hohen Fenster warmes Sonnenlicht herein. Es riecht gut hier drinnen, nach Zedernholz und frischen Blumen. Und in einer Schale liegen teure Süßigkeiten für die Gäste. Ich reiße mich zusammen, mir nicht die Taschen vollzustopfen; Brett tut sich keinen Zwang an. Er legt einen Finger auf den Mund und zwinkert mir zu, während er verstohlen Schweizer Schokolade in eine Rucksacktasche steckt. Reagan informiert in der Zwischenzeit am Empfang eine Frau um die vierzig, wer ihre Mutter ist.

Auf dem Namensschild der Frau steht CANDY. »Du bist Belindas Tochter?«, fragt sie Reagan. »Dich hätte ich wirklich nicht mehr erkannt. Warst du nicht letztes Jahr hier?«

»Ja, war ich«, bestätigt Reagan fröhlich. »Mom hat Sie angerufen, dass es bei den Gästen Änderungen gab, oder?«

Candy mustert uns. »Ich dachte, ihr wärt nur Mädchen ...«

Dachten wir beide, Candy. Als sie die Angaben auf dem Computer noch einmal mit einem altmodischen Reservierungsbuch abgleicht, wittere ich eine seelenverwandte Planerin in ihr. Reagan versichert Candy, dass mit unserer Gästeliste alles in Ordnung sei, und nennt ihr die Namen. Ich sehe mich um und betrachte gerahmte Landschaftsaufnahmen an der Wand. Unvermittelt stellt sich Brett neben mich. »Lennon hat mir erzählt, dass du richtig geniale Fotos von Sternen machst. Ich dachte, du beobachtest sie nur.«

Das Kribbeln, das sich in Bretts Nähe einstellt, kehrt zurück. Warum kann ich in seiner Anwesenheit nicht einfach normal sein? »Ich mache ... beides. Beobachten und Fotos. Von Sternen. Mit meiner Kamera.«

Hilfe. Zorie, die Neandertalerin.

Brett lacht bloß, lässig und herzlich. »Nicht mit dem Kopf?«

»Nein«, erwidere ich; hoffentlich habe ich keine roten Wangen.

»Steckst du einfach eine Kamera auf das Teleskop und zoomst?«

»So ähnlich. Nicht ganz. Es ist ... Man muss alle möglichen technischen Teile zusammenfrickeln. Schwer zu erklären.«

Sein Lächeln ist liebenswürdig. »Vielleicht kannst du es mir beibringen? Ich würde nämlich gern Fotos vom Nachthimmel machen. Vor allem vom Mond. Das wäre *so* abgefahren.«

Meint er das ernst? Er interessiert sich für Astrofotografie? Am liebsten würde ich schreien: ICH BRINGE ES DIR BEI! ICH BRINGE ES DIR SO WAS VON BEI! Doch dann ruft Kendrick nach ihm, und er lässt mich stehen.

Bevor ich den Mund öffnen kann, ist er auch schon weg und lacht mit Kendrick über die geschnitzte Holzskulptur, die aussieht, als hätten zwei Eichhörnchen Sex.

Verdammt.

Ich habe das unbestimmte Gefühl, dass ich beobachtet werde. Es ist dasselbe nervöse Gefühl, das ich schon im Wagen hatte, und es verunsichert mich. Als ich mich umsehe, begegnen meine Augen sofort Lennons. Die Eindringlichkeit seines Blicks erschreckt mich.

Was in aller Welt willst du von mir? Er wirkt irgendwie vorwurfsvoll. Ich habe seit unserer Unterhaltung im General Store kein Wort mehr mit ihm gewechselt und keine Ahnung, was sein Problem ist. Früher konnte ich seine Miene deuten, doch nun ist er wie der dilettierende Pantomime vor dem *Jitterbug*, und ich habe keine Ahnung, ob er aus seinem Glashaus rauswill oder gerade ein Taxi heranwinkt. Erwartet Lennon, dass ich mich für den Erdnussbutter-Fudge bedanke? Oder versucht er bloß, mich zu verunsichern?

Falls er das vorhat, gelingt es ihm jedenfalls.

Aber das werde ich ihm nicht zeigen. Ich wende mich schnell ab und gehe zu Brett und Kendrick und den rammelnden Eichhörnchen.

Nach dem Einchecken bringt uns Candy nach einer kurzen Campingplatzführung zu unseren hausähnlichen Luxuszelten und beantwortet unsere Fragen. Im Haupthaus gibt es mehrere Lounges, und es ist mit einem offenen Holzpavillon verbunden, wo später das Abendessen serviert werden wird. Draußen führen gewundene Pfade zu Dutzenden von Zelten im Wald. Manche sind rechteckig, manche rund – die Jurten –, aber alle haben die Farbe von ungebleichtem Musselin. Sie sind gruppenweise angeordnet, jedes dieser Camps ist nach einem Vogel benannt und nur einen kurzen Spaziergang vom nächsten entfernt. Zu unserem Lager, Camp Eule, braucht man ungefähr zehn Minuten. Zwei der rechteckigen Zelte am dichten Waldrand sind für uns reserviert.

Reagan ist unzufrieden. »Uns wurde eine Jurte zugesagt«, fängt sie an. »Mit Blick aufs Tal.«

»Tut mir leid, aber Camp Falke wurde versehentlich überbucht. Ich habe die letzte Jurte heute Morgen mit einer sechsköpfigen Familie belegt.«

»Das ist nicht in Ordnung«, murrt Reagan. »Wir haben schon letzten Sommer reserviert. Meine Mutter wird nicht erfreut sein.«

»Wenn du möchtest, rufe ich sie gern an und erkläre ihr alles«, erwidert Candy. »Aber vielleicht ist es so besser für euch. Die Mädchen nehmen das eine Zelt, die Jungen das andere.«

Ihre Botschaft ist unmissverständlich. Candy wird Mrs Reid darüber informieren, dass ihre Tochter drei Jungs mitgebracht hat. Reagan kocht innerlich, gibt aber klein bei. Wir haben nicht wirklich eine Wahl.

»Lass es einfach laufen«, sage ich zu Reagan.

»Genau«, stimmt Brett aufgekratzt zu. »Absolut richtig, Zorie. Finde ich gut, dass du das auch so siehst.«

Der Blick, den Reagan mir zuwirft, könnte Stahl durchschneiden.

Die Zelte sind absolut identisch: Betonböden, ein mit Leinwand bespannter Holzrahmen, eine Tür mit Fliegengitter, Lamellenfenster, die tagsüber dafür sorgen, dass Luft hereinkommt, sich aber nachts schließen lassen, um zusammen mit einem Kaminofen das Zelt warm zu halten. Am Ofen ist eine kleine Sitzecke mit einem richtigen Sofa und bunt gemusterten Navajo-Teppichen. Im hinteren Teil des Zelts stehen zwei Etagenbetten mit Polsterauflagen auf den Matratzen, edler Leinenbettwäsche und dicken, fluffigen Kopfkissen.

Hinter den Etagenbetten befinden sich, durch eine Leinwand abgetrennt, eine Toilette und ein Waschbecken. Keine Dusche. Die sind im Badehaus den Hügel hinunter und werden, so erklärt Candy, mit sechs weiteren Hütten von Camp Eule geteilt.

Sie erklärt auch noch ein paar andere Sachen. »Ihr befindet euch auf Bärenterritorium und ja, sie haben es schon durch den Zaun des Nationalparks geschafft und sind auf den Zeltplatz eingedrungen. Lebensmittel müssen, wenn sie nicht gerade serviert oder verzehrt werden, zur allgemeinen Sicherheit in den abschließbaren Vorratsboxen aufbewahrt werden«, sagt sie und deutet durch die Tür auf den grünen Metallkasten, der unter dem Vordach neben zwei Schaukelstühlen montiert ist. »Entweder dort oder in tragbaren Bärenkanistern, die vom Yosemite oder King's Forest anerkannt werden.«

Lennon dreht langsam den Kopf zu mir.

Warum muss er immer recht behalten? Der Erdnussbutter-Fudge liegt mir gerade wie ein Stein im Magen.

Candy hakt an den Fingern eine Liste ab, was wir alles in der Box verstauen müssen. »Ungeöffnete Lebensmittel, selbst Konservendosen. Schokoriegel, Getränkepulver, Vakuumbeutel. Ohne Ausnahme. Sämtliche parfümierten Kosmetikartikel. Körperlotion, Make-up, Deo.«

»Auch Parfüm?«, fragt Lennon.

»Ja«, erwidert sie.

»Ich meine, richtig starkes Parfüm. So was wie ein intensives Körperspray.«

»Auf jeden Fall«, antwortet die Frau verdutzt.

Lennon wirft Brett einen Blick zu. Aber der bekommt es überhaupt nicht mit, weil er gerade auf der Konsole hinter dem Sofa Wasserflaschen zu einer Pyramide auftürmt.

Candy deutet auf das Badezimmer. »Wenn ihr von etwas noch

mehr braucht – Wasser, Rasierer, Handtücher –, fragt einfach an der Rezeption nach. Ihr könnt natürlich auch anrufen, aber Mobilfunk funktioniert hier oben nicht zuverlässig. Bei Notfällen könnt ihr die Festnetzleitung benutzen. Falls es nach zehn sein sollte, Bundy und ich wohnen in dem Blockhaus rechts neben der Lodge.«

»Wie sieht es mit einer Camping-Genehmigung im King's Forest aus?«, erkundigt sich Lennon. »Auf Ihrer Website bieten Sie an, sie zu besorgen und beim Zelt vorbeizubringen.«

»Gegen eine Gebühr«, sagt sie. »Wir müssen sie bei einer Station im Park abholen.«

»Buchen Sie es auf meine Kreditkarte«, sagt Reagan lässig.

Candy wirft ihr einen vernichtenden Blick zu. »Du kannst jederzeit an der Rezeption vorbeikommen und das Formular ausfüllen.«

Autsch.

»In den Zelten ist keine Musik erlaubt«, wendet sich Candy an uns alle. »Keine lauten Gespräche nach Sonnenuntergang im Camp. Andere Gäste möchten vielleicht schlafen, und diese Wände sind nicht schalldicht. Die Ruhezeit beginnt um zehn Uhr abends und dauert bis sieben Uhr morgens.«

»Hilfe«, murmelt mir Summer ins Ohr. »Das ist ja eine Diktatur hier.«

Candy deutet in die ungefähre Richtung des Haupthauses. »Wir haben einen kleinen Laden, der Sweatshirts und Regenausrüstung verkauft. Außerdem könnt ihr dort Bärenkanister und Gaskocher mieten. Es funktioniert auf Vertrauensbasis, ihr müsst also entweder Bargeld in den Kasten werfen oder auf dem Formular eure Zeltnummer und euren Namen angeben, dann wird es auf die Endabrechnung gesetzt. Außerdem –«

Bretts Wasserflaschenpyramide stürzt ein. Flaschen rollen über den Boden. »Ups, tut mir leid«, sagt er.

Candy hält kurz inne, die hochgezogenen Augenbrauen verraten, dass sie innerlich um Geduld ringt, doch dann räuspert sie sich und beendet ihre Rede. »Das Abendprogramm beginnt um sechs. Wir servieren Getränke, danach ein Vier-Gänge-Menü. Ihr seid herzlich zum abendlichen Lagerfeuer mit den anderen Gästen eingeladen. Der Pavillon schließt um neun. Wenn ihr später noch Fragen habt, meldet euch am Empfang.«

Was, wenn ich *jetzt* Fragen habe? Keiner der anderen beachtet Candy, aber es wäre mir lieber gewesen, wenn sie das alles auf die Website geschrieben oder uns einen Ausdruck gegeben hätten. So kann ich mir das nie merken. Es juckt mich in den Fingern, sie zu bitten, es noch mal zu wiederholen. Besser gesagt juckt es mich gerade tatsächlich, und ich muss mich zusammennehmen, nicht zu kratzen. Lennon mustert meine Arme. Dass er meine Gedanken zu erraten scheint, macht den Juckreiz bloß noch schlimmer.

Wenn ich diese Woche ohne Nervenzusammenbruch überstehe, kann ich stolz auf mich sein.

8

Da es schon später Nachmittag ist, bleibt keine Zeit, um vor dem Abendessen noch etwas zu unternehmen. Die Jungs ziehen sich in ihr Zelt zurück. Ich verstaue meine Lebensmittel und meine Waschsachen in der Box vor dem Zelt und kontrolliere mein Teleskop auf sichtbare Schäden. Es scheint die holprige Fahrt auf dem Dach des SUV jedoch gut überstanden zu haben und heil angekommen zu sein. Danach versuche ich, meine Mutter anzurufen, um ihr zu sagen, dass auch *ich* heil angekommen bin, aber im Zelt ist kein Empfang. Da es in der Lodge WLAN gibt, schreibe ich Nachrichten an sie und Avani vor und vertraue darauf, dass sie verschickt werden, sobald ich dort bin.

Reagan verschwindet, und so schauen Summer und ich uns Camp Eule ohne sie an. Zwischen unserem Zelt und dem der Jungen gibt es einen Picknicktisch, hinter uns beginnt ein schmaler Wanderweg. Ein Schild warnt davor, dass der Pfad in den Wald führt und der Muir-Campingplatz keine Haftung übernimmt, sobald Wanderer das Areal verlassen. Aber da gerade eine Gruppe tobender, unbeaufsichtigter Kinder in den Wald rennt, kann es dort ja nicht so furchterregend sein.

Wir machen einen Bogen um die schreienden Kinder und folgen einem sorgfältig gestalteten Weg mit cremefarbenen Randsteinen, dazwischen gibt es immer wieder blühende Stauden und in regelmäßigen Abständen Lampen. Er führt zu einem Badehaus aus Zedernschindeln.

»Wow«, flüstert Summer anerkennend, als sie einen Blick hineinwirft, und mir geht es nicht anders. Es ist eigentlich eher ein Spa, das Design greift die malerische Umgebung auf. In der Realität sieht alles sogar noch besser aus als auf den Internetbildern: gebeizte Holzoberflächen, Steinbänke, hübsche Laternen, die neben den Spiegeln an Eisenhaken hängen. Im Gegensatz zu unseren Zelten gibt es hier Strom; eine Frau lädt ihr Handy, während sie sich die Haare föhnt. Hinten ist sogar eine kleine Sauna.

»Da werde ich nachher mit Kendrick nackt schwitzen«, verkündet Summer, als wir wieder nach draußen gehen.

»So genau wollte ich es gar nicht wissen«, sage ich.

Sie lacht. »Mir wäre es egal, wenn du mit jemandem nackt sein willst. Stehst du immer noch auf Brett?«

»Na ja ...«

»Er hat mir erzählt, dass ihr was miteinander hattet.«

Wie bitte? »Hatten wir nicht – jedenfalls nicht *das*.« Es war bloß ein Kuss, verdammt.

»Dich kann man so leicht verlegen machen«, sagt sie grinsend. »Wusstest du, dass deine Ohren dann rot werden? Das ist so niedlich.«

Hilfe.

»Hey, war nur Spaß«, sagt sie und schlägt mir fröhlich auf den Arm. »Brett ist süß. Und ich mag es, dass er sich mit allen versteht. Ich hätte zum Beispiel nie Zeit mit Lennon verbracht, ich wusste nämlich gar nicht, wie cool er drauf ist.«

Ich weiß nicht so recht, was ich davon halten soll. Ich glaube zu wissen, was sie meint, und vielleicht steckt irgendwo ein Funken Wahrheit darin. Aber es klingt auch so, als ob Lennon für sie erst okay sei, seit Brett es beschlossen hat.

»Ihr wart mal zusammen, Lennon und du, oder?«

Ich erstarre. »Wer hat dir denn das erzählt?«

»Ich erinnere mich nur, dass ich euch in der Schule immer zusammen gesehen habe.«

»Wir waren bloß befreundet«, beharre ich. »Mehr nicht.«

Lüge.

Doch Summer scheint sie mir abzukaufen. Mit einem Achselzucken fügt sie hinzu: »Ich finde, ihr würdet ein gutes Paar abgeben.«

»Nein«, widerspreche ich. Es klingt, als würde ein Hund loskläffen. »Überhaupt nicht. Wir sind mittlerweile nicht mal mehr Freunde.«

Sie hält kapitulierend die Hände hoch. »Hey, ist nur meine Meinung. Lass es dir durch den Kopf gehen, Miss Astrologie.«

Werde ich nicht. Und ich mache mir auch nicht die Mühe, sie noch einmal zu korrigieren – weder über ihre Wortverwechslung noch über Lennon. Es stimmt, dass wir früher in der Schule aufgezogen wurden, weil wir beste Freunde waren – was oft mit einem Zwinkern und angedeuteten Anführungszeichen kommentiert wurde –, und dass es Gerüchte gab, wir seien mehr als das. Genau aus diesem Grund haben wir beschlossen, das Große Experiment im Stillen durchzuführen. Um Klatsch an der Schule zu vermeiden. Vor allem aber, damit mein Vater es nicht herausbekam. Denn Diamond Dan würde es unter gar keinen Umständen zulassen, dass seine Tochter mit dem Sohn von zwei liederlichen Frauen zusammen ist.

Trotzdem verstehe ich nicht, warum mich Summers Vermutung, zwischen Lennon und mir liefe was, so stört. Wahrscheinlich sollte ich mir eher Sorgen darüber machen, dass Brett ihr erzählt hat, wir hätten was miteinander gehabt. Vielleicht hat Summer sich ja auch verhört und falsche Schlussfolgerungen gezogen. Auch wenn es aus ihrem Mund klingt, als würde er herumprahlen, sollte ich nicht gleich den Teufel an die Wand malen. Wer weiß, vielleicht hat er ihr bloß erzählt, dass er mich mag.

Alles ist möglich. Mittlerweile beschäftigen mich allerdings eher meine roten Ohren, insoweit möchte ich das Thema lieber ganz vermeiden. Ich verdecke die verräterische Röte unauffällig mit meinem Bob und belasse es dabei.

Nach einer Runde ums Camp entdecken wir an dem Picknicktisch zwischen unseren Zelten Reagan und die Jungs. Einen Moment lang habe ich Angst, dass Summer mich wegen Brett vor versammelter Mannschaft aufziehen wird, doch sie rennt bloß zu Kendrick, schlingt die Arme um ihn und bettelt, dass er sie huckepack trägt. Unser Gespräch über Brett und Lennon scheint vergessen.

Gut.

Da es schon fast Zeit zum Abendessen ist, beschließen wir, zum Haupthaus zurückzulaufen. Wir sind nicht die Einzigen. Kleine Gruppen von Campern steuern alle in dieselbe Richtung, und kurz vor dem Pavillon stoßen wir auf Dutzende von anderen Gästen. Mit Weingläsern in der Hand plaudern sie auf der breiten Terrasse, die einen Blick auf das malerische felsige Tal bietet. Auf den Rattanmöbeln mit Holzschnitzereien liegen Kissen. Der Sonnenuntergang, der alles in goldenes Licht taucht, lässt es wie ein Fotomotiv wirken. Im wahrsten Sinne des Wortes. Brett holt sein Handy heraus, um Bilder zu schießen, während ein Kellner mit einem Tablett voller Häppchen die Runde macht.

Brett stößt einen Pfiff aus. »Die verdienen bestimmt ein Schweinegeld hier.«

»Vielleicht auch nicht«, sagt Kendrick und beäugt die Bar, die vor dem Restaurant auf einer Seitenterrasse aufgebaut ist. »Das ist kein billiger Wein, den sie hier servieren.«

»Meint ihr, sie geben uns auch welchen?«, fragt Brett mit einem verschlagenen Lächeln.

»Es ist der derselbe Barkeeper wie letztes Jahr«, sagt Reagan und schüttelt den Kopf. »Er ist ein Arsch. Ich glaube, er ist ein Cousin von Candy oder so. Vermutlich erinnert er sich an mich.«

»Ich versuche es mal«, sagt Summer. »Mich kennt er nicht, und ich sehe alt genug aus.«

Sie schlendert lässig zur Bar und strahlt den Barkeeper an. Nach kurzem Small Talk macht sie jedoch kehrt und kommt mit leeren Händen zurück.

»Nee, oder?«, sagt Brett enttäuscht. »Er hat sich nicht rumkriegen lassen?«

»Du hattest recht, Reagan. Er ist ein Arsch«, berichtet Summer. »Meinte, er sei von Candy vorgewarnt worden, dass gerade eine Gruppe Minderjähriger eingecheckt habe, die keinen Alkohol bekommen dürfe.«

»Das werden wir noch sehen«, sagt Brett und dreht sich zu Lennon. »Wir brauchen einen Plan, wie wir an den Wein kommen.«

»Dein Wunsch sei mir Befehl«, bemerkt Lennon trocken.

Brett lacht – entweder berührt ihn Lennons Sarkasmus nicht oder er entgeht ihm. Brett scheint nie irgendetwas zu berühren. Er wirkt immer so unbekümmert und nimmt alles auf die leichte Schulter. So wäre ich auch gern.

Wir laufen hinter einer Gruppe von Rentnern und Investmentbankern her, die in ihren Outdoor-Klamotten wie einem Katalog entsprungen aussehen. Reagan entdeckt im Zelt unsere Plätze, und wir folgen ihr zu einem großen runden Tisch. Er ist mit rustikal-modernem Geschirr eingedeckt, die verwirrende Menge von Gläsern und Besteck schüchtert mich ein. Noch dazu sitze ich zwischen Brett und Lennon, was mich nervös macht. Es ist aufregend, Brett so nahe zu sein. Er tut gerade, als wolle er mir die Gabel in die Hand bohren, und ist zu Spaß und Scherzen aufgelegt. Aber ich bin verunsichert und mime die Coole.

Und dann ist da noch Lennon. Ich würde ihn am liebsten einfach ausblenden. Während sich Bretts Gegenwart leicht und unberechenbar anfühlt – mittlerweile gibt er vor, auf Reagan einzustechen, und sie lacht mit ihrer heiseren Stimme –, wirkt Lennon … beständig. Solide. Ich denke ständig daran, dass sein Bein nur ein paar Zentimeter entfernt ist. Wenn Brett Sirius ist, heller als alles andere am Himmel, dann ist Lennon der Mond: oft dunkel und verdeckt, aber näher als jeder andere Stern. Immer präsent.

Tisch für Tisch wird der erste der vier Gänge aufgetragen, eine Zucchini-Basilikum-Suppe. Sobald sie auf dem Tisch steht, bedaure ich, dass ich heute nur das Stück Fudge gegessen habe, das Lennon mir geschenkt hat. Ich vergesse das ganze alberne Gläser- und Besteckgedöns auf dem Tisch und schlinge die Suppe herunter. Es ist mir so was von egal, ob ich dabei den richtigen Löffel benutze. Der zweite Gang besteht aus Jakobsmuscheln mit irgendeiner raffinierten Soße und einer Andeutung von Salat. Die Muscheln duften köstlich. Mir läuft das Wasser im Munde zusammen.

»Da ist aber jemand mutig«, bemerkt Lennon und deutet mit dem Messer auf meinen Teller. »Von wegen Nesselsucht und so.«

»Jakobsmuscheln gehören zu den Schalentieren, die ich vertrage«, erkläre ich ihm ungerührt. Shrimps und Krabben sind riskant, aber alles, was zur Familie der Weichtiere gehört, ist relativ ungefährlich.

»Ach ja, stimmt«, sagt er und nickt bedächtig.

Eine Weile essen wir schweigend.

Dann fragt er: »Weißt du noch, als wir diese Shrimps gegessen haben?«

»Einen Ausflug in die Notaufnahme vergisst man nie.«

Damals war ich fünfzehn und habe jeden Sonntag bei den Mackenzies zu Abend gegessen. Normalerweise haben wir uns einfach was bestellt und einen Film im Wohnzimmer angesehen. Bei der Mackenzie-Familie ist Sunny die Köchin; Mac eher nicht. Als Mac beschloss zu kochen, war das echt ein Ereignis. Es schmeckte sogar ziemlich lecker, aber aus irgendeinem Grund hat es bei mir eine heftige allergische Reaktion ausgelöst. Mein Gesicht schwoll an, meine Kehle schnürte sich zusammen, ich bekam keine Luft mehr – das volle Programm. Mac ist ausgeflippt und nahm die ganze Schuld auf sich. Da meine Eltern essen waren, fuhr mich Sunny schnell mit ihrem Wagen in die Notaufnahme.

»Fiese Shrimps! Fiese Shrimps!«, ahmt Lennon Sunny mit schriller Stimme nach.

Das hat Sunny einer Krankenschwester vor dem gesamten Warteraum der Notaufnahme entgegengerufen. Laut. Wir haben es noch Monate später völlig aus dem Zusammenhang gerissen gebrüllt. Es war unser Insider-Witz. Alles, was schieflief, schoben wir auf »fiese Shrimps«. Es wurde uns nicht langweilig.

Und es ist immer noch lustig. Den Mund voller Jakobsmuscheln, gluckse ich leise vor mich hin und verschlucke mich fast.

Lennon begegnet meinem Blick. Obwohl er sich ein Lächeln zu verkneifen versucht, wandern seine Mundwinkel nach oben.

Okay, das Kamel ist durchs Nadelöhr marschiert, Ostern und Pfingsten fallen auf einen Tag. Das Unmögliche ist eingetreten. Wir lächeln uns an. Allen Ernstes!

Was geht denn hier ab? Erst Erdnussbutter-Fudge und jetzt das?

Ganz ruhig bleiben, rede ich mir zu. Es hat nichts zu bedeuten. Auch Feinde lachen ab und zu miteinander. Ich starre auf meinen Teller und versuche, mich normal zu benehmen. Doch als der dritte Gang kommt – Lammkeule, vermute ich – und Brett und die anderen damit beschäftigt sind, darauf zu achten, wo der Barkeeper gerade ist, nehme ich die nächste Gabel meines Gedecks und stoße dabei versehentlich gegen seine Hand. Da er Linkshänder ist, liegt seine rechte Hand auf der Tischkante. Und dort bleibt sie auch, als ich meine Hand zurückziehe.

»Entschuldigung«, murmle ich.

Er schüttelt den Kopf und winkt ab. »So viele Gabeln. Und wozu brauchen wir zwei Löffel? Ich habe schon einen für die Suppe benutzt. Sind das Reservelöffel?

»Schicke Essstäbchen würden ihnen eine Menge Spülerei ersparen«, sage ich.

»Das kannst du laut sagen.«

Meine Mutter hat ihm beigebracht, mit Stäbchen zu essen. Mit den koreanischen aus Edelstahl.

»Wie lautet doch gleich der Spruch aus diesem Kampfsportfilm *Die schwarzen Tiger von Hongkong*?«, frage ich. »Jet Li sagt es, als er einen westlich gedeckten Tisch sieht.«

»›Warum so viele Schwerter und Dolche auf Tisch?‹«, zitiert Lennon.

»Genau. Mann, du konntest nicht genug kriegen von diesen Kung-Fu-Filmen.«

»Jet Li ist der Größte«, sagt er und trinkt einen Schluck Wasser.

»Ich dachte, das wäre Bruce Lee.«

»Bruce Lee war ein Gott.«

»Das stimmt«, sage ich. »Deinetwegen musste ich mir so viele dieser Filme ansehen.«

»Und die meisten haben dir gefallen.«

Stimmt.

Lennon stochert in seinem geschmorten Lamm herum. »Ich kann mich auch dunkel daran erinnern, endlose Folgen *Star Trek* gesehen zu haben, und zwar nicht mal die guten. Nur weil jemand auf einen bestimmten Klingon stand.«

Das stimmt. Worf war mein Ein und Alles. Ich folge Michael Dorn, dem Darsteller, immer noch online. Und ich kenne vermutlich jedes Worf-Meme. »Ich schäme mich nicht dafür.«

Bevor ich weiterreden kann, schießt Bretts Arm vor und tippt Lennon auf die Schulter. Mir bleibt nichts anderes übrig, als mich zurückzulehnen.

»Alter, siehst du das?«, fragt Brett.

»Du bekommst schon noch mit, dass sie hier sitzt, oder?«, fragt Lennon und verfällt wieder in seine mürrische Stimmung.

Brett dreht sich zu mir. »Oh, tut mir leid, Zorie.« Er kichert und wirft mir einen verlegenen Blick zu, wendet sich dann aber wieder zu Lennon. »Hey, sieh dir das an. Der Barkeeper lässt die Bar unbeaufsichtigt. Die ganzen Flaschen stehen da einfach so rum.«

Lennons desinteressierte Miene scheint keinerlei Wirkung auf Brett zu haben.

»Und laden zur Selbstbedienung ein«, fügt Brett hinzu.

»Hier sitzen ungefähr hundert Leute«, sagt Lennon.

Brett stöhnt und lässt kurz den Kopf in den Nacken fallen. »Nicht jetzt. Nach dem Essen. Die Leute werden ja nicht ewig hier herumsitzen.«

»Danach marschieren alle zu dem Lagerfeuer unter der Aussichtsterrasse«, bestätigt Reagan.

»Der Barkeeper geht an die Bar zurück«, informiert Lennon ihn.

»Dann lassen wir uns was einfallen, wie wir ihn ablenken können«, sagt Brett. »Es müssen nur alle mit dem Lagerfeuer beschäftigt sein, während wir ihn unter einem Vorwand von der Bar weglocken. Und dann, boom! Plündern wir seine Vorräte.«

Der Plan gefällt mir nicht. Wir sind umgeben von Leuten. Es ist nicht dasselbe, wie Lehrern einen Streich zu spielen. So wie damals, als Mr Soniak den Englischunterricht verlassen hat, um auf die Toilette zu gehen, und sein Telefon ungesperrt auf dem Tisch liegen ließ und Brett aufsprang und Fotos von seinem Hintern machte, bevor Mr Soniak zurückkam. Brett behauptete später, es sei das Nachsitzen wert gewesen.

Kendrick sieht Brett misstrauisch an. »Nenn mich von mir aus kleinkariert, aber ist das nicht Diebstahl?«

»Genau das ist es«, murmelt Lennon.

»Du musst es ja wissen«, sagt Brett und wackelt mit den Augenbrauen.

Ich spähe zu Lennon, und er sieht … verlegen aus. Ich frage mich, was es damit auf sich hat.

»Hey, Leute. Sie verkaufen den Wein ja nicht«, fängt Brett wieder an. »Er wird den Gästen kostenlos ausgeschenkt. Wenn ich nach einer zweiten Portion von dem geschmorten Schaf fragen würde –«

»Lamm«, verbessert Lennon ihn müde.

»– würde ich sie bekommen. Es ist alles im Preis inbegriffen. Wir kriegen nur, wofür wir bezahlt haben.«

»Du meinst, wofür meine Mutter bezahlt hat«, sagt Reagan.

Brett grinst. »Deine Mutter ist scharf.«

»Ekelhaft«, sagt Reagan und boxt ihn gegen die Schulter. Und das ist es wirklich, allerdings scheint sie das nicht sonderlich zu berühren. Weder der Kommentar noch Bretts riskanter Vorschlag. Selbst Kendrick, den ich für eher vernünftig halte, lässt sich von Bretts Argumenten überzeugen. Vielleicht sind meine unguten Vorahnungen unbegründet.

Nach Reagans Info, dass wir am nächsten Tag ausreiten werden, schmiedet Brett während des Essens weiter Pläne zum Weindiebstahl. Das Dessert wird serviert – irgendein seltsames Erdbeersorbet mit Balsamico, das ich auslasse, denn Erdbeeren stehen auf der Verbotsliste, wenn ich Ausschlag habe. Als die Gäste, angelockt vom Holzrauch und den Klängen einer akustischen Gitarre, zur Aussichtsterrasse schlendern, schwinden die Gelegenheiten, den Barkeeper abzulenken.

»Ich lasse mir was einfallen«, versichert uns Brett. »Die Nacht ist noch jung.«

Reagan zupft ihn am Ärmel. »Komm, lass uns einen kleinen Spaziergang machen.«

Er sieht sie mit seinem umwerfenden Grinsen an und lässt sich vom Tisch wegziehen. Dann macht er einen Witz, den ich nicht hören kann, und hakt sich kurz bei ihr unter. Sie sind so entspannt zusammen und berühren sich die ganze Zeit unbeschwert. Ich wünschte, ich wäre so forsch wie Reagan. Ich wünschte, er würde sich bei mir unterhaken.

Vor allem wünschte ich, Lennon würde aufhören, mein Gesicht so forschend zu betrachten. Die ganzen Erinnerungen, die wir während des Essens ausgegraben haben, überlappen sich in meinem Hirn mit Summers Vermutung über meine Beziehung zu Lennon. Und plötzlich kommt mir ein besorgniserregender Gedanke.

Erlogener Klatsch über meine sogenannte Affäre mit Brett ist zu Summer vorgedrungen.

Also auch zu Lennon?

Die Vorstellung beunruhigt mich, aber ebenso beunruhigt mich, dass es mir etwas ausmacht. Andererseits waren meine Gefühle für Lennon nie das Problem. Sondern seine für mich. Ein bisschen Erdnussbutter-Fudge und liebevolle Erinnerungen an fiese Shrimps sind nicht genug, um mich davon zu überzeugen, dass sich etwas geändert hat.

9

Wir folgen Brett und Reagan auf eine mit Blechlaternen dekorierte Veranda. Es ist wirklich schön hier draußen. Die Sonne ist noch immer nicht ganz untergegangen, doch es kann sich nur noch um Augenblicke handeln. Die Berge glühen hinter den immer dunkler werdenden Silhouetten der Kiefern orange und rosa. Alles befindet sich in diesem Zwischenstadium von Tag zu Nacht, das hier draußen in der Natur irgendwie aufregender ist als in der Stadt. Man hat das Gefühl, als könne jeden Moment etwas passieren.

Die Veranda füllt sich schnell mit Gästen, einige betrachten gegen das Geländer gelehnt den Sonnenuntergang, andere nehmen auf den zahlreichen Sitzmöglichkeiten Platz und lauschen der Folkmusik des Gitarrenspielers. Kellner beginnen Kaffee und Tee auszuschenken. Wir schlendern an Candy vorbei, die mit einigen Gästen plaudert; als sie uns erspäht, ruft sie Reagan heran und stellt sie vor. Wir anderen laufen die breiten Verandastufen hinunter und gehen zu der Lichtung mit der Feuerstelle.

Dort brennt ein grandioses Lagerfeuer, ringsum stehen Bänke aus halbierten Baumstämmen. Ein paar Gäste rösten Marshmallows über den Flammen, und es gibt sogar einen Tisch mit Zutaten, um S'mores, Kekssandwiches aus Marshmallows und Schokolade, zu machen. Ein Stück weiter ist eine Laube aus Zedernholz, um die eine weiße Lichterkette geschlungen ist, auf dem sandigen Boden darunter sind drei Bahnen mit jeweils einem Stapel Hufeisen aufgebaut.

»Wollen wir spielen?«, fragt Kendrick Lennon. »Ich muss dich allerdings warnen, im Hufeisenwerfen bin ich Weltmeister, ich werde dich vermutlich schlagen.«

»Ach ja?«

»Legendär«, bestätigt Kendrick. »Zumindest als ich zehn war, das war das letzte Mal – und, na ja, das einzige Mal, dass ich gespielt habe.«

Lennon gluckst. »Wenn es nach dem gleichen Prinzip funktioniert wie Ringewerfen auf dem Rummel, dann mache ich dich fertig. Lass uns spielen.« Er wirft mir einen Blick zu. »Bist du auch dabei?«

»Hand-Augen-Koordination zählt nicht zu meinen Stärken«, erkläre ich ihm. Bei jedem Spiel, bei dem ich irgendetwas vor anderen tun muss – zum Beispiel Bowling oder Scharaden –, bin ich so mit den Blicken der anderen beschäftigt, dass ich mich total tollpatschig anstelle. »Vielleicht schaue ich erst mal nur zu und versuche, die Regeln zu kapieren.«

»Man versucht, den Stock mit dem Hufeisen zu treffen«, sagt Lennon.

»Aus deinem Mund klingt das so einfach.«

»Nein, ich glaube, du machst es komplizierter, als es ist«, sagt er grinsend. »Manchmal musst du einfach drauf pfeifen und loslegen.«

Erst als sich Summer zum Mitspielen meldet, fällt mir auf, dass Brett nicht bei uns ist. Vielleicht ist er bei Reagan geblieben, um sich mit Candy zu unterhalten? Oder er beobachtet den Barkeeper? Wer weiß. Es wäre schöner, wenn er bei uns wäre, dann könnten wir noch mal über sein Interesse an Mondfotos reden – außerdem könnte er als natürlicher Puffer zwischen Lennon und mir dienen.

Während unserer Diskussion haben sich an den Bahnen

Teams gebildet. Wir warten deshalb neben der Laube darauf, dass eine frei wird, und sehen uns die laufenden Spiele an. Plötzlich tippt mir jemand sanft auf die Schulter.

Vor mir steht eine Frau, die ungefähr so alt ist wie meine Mutter, sie hat hellbraune Haut, ihre Haare sind straff zu einem glatten Pferdeschwanz zurückgebunden. »Bist du nicht die Tochter von Dan Everhart?«

»Ja.« Meine Schultern spannen sich an. Dann weiß ich, wer die Frau ist. Razan Abdullah. Ich kenne sie aus der Praxis. Sie hat eine Videoproduktionsfirma und war früher eine Patientin meines Vaters.

»Du kamst mir bekannt vor«, meint sie lächelnd. »Bist du mit deiner Familie hier?«

»Nein, ich verbringe meine Ferien mit Freunden.« Ich spähe zu Lennon und Kendrick. Lennon nickt zum Gruß.

»Ah«, sagt sie. »Schön hier, oder? Ich bin seit ein paar Tagen da und drehe mit einer kleinen Crew ein Werbevideo.«

»Das ist ja cool.«

Sie nickt. »Der Dreh lief super. Wir reisen morgen früh ab. Wie geht es deinem Vater? Ich habe ihn das letzte Mal im Frühling gesehen, als er meinen Rücken behandelt hat.«

»Es geht ihm gut.« Ich habe das Gefühl, dass ich etwas Positiveres sagen sollte, aber mir fehlen ehrlich gesagt die Worte.

»Oh, pardon.« Sie verzieht das Gesicht. »Ist deine Mutter noch mit deinem Vater zusammen?«

Ich bin wie vor den Kopf gestoßen. »Natürlich. Warum sollte sie nicht?«

»Da habe ich ... sie wohl mit einem anderen Paar durcheinandergebracht.« Hektisch blinzelnde Augen blicken zur Seite, sie scheint über etwas nachzudenken und zögert. »Du weißt ja, wie es ist. Ich lerne über meine Arbeit so viele Leute kennen ... Manchmal verschwimmen sie alle miteinander.«

»Ja«, stimme ich zu. Aber nun steigt eine seltsame, stumme

Panik in mir auf. Hat sie meinen Vater wirklich mit jemand anderem verwechselt, oder hat sie Gerüchte gehört? Bitte, bitte, bitte lass sie keine der Frauen sein, mit denen mein Vater eine Affäre hatte. Ich glaube, sie ist verheiratet, sicher bin ich mir allerdings nicht.

Ich möchte gern noch mehr Informationen aus ihr herausquetschen, aber da leuchtet ihr Telefon auf und sie verabschiedet sich.

Ich blicke ihr verwirrt hinterher. Sie hat Empfang, wir scheinen also im WLAN-Radius zu sein. Als ich auf meinem Telefon nachsehe, habe ich tatsächlich eine Verbindung, außerdem mehrere Nachrichten. Zwei sind von meiner Mutter, doch als ich langsam davongehe, um sie zu beantworten, fällt mir Razans Frage wieder ein. Nach kurzer Zeit kann ich an nichts anderes mehr denken, und plötzlich stelle ich mir vor, dass sich meine Eltern trennen.

Allerdings nicht lange, denn Brett kommt mit Reagan im Schlepptau auf mich zugerannt und reißt mich aus meinen Gedanken. »Es ist so weit«, raunt er aufgeregt und drängt mich, ihm zu folgen, während Reagan sich um die anderen kümmert. »Wir müssen gehen – jetzt.«

»Verstehe ich nicht«, murmle ich.

Lennon wischt sich die Hände ab. »Was ist los?«

»Die Bar«, erklärt Brett. »Ich habe einen Gast überzeugt, drei Cocktails zu bestellen.«

»Okay …?«

»Was bedeutet«, sagt er, »dass der Barkeeper sie aus dem Haupthaus holen wird. Die Bar im Pavillon wird unbeaufsichtigt sein. Jetzt ist unsere Chance. Wollt ihr herumhocken und mit alten Knackern Eisenteile schmeißen, oder wollt ihr Spaß haben?«

»Spaß!«, ruft Summer.

»Dann los«, sagt Brett und grinst wie verrückt. Er zwinkert mir zu. »Auf geht's, Everhart.«

Ich laufe ihm hinterher und wir pirschen um die Rückseite des Pavillons. Summer und Reagan rennen über den dunkler werdenden Rasen voraus, an den Stufen zu einer schmalen Seitenveranda bleiben sie kurz stehen, dann hebt Summer den Daumen, um zu signalisieren, dass die Luft rein ist.

Nun steigen auch wir anderen vorsichtig die drei Stufen zu der Veranda rings um den Pavillon hoch, und gehen in Deckung. Die Bar ist nur wenige Meter entfernt, in einen hellen Lichtkegel getaucht. Wie Brett vorhergesagt hat, scheint der Barkeeper ins Haupthaus zu gehen. Unterwegs bleibt er stehen und unterhält sich mit zwei Kellnern, die gerade den Boden aufwischen und die Stühle auf die Tische stellen.

»Die Frau, die du überredet hast, Drinks zu bestellen, ist mit ihren Freundinnen auf die Aussichtsterrasse gegangen«, informiert ihn Summer laut flüsternd. »Ich glaube, sie hat dem Barkeeper Bescheid gesagt, dass er die Getränke dorthin bringen soll.«

»Sehr schön«, sagt Brett grinsend und winkt Reagan und Summer hinter sich. »Wo ist mein Wingman?«

Als mir klar wird, dass er Lennon meint, blicke ich mich um. Er ist nirgendwo zu sehen.

»Wir können nicht warten«, sagt Brett. »Zorie, dann übernimmst du das. Bleib hier auf der Treppe und halte die Augen auf. Sobald Zorie das Signal gibt, folgt ihr mir.«

Augen aufhalten? Warum ich? Ich sehe mich hektisch um, während die anderen auf die Veranda poltern. Wonach soll ich Ausschau halten? Ich blicke über den Rasen. Von hier aus habe ich keine gute Sicht auf das Lagerfeuer. Die Gäste auf der Aussichtsterrasse scheinen sich nicht um uns zu kümmern. Der Gitarrenspieler ist der Einzige, der die Bar im Blickwinkel hat. Kann er uns sehen? Keine Ahnung.

»Ist die Luft rein?«, flüstert Brett.

Meine Nerven sind zum Zerreißen gespannt. Ich schaue noch

einmal in den Pavillon und warte, bis der Kellner uns den Rücken zudreht. »Okay, jetzt!«

Brett erklimmt die letzte Stufe und verschwindet mit drei großen Schritten hinter die Bar. Er reckt siegesgewiss die Faust in die Luft, dann duckt er sich weg. Als er sich wieder aufrichtet, hält er zwei Weinflaschen, die er Summer reicht. Sie will sie an Kendrick weitergeben, doch der winkt ab – jedenfalls im ersten Moment. Nach einem kurzen Kommentar, den ich nicht hören kann, drückt sie ihm eine Flasche gegen den Bauch. Er gibt seinen Widerstand auf und nimmt sie.

Das Klirren von Glas hallt durch die Bar. Sie brauchen ewig. Warum kichern sie? Jemand wird uns hören. Und wie viele Flaschen Wein brauchen sie überhaupt? Summer hält bereits drei.

Plötzlich rieche ich geröstete Marshmallows.

»Na, wurdest du zum Schmierestehen verdonnert?«, dröhnt eine tiefe Stimme in meinem Ohr.

Mir entfährt ein leiser Aufschrei. Ich schlage Lennon auf den Arm.

»Autsch«, beschwert er sich und reibt seinen Ärmel.

»Hör auf, dich so anzuschleichen«, flüstere ich. »Irgendwann bekomme ich deinetwegen noch einen Herzinfarkt.«

Seine weißen Zähne leuchten in der Dämmerung. »Klingt nach einer Herausforderung.«

»Freut mich, dass du so engagiert auf mein vorzeitiges Ableben hinarbeitest.«

Erinnerungen an den letzten Herbst gehen mir durch den Kopf. Wie ich auf Zehenspitzen aus dem Haus geschlichen bin und er am Ende der Treppe unter einer Palme gewartet hat. Seine Hand auf meinem Mund, um mein Lachen zu unterdrücken. Dieses Gefühl, dass mein Herz in der Brust explodiert, weil ich mich so nach seinen Armen sehne.

Nicht daran denken. Nicht antworten. Einfach so tun, als hätte er nichts gesagt. Locker bleiben.

»Wo warst du eigentlich gerade?«, bringe ich heraus.

»Ich mache diesen Quatsch nicht mit. Außerdem habe ich« – er hält ein platt gedrücktes S'more hoch – »das hier gefunden. Ein geröstetes Marshmallow zu verschmähen wäre doch eine Sünde.«

»Oh, wirklich?«, flüstere ich, genervt, weil mein Herz nach wie vor rast. Nur weil er mich erschreckt hat. Nicht etwa wegen seiner Bemerkung. Oder weil er so nahe ist, dass ich den Holzrauch in seinem Shirt riechen kann. Warum hat er sich eigentlich so dicht neben mich gestellt?

»Ich bin ziemlich sicher, dass der Pfarrer das letzten Sonntag gesagt hat.«

»Du gehst immer noch mit Mac in die Kirche?« Die New Walden Church. Leute aller Konfessionen gehen dorthin, der Gottesdienst wird in einem kleinen Amphitheater im Freien abgehalten. Ich glaube, die Kirche gibt es vor allem, weil sie sich bei der Obdachlosenspeisung engagiert und bei anderen wohltätigen Aktivitäten in der Bay Area. Mac geht wohl dorthin, weil sie in unserem Alter mal obdachlos war und ihre Mahlzeiten häufig von der Suppenküche erhalten hat. Mein Vater behauptet, es sei keine richtige Kirche, aber was weiß er schon über göttliche Mächte?

»Was soll ich tun? Sie behauptet, ich würde zu viel Schwarz tragen.«

Ich schnaube. »Okay, also nur, um das mal klarzustellen. Mac glaubt, dass Gott ihr vergibt, dass sie Sachen verkauft wie …«

»Penisringe?«, schlägt er vor.

Es wäre nicht meine erste Wahl gewesen. Es bringt mich völlig aus dem Konzept, wie nonchalant er darüber redet, deshalb rudere ich ein bisschen zurück. »Aber Gott vergibt dir nicht, dass du diese ganzen Splatter-Manga liest? Und dir blutrünstige Zombie-Filme anschaust?«

»Doch, ich persönlich würde das gern glauben. Auf die Zombie-Apokalypse vorbereitet zu sein ist eine Frage des gesunden Menschenverstandes.«

»Ja, ich bin auch ziemlich sicher, dass das in der Bibel steht«, sage ich sarkastisch.

»Es ist ein Zusatzartikel zu den Zehn Geboten«, erklärt er. »Zusatzartikel Nummer dreizehn. Du sollst dich mit Buschmesser oder Schrotflinte bewaffnen und immer daran denken, auf den Kopf zu zielen.«

Ich drehe mich, um Brett im Auge zu behalten.

Lennon streckt den Arm über meine Schulter und hält ein halbes Marshmallow hoch. »Willst du was?«

Seine Stimme ist dunkel und samtig, und so nahe an meinem Ohr, dass sich in meinem Nacken Gänsehaut bildet. Darauf folgt ein unwillkürlicher Schauder und ich bete bloß, dass er es nicht mitbekommt. »Nein.«

»Bist du sicher?«, fragt er und seine Stimme wird noch leiser. Tiefer. Verführerisch.

Nein. Nicht verführerisch. Was ich höre, ist das Pendant einer Fata Morgana. Genau an diesem Punkt habe ich mich schon mal täuschen lassen. Nur weil der eine etwas fühlt, heißt es noch lange nicht, dass es in der Absicht des anderen liegt. Nur weil mein Körper sich langsam umdrehen und sehen möchte, dass er zu mir herunterschaut und unsere Augen ineinander versinken, und –

Was ist nur mit mir los? Ich muss aufhören. *Herrgott noch mal, zeig ein bisschen Stolz, Everhart.*

»Nein danke«, wiederhole ich etwas resoluter.

»Dein Pech.« Er klingt gelangweilt. Sein Arm zieht sich zurück.

Und jetzt drehe ich mich tatsächlich um und sehe ihn an. Langsam. Nicht, weil ich irgendetwas erwarte. Ich will bloß sehen, ob er wirklich gelangweilt ist oder ob ...

Er würdigt mich keines Blickes. Natürlich nicht. Seine Augen sind in die Ferne gerichtet.

»Oh, schau mal«, sagt er beiläufig. »Gleich erwischt es Jack Kerouac.«

Was?

Ich schnelle herum und entdecke im Pavillon den Barkeeper, der schnurstracks auf die anderen zusteuert. Mist, Mist, Mist.

»Brett«, flüstere ich hörbar.

Er hört mich nicht.

»Leute!«, sage ich lauter und in Panik.

Summer blickt um sich, als habe sie etwas gehört, sei sich aber nicht *ganz* sicher. Was soll ich tun? Wenn ich ins Licht trete, wird mich der Barkeeper entdecken. Aber wenn es mir nicht gelingt, Bretts Aufmerksamkeit zu erregen –

Lennon stößt einen Pfiff aus.

Brett schaut auf.

Ich winke wie eine Verrückte und deute auf den Pavillon.

Jetzt kapiert er es. Es entsteht ein kurzes Gerangel mit den Flaschen, dann kommen sie auf uns zugerannt. Sobald sie die Treppe erreichen, kann der Barkeeper allerdings –

Verdammt und zugenäht!

Er hat sie entdeckt.

»Lauft!«, befiehlt uns Brett.

Er sprintet vier Flaschen Wein jonglierend über den Rasen. Mein Selbsterhaltungstrieb lässt mich hinterherpreschen. Unter meinen Füßen steigt der Geruch von feuchtem Gras und Kiefernnadeln auf. Wir rennen, als ob unser Leben davon abhinge, eine von Panik angetriebene Büffelherde auf der Flucht in den Schatten. Ich habe überhaupt keine Orientierung mehr. Wo sind die Camps? Hier standen doch vorhin nicht überall Bäume und Büsche, oder?

Als Brett einen Haken nach links schlägt, entdecke ich den von kleinen goldenen Lampen beleuchteten Hauptweg. Brett und Reagan springen über ein paar blühende Stauden, um auf den Weg zu gelangen. Irgendetwas zerbricht.

»Oh, verdammt!«, schreit Summer.

Unter meinen Schuhen knirscht Glas. Der Geruch von Wein steigt mir in die Nase.

»Lauft weiter«, keucht Brett. »Nicht stehen bleiben.«

Ich spähe zum Pavillon zurück. Es sieht nicht so aus, als hätte jemand die Verfolgung aufgenommen. Wir lassen die zerbrochene Flasche liegen und folgen dem Hauptweg einen steilen Hügel hinauf. Die Zelte des ersten Camps werden sichtbar. Brett hält an, wir holen keuchend Luft und schauen ins Tal hinunter.

Dieses Camp besteht ausschließlich aus Jurten, ihre Form erinnert an Zirkuszelte. Sie sind auf unheimliche Weise schön und leuchten in einem warmen Ringelblumenlicht – Zufluchtsorte im immer dunkler werdenden Wald. Eine Schneise gibt den Blick auf den schwarzen Himmel frei. Und überall – *überall* – an diesem Himmel sind Sterne.

Meine Sterne.

Sie scheinen aus dem Nichts gekommen zu sein. Der Nachthimmel hier ist ganz anders als zu Hause. Im Melita-Hills-Observatorium haben wir zwar eine recht klare Sicht, aber die vielen Städte der Bay Area sorgen für eine massive Lichtverschmutzung.

Hier draußen gibt es keine Städte.

Oh, die Fotos, die ich mit meinem Teleskop machen könnte!

»Zorie!«, ruft Lennon.

Mist. Die anderen sind schon halb den Hügel hinunter, nur wir beide stehen noch hier.

»Sorry«, sage ich. Ich setze meinen Hintern in Bewegung und erkläre: »War in Gedanken auf Wolke sieben.« Ich kichere und hole Luft. »Im wahrsten Sinne des Wortes.«

Was für ein dämlicher Witz. So viel körperliche Bewegung scheint meinem Hirn zuzusetzen.

»Du meinst, bei den Sternen?«, fragt er mit einem kurzen Blick nach oben. »Es ist unglaublich, oder? Ich wusste, dass es dir hier draußen gefallen würde.«

Er beschleunigt, um die Gruppe einzuholen, und ich renne hinterher, während sein überraschendes Geständnis noch durch meinen Kopf taumelt. Aber nicht lange, denn ein paar Meter vor dem Camp bleibt Reagan abrupt stehen.

»Was ist?«, will Kendrick wissen.

»Auf dem Weg, neben der dritten Jurte«, antwortet sie.

Als ich geradeaus schaue, entdecke ich das Problem. Ein großer Mann in dunkler Jacke unterhält sich mit einigen Campinggästen. Er dreht uns den Rücken zu, auf seiner Jacke ist hinten in weißer Schrift MUIR aufgedruckt.

»Mr Randall«, sagt Reagan. »Er ist der Wachmann hier auf dem Platz. Falls ihr den Barkeeper für ein Arschloch haltet – im Vergleich zu Mr Randall geht er geradezu als Weihnachtsmann durch. Wir dürfen nicht mit diesem ganzen Wein gesehen werden, sonst lässt er uns womöglich noch verhaften.«

Summer sieht sich um. »Was machen wir jetzt? Sollen wir zurücklaufen?«

»An den Ort, wo tausend Leute uns davonlaufen gesehen haben?«, fragt Lennon. »Klar, lasst uns an den Tatort zurückkehren.«

»Ich habe doch auch keine Ahnung!«, sagt Summer. In ihren Augen flackert Panik. »Vielleicht können wir uns verstecken, bis dieser Randall an uns vorbei ist?«

Ich deute auf die Jurten. »Er ist nicht das einzige Hindernis, das uns den Weg versperrt. Schaut euch mal die ganzen Zelte an. Überall laufen Leute herum.«

»Es kehren auch Gäste vom Lagerfeuer zurück«, sagt Lennon und späht hinter uns. Ganz in der Nähe ist Gelächter und Geplauder zu hören.

»Wir sitzen in der Falle«, stöhnt Summer. »So eine Scheiße. Meine Beine sind mit Wein bekleckert, und jetzt landen wir auch noch hinter Gittern.«

»Oder wir bunkern die Flaschen irgendwo«, schlägt Lennon ruhig vor. »Und landen vielleicht nicht hinter Gittern. Dein Plan ist natürlich auch eine Option.«

Kendrick deutet auf eine Mülltonne. Sie ist aus Metall, im

Boden einzementiert und mit einem seltsamen Riegel gegen Bären gesichert. »Ich bezweifle, dass die heute Nacht geleert werden. Wir bunkern den Wein dort und holen ihn später, wenn alle schlafen.«

»Schlaue Jungs!«, lobt Brett und hilft Kendrick, den Riegel der Mülltonne zu öffnen. »Absolut genial. Lennon, ich dachte schon, du lässt mich im Stich, als du mir an der Bar keine Rückendeckung gegeben hast. Hiermit hast du deine Stellung als Wingman gerettet.«

»Ein Traum wird wahr«, sagt Lennon zutiefst sarkastisch.

Reagan stellt sich ganz schön an, weil sie den Wein neben Essensabfälle stellen, aber sie schaffen genug Platz in der Tonne, um ein Dutzend Flaschen unterzubringen. Als die letzte nicht mehr hineinpasst, schiebt Brett sie sich in die Hose. Obszöne Witze werden gerissen. Ich kümmere mich nicht darum, sondern behalte den Ranger im Auge.

»Leute«, sage ich. »Macht die Tonne zu. Er kommt in unsere Richtung.«

Ich glaube nicht, dass er uns besonders gut sieht, andererseits kann ich ihn sehen. Und als Lennon uns darauf hinweist, dass an der Mülltonne zu stehen auffällig ist, schlendern wir den Weg hinunter. Ruhig. Langsam. Wir gehen dem Ranger nicht aus dem Weg. Als wir näher kommen, wappne ich mich innerlich.

»Abend«, grüßt Mr Randall und mustert uns kurz. »Habt ihr euch verlaufen?«

»Nein, Sir«, versichert ihm Brett. »Sind auf dem Weg zu unserem Camp.«

»Das da wäre …?«

»Camp Eule«, sagt Reagan.

Er mustert sie scharf. »Du kommst mir bekannt vor.«

»Meine Eltern sind oft hier«, antwortet sie.

»Dann brauche ich dich ja nicht daran zu erinnern, dass bald die Nachtruhe anfängt. Stellt euch darauf ein.«

»Vielen Dank«, erwidert Reagan.

Mr Randall nickt und tritt zur Seite, um uns vorbeizulassen. Ich weiß nicht, ob ich es mir nur einbilde, aber er scheint zu schnuppern. Ich habe kurz Paranoia, dass er den Wein riecht. Immerhin haben wir eine zerbrochene Flasche platt getrampelt.

Falls er einen Verdacht hegt, hält er uns jedenfalls nicht an. Als ich bei einem Blick zurück feststelle, dass er an der Mülltonne vorbei den Hügel zur Lodge hinaufläuft, stoße ich einen Seufzer der Erleichterung aus.

»Ich glaube, er fand uns nicht verdächtig«, sage ich zur Gruppe, als wir den dunklen Pfad durch das Jurtencamp hinuntergehen.

»Schwein gehabt«, antwortet Lennon ohne Überzeugung.

Ausnahmsweise bin ich ganz seiner Meinung.

10

Wie sich herausstellt, bedeutet »Nachtruhe« tatsächlich Ruhe. Die Zelte von Camp Eule stehen zwar weit auseinander, doch wenn es draußen stockduster ist und das Rauschen des Stadtlebens – Verkehr, Klimaanlagen, Fernseher – durch Grillen ersetzt wird, hört man alles.

Und damit meine ich a-l-l-e-s.

Die Toilettenspülung. Entferntes Lachen. Das Knirschen von Kies, als jemand vorbeiläuft. Jedes noch so leise Geräusch wird verstärkt. Als wir uns im Mädchenzelt versammeln, um zu beraten, wie wir den Wein aus seinem Versteck holen wollen, kommen wir schnell zu dem Schluss, dass Brett und Lennon früh aufstehen und ihn in ihren Rucksäcken zurückschleppen werden. Genau genommen nötigt Brett Lennon, sich als Freiwilliger zu melden, was dieser mit dem trockenen Kommentar »War schon immer mein Traum, Alkoholschmuggler zu sein« quittiert.

Danach ziehen sich die Jungs in ihr Zelt zurück, und wir machen uns bettfertig. Es ist eine Weile her, dass ich in einem Etagenbett geschlafen habe – und in einem Zelt habe ich noch nie übernachtet. Aber nachdem ich die Ereignisse des Tages in meinem Mini-Tagebuch festgehalten und ein paar Stunden hellwach im Bett gelegen und sämtliche nächtlichen Geräusche des Camps katalogisiert habe, falle ich endlich in einen unruhigen Schlaf, aus dem ich immer wieder aufschrecke.

Als die Dämmerung die Dunkelheit beiseiteschiebt, gebe ich den Gedanken an Schlaf auf und klettere aus dem Bett.

Es ist ungewohnt, so früh wach zu sein. Reagan ist die Frühaufsteherin von uns beiden, doch als ich mich auf den Boden herunterlasse, finde ich sie bäuchlings auf dem gemachten Bett ausgestreckt. Sie hat sich gar nicht zugedeckt, dabei ist es ziemlich kühl. Ich bin ein bisschen besorgt, dass irgendetwas mit ihr nicht stimmt, und rüttle sie an der Schulter.

»Geh weg«, nuschelt sie mit rauer, gedämpfter Stimme in ihr Kissen. Sie klingt furchtbar. Und schlecht gelaunt. Ich lasse sie lieber allein und sammle so leise wie möglich meine Kleider zusammen. Summer schläft noch. Um sie nicht aufzuwecken, wenn ich das Badezimmer im Zelt benutze, gehe ich zum Badehaus.

Draußen ist es noch frischer als im Zelt. In einigen anderen Zelten brennt schon Licht und ich sehe sich bewegende Silhouetten; ich scheine nicht die Einzige zu sein, die so früh wach ist. Nachdem es mir gelungen ist, eine freie Duschkabine im Waschhaus zu ergattern, hetze ich mich nicht beim Rasieren und Haarewaschen, denn so kann sich in der Zwischenzeit mein Telefon aufladen. Als ich meine Haare getrocknet habe, spaziere ich durchs Camp zurück und fühle mich schon wesentlich zivilisierter. Das Zelt der Jungen ist dunkel und die beiden Mädchen in meinem Zelt schlafen nach wie vor. Wenn ich nicht hier sitzen und Reagan beim Schnarchen zuhören will, gehe ich am besten für ein zeitiges Frühstück zur Lodge hoch.

Als ich den Hauptweg hinauflaufe, fällt blaugraues Licht durch die Kiefern. Der Zeltplatz sieht in diesem Licht so anders aus, dass ich die Mülltonne, in der wir den Wein versteckt haben, nur mit Schwierigkeiten finde. Vielleicht haben Brett und Lennon die ganzen Flaschen ja schon geholt. Ich drücke in Gedanken die Daumen und gehe weiter Richtung Lodge.

Im Pavillon erwartet mich auf mehreren Tischen ein ausladendes Frühstücksbuffet. Eier, Speck, süße Teilchen. Es gibt sogar eine Station mit Oatmeal und dazu ein Dutzend Toppings. Es ist mir schleierhaft, wie irgendjemand Haferbrei Würstchen vorziehen kann. Aber als ich mir einen Teller schnappe und den Deckel der silbernen Chafis anhebe, erhasche ich durch den warmen Würstchendampf einen undeutlichen Blick auf die Person, die sich über die Oatmeal-Station beugt. Er ist groß, dunkelhaarig und sexy und –

OH NEIN, ich gaffe Lennon an.

Es ist wie bei meiner Spioniererei mit dem Teleskop, bloß noch schlimmer, weil er nicht einmal einen Meter entfernt von mir steht und ich mich nicht auf den Boden ducken und verstecken kann. Wenigstens ist er nicht halb nackt.

»Da muss der Weltuntergang ja nahe sein, wenn du vor dem Morgengrauen aufstehst«, feixt er.

»Ich konnte nicht schlafen. Die Hähne haben gekräht.«

Er lacht. »Du denkst wohl an einen Bauernhof.«

»Ich weiß bloß, dass es wie ein Vogel klang, und es war ätzend laut.« Ich grinse kurz in seine Richtung. »Dann meinetwegen ein Berghahn oder was auch immer.«

»Man nennt sie wahrscheinlich eher Habichte«, sagt er amüsiert.

»Ist doch alles das Gleiche.« Ich belade meinen Teller mit Würstchen und Speck. »Haferbrei also. Echt? Kannst du den nicht zu Hause essen?«

»Ich liebe Haferbrei. Haferbrei ist das Leben.« Er verteilt einen Löffel Mandeln auf seinem Brei. »Ich glaube, in seinem berüchtigten Wörterbuch aus dem achtzehnten Jahrhundert beschreibt Samuel Johnson Hafer als etwas, womit die Engländer Pferde, Schotten hingegen Menschen füttern.«

Ich schüttle lächelnd den Kopf. »Du und dein bescheuertes Pseudowissen.«

»Und du bist nur so heiß auf Fleisch, weil du mit Joy zusammenlebst«, sagt er und deutet auf meinen Teller.

Wohl wahr. Es macht ihr nichts aus, dass ich Fleisch esse, aber wenn sie kocht, dann irgendwas Veganes aus der Tiefkühltruhe. »Gestern Abend war das erste Mal, dass ich diese Woche Fleisch gegessen habe«, räume ich ein. »Ich werde hier total die Neandertaler-Nummer abziehen. Ausschließlich Fleisch und Kaffee. Vielleicht ein bisschen Zucker«, sage ich und lege noch eine riesige Zimtschnecke auf meinen Würstchenberg. Als ich braunen Zucker unter den Haferbrei-Zutaten entdecke, ziehe ich kurz in Erwägung, ihn über den Speck zu streuen.

»Ah, die gute alte Paleo-Diabetes-Diät.«

»Ich bin der Inbegriff moderner Ernährung«, sage ich.

»Verleiht deinen Wangen diesen rosigen Schimmer.« Seine Augen sind fröhlich und zum ersten Mal an diesem Morgen blickt er mir ins Gesicht, sieht mich *wirklich* an, und ich merke, wie meine Ohren zu glühen anfangen.

»Das ist reine Angst«, erkläre ich ihm, während ich mich auf das Frühstücksbuffet konzentriere und einen bereits inspizierten Chafi ein zweites Mal öffne. »Ich konnte letzte Nacht nicht schlafen. Zu viele herumgeisternde Viecher und zu viel Krach.«

»Es ist anders, oder? Selbst wenn man in diesen Luxuszelten schläft. Es bleibt trotzdem ... wild.«

Allerdings.

Lennon reicht mir in eine Serviette eingewickeltes Besteck. »Wollen wir draußen essen und uns den Sonnenaufgang anschauen? Sie haben Heizstrahler aufgestellt, und es sieht aus, als würden sie mit Kaffee herumlaufen.«

»Alles klar.« Hoffentlich klinge ich locker und nicht auf unerklärliche Weise glücklich, weil ich mit ihm frühstücke.

Wir tragen unsere Teller nach draußen und finden einen Platz neben einem Heizstrahler, der ein Stück von den anderen Frühaufstehern entfernt ist. Das Nebeneinander von sanft wallender Wärme und frischer Morgenbrise spiegelt mein Gefühlschaos wider, seit ich mit ihm allein bin. Er ist sowohl vertraut als fremd, und wenn wir zusammen sind, bin ich ständig nervös.

»Heute spielst du die Karokarte ja mal wieder richtig aus«, bemerkt er und blickt flüchtig in meine Richtung.

Ich streiche meine rot-schwarz karierten Hosen glatt. Sie sind eng und ein bisschen Punkrock – ziemlich gewagt, zumindest für meine Verhältnisse. Ich glaube nicht, dass er mich aufzieht, aber manchmal ist es schwer zu sagen. »Danke?«

Als er nickt, lässt meine Anspannung nach.

»Und?«, hake ich nach und mache mich über meinen Essensberg her. »Hast du mit Brett den Wein geholt?«

»*Ich* nicht«, erwidert er. »Als wir gestern Abend endlich in unserem Zelt waren, wollte er, dass Kendrick und ich ihn begleiten, doch wir haben uns beide geweigert. Daraufhin meinte er, dann würde er eben allein gehen, aber ich habe keine Ahnung, wie er ein Dutzend Flaschen schleppen wollte, er ist nämlich ohne Rucksack losgezogen. Heute Morgen hat er jedenfalls wie ein Weinfass gestunken – was ehrlich gesagt immer noch angenehmer ist als sein widerliches Axtmörder-Körperspray.«

»Er hat sich allein volllaufen lassen?«

»Vielleicht hat er es auch wie Summer gemacht und noch eine Flasche fallen lassen«, sagt Lennon mit einem leichten Achselzucken. »Auf dem Weg hierher habe ich vorhin in der Mülltonne nachgesehen, und da waren die Flaschen weg, offenbar hat er es also irgendwie geschafft, sie zu retten.«

Eine Weile essen wir schweigend. Ich bin nicht sicher, ob ich ausführlicher mit ihm diskutieren möchte, und er belässt es sowieso dabei. Irgendwann klopft er sich auf die Tasche und meint: »Ich habe die Genehmigung zum Wildcampen bei Candys Mann an der Rezeption abgeholt, das wäre also geregelt. Außerdem habe ich mir den Laden in der Lodge angesehen. Man kann sich dort Bärenkanister ausleihen. Wenn du mit Lebensmitteln erwischt wirst und keinen hast, musst du Strafe zahlen. Falls du das nachlesen möchtest, es steht auf dem Infoblatt des King's Forest, das der Genehmigung beigefügt ist.«

Er will es aus der Jackentasche ziehen, doch ich winke ab. »Ich glaube dir.«

»Aber ...?«

»Es ist nur ... Keine Ahnung«, sage ich und beiße ein Stück Speck ab. »Als ich mit meiner Mutter Witze über Begegnungen mit wilden Tieren beim Wandern gerissen habe, war mir überhaupt nicht bewusst, dass sie so gefährlich sind.«

Lennon gluckst. »Überall lauert Gefahr. Und damit meine ich tödliche Gefahr.«

»Na super«, murmle ich.

»Nicht nur durch wilde Tiere. In der Sierra Nevada sind Leute schon von Felslawinen erschlagen worden, von Klippen gestürzt, haben bei anstrengenden Routen Herzinfarkte erlitten, wurden von umkippenden Bäumen erschlagen –«

»Hilfe.«

»– sind gestorben durch Hitzschläge, Unterkühlung, wurden zu Tode gekocht in heißen Quellen, ermordet von durchgeknallten Serienmördern, vergiftet von Pflanzen, haben sich mit dem Hantavirus infiziert.«

»Hanta was?«

»Wird durch den Kot von Weißfußmäusen übertragen.«

»Äh, hallo. Ich bin gerade am Essen«, beschwere ich mich.

»Ich will damit bloß sagen, dass hier draußen viele tödliche Gefahren lauern. Aber sonst macht es ja auch keinen Spaß.«

»Es überrascht mich nicht, dass du das so siehst.«

»Also, nicht in dem Sinne, dass ich den Kick suche. Sondern dass man lernt, Gefahren wahrzunehmen, und sie auf eine verantwortliche, vorsichtige Art meidet. Man muss seine Umwelt begreifen. Respektieren. Glaubst du, meine Eltern würden mich mit dem Rucksack losziehen lassen, wenn sie nicht überzeugt wären, dass ich hier draußen zurechtkomme? Sie vertrauen mir, weil ich es ernst nehme. Und genau aus diesem Grund wollten sie, dass ich mitfahre. Es war ihnen wichtig, sonst hätten sie nicht mal eben so eingewilligt, eine ganze Woche auf meine Reptilien aufzupassen.«

Stimmt.

»Moment«, sage ich. »Es war der Wunsch deiner Mütter, dass du mitfährst?«

Eine Schulter hebt sich leicht und sackt wieder nach unten. »Ich hatte Angst, dass Brett, wenn ich ihm nicht helfen würde, Scheiße bauen und selbst nach dem versteckten Wasserfall suchen würde. Und wir wissen beide, was für ein Idiot er ist. Nicht böse gemeint. Ich weiß, du standst früher auf ihn. Oder tust es vielleicht immer noch …« Er späht unter gesenkten Lidern kurz zu mir herüber.

Ich weiß nicht, was ich sagen soll. Ich weiß nicht mal, was ich fühlen soll. Die letzten vierundzwanzig Stunden waren seltsam. Vermutlich habe ich erwartet, es wäre aufregender, außerhalb der Schule Zeit mit Brett zu verbringen, aber wir sind ja kaum allein. Vielleicht würde er dieses Super-Bro-Getue lassen, wenn wir mal eine Zeit lang ohne die Gruppe zusammen wären. Ich weiß, dass er damit nur Aufmerksamkeit erwecken will und dass er auch eine andere Seite hat. Andererseits sind wir ja auch gerade erst hier angekommen.

Und dann kommt noch Lennon hinzu. Mit ihm hatte ich nicht gerechnet. Wenn ich letzte Nacht nicht gerade Schiss wegen irgendwelcher Tiergeräusche im Wald hatte, habe ich mir beim Herumwälzen noch einmal unsere sämtlichen Gespräche durch den Kopf gehen lassen. Ich habe versucht herauszufinden, ob wir wieder Freunde sind, oder ob er das möchte – ob *ich* das möchte. Aber ich bin zu keinem Ergebnis gekommen.

Trotzdem wird mir gerade etwas klar.

»Deine Eltern haben dich ermuntert, bei diesem Trip mitzufahren?«, frage ich. »Wegen Brett? Sie wissen, dass er dabei ist?«

Lennon zuckt mit den Schultern. »Jep.«

»Wissen Sunny und Mac, dass *ich* dabei bin?«

Es bläst ein scharfer Wind, Lennon kratzt einen letzten Löffel Oatmeal aus der Schüssel. »Das war der Grund, warum sie wollten, dass ich mitfahre. Damit ... dir nichts passiert.«

Hundert Gefühle gleichzeitig dreschen auf mich ein. Ich kann nicht einmal anfangen, sie zu sortieren, deshalb schleudere ich ihm das Erste entgegen, was mir durch den Kopf geht. »Ich bin keine Idiotin, kapiert? Ich kann gut auf mich selbst aufpassen. Ich bin vielleicht nicht olympiareif wie Reagan, aber mit einer albernen Wandertour komme ich klar.«

»Natürlich.«

»Ich kann Tausende von Sternen bestimmen, da werde ich ja wohl auch eine Karte lesen können.«

»Habe nie das Gegenteil behauptet. Du bist hier bei Weitem die Klügste.«

»Und warum redest du dann, als wäre ich komplett unfähig?«

Er stöhnt. »Du bist fähig. Mehr als fähig, ich vertraue dir tausendmal mehr als jedem anderen auf diesem Zeltplatz.«

Tut er das? Nachdem wir monatelang nicht miteinander geredet haben? Die Bemerkung löst etwas Seltsames in meinem Herzen aus.

»Stell es dir einfach so vor«, sagt er. »Wenn ich wissen wollte, ob Pluto ein echter Planet ist –«

»Ist er nicht.«

»– dann würde ich dich fragen. Aber wenn ich wissen wollte, wie man eine Bong baut, dann würde ich Brett fragen. Jeder von uns hat sein Spezialgebiet. Meines ist, mit dem Rucksack durch die Wildnis zu wandern.«

»Aber das wusste ich überhaupt nicht!«, sage ich gereizt. »Eigentlich solltest du der Fachmann sein, wie man eine Nacht in einem Spukhaus überlebt.«

»In gewisser Weise besteht da kein großer Unterschied.«

Ich bin frustriert, und er macht Witze. Ich werde nicht schlau aus ihm. »Hat das was mit dem Fotobuch zu tun?«, frage ich plötzlich verlegen.

»Was?«

»Bist du deswegen mitgekommen? Haben dich deine Eltern aus diesem Grund gedrängt mitzufahren? Falls ihr mich bedauert, weil mein Vater fremdgeht, könnt ihr euch euer Mitleid sparen. Ich brauche es nicht. Mir geht es gut.«

»Du tust mir nicht leid. Ich bin einfach wütend. Ich würde deinem Vater gern die Arme mit einer verrosteten Heckenschere abschneiden. Oder die Füße mit einer Kettensäge. Ich möchte –«

»Okay, okay! Schon verstanden.« Hilfe, es geht hier immer noch um meinen Vater. Obwohl es mich zugegebenermaßen heimlich freut, dass Lennon so aufgebracht ist. »Wenn hier jemand ein *Texas Chainsaw Massacre* mit ihm veranstaltet, dann wird das Joy sein.« Ich glaube allerdings, sie würde sich etwas anderes als seine Füße vornehmen.

Er schweigt einen Moment. »Es hat mich niemand gezwungen mitzukommen. Ich wollte es. Ich habe gehofft …« Er redet plötzlich nicht weiter, stöhnt und schüttelt den Kopf.

»Was?«, bohre ich. »Du hast *was* gehofft?«

Er zögert. »Vermisst du uns nicht?«

Seine Worte sind wie ein Stoß in die Rippen. Ich bin überrascht, dass ich nicht vom Stuhl falle.

Ich möchte JA schreien. Und ich möchte einfach nur noch schreien. Wie viele Nächte habe ich wach gelegen und wegen Lennon geheult? Ich war nicht diejenige, die unser Ende herbeigeführt hat. Die Zorie-und-Lennon-Show lief super bis zu der bescheuerten Homecoming-Party, und das Ende lässt sich mühelos in vier Schritten zusammenfassen. Glaubt mir. Ich habe es Hunderte von Malen in meinem Notizbuch getan.

(1) In der letzten Woche der Sommerferien haben Lennon und ich uns bei einem unserer Nachtspaziergänge versehentlich

geküsst. Und bevor jetzt jemand fragt, wie man sich aus Versehen küssen kann, lasst euch versichern: Kann man. Lachen plus eine Balgerei wegen eines Buchs kann manchmal zu unerwarteten Resultaten führen. (2) Wir beschlossen, das Große Experiment durchzuführen und intensive Knutschereien in unser normales Verhältnis einzubeziehen, ohne irgendjemandem davon zu erzählen. Wenn es nicht funktionieren würde, könnten wir immer noch unsere Freundschaft und uns selbst vor Tratsch und sich ungefragt einmischenden Eltern retten. Vor allem vor einem Elternteil: meinem Vater, der die Mackenzies schon immer gehasst hat. (3) Ein paar Wochen später, nachdem das Experiment prima zu laufen schien, kamen wir überein, aus unserer nicht platonischen Deckung herauszukommen und bei der Homecoming-Party zum ersten Mal öffentlich als Paar aufzutreten. (4) Er ist nie aufgetaucht. Hat mir nie einen Grund dafür genannt. Hat nicht auf meine Nachrichten geantwortet. War danach tagelang nicht in der Schule. Und das war das Ende von uns. Viele Jahre Freundschaft. Einige Wochen *mehr* als Freundschaft. Vorbei.

Er war derjenige, der uns ein Ende gesetzt hat.

Ihn zu verlieren war außer dem Tod meiner leiblichen Mutter das Härteste, was ich je wegstecken musste. Und jetzt will er ... was? Was genau will er von mir?

Ich stolpere mehrmals über meine Antwort, setze neu an und halte inne, weil ich nicht weiß, was ich sagen soll, und klinge am Ende wie eine Idiotin. »Ich –«

Ein gut gelaunter Kellner kommt mit einem Tablett zu uns, auf dem Thermobecher mit Kaffee stehen. Wir nehmen jeder einen, während er Small Talk mit uns macht. Ich bin dankbar für die Unterbrechung, aber sie gibt mir nicht genug Zeit, um eine Antwort auf Lennons Frage zu formulieren.

Natürlich vermisse ich uns. Man mag jemanden nicht jahrelang und zieht dann einfach einen Schlussstrich. Solche Gefühle verschwinden nicht auf Kommando. Glaubt mir, ich hab's versucht. Aber in unsere alte Freundschaft sind auch noch andere starke Gefühle verwickelt. Zumindest von meiner Seite. Und das macht die Sache kompliziert und verwirrend.

Ich mag logische Dinge. Dinge, die nachvollziehbaren Mustern folgen. Probleme mit Lösungen. Keines meiner Gefühle für Lennon passt in dieses Schema. Aber wie soll ich ihm das erklären, ohne dass es wieder wie bei der Homecoming-Party endet? Ich kann es nicht. So einfach ist das. Mein Herz wurde schon einmal gebrochen. Nie wieder.

Und trotzdem ...

Hoffnung ist etwas Furchtbares.

»Mach dir keinen Kopf.« Er steht abrupt auf. »Ich hätte nicht damit anfangen sollen.«

»Warte!« Ich springe auf und will ihn festhalten.

Als er sich umdreht, sind wir einander plötzlich näher, als ich beabsichtigt hatte.

Ich atme tief aus und starre in den Raum zwischen uns. »Hast du ... ähm, vielleicht Lust, mich zum Laden zu begleiten, damit ich mir dieses bärensichere Lebensmittelaufbewahrungsdingsbums besorgen kann?«

Der Moment zieht sich in die Länge, mein Puls spielt verrückt. Ich kratze mich durch meinen Jackenärmel.

»Okay«, sagt er schließlich, und ich stoße einen erleichterten Seufzer aus.

Okay, wiederhole ich in Gedanken.

Wenn ich schon nicht haben kann, was ich mir wünsche, finden wir vielleicht wenigstens einen Weg zurück zu der Zeit, als alles einfacher war. Als wir bloß Freunde waren.

Letztendlich besorge ich mehrere Sachen in dem Laden: einen Bärenkanister, einen praktischen Filter für Wasser und ein Multifunktionswerkzeug mit einer kleinen Schaufel. Laut Lennon brauche ich es, um Feuergruben und Fäkalienlöcher zu graben. Letzteres verheißt nichts Gutes.

Den Rückweg zum Camp legen wir größtenteils schweigend zurück, was aber ganz okay ist. Es ist immer noch frisch, aber die Sonne brennt bereits den Nebel weg und laut Lennon wird es ein schöner Tag werden. Ich war beim Frühstück so auf unser Gespräch konzentriert, dass ich ganz vergessen habe, das WLAN zu nutzen.

Als wir um die Ecke biegen und unser Camp betreten, sagt Lennon plötzlich: »Warte mal kurz.«

Mein Blick folgt seinem und entdeckt das Problem. Candy und der Ranger von gestern Abend kommen gerade die Treppe des Mädchenzeltes herunter. Sie gehen nach Norden, in die entgegengesetzte Richtung. Wir warten, bis sie verschwunden sind, erst dann setzen wir uns wieder in Bewegung.

»Was meinst du, worum es ging?«, frage ich.

»Keine Ahnung, aber es klingt nicht gut. Hör mal.«

In diesem Moment erkenne ich Reagans raue, durchdringende Stimme. Sie ist wütend. Wir laufen zum Zelt, wo eine Auseinandersetzung im Gange ist.

»Nein, ich werde mich nicht einkriegen«, erklärt Reagan gerade Summer. »Hast du eine Vorstellung, was ich für einen Ärger kriege, wenn meine Mutter das herausfindet?«

Da von Kendrick und Brett keine Reaktion kommt, stellt sich Lennon zwischen die beiden Mädchen. »Was ist denn hier los?«

»Alles im Eimer«, sagt Reagan. Sie presst die Hände auf die Schläfen und lässt sich auf ein Sofa fallen. »Das ist los.«

»Sie haben den Wein gefunden«, berichtet Kendrick, während Brett hinter dem Sofa auf und ab geht. »Wir fliegen hier raus.«

»Ich dachte, ihr wolltet den Wein letzte Nacht holen«, wende ich mich an Brett.

Über sein Gesicht huscht ein gequälter Ausdruck. Statt mir zu antworten, stöhnt er und schlägt mit der Faust auf die Konsole. »Das ist so lächerlich. Sie haben ihren Wein doch wieder. Es ist kein Schaden entstanden. Ich verstehe nicht, warum sie so ein Theater veranstalten.«

»Weil du an eine Jurte gepinkelt hast!«, brüllt ihn Reagan an.

Äh … was?

»Oh Mann«, brummt Lennon und schüttelt bedächtig den Kopf.

»Ich war besoffen, okay?«, verteidigt sich Brett, bevor er sich Hilfe suchend an Reagan wendet. »Waren wir beide.«

»Ihr wart letzte Nacht zusammen?«, frage ich alarmiert.

Reagan reibt sich fest den Kopf. »Wir haben die Flasche ausgetrunken, die Brett zurückgeschmuggelt hat.«

Aha, die, die er in seine Hose gesteckt hat.

»Und wir wollten zurückgehen, um die anderen Flaschen zu holen, aber …«

»Aber wir hatten ziemlich einen im Tee«, sagt Brett entschuldigend zur Gruppe. »Wir haben vergessen, einen leeren Rucksack für die Flaschen mitzunehmen, und haben deshalb einfach zwei in die Hand genommen und –«

»Danach wollten wir den Rest holen«, sagt Reagan. »Wir wurden bloß … abgelenkt.«

Das sieht Reagan überhaupt nicht ähnlich. Sie ist keine große Trinkerin. Ich war mit ihr auf Partys, einschließlich *der* Party – auf der Brett mich geküsst hat –, und sie hat nie getrunken. Es hätte sich auf ihre Crosslaufzeiten ausgewirkt, und sie trainierte damals ununterbrochen für die Olympiade.

Offenbar sieht das jetzt anders aus.

»Habt ihr alle getrunken?«, frage ich. Erklärt das einen Teil der Geräusche, die mich letzte Nacht wach gehalten haben? Ich bin außerdem genervt und verletzt, weil ich übergangen worden bin. Genau wie Lennon anscheinend.

»Du brauchst mich gar nicht so anzusehen«, sagt Summer.

»Kendrick und ich waren in der Sauna, danach habe ich mich schlafen gelegt.«

»Ich auch«, sagt Kendrick.

»Macht das einen Unterschied?«, mault Brett und zuckt die Achseln. »Wir haben Ferien, und Reagan und ich haben nur ein bisschen gechillt. Deshalb sind wir doch noch keine Kriminellen.«

»Es war einfach total unnötig«, sagt Lennon.

»Und dann ist da noch die Sachbeschädigung«, fügt Kendrick sichtlich angewidert hinzu. »Also, dass du an das Zelt gepinkelt hast.«

Brett stößt einen tiefen Seufzer aus. »Das war keine Heldentat, ganz klar. Aber es ist nun mal passiert.« Er lässt sich neben Reagan aufs Sofa fallen und reibt sich den Schädel. »Das ist alles so bescheuert.«

»Oh, da bin ich ganz deiner Meinung«, sagt Lennon voller Verachtung. Er wendet sich an Kendrick. »Was genau hat Candy gesagt?«

»Dass der Campingplatz seine Schanklizenz verliert, wenn sie so etwas zulassen, ohne einzugreifen. Sie sagte, wären die Flaschen im Müll nur von den Reinigungskräften gefunden worden, hätten sie es vielleicht nicht weiterverfolgt. Aber ein anderer Gast hat es gemeldet – vermutlich die Familie in der Jurte.«

Oh Gott. Da war eine Familie in der Jurte, als Brett …?

»Es könnten auch die Camper gewesen sein, die sich über den Lärm im Wald um zwei Uhr morgens beschwert haben«, fügt Summer hinzu.

Reagan stöhnt und presst die Hände auf die Schläfen.

»Tja. Wirft ein schlechtes Licht auf den Campingplatz«, beendet Kendrick das Ganze. »Sie geben uns bis Mittag Zeit, die Zelte zu räumen, andernfalls rufen sie die Polizei.«

»Meine Mutter wird mich umbringen«, sagt Reagan.

»Vielleicht erzählt ihr Candy nichts davon«, tröstet Summer sie und setzt eine aufmunternde Miene auf.

»Kapierst du es nicht?«, fragt Reagan. »Meine Eltern fliegen erst morgen in die Schweiz. Das heißt, wenn ich heute Nacht mit eingezogenem Schwanz nach Hause komme, muss ich ihnen erklären, warum ich so früh zurück bin.«

Keiner sagt etwas. Eine düstere Stimmung legt sich über das Zelt. Wenigstens hatte ich nichts damit zu tun, meine Mutter wird also nicht sauer sein. Aber ich bin ehrlich am Boden zerstört, dass plötzlich alles vorbei sein soll. Ich habe meine Sommerpläne über den Haufen geworfen, um diesen Trip unterzukriegen. Ich will nicht nach Hause fahren und mich meinem Vater und seiner Fremdgeherei stellen. Und was ist mit der Sternenparty? Sie findet erst in vier Tagen statt, ich kann nicht einfach heute Nachmittag den Bus zum Condor Peak nehmen. Ich wäre ganz allein dort.

Um alles noch schlimmer zu machen, könnte ich auch ausflippen, weil Reagan letzte Nacht mit Brett unterwegs war. Ist das nicht irgendwie seltsam? Sie machen keine Andeutungen, dass zwischen ihnen irgendwas gelaufen ist, und vielleicht war da auch nichts. Schließlich sind sie schon ewig Freunde – nur Freunde. Und Reagan kennt meine Gefühle für ihn.

Warum habe ich dann so ein ungutes Gefühl?

Vielleicht, weil Lennon und ich – bis wir angefangen haben, uns nachts davonzustehlen – auch »nur Freunde« waren.

»Dann war's das?«, fragt Summer. »Wir müssen abreisen? Keine Ausritte und keine Wandertour?«

»Wir beide könnten mein Auto holen und zur Hütte meiner Familie im Napa Valley fahren«, schlägt Kendrick ihr leise vor. »Im Moment ist niemand dort. So könnten wir wenigstens einen Teil der Ferien retten.« Als er mitbekommt, dass Reagan den Kopf dreht, sagt er entschuldigend: »Ich würde ja alle einladen, aber die Hütte hat nur einen Raum. Es ist das Wochenendhäuschen meiner Eltern. Dort ist nicht mal genug Platz, dass Leute auf dem Boden schlafen könnten, sorry.«

»Hey, Leute! Wir sind ja blöd«, sagt Brett, mit einem Mal wieder voller Elan. »Warum sollten wir nach Hause fahren? Der Plan war, dass wir zu dem geheimen Wasserfall im King's Forest wandern, also lasst uns das doch einfach tun. Wir verbringen den Rest der Woche dort.«

»Der *Plan* war, dass wir zwei Nächte am Wasserfall verbringen«, verbessert ihn Lennon. »Das ist ein ziemlicher Unterschied zu sechs Nächten. Wenn wir so lange bleiben wollen, brauchen wir mehr Vorräte. Dreimal so viel. Und da draußen gibt es weder Duschen noch Toiletten mit Spülung. Hat einer von euch zumindest die absolut notwendigsten Sachen wie Toilettenpapier dabei? Ich habe euch eine Liste gegeben, was wir alles brauchen, aber ihr habt sie ignoriert.«

»Stimmt nicht!«, beharrt Brett. »Ich habe sie an Reagan weitergeleitet.«

»Warum hat dann keiner von euch einen Bärenkanister oder Wasserfilter? Glaubt ihr, da draußen gibt es ein Waschbecken? Wenn ihr trinken wollt, müsst ihr Flusswasser filtern.«

»Ich habe einen Wasserfilter«, sagt Reagan. »Ich bin nicht davon ausgegangen, dass wir zig Stück davon brauchen. Außerdem habe ich diese gefriergetrockneten Mahlzeiten gekauft.« Sie sieht mich an, damit ich es bestätige. Ich habe vier davon in meinem Rucksack. »Und Brett meinte, wir können unser Essen einfach an Bäume hängen.«

»Das ist nutzlos«, sagt Lennon.

»Alter, es hat jahrhundertelang funktioniert«, hält Brett dagegen. »Du bist paranoid.«

»Die Parkregeln besagen eindeutig: Kein Bärenkanister, kein wildes Campen.«

»Pfeif drauf«, sagt Brett. »Hör auf, diesen Kleinkram runterzubeten. Es wird ein Scheißspaß!«

»Da hast du zur Hälfte recht«, bemerkt Lennon.

Brett runzelt die Stirn. »Hä?«

»Im Laden der Lodge kann man Kanister mieten«, sage ich schnell, bevor Brett und Lennon sich in die Haare kriegen. »Und noch mehr gefriergetrocknetes Essen kaufen.«

»Dürfen wir da überhaupt noch rein?«, fragt Summer. »Haben wir nicht Hausverbot in der Lodge?«

Reagan erhebt sich vom Sofa. »Scheiß drauf. Sie haben uns bis Mittag Zeit gegeben. Lasst uns unsere Vorräte aufstocken. Brett hat recht. Unsere Pläne haben sich also geändert. Auch gut. Wir sind flexibel. Es wird sowieso viel cooler sein, wenn wir für uns sind.«

»Dann ziehen wir es durch?«, fragt Lennon. »Ihr wollt eine Woche in der Wildnis verbringen?«

»Warum nicht?«, gibt Reagan zurück. »Besser, als nach Hause zu fahren. Wenn Candy es meinen Eltern erzählt, bekomme ich sowieso Hausarrest. Da kann ich ebenso gut vorher noch Spaß haben. Ich bin dafür. Wer noch?«

Einer nach dem anderen stimmt zu. Selbst Lennon, obwohl er mit der Entscheidung nicht glücklich zu sein scheint.

Neuer Plan: Keine Panik. Alles wird gut. Es bleibt alles beim Alten, es sind bloß ein paar Tage mehr am Wasserfall. Wenn es so weit ist, kann ich einfach hierher zurückwandern und den Bus zum Condor Peak nehmen. Oder?

Reagan sieht mich an. »Zorie? Du bist auch dabei, ja? Ich habe nämlich keine Lust, dass du frühzeitig nach Hause fährst, alles ausplauderst, und am Ende landet doch alles bei meiner Mutter.«

Ich würde ihr am liebsten eine runterhauen.

Das alles wächst mir immer mehr über den Kopf. Dass wir im Wald zelten werden. Dass Reagan und Brett sich letzte Nacht die Kante gegeben haben. Zudem mache ich mir Sorgen wegen meiner Unterhaltung mit Lennon heute Morgen. Alles hinterlässt riesige Fragezeichen, die in meinem Kopf hin und her springen.

Aber letzten Endes bleibt ein unstreitiger Faktor.

Zu Reagans Glück habe ich auch gerade keine Lust auf meine Eltern.

»Ich bin dabei«, bestätige ich.

Zum ersten Mal, seit wir ins Zelt gekommen sind, lächelt Reagan. »In Ordnung. Wir gehen wild zelten. Aber zuerst werde ich duschen und frühstücken. Ich brauche Fett und Hefe. Ich habe einen fiesen Kater.«

11

»Wohin, Alter?«, fragt Brett und zieht seinen Rucksack an einer Wegkreuzung zurecht. »Da ist kein Schild.«

»Das haben nicht ausgeschilderte Wege so an sich«, bemerkt Lennon.

Brett lacht. »Stimmt auch wieder. Wie hast du diesen Wasserfall ohne Wegweiser überhaupt gefunden?«

»Ich habe darüber gelesen. Er ist nicht in den offiziellen Park-Infos aufgeführt, weil es größere gibt, die von den Hauptwegen leichter zu erreichen sind«, erklärt Lennon. »Für Leute, die mal einen Tag wandern wollen, ist dieser Weg zu unbequem. Beim ersten Mal kam ich aus der entgegengesetzten Richtung, gebt mir einen Moment, ich muss den Weg Richtung Süden finden.«

Es ist später Nachmittag. Wir haben bis zum allerletzten Moment gewartet und uns beim Mittagessen im Pavillon Sandwiches gemacht und unsere Trinkflaschen mit Wasser aufgefüllt. Danach mussten wir zu Reagans Auto zurücklaufen und sind zwei Stunden auf kurvenreichen gefährlichen Bergstraßen zu einem Parkplatz des Nationalparks gefahren. Von dort ging es auf ausgeschilderten Wegen Richtung Wasserfall.

Und immer weiter ...

Mittlerweile sind wir schon drei Stunden auf diesem Pfad unterwegs. So viel bin ich in meinem ganzen Leben noch nicht gelaufen. Im Vergleich zu der Frage, wie ich jemals allein zurückfinden soll, wenn ich Ende der Woche den Bus zur Sternenparty nehmen, ist das allerdings gerade nicht mein größtes Problem.

»Dieser Weg sollte sich eigentlich nicht ostwärts gabeln«, murmelt Lennon vor sich hin und studiert auf seinem Handy eine Karte.

»Hast du hier überhaupt Empfang?«, erkundige ich mich. Ich habe unterwegs mehrmals auf meinem Telefon nachgesehen, weil ich mich vergewissern wollte, dass meine Mutter meine letzte Nachricht erhalten hat. Ich habe ihr darin erklärt, dass sie sich keine Sorgen zu machen braucht, falls sie ein paar Tage nichts von mir hört. Aber nichts. Einen Ziegelstein in der Hand zu halten wäre ungefähr genauso nützlich.

»Google Maps funktioniert unabhängig vom Empfang«, erklärt Lennon. »Ich habe sämtliche digitalen Karten auf meinem Telefon gespeichert. Aber mit der hier stimmt etwas nicht. Manchmal kann man der Technologie nicht trauen. Zum Glück habe ich Plan B.« Er steckt sein Handy weg und holt ein kleines Lederheft mit ausgebeultem schwarzem Umschlagdeckel heraus. Meine Hefte sind ordentlich und dünn, tipptopp, seine … nicht. Als er das Gummiband abzieht, kommt in dem Heft eine Sammlung von allem Möglichen zum Vorschein: gefaltete Papierkarten, Parkbroschüren und Zettel mit Lennons Handschrift, in Blockbuchstaben, und gelegentlich mit einer Zeichnung – von Bäumen, Wildblumen, Wegschildern, Eichhörnchen. Ich erspähe sogar eine grobe Skizze im Anime-Stil von Sunny und Mac.

Mir fallen seine Karten aus unserer Kinderzeit ein. Und die Karte, die er für mich gezeichnet hat und die nun in meiner Schublade vergraben liegt. Und plötzlich werde ich richtig sentimental.

Er hat sich in vielerlei Hinsicht verändert. Aber nicht in dieser.

Das hier ist der Lennon, den ich einmal kannte.

Als er mich dabei ertappt, dass ich sein Notizbuch anstarre, zieht er schnell eine zusammengefaltete Karte heraus und klappt den Deckel schwungvoll zu.

Albern, deswegen eingeschnappt zu sein. Der Inhalt des Hefts geht mich nichts an. Nicht mehr.

Er breitet die Karte auf einem großen Felsen aus und verfolgt in dem Wirrwarr topografischer Linien mit dem Finger unsichtbare Pfade. »Ah, warte. Jetzt verstehe ich es. Wir halten uns links.«

»Wie wirst du daraus überhaupt schlau?«, fragt Brett. »Bist du sicher?«

»So sicher, wie du dir warst, dass die Jurte ein Urinal ist«, erwidert Lennon, faltet die Karte zusammen und schiebt sie ins Heft.

»Pass auf, Mann«, sagt Brett.

»Nur damit du Bescheid weißt: Wenn du mein Zelt anpisst, werde ich dich ausweiden.«

Brett grinst. »Dein Sadismus macht mich ganz heiß.«

»Links«, Lennons Stimme ist ruhig, aber sein Blick ist hart wie Stahl. »In einer Stunde sind wir da.«

»Kompanie, links«, verkündet Brett fröhlich und formt mit den Händen einen Trichter um den Mund. Er geht mit Reagan voraus. Summer und Kendrick folgen, ich bleibe mit Lennon zurück.

Selbst mit richtig verteiltem Gewicht ist mein Rucksack schwer und rutscht immer tiefer. Es ist Gift für Beine und Füße. Ich bin so was von froh, dass ich mir nicht wie Reagan Wanderstiefel gekauft habe, sie jammert bereits wegen der Blasen, die die neuen Schuhe verursachen. Abgesehen davon fällt mir auf, dass Lennon nach wie vor seine schwarzen High Tops unter den zerrissenen schwarzen Jeans trägt, Wanderstiefel sind also offenbar übertrieben.

»Du musst den Hüftgurt fester ziehen«, erklärt mir Lennon, als ich den Rucksack durch Schulterzucken nach oben befördern will.

»Ich dachte, das hätte ich schon.« Ich bleibe stehen und mühe mich mit den Gurten ab. Einer scheint sich irgendwie verhakt zu haben.

»Darf ich?«, fragt er.

»Ähm, von mir aus.«

Er kommt näher. Ich atme seinen Duft nach Sonne und frischer Wäsche ein. Lange, feingliedrige Finger friemeln an dem Verschluss an meiner Taille herum. Seine Hände sind sehniger, als ich sie in Erinnerung habe. Früher waren sie Freundeshände, aber nun sind es Jungshände. Es ist seltsam, wieder von ihm angefasst zu werden. Aber nicht unangenehm seltsam. Und er betatscht mich ja nicht oder so – nicht dass ich das etwa wollen würde. Es kommt bloß nicht jeden Tag vor, dass mich ein Typ anfasst und sich eingehend mit einer Aufgabe direkt unter meinen Brüsten befasst. Er schaut sie nicht einmal an – nicht dass ich das etwa wollen würde. Sollte ich zumindest nicht. Dämliche hyperaktive Hormone!

Krieg dich ein, Everhart, ermahne ich mich. Ich kann mir keine wilden Fantasien über ihn leisten. Beim letzten Mal endete es damit, dass ich auf einer Parkbank auf seinem Schoß saß und er die Hände unter meinem Shirt hatte.

Der Gurt lockert sich. »Erledigt«, sagt er. »Wie hast du es geschafft, ihn dermaßen zu verknoten?«

»Ich habe alle möglichen Talente«, sage ich.

Er lacht leise. »Dann kannst du gleich sämtliche Zeltknoten übernehmen.«

»Nicht nötig. Die Zelte, die Reagan gekauft hat, müssen nicht festgeknotet werden. Sie schlagen sich sozusagen von selbst auf. Das hat zumindest der Typ im Outdoor-Laden behauptet. Wer weiß, vielleicht wollte er aber auch Reagan anbaggern. Oder er war nur aufgeregt, weil sie so viel Geld ausgegeben hat.«

»Das glaube ich eher. Ein Teil eurer Ausrüstung ist richtig gut. Wenn ich nicht wüsste, dass Reagan absolut keine Ahnung hat, was sie tut, wäre ich echt beeindruckt.«

Mit einem Ruck verstellt er den Riemen an meinem Hüftgurt, und ich schnappe nach Luft.

»Zu fest?«, fragt er.

»Bloß unerwartet. Ich glaube, es ist in Ordnung.«

»Der Gurt sollte eng anliegen, aber nicht so, dass es unbequem ist.« Er inspiziert meine Schultergurte. »Okay, die müssen auch straffer gezogen werden. Hier sollte kein Abstand dazwischen sein, siehst du?« Warme Finger schieben sich zwischen meine Schulterblätter und den Gurt. Er bewegt sie hin und her, um mir zu zeigen, was er meint, und mir läuft ein Schauder nach dem anderen über den Rücken.

»Tu dir keinen Zwang an«, sage ich. Diese systematischen Berührungen erinnern mich auf merkwürdige Art daran, im Friseursalon einen neuen Haarschnitt zu kriegen. Es hat etwas Sinnliches und auch wieder nicht. Zumindest will man es nicht bewusst. Der Norweger, der mir die Haare schneidet, ist älter als mein Vater und trägt jede Menge Ringe, die nervig, aber auch irgendwie angenehm aneinanderklirren, wenn er die Schere benutzt.

»Übrigens«, sage ich und zwinge mich, mich auf andere Dinge zu konzentrieren. »Nachdem ich nun zumindest bei ein paar der seltsamen Geräusche von letzter Nacht weiß, dass es vermutlich Reagan und Brett waren, die über den Zeltplatz getrampelt sind, habe ich schon ein etwas besseres Gefühl zu unserem Thema von heute Morgen. Wegen wilder Tiere und so. Na ja, hier draußen ist es bestimmt noch mal was anderes, aber –«

»Oh, es wird völlig anders sein«, sagt er und nimmt sich den anderen Schultergurt vor.

»Aber wenn du dir keine Sorgen machst, kann es ja nicht so schlimm sein.«

»Ehrlich gesagt hatte ich bei meiner ersten Nacht allein in der Wildnis total Schiss. Ich war so überzeugt davon, dass die Wölfe sich auf mich stürzen würden, dass ich fast in meinen Schlafsack gepinkelt habe.«

Ich lache überrascht auf. »Und? Wie bist du darüber hinweggekommen?«

»Wissen hilft weiter. Ich habe herausgefunden, dass es in Kalifornien keine Wölfe gibt.«

»Gar keine?«

»Außer ein paar vereinzelten grauen Wölfen, die gelegentlich durchziehen, ist nur ein Rudel bekannt – das Shasta-Rudel. Sie halten sich an der Grenze zu Oregon auf.« Er überprüft beide Schultern. »Wie ist es jetzt? Besser?«

Ja, tatsächlich. Viel besser. Der Rucksack ist nun eher eine Erweiterung von mir als eine Strafe. Er ist immer noch schwer, aber erträglich.

»Was Wölfe angeht, sind wir hier jedenfalls absolut sicher«, sagt er. »Die Chance, einen Werwolf zu treffen, ist größer.«

»Ah, das würde dir wohl gefallen, oder, Bram Stoker?«

»Er hat über Vampire geschrieben.«

»Auch egal.«

»Macht es dir eigentlich Spaß, dich zu irren?«, fragt er.

»Ich genieße bloß deine scheinheilige Art, irgendwelche Romanfiguren zu verteidigen.«

Er gluckst. »Ich werde mit Freuden sämtliche Romangeschöpfe verteidigen, die mit Wäldern verbunden werden. Werwölfe, Bigfoots und auf jeden Fall Wendigos. Aber es wird dich sicher freuen zu hören, dass es in Kalifornien auch keine Wendigos gibt. Du brauchst dir also keine Sorgen zu machen, dass dich menschenfressende Monster mitten in der Nacht verschlingen.«

»Tolle Unterhaltung«, sage ich. »Danke, dass du mir meine Ängste genommen hast.«

Er lächelt mich an – mit dem warmen, jungenhaften Lächeln von früher, das ich so sehr mag – und ich habe mit einem Mal Schmetterlinge im Bauch. »Ich lebe dafür, dir Albträume zu verursachen, Zorie.«

»Hey«, beschwere ich mich gutmütig. »Nicht nett.«

»Ganz und gar nicht«, sagt er, immer noch lächelnd.

Und ich spüre die Wärme dieses Lächelns noch lange, nachdem er sich umgedreht hat, um die anderen einzuholen.

Nach ein paar Minuten führt der unausgeschilderte Weg bergauf; nun haben wir einen steilen Aufstieg vor uns. Und zwar einen felsigen und trockenen und unangenehm warmen, denn mit der Höhe steigt auch die Temperatur. Auf halber Strecke kommen wir in einen Wald aus Pracht-Tannen. Ihre Zweige sind voller Tannenzapfen, der Schatten mildert die Hitze ... aber nicht die Steigung. Auf ebenem Boden geht es noch; aber einen Hang hinaufzuwandern, wo sich einem die Steine in die Schuhsohlen bohren, ist eine Höllenqual. Ich konzentriere mich auf Lennons Bärenglocke. Wie sie klimpert und wie meine als Antwort darauf bimmelt, hat etwas seltsam Tröstliches. Der beruhigende Rhythmus hilft mir, einen Fuß vor den anderen zu setzen.

Es könnte schlimmer sein. Zumindest habe ich keinen Kater wie Reagan, die wegen ihres Brummschädels herumjammert und sich schon hinlegen musste, weil sie Angst hatte, sich zu übergeben. Sie ist außerdem genervt von Brett, der sie ständig aufzieht und behauptet, ihm ginge es bestens. Ich beobachte aus der Ferne, wie sie miteinander plaudern, und versuche herauszufinden, ob sie sich irgendwie anders verhalten, nachdem sie gestern Nacht zusammen gefeiert haben. Es lässt sich schwer sagen.

Ich sehe auf meinem Handy nach, wie spät es ist. Aus Lennons »bloß drei Stunden« werden allmählich eher vier. Aber der Weg ist wieder eben, das ist schon mal gut. Keine Kraxelei mehr. Meine Oberschenkel glühen trotzdem, und irgendwann demnächst muss ich mal pinkeln. Gerade als ich denke, dass ich keinen Schritt weiterlaufen kann, hebt Lennon den Kopf.

»Bleibt mal stehen«, sagt er zu der Gruppe. »Hört ihr das?«

Wir spitzen die Ohren.

»Könnt ihr es hören?«, fragt er.

Wir schauen einander an. Und dann höre ich es tatsächlich. »Wasser«, sage ich.

»Wasser*fall*«, verbessert er mich mit siegreichem Lächeln.

Wir folgen ihm durch ein Wäldchen, das immer dichter zu werden scheint – so dicht, dass ich, würde ich es nicht hören, kaum glauben könnte, dass es hier Wasser gibt. Doch dann teilen sich die Bäume und wir stehen am grünen Ufer eines Flusses. Und da ist er.

Lennons Wasserfall.

Weißer Wassernebel tropft von grauen Felsstufen und sammelt sich in einem blaugrünen Tümpel. Er ist von riesigen runden Steinen umgeben; sie liegen auch in dem abfließenden schmalen Fluss und bilden eine natürliche Trittsteinbrücke zum anderen Ufer. Um Baumstämme wuchern stämmige Farne, leuchtend grünes Moos klettert die Steine hinauf.

Es ist kein imposanter Wasserfall, aber er ist abgelegen und üppig grün und herrlich.

»Wow.« Brett schaut sich anerkennend um. »Der ist ja sogar noch besser, als ich gehofft habe.«

»Er ist wunderschön«, sagt Summer. »Schaut euch das Wasser an. Es ist so klar.«

»Unser eigenes Stück Paradies«, stimmt Reagan zu. »Du kannst uns mal, Muir-Campingplatz.«

Kendrick deutet auf einen schmalen Pfad auf der linken Seite des Wasserfalls. »Sieht aus, als könnte man dort hochgehen und dann hinunterspringen. Das ist so cool.«

»Was meinst du?«, fragt Lennon neben meiner Schulter.

»Ich finde, es ist wie in einem Traum«, muss ich ehrlich zugeben.

»Ja.« Er klingt zufrieden. »Genau das ist mir auch durch den Kopf gegangen.«

Wir sind erschöpft und erleichtert, dass wir unsere Rucksäcke abnehmen können, während Lennon uns alles erklärt. Da er schon einmal hier gezeltet hat, kennt er jeden Winkel. Gegenüber der Trittsteinbrücke, am Nordufer des Flusses, sind die besten Stellen, um Feuerholz zu sammeln. Wo wir gerade stehen, ist ein günstiger Platz zum Aufschlagen der Zelte. Das Lagerfeuer können wir in einem Felsvorsprung anzünden, wo gewaltige Steinblöcke eine natürliche Barriere bilden.

»Schaut«, sagt Lennon, beinahe aufgeregt – aber nur beinahe. Meistens bleibt sein Tonfall ruhig. Er tritt etwas Geröll zur Seite, darunter kommt Asche zum Vorschein. »Wir brauchen nicht mal ein Loch zu graben. Es ist bereits da. Wir füllen es einfach mit Anzündholz und Scheiten und schon haben wir eine Kochstelle.«

»Genial«, sagt Brett.

Das Wäldchen, durch das wir gerade gelaufen sind, wird zur Toilette erklärt. Es liegt tiefer als das Wasser, bietet ein wenig Blickschutz und der Boden ist weich genug, um Fäkalienlöcher auszubuddeln. Man hebt ein Loch aus, erledigt sein Geschäft und verscharrt es. Es ist eine Abmachung unter Wanderern, die abseits der offiziellen Wege unterwegs sind: keine Spuren. Es wird erwartet, dass man einen Lagerplatz im selben Zustand hinterlässt, in dem man ihn vorgefunden hat. Das bedeutet, nichts zu zerstören, keine Bäume zu fällen, Feuer immer zu löschen und keinen Müll zu hinterlassen. Und zwar absolut gar keinen. Theoretisch müssten wir benutztes Toilettenpapier in einem verschließbaren Beutel mit uns herumtragen, bis wir den Park verlassen oder eine entsprechende Mülltonne finden. Es »eintüten« sozusagen. Als Reagan sich weigert, weist Lennon sie darauf hin, dass es gegen das Gesetz verstößt, hier draußen Müll liegen zu lassen. Aber ich bin derselben Meinung wie Reagan. Ich werde kein schmutziges Toilettenpapier in einer Tüte mit mir herumschleppen, und ich werde ganz sicher nicht einen auf natürlich machen und mir den Hintern mit Blättern abwischen. Ein Rest Zivilisation muss sein. Lennon räumt ein, dass es zwar nicht hundertprozentig legal ist, aber man alternativ auch biologisch abbaubares Papier verwenden kann, vorausgesetzt, man vergräbt es tief genug und deckt es gut zu. Mehr verlange ich nicht.

Brett läuft mit seinem Handy herum und nimmt Videos von dem Wasserfall auf, die er kommentiert. Als er fertig ist, schlägt Lennon vor, dass wir anfangen, unser Lager aufzuschlagen, was jedoch auf wenig Interesse stößt. Reagan will sich ausruhen, Brett möchte schwimmen, Summer und Kendrick können es nicht erwarten, auf den Wasserfall zu klettern. Ganz schön viel, um es unter einen Hut zu bringen, und als Lennon aufgibt und sich einfach einen Platz für sein Zelt sucht, habe ich das Gefühl, zwischen sämtlichen Stühlen zu sitzen. Ich weiß, dass er vermutlich recht hat, denn es ist schon spät und uns bleiben nur noch ein paar Stunden Tageslicht, um alles aufzubauen. Gleichzeitig bin ich erschöpft und mir tut jeder Knochen weh. Außerdem ist es heiß. So heiß, dass Brett sich schon bis auf die Shorts auszieht und in den Fluss watet.

»Das fühlt sich fantastisch an, Leute!«, ruft er und streicht sich die welligen braunen Haare aus der Stirn.

Ich sehe ihm zu, wie er das Wasser aufspritzen lässt, das ihm bis zu den Knöcheln reicht. Ich starre nicht etwa. Es ist ein vertrauter Anblick. Obwohl er aus der Fußballmannschaft ausgeschlossen wurde, hat er immer noch einen schönen Fußballerkörper – den er der Welt gern zeigt. Und zwar wortwörtlich. Sein Instagram-Profil besteht zu fünfundsiebzig Prozent aus Brett-Seager-Selfies mit nacktem Oberkörper. Jetzt teilt er uns allerdings gerade mit, dass er auch die Shorts ausziehen und nur in Unterwäsche schwimmen wird.

»Wir sind doch alle Freunde hier, oder?«, sagt er und grinst mich an, während er auf einem Bein herumhüpft und versucht, die Shorts abzustreifen, ohne sie nass zu machen. »Kommst du auch rein, Zorie?«

»Ich weiß nicht«, sage ich. Ich habe einen Badeanzug eingepackt, doch wo soll ich mich umziehen – im Wald?

»Ich schon«, ruft Reagan und setzt sich auf die Erde, um ihre Stiefel aufzubinden. Dann sagt sie zu mir: »Nachdem du Lennon unterwegs wieder nähergekommen zu sein scheinst, solltest du vielleicht ihm Gesellschaft leisten.«

Es klingt scherzhaft. Und verwirrend. Sie weiß, dass zwischen Lennon und mir Funkstille herrscht. Aber sie weiß nichts vom Großen Experiment. Und Lennon und ich haben uns beim Laufen nur unterhalten. Nicht etwa geflirtet. Er hat bloß meinen Rucksack richtig eingestellt! Warum löst Reagans Kommentar dann solche Schuldgefühle bei mir aus? Ich vergewissere mich noch mal, dass Lennon außer Hörweite ist. Ja, ich denke schon. Er hat bereits ein ebenes Fleckchen für sein Zelt gefunden und packt gerade seinen Rucksack aus.

»Findest du nicht auch, Brett?«, fragt Reagan lauter.

Er hält eine Hand ans Ohr. »Was?«

»Dass Zorie Lennon helfen sollte«, sagt sie noch lauter.

Oh nein. Halt bitte die Klappe!

»Wenn Lennon den braven Pfadfinder spielen will, dann lass ihn doch. Später ist noch genug Zeit. Ich denke gerade über einen Satz nach, den Kerouac in *Gammler, Zen und hohe Berge* geschrieben hat: ›Glücklich. Nichts auf dem Leib als die Badehose, barfuß, die Haare wild durcheinander, in der feurig roten Dunkelheit, singen, einen ordentlichen Schluck Wein zu sich nehmen, spucken, springen, laufen – so muss man leben.‹« Brett knüllt seine Shorts zusammen und deutet auf mich. »Fang!«

Ich mache einen ungeschickten Satz vorwärts und erwische sie in der Luft. Brett johlt, dann dreht er sich um und watet in den Tümpel unter dem Wasserfall.

»Hey, pass auf, dass dir nicht die Augen aus dem Kopf fallen!«, bemerkt Reagan.

Ich drehe mich zu ihr. »Ich habe nicht –«

»Aber so was von.« Sie zieht ihre Wanderstiefel aus und fügt leiser hinzu: »Ich habe dir ja schon mal gesagt, dass ich nicht will, dass es irgendwie komisch wird. Und du hast es mir versprochen.«

»Ich habe ihn nicht darum gebeten, mit seinen Shorts nach mir zu werfen«, zische ich zurück.

»Überleg dir einfach, was du tust.«

Jetzt bin ich genervt. Und misstrauisch. Was genau haben die zwei veranstaltet, als sie letzte Nacht saufend und turtelnd über den Campingplatz gewankt sind? Ich würde am liebsten nachfragen, aber ich beschränke mich auf: »Was kümmert dich das?«

Sie zieht ihr T-Shirt aus, unter dem sie ein Bikini-Oberteil trägt, und seufzt laut und müde. Vermutlich ist sie immer noch verkatert. »Das hast du in den falschen Hals bekommen. Ich hatte einen beschissenen Morgen und einen noch beschisseneren Sommer.«

Ich atme scharf aus. »Das weiß ich, Reagan. Und das mit den olympischen Auswahlwettkämpfen tut mir leid.«

Ihre Wangen färben sich dunkler. »Ich will kein Mitleid von dir.« Doch im gleichen Moment scheint ihr klar zu werden, dass sie mich angeblafft hat. Bevor sie weiterredet, schließt sie kurz die Augen. »Ich will einfach, dass jeder seinen Spaß hat, okay?«

»Ich auch«, antworte ich verwirrt. »Was hat das mit Brett zu tun?«

»Hör zu, du bist hier nicht die Einzige, die mit ihm rumgemacht hat. Summer hatte auch schon mal was mit Brett laufen.«

»Was?« Das ist ... neu für mich. Mir fällt das seltsame Gespräch mit Summer über Brett und Lennon ein. Warum hat sie das nicht erwähnt?

»Ich will bloß nicht, dass du Besitzansprüche erhebst und wie im Frühling nach der Party leidest.«

Will sie meine Gefühle schonen oder verletzen? Letzteres gelingt ihr nämlich gerade ziemlich gut. Und wo habe ich verdammt noch mal Besitzansprüche geltend gemacht?

Reagan läuft schon zum Wasserfall. Ich bleibe verwirrt und

geknickt zurück und fühle mich wegen etwas schuldig, das ich überhaupt nicht getan habe … und bin irrational eifersüchtig wegen der indiskreten Info über Summer.

Ich drehe mich zu Lennon um, der geschäftig Steine beiseiteräumt, um Platz für sein Zelt zu schaffen, während Brett laut im Nebel des Wasserfalls jauchzt und Reagan bittet, ein Foto von ihm zu machen.

Die ganze Zeit hatte ich Schiss vor wilden Tieren. Vielleicht hätte ich mich lieber auf die größere Bedrohung konzentrieren und versuchen sollen herauszufinden, wo mein Platz in der Zivilisation ist.

12

»Erzähl uns eine Gespenstergeschichte«, fordert Summer Lennon von der anderen Seite des Lagerfeuers auf.

Die Sonne geht seit einer halben Stunde oder länger unter, wir sitzen unter dem Felsvorsprung um das Feuer herum und beobachten Lennon, der vorsichtig einen weiteren Ast in die Flammen legt. Er hatte recht mit den Steinblöcken: Sie geben gute Bänke ab. Wir sitzen seit einer Stunde hier, trocknen nach unserem Bad im Tümpel und löffeln die mit Wasser aufgegossenen Mahlzeiten aus dem Beutel. Ich habe unverändert Hunger und könnte eine zweite verdrücken. Dazu müssten wir allerdings noch mal Wasser kochen, doch in der Dunkelheit kann ich kaum das Flussufer erkennen. Eindeutig nicht der Mühe wert.

»Wie kommst du darauf, dass ich eine Gespenstergeschichte kenne?«, fragt Lennon.

Als alle ihn ermuntern, hallt ein Chor von Stimmen von den Felsen wider.

»Klar weißt du eine«, sagt Brett. »Zier dich nicht so.«

Lennon blickt vom Feuer auf. »Kann schon sein.«

»Ha!«, sagt Summer. »Wusste ich es doch. Erzähl uns eine über Hinterwäldler, die mordend durch die Gegend ziehen.«

»Bitte nicht«, widerspreche ich.

»Auch keine über einen Bösewicht mit Hakenhand, der Leute überfällt, die im Auto rumknutschen«, sagt Kendrick. »Ich hab's nicht so mit Haken.«

Summer lacht und versucht, ihn zu kitzeln.

Alle sind in – verhältnismäßig – guter Stimmung. Reagan hat ihre Bemerkung auf ihre Art gutzumachen versucht und mir mit einem kleinen Hammer (einer ihrer zahllosen Einkäufe in dem Outdoor-Laden) geholfen, die Stangen für die Plane über meinem Zelteingang einzuschlagen. Sie hat gefragt, ob alles in Ordnung sei, und ich habe gelogen und bejaht. Daraufhin hat sie mir einen ihrer extrafesten Schläge auf den Rücken versetzt und das war's. Alles wieder gut. Nehme ich mal an. Sie sitzt auf demselben Stein wie ich, aber gerade hat sich Brett dazwischengequetscht. Eigentlich sollte es sich aufregend anfühlen – seine Seite presst sich gegen meine –, aber ich kann es nicht genießen. Ich bin zu beschäftigt damit, über Reagans »Besitzansprüche«-Kommentar von vorhin nachzudenken und wie sie mich von Brett fernzuhalten versucht.

Warum?

»Ach, komm schon, Lennon«, bettelt Reagan. »Du mit deinem durchgedrehten Goth-Fetisch ... Wir wissen, dass du eine gute Gespenstergeschichte auf Lager hast.«

»Du hast die perfekte Stimme für Gruselgeschichten«, fügt Summer hinzu. »Du klingst wie einer dieser Darsteller in alten Schwarz-Weiß-Horrorfilmen. *Der Wolfsmensch*. *Dracula*. Die ganzen Schinken.«

»Vincent Price«, vermutet Kendrick.

»Nein, der andere Dracula. Er hat in *Herr der Ringe* mitgespielt.«

»Christopher Lee«, antwortet Lennon.

»Genau!«, sagt Summer. »Jag uns Angst ein, Christopher Lee.«

Lennon erhebt sich aus der Hocke und wischt sich die Hände ab. »In Ordnung«, sagt er. »Vor ein paar Monaten habe ich etwas gehört. Aber es ist nicht erfunden. Das hat mir wirklich jemand erzählt. Seid ihr sicher, dass ihr es hören wollt?«

Nein, will ich nicht, vielen Dank auch. Ich habe nicht gern

Angst. Und jetzt wird es auch noch dunkel. Langsam fange ich an, mir Sorgen zu machen, dass ich auf dem Boden schlafen muss. Die Zelte, die ich mit Reagan ausgesucht habe, sind eigentlich ziemlich cool, vermutlich zumindest, was Zelte anbelangt. Sie sind klein, aber für zwei Personen ausgelegt, das heißt, wenn man allein darin schläft, hat man ein bisschen Platz. Allerdings sind sie immer noch nicht hoch genug, um aufrecht darin zu stehen. Wenn ich mir vorstelle, dass ich nachher in einem engen Raum eingesperrt sein werde, mit kaum mehr als einem dünnen Fetzen Nylon zwischen mir und den nachtaktiven Tieren, die den Wasserfall als Tränke nutzen, bekomme ich allmählich Panik.

Die anderen scheinen wesentlich tapferer zu sein; sie wollen, dass Lennon ihnen Angst macht.

»Und wie ich das will«, sagt Summer.

»Behauptet hinterher nicht, ich hätte euch nicht gewarnt.« Lennon setzt sich auf einen großen Felsblock und winkelt die langen Beine an, dann beugt er sich vor und legt die Unterarme auf die Schenkel. »Okay, kurz vor Ferienbeginn habe ich auf der anderen Seite des Mount Diablo an ein paar Wochenendkursen teilgenommen, wie man in der Wildnis überlebt. Sie werden von ehemaligen Soldaten und einem pensionierten Ranger angeboten, der früher Notrettung im Yellowstone Park gemacht hat. Sein Name war Varg.«

»Varg!«, wiederholt Summer.

»Das ist Schwedisch«, erklärt Lennon. »Und mit diesem Typen wolltest du dich wirklich nicht anlegen. Über eins fünfundneunzig, Statur wie eine Scheune, voller Narben. Er hat Leute aus Lawinen und Einstürzen gerettet. Aus Feuern. Und er hat jede Menge Leichen gefunden. In der Wildnis verschwinden ständig Leute, und wenn sie sich verlaufen, geht ihnen manchmal der Proviant aus und sie verhungern, oder sie werden von Tieren angefallen oder von herunterstürzenden Steinen erschlagen. Fallen in heiße Geysire.«

»Himmel«, beschwert sich Reagan.

»Im Winter erfrieren sie. Varg erzählte, dass er eine ganze Familie erfroren in den Bergen gefunden hat. Amateurbergsteiger. Nachdem sie von einem Felsvorsprung nicht mehr herunterkamen, haben sie eine Woche dort gelegen. Ein Bein des Mannes war schon abgefressen.«

»Igitt!«, ruft Summer.

Nie und unter keinen Umständen werde ich im Winter zelten gehen.

Lennon schiebt locker die Finger ineinander. »Aber Varg sagte, dass er trotz der Dutzende von Toten, die er im Laufe seines Berufslebens gefunden hat – eine ganze Menge –, nie an die Existenz von Geistern geglaubt hat. Bis er nach Venezuela reiste.«

»Was ist denn in Venezuela?«, fragt Brett und hält sein Telefon hoch.

»Nimmst du das auf Video auf?«, fragt Lennon.

»Logo. Jetzt muss ich diesen Teil rausschneiden.«

Im Hintergrund stürzt unablässig der Wasserfall herab. Lennon wirft Brett einen langen furchterregenden Blick zu, woraufhin dieser sein Handy ausmacht und in die Hosentasche schiebt.

Dann fährt Lennon fort.

»Als Varg außerhalb von Caracas ein Notrettungsseminar für die dortigen Ranger abhielt, verbrachten sie eine Nacht in den Bergen. Es war Vollmond, alles war ganz normal. Sie machten ein Lagerfeuer. Aßen. Redeten. Ganz ähnlich wie wir hier vermutlich«, sagt Lennon. »Doch als es spät wurde und alle sich schlafen gelegt hatten, blieb Varg am Feuer sitzen und passte auf, dass die Glut erlosch. Und als er so dort saß, richteten sich plötzlich seine Nackenhaare auf. Er hatte das untrügliche Gefühl, dass er beobachtet wurde.«

»Oh-oh«, murmelt Kendrick.

Lennon deutet auf den Ast über dem Granitvorsprung. »Als Varg an einem Baum in der Nähe hochblickte, entdeckte er einen

Jungen in unserem Alter, der auf einem Ast saß. Weit oben, doch da der Baum keine tief hängenden Zweige hatte, konnte sich Varg nicht erklären, wie er dort hochgekommen war. Er rief ihm etwas zu, aber der Junge gab keine Antwort. Weil es dunkel war, konnte Varg ihn nur schemenhaft erkennen; in Gedanken suchte er nach einem vernünftigen Grund, warum der Junge da saß, und machte sich – vermutlich wegen seines Jobs – Sorgen, dass er feststeckte. Und nicht herunterkam. Hilfe brauchte.«

»Mir gefällt nicht, worauf das hinausläuft«, sagt Summer und kuschelt sich an Kendrick.

Lennon fährt fort. »Als er näher heranging und unter dem Ast stand, gewährte ihm das Mondlicht eine bessere Sicht auf den Jungen. Er trug eigenartige Kleider. Varg brauchte einen Moment, bis er begriff, dass es eine Soldatenuniform war … aus dem achtzehnten Jahrhundert oder so.«

»Oh, Scheiße«, murmelt Reagan.

Brett legt ihr den Arm um die Schultern. Sie lehnt sich an ihn. Als Brett bemerkt, dass ich sie beobachte, sagt er: »Komm her, ich habe genug für alle.« Dann legt er mir ebenfalls den Arm um die Schultern und zieht mich näher.

Ich weiß nicht, wie ich das finden soll. Unangenehm. Ich glaube, das trifft es. *Richtig, richtig* unangenehm. Vor allem, als Reagan mich mit einem kritischen Seitenblick mustert. Lennon hat seine Geschichte unterbrochen. Ich werfe einen Blick in seine Richtung. Mord. Das steht ihm ins Gesicht geschrieben. Der Ausdruck gilt nicht mir, sondern Brett. Die flackernden Schatten des Lagerfeuers lassen seine Wangen hohler erscheinen und betonen die markanten Züge seines Gesichts.

Vermisst du uns nicht?

Oh Gott. Ohne lange nachzudenken, täusche ich einen Hustenanfall vor und befreie mich aus Bretts Arm. Um der Sache mehr Nachdruck zu verleihen, schlage ich mir mit der Hand auf die Brust.

»Alles gut?«, fragt Brett ernsthaft besorgt.

Ich nicke heftig und huste erneut, bevor ich verstohlen noch ein paar Zentimeter abrücke. Er unternimmt keinen weiteren Versuch, den Arm um mich zu legen, und ich bin extrem erleichtert. Mein Hirn erklärt mich für bescheuert – bin ich nicht genau deswegen mitgefahren? Damit ich Zeit mit Brett verbringen kann? Doch mein Körper befiehlt mir, noch ein Stück weiterzurutschen.

Was ist mein Problem? Lässt mir Reagans Bemerkung keine Ruhe?

»Ist das das Ende der Geschichte?«, fragt Summer Lennon.

Er wirft mir einen schwer zu deutenden Blick zu, bevor er ihr antwortet. »Wollt ihr den Rest wirklich hören?«

»Ja!«, rufen Summer und Kendrick.

Lennon fügt sich. »Varg war beunruhigt, dass der Junge diese Kleider trug, aber er versuchte, vernünftig an die Sache heranzugehen. Er rief ihm noch einmal zu, doch der Junge reagierte auch dieses Mal nicht. Varg fragte sich, ob er vielleicht kein Englisch verstand, und rannte deshalb zu den Zelten ein paar Meter weiter und weckte einen der venezolanischen Männer, damit er für ihn übersetzte. Als sie zum Baum zurückkamen, war der Junge verschwunden.«

»Oooh«, haucht Summer.

Ich habe Gänsehaut. Ich ziehe die Ärmel meines Hoodies herunter und verschränke die Arme über dem Bauch.

»Varg hat das natürlich ziemlich mitgenommen«, sagt Lennon. »Er wusste nicht, ob es ein Geist oder seine Einbildung gewesen war. Vielleicht war er am Feuer eingeschlafen und hatte es geträumt. Er redete sich alles Mögliche ein. Doch es war seine letzte Nacht in den Bergen, und am nächsten Morgen fuhren sie ihn in die Stadt, wo er in das Flugzeug zurück in die USA stieg. In Wyoming war es bereits Nacht, als er in Yellowstone ankam. Er lebte im Park mit den anderen Rangern in einer Art Wohnheim.

Als er in sein Zimmer im ersten Stock kam, öffnete er das Fenster, um etwas frische Luft hereinzulassen, und direkt davor, auf einem sehr hohen Ast, saß der stumme Soldatenjunge. *Er war ihm nach Hause gefolgt.*«

Meine Augen werden feucht. Ich gebe es unumwunden zu: Ich habe eine Heidenangst.

»Krass«, flüstert Brett.

»Das kann nicht sein«, sagt Summer. »Oh Gott. Was hat er getan?«

Lennon beugt sich tiefer über seine Beine, dem Feuer zu. »Nun ja, er –«

»Er *was*? Er *was*?«, fragt Summer.

Lennon legt den Kopf schief. »Habt ihr das gerade gehört?«

»Halt bloß die Klappe«, flüstert Reagan, sichtlich verängstigt. »Hör auf damit, Lennon.«

»Hast du Schiss?«, fragt Brett Reagan und drückt sie fester an sich. »Oh, mein Gott. Und wie du Schiss hast!«

»Hey!«, ruft Lennon. »Ich meine es ernst. Hört mal.«

Das Lagerfeuer glimmt lautlos. Ich höre bloß das stetige Rauschen des Wasserfalls. Und –

Oh.

»Was zum Teufel?«, flüstert Brett.

Es kommt von den Zelten, und es klingt, als –

Als würde jemand unsere Sachen durchwühlen.

Lennon gibt uns ein Zeichen, uns nicht von der Stelle zu rühren, dann streift er eine kleine Stirnlampe über den Kopf, knipst das Licht an und tritt unter dem Felsvorsprung hervor.

Ein Dutzend Szenarios schwirren mir durch den Kopf, keines davon ist gut. Ich habe eine Heidenangst, aber wenn Lennon dem sicheren Tod entgegengeht, werde ich nicht hierbleiben. Ich springe auf und renne ihm in der Dunkelheit hinterher, immer dem wippenden Licht der Stirnlampe nach, bis ich ihn eingeholt habe.

»Halte dich hinter mir«, flüstert er.

Ich höre den Rest der Gruppe debattieren, ob sie uns folgen sollen, und bald haben sie uns eingeholt und machen ebenso viel Lärm wie der geheimnisvolle Eindringling.

Das Geräusch unserer Schritte, als wir auf die Zelte zuschleichen, dröhnt in meinen Ohren. Zweige knacken. Blätter rascheln. Wir gehen um den Baum, der den Rand des Lagers markiert. Unsere Zelte stehen weit auseinander, einige näher am Fluss, andere näher am Wald. Das erste ist Lennons. Links davon steht meines neben einem großen Felsbrocken. Wir pirschen uns Schritt für Schritt zwischen die beiden Zelte. Ich höre Geräusche, aber das dumpfe Rauschen des Wasserfalls verwirrt mein Hirn. Ich blicke mich hektisch um und versuche, die Gefahr zu erkennen. Da streckt Lennon blind eine Hand nach hinten, damit ich stehen bleibe.

Mein Herz schlägt gegen meinen Brustkorb. Und dann entdecke ich ihn am Fluss.

Mehrere Meter vor uns werden im Mondlicht die dunkelblauen Silhouetten von Reagans und Bretts Zelten sichtbar, ihre Kuppeln erheben sich am dunklen Ufer wie Iglus. Mit einem der beiden Zelte stimmt irgendetwas nicht. Es ist unförmig. Wie ein riesiger, halb aufgepumpter Fußball. Und als Lennon die Stirnlampe daraufhält, dreht sich eine massige dunkle Gestalt zum Licht.

13

Schwarzbär.

Großer Schwarzbär.

Großer Schwarzbär, der Bretts Zelt zerfetzt.

Die Gruppe holt uns ein, ich zittere vor Angst. Als Reagan gegen meinen Rücken rennt, stürze ich fast. Summer schnappt erschrocken nach Luft.

»Oh nein«, flüstert Brett, als er den Bären sieht. »Oh nein, oh nein!«

Mein Kopf ist leer. Jeder Nerv in meinem Körper vibriert.

Als könne er meine panischen Gedanken hören, hebt der Bär den Kopf und schnüffelt. Im Licht von Lennons Stirnlampe leuchten seine kleinen Augen hellgrün und reflektieren das Licht.

»Nicht bewegen«, weist uns Lennon über die Schulter an. »Nicht weglaufen. Sonst jagt er euch womöglich.«

Was sollen wir, verdammt noch mal, denn sonst tun? Als der Wind den Moschusgeruch des Bären in unsere Richtung weht, möchten meine Füße trotz Lennons Warnung fliehen.

Wir stehen schweigend da. Starren. Der Bär starrt zurück. Er schnüffelt noch einmal, eine große rosa Zunge leckt über die Schnauze. Er ist neugierig auf uns und hat überhaupt keine Angst. Im Gegenteil, was immer er in der Luft gerochen hat, hat ihn mutig gemacht. Er kommt aus Bretts Zelt heraus und zerfetzt dabei mit einem Bein den Stoff.

Er wird sich auf uns stürzen.

Wir werden sterben. Wenn ich mich während Lennons Geschichte gegruselt habe, bin ich nun versteinert vor Angst. Ich hole zitternd Luft. Wenn doch bloß Andromeda da wäre. Sie würde den Bären anbellen und klarstellen, wer das Sagen hat.

Oder sie würde den Schwanz einziehen und davonrennen, was exakt dem entspricht, was ich gerade gern tun würde.

»Hey!«, brüllt Lennon, seine laute Stimme lässt mich zusammenfahren. »Verpiss dich! Weg mit dir!« Er schwenkt die Hände über dem Kopf, als wollte er als Vampir verkleidet zu Halloween kleine Kinder erschrecken. Allerdings klingt er richtig sauer. Da seine Stimme so tief ist, hallt sie über den Fluss und kommt als grollendes Echo zurück.

Nun ist der Bär aufmerksam geworden. Er bleibt stehen, eine gewaltige Pranke verharrt in der Luft, sein Kopf bewegt sich nicht mehr.

Lennon springt vor – nur einen großen Schritt. Aber dabei brüllt er noch einmal, und ich sehe vor meinem inneren Auge Bilder, wie er sich voller Selbstüberschätzung auf den Bären stürzt. Blut. Schreie. Todesangst. Ich sehe es alles kommen, aber ich bin zu verängstigt, um einzuschreiten.

»Ich habe gesagt, verpiss dich!«, brüllt Lennon und klatscht mehrmals laut in die Hände. Er hebt schnell etwas vom Boden auf und schleudert es dem Bären entgegen. Einen Stein? Ich erkenne es nicht. Aber es trifft das Ungetüm an der Nase.

WARUM TUST DU DAS?

Der Bär schüttelt das Geschoss ab. Mein Körper bereitet sich auf Flucht vor. Und dann –

Dreht sich sein massiger pelziger Körper langsam um. Der Bär schlurft davon, das Zelt trampelt er mit zwei Schritten nieder.

Lennon klatscht noch einmal und geht langsam, lässig auf ihn zu. Er schreit, als wollte er ein Pferd zum Galopp anspornen. Plötzlich wird der Bär schneller und rennt in den dunklen Wald.

Fort.

Ich starre auf den Waldrand, bis mir die Augen wehtun. Ist er wirklich fort? Oder führt er uns an der Nase herum und kommt gleich wieder auf den Hinterbeinen auf uns zugestürmt? Moment, stellen sich Schwarzbären überhaupt auf die Hinterbeine? Oder tun das nur Grizzlys? Keine Ahnung. *Warum weiß ich das nicht?*

»Alles gut«, sagt Lennon. Seine Hand liegt erschreckend warm und fest auf meinem Nacken. »Hey, alles gut. Er ist weg.«

Ich sehe ihn benommen an. Ich brauche einen Moment, bis ich meine Stimme wiederfinde, und dann liegt meine Zunge schwer in meinem Mund. »Bist du sicher?«

»Ziemlich sicher«, sagt Lennon und blickt über die Schulter zum Wald. »Sei leise. Du kannst ihn weglaufen hören. Das sind Tannenzapfen, die unter seinen Tatzen knacken.«

Es ist kaum zu vernehmen. Was gut ist. Auf die Geräusche von Bärenfüßen kann ich gut verzichten.

»Puh, das war heftig«, sagt Kendrick. »Ist er wirklich weg?«

»Fürs Erste«, sagt Lennon.

»Wie meinst du das?«, fragt Reagan. »Wird er zurückkommen?«

Lennon leuchtet mit der Stirnlampe auf das zerfetzte Zelt. »Wenn er etwas sucht, dann schon. Wessen Zelt ist das?«

»Mit ziemlicher Sicherheit Bretts«, sagt Summer und knipst eine Taschenlampe an.

Sie hat recht.

Lennon brummt vor sich hin und geht vorsichtig auf das umgekippte Zelt zu. Wir laufen hinterher, um uns den Schaden anzusehen, der ziemlich groß sein dürfte. Doch als Lennon eine Nylonseite anhebt, sehe ich, dass es nicht mehr zu retten ist. Das ist kein Riss. Auf ganzer Länge des Einpersonenzeltes klafft ein Loch. Lennon bückt sich und späht unter den Stofflappen. »Willst du mich verarschen?«

»Was ist denn?«, frage ich.

Lennon hält die Überreste einer Packung Cookies in die Höhe.

Krümel fallen heraus. Die Schachtel ist weit aufgerissen. Und sie ist nicht das einzige Lebensmittel. Als Summer die Taschenlampe auf den Zeltboden hält, strahlt sie Thunfischdosen an. Süßigkeiten. Salzbrezeln.

Bretts gesamte Essensvorräte.

Sie quellen aus einem offenen Bärenkanister – Lennon hat Brett gezwungen, sich einen zu besorgen.

»Die Bärenkanister dürfen nicht in unseren Zelten sein«, sagt Lennon. »Sie müssen am Lagerfeuer aufbewahrt werden. Und warum ist er offen?«

»Vielleicht hat der Bär ihn geöffnet?«, fragt Summer.

»Bären *können* sie nicht öffnen«, widerspricht Lennon. »Genau darum gibt es sie überhaupt.«

Ich sehe mich um. »Hey, wo steckt eigentlich Brett?«

»Ich bin hier«, sagt eine Stimme. Bretts Lockenkopf schaut hinter einem Baum hervor. Er hält die Hand vor die Augen, um sich vor dem Lichtduell von Lennons Stirn- und Summers Taschenlampe zu schützen.

»Hast du den Deckel nicht zugedreht?«, fragt Lennon, mit einem Mal stocksauer.

»Logo«, sagt Brett und hält den Schaden mit seinem Handy fest. Er nimmt alles auf Video auf. »Heilige Scheiße. Der Bär hat aber richtig zugelangt, was?«

»Das ist nicht lustig«, sagt Lennon. »Und du hast den Deckel nicht zugeschraubt, sonst hätte der Bär das Essen nämlich nicht gerochen.«

Bretts Augen werden schmal. »Alter, ich habe gesagt, dass ich es gemacht habe. Der Kanister war beschädigt.«

»Hmm«, sagt Kendrick und mustert das Zelt. »Ich weiß nicht. Also, es ist ein Deckel, und er lässt sich zuschrauben. Was soll daran beschädigt sein?«

»Ist er auch nicht. Er hat vergessen, den Kanister zu verschließen«, stellt Lennon fest.

Brett wird aggressiv. »Soll das heißen, du hältst mich für einen Lügner?«

»Was weiß ich«, erwidert Lennon. »Bist du einer?«

»Hey«, sagt Reagan. »Jetzt kommt mal alle runter. Lennon, wenn Brett sagt, dass der Deckel defekt war, dann ist das so.«

Lennon steht auf und stellt sich vor Brett. »Wo warst du?«

»Hey, hör auf, mich mit deiner Scheißstirnlampe zu blenden«, motzt Brett.

»Gerade eben. Du warst nicht bei der Gruppe. Wo hast du gesteckt? Bist du vor dem Bären davongerannt?«

»Ähm, nein.«

Lennon ballt die Faust. »Ich habe euch gesagt, dass ihr nicht weglaufen dürft. Sie betrachten einen dann als Beute und jagen einen. Schwarzbären sind schneller als Menschen.«

»Nicht schneller als Reagan«, wirft Brett ein, um die Stimmung zu heben.

»Doch, sogar schneller als Reagan«, beharrt Lennon. »Sogar schneller als Usain Bolt, wenn der Bär wütend ist und volle Kanne rennt. Der eben hat locker dreihundert Pfund auf die Waage gebracht. Er hätte jeden von uns umbringen können.«

»Alter, jetzt krieg dich ein«, sagt Brett; allmählich ist er gereizt. »Deine Klugscheißerei fängt an zu nerven.«

»Aber gern. Wenn du endlich zuhörst und das hier nicht mehr als Spiel betrachtest, werde ich aufhören zu predigen.«

»Ich habe überhaupt nichts getan.«

»*Du* hast nicht darauf geachtet, den Deckel deines Kanisters zuzuschrauben«, stellt Lennon fest und stößt anklagend den Finger in die Luft. »Und dann bist *du* vor dem Bären davongerannt, obwohl ich das Gegenteil gesagt habe.«

Brett rempelt Lennon an. »Weißt du, was? Du hast hier überhaupt nichts zu melden, Alter.«

Lennon schubst Brett gegen die Schulter. »*Du* hast uns alle in Gefahr gebracht, *Alter.*«

»He, he.« Kendrick stellt sich zwischen die beiden und drängt sie auseinander. »Das lassen wir mal schön. Wir kommen jetzt erst mal alle runter und dann überlegen wir, was wir tun.«

»Da gibt es nichts zu überlegen«, sagt Lennon.

Reagan tritt in den Kreis. »Hey! Vielleicht solltest du mal in Erwägung ziehen, dass Brett die Wahrheit sagt?«

»Danke, Reagan«, sagt Brett, noch immer wütend. »Ich bin froh, dass wenigstens eine Person mir vertraut.«

Alle wollen gleichzeitig reden. Kendrick möchte, dass sich alle beruhigen. Lennon möchte, dass Brett seinen Fehler eingesteht. Reagan möchte, dass Lennon Brett in Ruhe lässt. Summer möchte wissen, ob der Bär zurückkommt – worüber wir meiner Meinung nach alle nachdenken sollten. Als ich anfange, Bretts Essensüberreste in den nun leeren Bärenkanister zu stopfen, und die Kekskrümel in der Handfläche aufsammle, hilft Summer mir. Mein Blick fällt auf den Deckel.

Mir geht durch den Kopf, dass ich ihn nur aufzuheben und an dem Kanister auszuprobieren brauche, um herauszufinden, ob Brett gelogen hat oder ob er tatsächlich kaputt ist. Aber will ich es wirklich wissen? Wenn Brett gelogen hat, wird er wie ein Idiot dastehen. Oder Lennon dreht ihm den Hals um. In meiner Brust kämpfen widersprüchliche Gefühle, ich räume deshalb lieber weiter auf und ignoriere den Deckel.

»Das ist hinüber«, sagt Summer, als sich die Diskussion beruhigt, und hält einen Zeltfetzen hoch. »Ich weiß, wir haben über wilde Tiere geredet, aber ich schwöre, ich hätte nie im Leben geglaubt, dass wir wirklich welchen begegnen. Na ja, vielleicht ein paar Kaninchen oder Eichhörnchen. Aber nicht so was.«

Da sind wir schon zwei.

Lennon kniet sich missmutig neben mich und hebt eine verbeulte Dose auf.

»Bist du hier schon mal Bären begegnet?«, fragt ihn Summer. »Wusstest du deshalb, wie du reagieren musst?«

Lennon schüttelt den Kopf. »Ich habe sie abseits der größeren Wege in anderen Teilen des Parks gesehen, aber sie haben immer Abstand gehalten. Der eben fühlt sich in der Nähe von Menschen entschieden zu wohl. Ich denke, ich muss es melden, damit die Ranger das Gebiet hier im Auge behalten. Aber im Moment müssen wir erst mal sicherstellen, dass die Nahrungsmittel verstaut sind, damit er nicht zurückkommt.«

»Und wir müssen uns überlegen, was wir mit diesem Zelt anfangen«, sage ich und spähe zu Brett hinüber. »Ich glaube nicht, dass du hier schlafen kannst.«

Summer mustert Brett mit einem Schulterzucken. »Du schläfst einfach in Reagans Zelt. Früher oder später landest du ja sowieso dort, oder? Problem gelöst.«

Mein Körper erstarrt.

»Ups«, murmelt Summer. »Tut mir leid, Leute. Ich weiß, ich sollte den Mund halten.«

Ich schaue von Summer zu Reagan zu Brett. »Seid ihr zwei ... zusammen?«

Brett dreht sich um und sagt leise etwas zu Reagan, aber weil er ein paar Schritte zum Fluss läuft, verstehe ich es nicht.

»Reagan?«, wiederhole ich. »Stimmt das?«

»Zorie ...« Sie kneift die Augen zusammen.

Oh Gott, es ist wirklich wahr.

»Ihr zwei seid zusammen? Warum hast du mir das nicht gesagt?«

Sie hebt die Hand, lässt sie dann aber wieder sinken und schüttelt den Kopf. »Ich weiß nicht. Darum.«

»Darum was?«

»Ich wusste, dass du austicken würdest, okay?«, geht sie auf einmal zum Gegenangriff über.

»Ich ticke nicht –«

»Du tust es gerade in diesem Moment. Merkst du das nicht? Du rastest jedes Mal aus, wenn irgendwas nicht nach deinem

Plan läuft. Du mit deinen blöden Entwürfen und Listen, vielleicht hatte ich einfach keine Lust darauf.«

Ich fühle mich gedemütigt. Und ich bin verwirrt. Wenn sie mit Brett zusammen ist, warum hat sie mich dann ermutigt, mich nach dem Kuss auf der Party an ihn ranzuschmeißen? »Wie lange ...? Beziehungsweise: seit wann?«

»Ist das wichtig?«

»Ja, vielleicht.«

»Warum?«, fragt sie gereizt. »Kapierst du es nicht? Ich wollte deine Gefühle nicht verletzen. Deshalb habe ich Brett gebeten, Lennon mitzubringen.«

»Wovon redest du?«

»Ich weiß, dass ihr letzten Herbst zusammen wart. Eine von Summers Freundinnen hat euch in der Nähe des Skateparks gesehen, wie ihr euch gegenseitig das Gesicht abgeschlabbert habt. Jeder weiß es!«

Ich möchte am liebsten sterben. Ich bin total bloßgestellt.

»Und die Sache ist die«, fährt sie fort, »du hast immer darauf bestanden, dass ihr beide nur Freunde seid, selbst als ich dich geradeheraus gefragt habe, ob ihr eine Beziehung habt. Ich habe sogar Avani ausgequetscht – schließlich erzählst du ihr mehr Geheimnisse, als du je mit mir geteilt hast –, aber sie hat dich gedeckt und behauptet, da liefe nichts.«

Das kann nicht sein. Avani wusste nie Bescheid, es bestand also keinerlei Anlass für sie, irgendetwas zu »decken«.

Reagan verschränkt die Arme. »Ich scheine nicht mehr zum inneren Kreis zu gehören. Ich bin bloß jemand, den du benutzt, wenn es dir in den Kram passt, zum Beispiel wenn du Gesellschaft beim Mittagessen brauchst.«

»Das stimmt nicht!« Oder? Ich benutze Reagan nicht – zumindest nicht mehr, als sie mich benutzt. *Sie* schreibt bei Klassenarbeiten von mir ab. *Sie* ruft an, wenn sie Hilfe bei den Hausaufgaben braucht. Helfe ich ihr etwa nicht?

»Du vertraust mir ganz offensichtlich keine Geheimnisse an«, erklärt sie. »Warum sollte ich dir also meine anvertrauen?«

Ich möchte etwas erwidern, doch ich stehe wie angewurzelt da und starre stumm vor mich hin.

»Reagan ...«, sagt Summer zögernd.

»Du konntest auch nicht die Klappe halten, oder?«, blafft Reagan und dreht sich zu Summer. »Noch ein paar Tage und sie wäre zu ihrem dämlichen Astronomie-Club-Treffen gefahren. Ich habe dich nur darum gebeten, nichts über Brett und mich auszuplaudern, solange sie da ist, aber du konntest einfach nicht dichthalten, was?«

»Ich –«

»Ich wollte bloß, dass wenigstens *etwas* an diesem Sommer nett ist. Nur eine Sache!« Reagans Augen füllen sich mit Tränen. »Keiner von euch hat eine Ahnung, was ich gerade durchmache. Ihr habt keine Ahnung, was es heißt, jahrelang täglich zu trainieren – jahrelang! Und dann rutscht mein Fuß für den Bruchteil einer Sekunde aus, und ich muss all meine Träume aufgeben.«

»Du bist nicht die Einzige hier, die Träume hat«, erwidere ich.

»Aber ich bin die Einzige, die genug Talent hat, sie wahr werden zu lassen.«

»Oh Mann«, sagt Kendrick. »Hör dir mal zu, Reagan.«

»Ist mir egal, was du von mir hältst«, blafft Reagan und wischt sich mit einem trotzigen Achselzucken die Tränen ab. »Deine Familie hat Geld – super. Meine auch. Aber ich sehe nicht, dass du irgendwas Bedeutendes mit deinem Leben anfängst. Ich war auf dem besten Weg zu den Olympischen Spielen, alles klar? Zu den verdammten Olympischen Spielen!«

»Das wissen wir«, sagt Summer mitfühlend. »Und es tut uns leid.«

»Ich brauche euer Mitleid nicht«, erklärt ihr Reagan. »Kendrick hat doch nur Interesse an dir, weil es seine Eltern anstinkt.«

»Hey!«, sagt Kendrick aufbrausend.

»Das hier ist *mein* Trip«, sagt Reagan und klopft sich auf die Brust. »*Ich* habe den ganzen Krempel bezahlt und alles organisiert. Es sollte *mich* aufmuntern. Es ging um keinen von euch.«

»Du führst dich gerade wie ein Riesenarschloch auf, weißt du das?«, sagt Lennon zu ihr.

»Ich bin wenigstens ehrlich«, sagt sie. »Und wenn wir schon dabei sind, reinen Tisch zu machen, will ich nur noch hinzufügen, dass du dich auf diesem Trip Brett gegenüber wie ein totaler Drecksack benommen hast. Er wollte, dass du mitfährst.«

»Ach ja, wirklich? Um sich im Ruhm meines Vaters zu sonnen? Oder damit ich Zorie ablenke und sie nicht mitkriegt, dass du mit Brett zusammen bist? Weil du genau wusstest, es würde sie verletzen? Schon jeder Grund für sich genommen ist beschissen.«

»Echt uncool, Alter«, sagt Brett. »Ich wollte Reagan nur dabei helfen, Amor zu spielen. Jeder weiß, dass du Zorie anschmachtest, was beschwerst du dich also?«

Was? Das kann nicht stimmen.

Reagan deutet auf Lennon. »Siehst du? Brett mag dich, wohingegen du dich, seit wir in Melita Hills losgefahren sind, ihm gegenüber total mies verhältst. Du solltest dankbar sein, dass er von deinem abgehalfterten Punker-Dad beeindruckt ist.«

Lennons Lippen pressen sich zu einem dünnen Strich zusammen. »Nimm nicht den Namen meines Vaters in den Mund.«

»Was soll's? Es erinnert sich sowieso kein Schwein mehr an ihn.«

Ich habe Lennon schon oft wütend erlebt. Aber jetzt ist er kurz davor zu explodieren. Früher hat er seinen Vater nie so in Schutz genommen. Seine Mütter schon, aber nun zieht sich bei jeder Erwähnung seines Vaters eine Sturmwolke über seinem Kopf zusammen.

»Kommt doch alle mal wieder runter«, bettelt Summer.

Brett tritt einen Schritt vor. »Hey, uns allen rutschen Dinge heraus, die wir nicht so meinen. Zorie, es tut mir leid, dass wir dir das mit uns nicht gesagt haben. Aber das heißt nicht, dass wir nicht zusammen eine gute Zeit haben können. Reagan und ich wollen dasselbe – dass jeder Spaß hat. Ist das so verkehrt?«

»Spaß?«, wiederholt Lennon. »Du hast uns heute fast umgebracht.«

»Das würdest du uns gern einreden, was? Vielleicht ist das Problem ja eher, dass *du* uns in ein Bärengebiet geführt hast. Vielleicht hast du einfach überhaupt keine Ahnung.«

Da ist meine Grenze erreicht. Sämtliche Enthüllungen der letzten Minuten ordnen sich wie Koordinaten auf einer Karte in meinem Kopf an:

Reagan hat mir nicht nur ihre Beziehung zu Brett verschwiegen, sondern wollte mich zudem manipulieren, was mit Lennon anzufangen – damit sie Brett für sich haben kann.

Sie schmollt, weil ich mit Avani befreundet bin.

Summer hat in der ganzen Schule Tratsch über Lennon und mich verbreitet.

Brett hat definitiv kein Interesse an mir.

Ich habe definitiv kein Interesse an Brett. Nicht mehr. Der Kitzel ist *so was* von weg.

Ein Punkt kommt zum nächsten, ein Stück Dreck nach dem anderen türmt sich zu dem Müllberg auf, der mein Leben gerade ist. Denn zu Hause muss ich mich immer noch meinem fremdgehenden Vater stellen. Meiner ahnungslosen Mutter. Der Peinlichkeit, dass die Mackenzies über unsere schmutzigen Familienprobleme Bescheid wissen.

Und Lennon. Seine Nähe hat schlummernde Hoffnungen in mir geweckt, doch nun weiß ich, dass unsere Annäherung ein abgekartetes Spiel war, und das ist die übelste Art von Verrat. Ich dachte, ich würde anfangen, seine Gesellschaft wieder zu genießen, aber war das wirklich so? Oder haben wir in Reagans Marionettenspiel nur unsere Rollen zugeteilt bekommen? Wenn ich jetzt zurückblicke, kann ich nicht sagen, was echt und was forciert war.

Mein Limit ist erreicht.

Ich hebe den Deckel auf, knalle ihn auf den Kanister und drehe ihn fest, bis der Sicherheitsverschluss zweimal klickt. Dann marschiere ich damit zu Brett und drücke ihm den Behälter in die Hand. »Nicht kaputt.«

Brett mustert blinzelnd den Kanister, dann mich. Eine ganze Weile sagt keiner etwas. Es ist Reagans Stimme, die das Schweigen bricht.

»Fängst du jetzt an, kleinlich zu werden?«, sagt sie. »Nur zu. Aber dass ich mich neben dich setze, wenn nächste Woche wieder die Schule anfängt, kannst du vergessen. Das war's. Geh zu Avani zurück.«

Ich drehe mich mit Tränen in den Augen zu ihr um. »Avani hat dich nie im Stich gelassen. Avani mag dich aus irgendeinem bescheuerten Grund immer noch! Als deine Eltern reich wurden, hast *du* angefangen, mit Leuten von Privatschulen abzuhängen. *Du* warst diejenige, die das Training für die Olympischen Spiele für wichtiger befand, als Zeit mit deinen Freunden zu verbringen. Und was hat es dir gebracht? Ein paar Freunde, die nur aus Mitleid oder sozialen Verpflichtungen mit dir zusammen sind. Wach auf, Reagan. Es interessiert niemanden, dass du die dämlichen Auswahlwettkämpfe für die Olympiade vermasselt hast. Laufen ist nicht mal ein Talent – man bewegt dabei einfach nur die Beine!«

»Zorie«, sagt Lennon ruhig.

Ich sehe mich um. Alle starren mich an, als hätte ich sie gerade beleidigt. Es dauert einen Moment, bis mir klar wird, dass es eventuell so ist. Und wisst ihr, was? Ich glaube, das ist mir egal. Vielleicht war es unfair, Kendrick da mit reinzuziehen, aber die anderen können mich echt mal. Im Moment hasse ich Brett dafür, dass er mich je geküsst und mir Hoffnungen gemacht hat.

Ich hasse Summer dafür, dass sie mich manipulieren wollte. Und ich hasse Reagan inbrünstig dafür, dass sie mir den Sommer versaut hat.

Bis ich sie ansehe.

Einen tränenfeuchten Moment lang sieht sie aus, als würde sie zu weinen anfangen. Und ich fühle mich ... schrecklich. Das bin ich nicht. Ich fange keinen fiesen Krach mit Leuten an. Streit endet bei mir mit Ausschlag.

Ich möchte ihr sagen, dass es mir leidtut.

Ich möchte, dass sie mir sagt, dass es ihr leidtut.

Ich möchte bis zu dem Morgen zurückspulen, als mir meine Mutter von diesem schrecklichen Trip erzählt hat, und Nein sagen.

Doch gerade als ich den Mund öffnen und mich entschuldigen will, sagt Reagan: »Danke, dass ihr diesen Trip ruiniert habt.« Sie deutet auf Lennon. »Ihr beide könnt mich am Arsch lecken.« Sie dreht sich um die eigene Achse und will gehen, doch dann bleibt sie stehen. »Ach, und übrigens, dein ekelhafter Vater hat nach der Olympia-Benefizveranstaltung in Berkeley im Frühjahr versucht, mit Michelle Johnsons Mutter ins Bett zu gehen. Ich habe es meiner Mutter nie erzählt, weil sie sonst die blöde Praxis deiner Eltern nicht mehr unterstützen würde. Aber du kannst Gift darauf nehmen, dass ich es jetzt tun werde.«

Die Zeit bleibt stehen. Ich rühre mich nicht, ich atme nicht, ich blinzle nicht mal. Erst als ich heiße Tränen auf meinen Wangen spüre, wird mir bewusst, dass ich weine. Und eine Sekunde lang bleibe ich reglos stehen und versuche, eine Antwort zu finden. Aber ich finde keine.

Mein Kopf ist leer, ich will nur noch, dass alles verschwindet. Reagan. Brett. Lennon. Dieses Desaster von Campingtrip.

Mein Vater.

Alles steckt mir schmerzhaft in der Kehle und kann nicht heraus. Ich habe das Gefühl zu ertrinken, während sich winzige

Piranhas in meiner Haut festbeißen und stückweise meinen Stolz fressen. Und weil wir hier mitten in der Nacht am Ende der Welt sind, mit einem hungrigen Bären und weiß Gott noch was in der Nähe, tue ich das Einzige, was mir übrig bleibt: Ich verkrieche mich in mein Zelt.

Ich habe Schwierigkeiten, den Weg im Mondlicht zu finden. Hier draußen scheint es wesentlich dunkler zu sein als in der Stadt. Aber nachdem ich mir fast den Hals gebrochen habe, weil ich über totes Holz und Steine gestolpert bin, schaffe ich es irgendwie ins Zelt und ziehe den Reißverschluss zu und schließe die anderen aus. Es ist ein armseliger Ersatz für einen türknallenden *Ihr könnt mich mal*-Abgang, vor allem als ich merke, dass ich ihre Stimmen in der Ferne noch hören kann. Ich verstehe nicht, was sie sagen, aber es zerstört die Illusion, allein zu sein.

War meine Nesselsucht vorher schlimm, dann explodiert sie jetzt gerade. Ich krame in meinem Rucksack nach Antihistamin-Tabletten und schlucke zwei davon ohne Wasser hinunter. Dann atme ich stoßweise aus, lege mich auf den Schlafsack und starre ins Leere. Der Boden unter mir ist hart und kalt, ein spitzer Stein bohrt sich in meine Hüfte.

Der Streit schwirrt mir durch den Kopf, und alles, was gerade passiert ist, tut von Neuem weh. Und dann ist da noch mein Vater. Wissen alle in Melita Hills über ihn Bescheid? Sind meine Mutter und ich die Einzigen, die im Dunkeln tappen? Verdammt. Wie blöd sind wir? Ich spüre einen hohlen Stich in der Brust und wünsche mir, meine Mutter wäre jetzt hier und ich könnte mit ihr reden. Oder sie mit mir.

Als ich die Brille abnehme und in meinen Schlafsack rutsche, raschelt eine Zeltwand im Wind. Alles hier drinnen riecht streng nach Kunststoff. Vielleicht habe ich den Reißverschluss zu fest hochgezogen. Ob ich die Lüftungsklappe des Zelts öffnen sollte? Was, wenn der Bär zurückkommt und mich hier drinnen riecht, so wie er Bretts Kekse gerochen hat?

Ich beschließe, dass es keinen Unterschied macht. Mit einem Mal bin ich todmüde. Letzte Nacht kein Schlaf. Früh aufgestanden. Die ganze Lauferei. Die Antihistaminika. Ich merke, dass ich wegsacke. Nach einer Weile wehre ich mich nicht mehr dagegen und lasse mich in die Tiefe ziehen.

Als ich aufwache, ist es im Zelt fahlgrau und kalt. Meine Finger und Nase sind zu Eis erstarrt, außerdem stelle ich fest, dass ich in Kleidern eingeschlafen bin. Da ich nichts gegen den Stein unter dem Zelt unternommen habe, tut meine Hüfte jetzt höllisch weh.

Zu allem Übel hatte ich auch noch seltsame Träume von Lennon. Sehr wirre, sehr erotische Träume. Er hat diesen Bären umgebracht. Aber warum um Himmels willen geht mir solcher Blödsinn durch den Kopf? Es muss etwas mit Bretts Bemerkung gestern Abend zu tun haben, Lennon würde mich anschmachten. Was bescheuert ist, weil Lennon mich überhaupt nicht anschmachtet. Und echt jetzt, warum auch, schließlich bin ich diejenige, deren Gefühle nicht erwidert werden. Wenn hier jemand schmachtet, dann ich. Lennon hat mich verlassen.

Ich würde am liebsten in meinen Schlafsack eingekuschelt liegen bleiben und wieder einschlafen, damit ich diese Träume in eine andere, nicht erotische Richtung lenken kann. Doch ich richte mich auf und sehe nach meinem Ausschlag – noch sichtbar, aber unter Kontrolle –, und bald merke ich, dass ich aufs Klo muss. Dringend. Ich krame in der Hocke das Notwendige und meine Brille aus meinem Rucksack, krabble über den Schlafsack und ziehe den Reißverschluss zur Freiheit auf.

Draußen ist es still und grau, doch zwischen den Bäumen im Osten schimmert blassgelbes Licht. Alles ist feucht, und als ich loslaufe, steigt mir ein schwacher Kiefernduft in die Nase. Noch nie in meinem Leben bin ich so wach gewesen. Ich bin nervös und denke an den Bären, bei jedem Vogelruf, bei jedem raschelden Blatt blicke ich mich um. Aber es ist niemand zu sehen. Kein Bär, kein Mensch. Nur die platt getrampelte Hülle von Bretts zerstörtem Zelt neben Reagans.

Nachdem ich im Wald meine schmerzende Blase entleert habe, marschiere ich zum Lager zurück. Auf der anderen Seite des Flusses bewegt sich etwas. Nach einem kurzen Moment erkenne ich Lennon in seinem schwarzen Hoodie. Er kommt über die Steine zurück, an seiner Hüfte baumelt eine kleine Axt im Holster und er trägt Feuerholz unterm Arm. Als er mich entdeckt, hebt er kurz den Kopf, und ich bin überrascht, wie erleichtert ich bin, ihn zu sehen.

Nicht an die erotischen Bärenträume denken.

Er steuert auf den Felsvorsprung zu und wirft das zusammengesammelte Holz neben die Grube. Er dreht mir den Rücken zu und ich betrachte die Jeansjacke, die er über dem Hoodie trägt. Sie ist voller Horrorfilm-Aufnäher und Emaille-Buttons in Form von Grabsteinen und abgetrennten Körperteilen. Manche Sachen ändern sich eben nicht.

»Hey«, sage ich. »Sind wir die Einzigen, die schon wach sind?

»Ja und nein.« Er kniet neben dem Loch, um in der Mitte Anzündholz, Rinde und trockene Blätter aufzuschichten.

»Was meinst du damit?«

»Hast du einen Kater?« Er mustert mich. »Du redest so langsam.«

»Antihistaminika.«

»Ah. Harte Drogen. Macht deine Nesselsucht wieder Theater?«

»Ein bisschen. Was meinst du mit ›Ja und nein‹?«, wiederhole ich und lasse den Blick über das Lager schweifen.

Er seufzt. »Dort drüben, auf den Bärenkanistern.«

Sie stehen zusammen mit ein paar Kochutensilien neben den Felsblöcken aufgereiht, die wir als Sitzgelegenheit benutzen. Unter einem Stein entdecke ich einen Streifen Toilettenpapier.

Die Nachricht darauf sieht aus, als sei sie mit Eyeliner geschrieben worden. Ich erkenne Reagans Handschrift. Als ich den Stein wegziehe, lese ich:

Sieh zu, wie du nach Hause kommst.

14

Auch nach mehrfachem Lesen ergibt Reagans Nachricht keinen Sinn. Sind sie …? Sind wir etwa …?

»Sie sind abgehauen«, sagt Lennon schließlich.

»Alle?«

»Alle.«

»Das verstehe ich nicht«, sage ich. »Wo sind sie hin?«

Er legt vorsichtig dünne Zweige um einen Haufen Anzündholz; es erinnert an ein Tipi. »Zurück zum Zeltplatz.«

»Haben sie dir das gesagt?«

»Nachdem du gestern Abend in dein Zelt gegangen bist, haben sich Reagan und Brett noch gekracht.« Lennon sieht konzentriert auf seine Aufgabe, aber seine Körperhaltung macht deutlich, dass er sich … unwohl fühlt. »Um es kurz zu machen, er meinte, dieser Trip sei ihm zu viel Theater. Reagan war seiner Meinung. Sie haben beschlossen, nach Hause zu fahren.«

Ist das ein Witz? Muss es ja wohl sein. Oder?

Er legt vorsichtig größere Zweige auf die Zweige. »Reagan wollte letzte Nacht gehen, was total bescheuert gewesen wäre. Kendrick und ich mussten ihr gut zureden zu bleiben, bis es hell ist und wir dann zusammen zurückwandern würden. Heute Morgen meinte ich Geräusche zu hören, aber da sie nicht laut waren, bin ich wieder eingeschlafen. Als ich aufgewacht bin und mich angezogen habe, waren sie weg.«

Er meint es ernst. Es ist kein Witz.

Mir ist so schwindlig, dass ich mich auf einen Stein setzen muss. »Sie sind abgehauen? Auch Summer und Kendrick?«

»Kendrick und ich haben, bevor ich mich schlafen gelegt habe, noch einzuschätzen versucht, was es kosten würde, wenn Summer und er sich vom Glampingplatz zum Wochenendhäuschen seiner Eltern im Napa Valley bringen lassen würden.« Er wischt sich die Hände ab und holt ein Feuerzeug aus seiner Hosentasche. »Aber ich hätte nicht gedacht, dass sie einfach so abhauen.«

»Ohne uns?«

»Brett hat mir auf der Innenseite der Kekspackung, die der Bär leer gefressen hat, eine Nachricht hinterlassen. Darin schreibt er, dass er es für das Beste halte, wenn jeder von uns seiner Wege geht, um weiteres Drama zu vermeiden, und dass er sicher sei, dass ich schon irgendwie zurückkommen werde. Danach fand ich Reagans Nachricht vor deinem Zelt.«

Sieh zu, wie du nach Hause kommst.

Er deutet auf das Flussufer. »Sie haben Bretts Zelt und alles Mögliche an Ausrüstung hiergelassen. Wie es aussieht, hat Reagan mit dem Thema Camping offiziell abgeschlossen. Echt nett von ihr, uns ein Riesenchaos zu hinterlassen, das wir aufräumen dürfen.«

»Seit wann sind sie weg? Können wir sie einholen?«

Warum macht er einfach in aller Ruhe Feuer?

»Zorie«, sagt er, »wenn das, was ich beim ersten Aufwachen gehört habe, ihre Aufbruchsgeräusche waren, sind sie schon seit ein paar Stunden unterwegs. Wir werden sie nie im Leben einholen.«

»Du hättest mich wecken können! Wir hätten uns beeilen können!«

»Ich bin auch erst seit fünfzehn oder zwanzig Minuten wach. Kapierst du es nicht? Es war auch schon vor einer Stunde zu spät. Bis wir den Parkplatz erreichen …«

Werden sie bereits losgefahren sein.

Okay. Kein Grund zur Panik. Einfach nachdenken. Und einen neuen Plan machen. Was tun wir jetzt? Wir haben vom Parkplatz hierher vier Stunden gebraucht. Und dann noch zwei, um zum Campingplatz zurückzufahren, wo wir ein Taxi oder einen Bus nach Hause erwischen könnten. Aber wir haben kein Auto. »Wie lange wird der Fußmarsch vom Parkplatz zum Zeltplatz dauern?«

»Einige der Bergstraßen auf dem Weg haben keinen Seitenstreifen. Sie sind nicht zum Wandern gedacht. Sie taugen kaum für Fahrzeuge. Erinnerst du dich noch an diese kurvenreiche Hauptstraße auf der Fahrt hierher?«

Wir wären in einer Serpentine fast mit zwei entgegenkommenden Fahrzeugen zusammengestoßen. Es war ziemlich knapp, und ich möchte weder im Regen noch im Nebel auf dieser Straße sein. Und schon gar nicht zu Fuß.

Er schüttelt den Kopf. »Wir nehmen besser einen richtigen Wanderweg um die andere Seite der Berge, aber das könnte ... ein bisschen länger dauern.«

»Wie viel länger?«

»Einen Tag.«

»Den ganzen Tag?«

»Und die Nacht. Wir müssten unterwegs zelten. Von hier gibt es keinen direkten Weg zum Campingplatz zurück.«

Verdammt. Ist das sein Ernst?

»Das kann doch alles nicht wahr sein!« Ich laufe unter dem Felsvorsprung hin und her und überlege, was ich als Nächstes tun soll. Mittlerweile bin ich so in Panik, dass ich mir nicht mehr die geringste Mühe gebe, es zu verbergen. »Sie haben uns mitten in der Pampa sitzen lassen? Es war doch bloß eine Auseinandersetzung!«

»Reagan war ziemlich aufgelöst.«

»Reagan? Ich war doch diejenige, die eins reingewürgt bekommen hat.«

»Gestern wurde in sämtliche Richtungen ausgeteilt. Alle waren wütend. Nachdem du weg warst, hat Reagan … ziemlich viel geweint. Und ziemlich viel herumgeschrien. Ich glaube, die Niederlage bei den olympischen Auswahlwettkämpfen setzt ihr mehr zu, als sie zugeben will.«

Ich starre ihn an. »Du stellst dich auf ihre Seite?«

Er hält die Hände hoch. »Ich stelle mich nicht auf ihre Seite. Ich mag Reagan nicht mal, und es ist mir ehrlich gesagt schleierhaft, warum ihr überhaupt je mit ihr befreundet wart, Avani und du. Du kennst meine Meinung über sie. Und die ist mit der Zeit auch nicht besser geworden, vor allem seit sie Avani die kalte Schulter zeigt. Reagan tut so, als ob alles in Ordnung sei, aber das ist es nicht. So bescheuert Brett sein kann, selbst ihm war es bewusst. Reagan hat jeden Strohhalm ergriffen, um sich besser zu fühlen, das schloss auch ihn ein. Nachdem sich gestern Abend die Lage beruhigt hatte, erzählte er mir, dass sie seit den Frühjahrsferien öfter was machen, obwohl er damals gerade wieder mit seiner alten Freundin zusammengekommen war. Offiziell haben sie vermutlich erst nach dem Olympiadebakel was miteinander angefangen.«

Oh Gott. Moment. Seit den Frühjahrsferien …? Diese Party – bei der Brett und ich uns geküsst haben – fand während der Frühjahrsferien statt.

»Wusstest du vor gestern Nacht, dass sie ein Paar sind?«, frage ich. »Brett und Reagan?«

Er schüttelt den Kopf. »Mir haben sie es auch verheimlicht. Falls es dir noch nicht aufgefallen sein sollte, Reagan ist ein Kontrollfreak. Ich vermute, als du und Brett bei dieser Party was laufen hattet –«

OH, VERDAMMT, ER WEISS BESCHEID.

»Wir *hatten* nichts laufen«, widerspreche ich. »Jedenfalls nicht das, was du denkst.«

»Geht mich eh nichts an.«

Woher weiß Lennon von diesem Kuss? Hat Brett es ihm erzählt? Natürlich. Ich weiß nicht, warum mich das so sauer macht, aber ich fühle mich … bloßgestellt. »Was genau hat Brett dir erzählt?«

Lennon senkt den Blick und gibt keine Antwort.

»Oh, super«, murmle ich. »Kann es noch schlimmer kommen? Es war ein einziger Kuss! Und den bereue ich mittlerweile, das kannst du mir glauben.«

»Ich habe ihm seine Storys sowieso nie ganz abgenommen«, sagt Lennon. »Ich weiß, dass seine Klappe größer ist als sein Hirn. Und mir war durchaus bewusst, dass du im letzten Jahr mit anderen Typen zusammen warst. Das Leben geht schließlich weiter, oder? Ich hatte auch eine Beziehung.«

Wie jetzt? Wusste ich überhaupt nicht. Ich würde gern fragen, wer es war – wann es war. Sind sie noch zusammen? Er sagte »hatte«, oder? Vergangenheit?

»Nicht dass das eine was mit dem anderen zu tun hätte«, fügt er schnell hinzu. »Äpfel und Birnen.«

»Genau«, bestätige ich ruhig. »Äpfel und Birnen.«

Er schüttelt den Kopf. »Was ich damit sagen will: Reagan hat Probleme. Sie ist verletzt und schämt sich und kann nicht klar denken. Leute tun dumme Dinge, wenn sie sich von ihren Gefühlen treiben lassen.«

»Aber ich habe ihr doch gar nichts getan!«

Eine Augenbraue hebt sich.

»Jedenfalls nichts, was rechtfertigen würde, uns im Stich zu lassen«, berichtige ich.

»Das hat keiner von uns. Ich wusste, dass ich nicht hätte mitkommen sollen, aber ich habe es trotzdem getan. Insoweit lag ich falsch. Aber hey, sämtliche Unruhestifter sind weg, und ich bin genau da, wo ich sein will, vielleicht ist also alles in Ordnung.«

»Spinnst du? Das hier ist ein totales Desaster. Was sollen wir tun? Vielleicht gibt es noch einen anderen Weg zurückzukommen, bei dem wir nicht den ganzen Tag laufen müssen. Eine Bushaltestelle in der Nähe des Parkplatzes? Die öffentlichen Verkehrsmittel in der Sierra Nevada müssen doch Verbindungen zu Städten in der Nähe haben. Bestimmt gibt es irgendwo einen Greyhound-Überlandbus oder so zurück nach Melita Hills.«

»Habe ich auch schon gedacht. Ich habe eine Karte mit Busrouten. Bis zur nächsten Haltestelle ist es eine mörderische Acht-Stunden-Wanderung durch die Berge. Und zwar ohne Pausen. Aber jemand, der es nicht gewohnt ist, zu wandern –«

Er meint mich.

»– wird zehn, elf Stunden brauchen. Extrem steile Hänge hoch und runter. Es ist eine Route für erfahrene Wanderer, die eine Herausforderung suchen. Auf der Karte ist sie als ›schwierig‹ eingetragen.«

Nicht dein Ernst, oder?

»Ihnen war vermutlich nicht klar, was sie anrichten, als sie uns hier im Stich gelassen haben. Reagan ist ein Arschloch, aber sie ist kein Unmensch. Brett handelt einfach aus dem Glauben heraus, dass sich schon alles einrenken wird, und hat vermutlich Kendrick und Summer davon überzeugt. Das hoffe ich zumindest.«

Ich starre mit leerem Blick auf Reagans Nachricht, während Lennon das Feuer anfacht, den Zunder anbläst und die Äste neu ausrichtet. Ich scheine in Schockstarre gefallen zu sein. Vielleicht sollte ich den Kopf zwischen die Knie stecken oder in eine Tüte pusten?

»Ich werde die Sternenparty verpassen«, sage ich, mehr zu mir selbst als zu ihm. Ich weiß, es ist das Letzte, worüber ich mir Sorgen machen sollte, aber ich kann mich kaum konzentrieren. Mein Hirn rattert zu schnell und verliert sich auf der Suche nach einer Lösung für unsere Notlage in Kleinkram.

Lennon blickt vom Feuer auf. »Ist das das Treffen, das Reagan gestern Abend erwähnt hat?«

»Ja«, sage ich. »Ich wollte eigentlich in zwei Tagen den Bus zum Condor Peak nehmen. Mein Astronomie-Club – Dr. Viramontes, den kennst du, oder?« Früher haben mich Lennons Mütter manchmal zu meinen Treffen im Observatorium gefahren, natürlich kennt er ihn also. Als er nickt, erkläre ich kurz die Sternenparty. »Ich wollte mich dort mit Avani treffen.«

Und jetzt weiß ich auch plötzlich, warum Reagan so heiß darauf war, dass ich hinfahre. Sie wäre mich los gewesen und hätte sich nicht mehr mit Brett verstecken müssen. Oh Mann, was war ich für eine Idiotin.

»Vielleicht schreibe ich Avani einfach eine Nachricht, wenn wir irgendwo Empfang haben«, sage ich abwesend. Hier draußen haben wir jedenfalls ganz sicher keinen. »Sie muss wissen, dass ich nicht komme.«

»Oder du gehst einfach wie ursprünglich geplant zu der Sternenparty«, schlägt Lennon mit einem teuflischen Funkeln in den Augen vor.

Auf einem Ast ein Stück weiter trillert lautstark ein Vogel. »Es ist zu früh, um den Bus zu nehmen«, erkläre ich. »Auf dem Condor Peak ist noch niemand. Ich kann ja nicht zwei Tage dort sitzen und Löcher in die Luft starren und auf andere Leute warten.«

»Ich rede nicht davon, den Bus zu nehmen. Condor Peak ist nicht weit von hier.«

»Nein?«

Er holt sein Notizbuch aus der Westentasche. Nachdem er eine Weile Sachen hin und her sortiert hat, findet er eine Karte und faltet sie auseinander. »Schau.« Er legt sie auf einen Felsen und deutet auf einen Punkt. »Hier sind wir. Und das ist Condor Peak.« Er misst etwas, rechnet kurz nach und murmelt beim Zählen leise vor sich hin. »Zwei Tage durch den King's Forest. Vielleicht drei.«

Ich schnaube. »Puh, das ist irre weit.«

»Eigentlich nicht. Die Wege wären verdammt viel leichter zu wandern als der zur nächsten Bushaltestelle, und wir würden ja auch nicht die ganze Zeit laufen, sondern Pausen einlegen. Nachts die Zelte aufschlagen.«

»Wir?«

»Du und ich, ja«, bestätigt er sachlich. »Ich würde dich hinbringen.«

»Wir zwei würden zum Condor Peak wandern? Allein?«

»Ich hatte nicht vor, den Bären dazu einzuladen, aber wenn du der Meinung bist, wir bräuchten einen Aufpasser ...«

Ich kichere nervös und blicke auf die Karte. »Meinst du das ernst?«

»Absolut.«

»Warum solltest du das tun?«

Er zuckt die Achseln. »Ich will noch nicht nach Hause zurück. Falls du das möchtest, kann ich dich zur Bushaltestelle bringen. Dann erwischst du dort morgen vielleicht einen Bus. Vielleicht hast du Empfang und kannst deine Mutter anrufen und fragen, ob sie dich abholt. Vielleicht kannst du ein Auto anhalten.«

Das sind ziemlich viele Vielleichts. Gar nicht gut.

»Andererseits«, sagt er, »wenn du zum Condor Peak willst, kann ich eine weniger gefährliche und wesentlich leichtere Wanderroute zum Nationalpark heraussuchen.«

»Ich weiß nicht«, antworte ich und überlege, wie ich sein Angebot elegant ausschlagen soll. Ganz ehrlich, wie soll das funktionieren? Es geht um Lennon. Meinen Feind. Meinen ehemaligen Feind. Aber auch meinen ehemaligen Freund. Ich habe keine Ahnung mehr, was wir mittlerweile füreinander sind. Wir haben ja gerade erst wieder angefangen, miteinander zu reden. Und trotzdem ist mein Körper dumm genug, schon wieder erotische Träume von ihm zu haben – womit der ganze Stress mit ihm doch überhaupt erst losging. Ich will mir keine falschen Hoffnungen machen. Ich will überhaupt keine Hoffnungen haben!

»Wie wolltest du ursprünglich vom Condor Peak nach Hause kommen?«, fragt er.

»Mit Avani«, sage ich. »Sie fährt Dr. Viramontes und ein paar anderen Leuten hinterher. Soweit ich weiß, dauert die Sternenparty drei Nächte. Danach fährt Avani zurück. Wir wollten Freitag los und gegen Mittag zu Hause sein.«

»Dann kann ich ja mit euch beiden nach Melita Hills zurückfahren«, erklärt er, als wäre es das Logischste der Welt. »Avani ist cool. Sie hat bestimmt nichts dagegen.«

Nein, sicher nicht. Sie mag Lennon. Mir fällt wieder ihr Kommentar ein, dass Lennon eine Nummer zu groß für Brett sei. Oh, sie wird sich so freuen, wenn sie hört, dass sich Brett auf der Tour wie ein Arschloch verhalten hat. Vermutlich wird sie mir vorhalten, dass sie es mir immer gesagt habe.

Oder auch nicht, weil sie zu nett ist.

So hatte ich mir das nicht vorgestellt. Andererseits war nichts von alldem hier geplant. Nichts war so, wie es sein sollte. Absolut nichts.

Warum ist alles schiefgelaufen?

»Hör zu«, sagt er. »Wenn du mich fragst, geht Reagan, wenn du heimfährst, als Gewinnerin hervor. Nachdem sie sich blamiert und jede Kontrolle über ihre perfekten Ferien verloren hat, möchte sie, dass alle anderen auch leiden. Wenn die Schule wieder anfängt, wird sie ihrer Clique eine Version der Geschichte auftischen, bei der sie am besten wegkommt. Ob es dir passt oder nicht, du wirst in dieser Geschichte die Böse sein. Meinst du nicht, dass sie geradezu *frohlocken* wird, wenn sie jedem erzählen kann, dass du zig Überlandbusse nehmen musstest, um nach Hause zu kommen? Oder Hunderte von Dollar für Uber hinblättern – oder noch schlimmer, deine Mutter anrufen, damit sie dich abholt?«

»Du hast wirklich ein außergewöhnliches Talent dafür, mir das Gefühl zu geben, eine totale Versagerin zu sein.«

»*Oder*«, sagt er und hält einen Finger hoch, »*du* könntest allen erzählen, dass *sie*, nachdem sie ihren Willen nicht bekommen hat, wie ein verzogenes Gör nach Hause gerannt ist, während du eine super Zeit hattest und mit dem coolsten Typen der Schule wandern gegangen bist.«

Ich schiebe die Brille hoch.

»Außerdem kannst du erzählen, dass du bei einer Sternenparty warst«, fährt er fort. »Leute werden fragen: *Ooh, was ist das denn?* Und dann kannst du antworten: *Keine große Sache. Ich bin bloß durch einen Nationalpark gewandert und habe mich mit ein paar anderen Astronomen getroffen, und wir haben den* – Moment, was noch gleich?«

»Den Perseiden-Meteorstrom.«

»– *den Perseiden-Meteorstrom beobachtet,* der vermutlich nicht allzu oft stattfindet.«

»Jedes Jahr.«

»Also einmal in dreihundertfünfundsechzig Tagen«, sagt Lennon mit geheimnisvoller Stimme und holt theatralisch aus.

»Halt die Klappe.« Trotz der düsteren Lage muss ich lächeln.

»Hey, du hast das Teleskop schließlich nicht aus Gesundheitsgründen hier hochgeschleppt.«

Ich spähe zu meinem Zelt. Ich hatte überhaupt noch keine Gelegenheit, es zu benutzen.

»Tu, was dir wichtig ist. Lass dich nicht von Reagan abhalten. Sie kann dich mal. Brett kann dich auch mal, und zwar mitsamt seiner affigen Kerouac-Verehrung. Kerouac hat sich zu Tode gesoffen. Neal Cassidy hat alles gevögelt, was nicht schnell genug auf dem Baum saß, und war der absolute Frauenfeind – wie die meisten *Beats,* die nichts als ein Haufen unreifer Arschlöcher waren. Und schließlich ist er an einer Barbiturat-Überdosis krepiert. Mensch, keiner von ihnen ist älter als vierzig geworden. Nationalhelden, meine Fresse.«

Hui. Da hat aber jemand eine dezidierte Meinung. »War

mir nicht bekannt, dass du so bewandert in Literatur bist«, sage ich.

»Vielleicht kann ich dich doch noch überraschen, Zora May Everhart.«

Schon passiert.

»Es tut mir leid wegen Brett«, sagt er sanfter. »Echt jetzt. Vor allem, wenn du ihn wirklich mochtest.«

»Lustigerweise bin ich da nicht mehr sicher. Ich meine, ich dachte, es wäre so, bis ...«

»Bis du tatsächlich Zeit mit ihm verbracht hast?«

»Vielleicht.«

»Ich auch. Am Anfang, als er mit mir abhängen wollte, war ich – keine Ahnung. Er ist Brett Seager. Jeder findet ihn toll. Aber heilige Scheiße, nach einer Stunde allein mit ihm habe ich nur noch gebetet, dass eine Atombombe einschlägt. Dann hätte ich wenigstens keine weitere Sekunde ertragen müssen, wie er Zeilen aus *Das Geheul* oder aus *Unterwegs* runterbetet.«

Ich denke an Bretts Aussage, dass er gern lernen würde, wie man Sterne fotografiert, aber jetzt frage ich mich, ob er das ernst gemeint hat oder ob er mich bloß vorsorglich versöhnlich stimmen wollte.

»Aber«, sagt Lennon, »trotz allem, was zwischen uns passiert ist, und das kannst du jetzt glauben oder nicht, möchte ich ... dass du glücklich bist. Und wenn Brett der beste Typ dafür ist –«

»Ist er nicht«, sage ich schnell.

»Da bin ich froh«, sagt er leise. »Ich bin so, so froh, dass du das sagst.«

Ich sehe Lennon in die Augen. Er hält meinem Blick stand. Zu ernsthaft. Ich drehe mich weg und schaue ins Feuer.

Ein langes Schweigen breitet sich zwischen uns aus. Lennon facht mit einem Stock die neuen Flammen an und schiebt sein Anzündholz zurecht. Gestern Abend hat er dasselbe pyramidenförmige Lagerfeuer gebaut. Irgendwann brennen alle Äste rundum und fallen in der Mitte zusammen. Es ist echt beeindruckend. Ich hatte keine Ahnung, dass Feuermachen eine Kunst ist.

Ich hatte von vielen Dingen keine Ahnung.

»Trau dich«, murmelt er.

Ich höre auf, meine Beine warm zu reiben, und sehe ihn an. »Was?«

»Lass mal deine Vorsicht sausen und dich von mir zum Condor Peak führen. Ich kann das. Ich weiß, dass ich das kann. Früher hast du mir vertraut.«

»Da hast du mir auch Grund dazu gegeben.«

»Daran hat sich nichts geändert. Du achtest bloß nicht mehr drauf.«

Streiten wir uns gerade? Ich glaube nicht, aber zwischen uns sprühen die Funken. Ebenso wie zwischen seinen kunstvoll aufgetürmten Ästen.

Was will ich? Vielleicht hat er recht, und nach Hause zurückzufahren wäre eine Art stillschweigende Kapitulation. Und überhaupt, bin ich nicht hierhergekommen, um meinen Familienproblemen zu entfliehen? Will ich mich da geradewegs wieder hineinstürzen, am Empfang der Praxis sitzen und so tun, alles wäre alles in bester Ordnung, obwohl mein Vater in einer Wolke von Lügen herumläuft?

Aber was ist die Alternative? Mit meinem größten Feind durch die Botanik zu stiefeln?

Meinem ehemaligen Feind?

Puh, ich bin völlig konfus.

Lennon setzt nun einen tragbaren Grill zusammen. Wie alles andere, was wir dabeihaben, ist er leicht und kompakt, sämtliche Teile passen in ein einziges Metallrohr. Nachdem er die Einzelteile zusammengesteckt hat, steht der Grill auf vier Beinen. Lennon hebt ihn vorsichtig über das Feuer und stellt einen Topf mit gefiltertem Flusswasser darauf. Flammen züngeln an den Topfwänden hoch.

Wir beobachten die allmähliche Erhitzung des Wassers, als wäre es die spannendste Angelegenheit der Welt.

»Lass uns das vernünftig durchdenken«, schlägt er vor.

»Nur zu.« Vernünftig ist super. Vernünftig ist sicher. Aber ich sehe seinem Gesicht an, dass er die Vernunft gegen mich verwenden wird, er kennt mich einfach zu gut. Andererseits bin ich gerade so gestresst, dass es mir egal ist. Ich möchte nur Ordnung in meinem Kopf.

Er streicht sich die dunklen Haare aus den Augen und hakt eine Liste an den Fingern ab. »Erstens, die Gruppe hat uns im Stich gelassen. Ob sie das richtig durchdacht und die Folgen ihres Tuns begriffen haben, ist jetzt unerheblich. Wir sitzen hier fest. Zweitens, wir können einen ganzen Tag auf brutalen Wegen laufen und hoffen, dass entweder ein Bus oder ein harmloser Samariter gewillt sind, zwei Minderjährige aufzulesen und aus der Sierra Nevada herauszubringen –«

»Oh Gott.«

»– *oder* wir können den ganzen Tag bequeme Wege laufen und morgen die halbe Strecke nach Condor Peak geschafft haben. Drittens, du solltest deine Pläne mit Avani nicht aufgeben. Sie ist eine viel bessere Freundin, als Reagan es je war. Viertens hast du einen überaus fähigen Führer, der dich an den gewünschten Ort bringen kann, und noch dazu ausreichend Zeit, um dorthin zu kommen. Fünftens, was hast du zu verlieren?«

»Viel.«

»Und das wäre? Hast du Angst, dass Joy vergessen könnte, Andromeda zu füttern?«

Klugscheißer.

»*Nein*«, sage ich.

»Musst du nach Hause, um deine Karoröcke vor Schulbeginn zu bügeln? Vielleicht erwartest du ja auch eine große Lieferung Washi Tape und brauchst den ganzen Tag, um es nach Farben und Mustern zu sortieren?«

»Haha, sehr lustig. Machst du jetzt einen auf Bill Murray?«

»Also, was?«

»Keine Ahnung, mein Vater würde uns beide umbringen, wenn er wüsste, dass du bei Reagans Gruppe dabei warst. Und ich will mir lieber nicht vorstellen, was er tun würde, wenn er wüsste, dass ich in Erwägung ziehe, mehrere Tage allein mit dir zu verbringen.«

»Gutes Argument. Allein.« Er pfeift leise und öffnet einen Bärenkanister. »Es wird echt schwierig sein, die Finger voneinander zu lassen.«

»*Das* meinte ich nicht.« Ich klinge wie eine viktorianische Schulmeisterin, geschockt vom bloßen Gedanken an Unsittlichkeiten – *Ach du meine Güte!* Und: *Was erlauben Sie sich, Sir!*

»Nein?«, fragt er und mimt Enttäuschung.

Flirtet er etwa mit mir? Nein, das bilde ich mir nur ein. Ich drehe gleich durch. »N-nein«, stottere ich, dann etwas entschiedener: »Nein.«

»Lass dich von mir zum Condor Peak führen. Zeig deinem Alten den Mittelfinger. Zorie und Lennon entdecken die Welt. So wie früher.«

»So wie früher«, murmle ich. »Hey, Lennon?«

»Ja?«

»Wir haben nicht wirklich eine Wahl, oder? Ich meine, bis zur Bushaltestelle zu laufen … war nie wirklich eine Option.«

Er lächelt mich angespannt an, dann schüttelt er den Kopf. »Alles wird gut, versprochen. Ich bringe dich heil zu Avani. Und wenn du deine Meinung änderst, kann ich dich zumindest morgen zu einer Ranger-Station im Park führen.«

Das Wasser kocht. Er gießt vorsichtig den Inhalt des Topfes in seine Stahlkanne und drückt einen Siebeinsatz hinein. Anschließend stellt er auf seinem Handy den Timer ein.

»Was ist das?«, frage ich.

»Eine French Press.«

»Zum Kaffeekochen?«

»Jep.«

»Richtiger Kaffee? Kein Instantpulver?«

»Das hier ist Zelten, Zorie, kein dystopischer Albtraum.«

»Wenn ich das nächste Kackloch grabe, versuche ich daran zu denken.«

Er hält zwei blaue Emailletassen hoch. »Es könnte schlimmer sein. Oder Winter.«

Oder ich könnte hier in der Wildnis festsitzen, meilenweit von jeder Zivilisation entfernt, mit dem Jungen, der mein Herz in der Handfläche zerquetscht hat.

Oh, Moment.

Genau das passiert ja gerade.

Teil III

← HIGHWAY
RANGER-STATION
28 KM
TAL
SILVER TRAIL
CAMP SILVER
HEISSE DUSCHEN
ACH-TUNG
EMPEROR UND EMPRESS FALLS
30 KM
EMPEROR'S STAIRCASE
MOSKITOLAND
HÖHLEN-PASS
10 KM
MACKENZIE-FÄLLE
START

CONDOR PEAK
QUEEN'S GAP CANYON
WILDNIS
HÖHE: 2310 M
20 KM
BERGSEE
ENDE
CONDOR CAMPING
25 KM
MAJESTIC GROVE
MAMMUTBÄUME
HIGHWAY
KING'S-FOREST-NATIONALPARK

15

Bei Kaffee und einem rehydriertem Gourmet-Frühstück aus einem von Reagans zurückgelassenen Beuteln holt Lennon eine große topografische Karte sowie einen schwarzen Metallkompass heraus, der beim Aufklappen mehrere Skalen, eine Uhr und ein Lineal aufweist. Lennon misst ein paar Sachen aus und notiert mit einem Drehbleistift Zahlen, es sieht ziemlich kompliziert aus.

»Wie geht es dir?«, fragt Lennon und deutet mit einem Kopfnicken auf meinen Arm, den ich gerade kratze.

»Juckt ein bisschen«, gebe ich zu. Der Bärenangriff und der Streit gestern Abend haben die Nesselsucht total zum Explodieren gebracht. »Ich habe was zum Eincremen dabei, aber –«

»Aber was?«

»Es ist dieses Zeug von Miss Angela.«

Er verzieht das Gesicht. »Oh Gott. Die Cannabis-Wunderlotion, die riecht, als wäre eine Duftkerzenfabrik bombardiert worden?«

Ich deute auf ihn. »Genau das Zeug. Es lässt nicht nur meine Augen tränen, nach letzter Nacht habe ich auch Angst, es hier draußen zu benutzen. Ich will schließlich keine Bären anlocken.«

»Hmm«, sagt er. »Da ist was dran. Ich überlege mal, was wir machen können. In der Zwischenzeit: Das ist die Route, die ich vorschlagen würde.«

Er dreht die Karte, um sie mir zu zeigen, dann öffnet er sein

Notizbuch und legt es darauf. Auf zwei Seiten hat er eine nicht maßstabsgetreue Karte unserer geplanten Route gezeichnet, sogar mit kleinen Symbolen an verschiedenen Rastpunkten. Ziemlich weit unten entdecke ich die Darstellung eines Wasserfalls und deute darauf.

»Hier sind wir?«

»Hier sind wir«, bestätigt er.

»Und diese Zelte sind –«

»Übernachtungsmöglichkeiten. Wir müssen über zwei Bergketten, um zum Condor Peak zu gelangen.«

»Felsen hochklettern?«, frage ich. Plötzlich habe ich Schiss.

»Nein. Geduld, du Anfängerin. Wenn wir diesen Weg nehmen«, sagt er und fährt mit dem Finger eine gepunktete Linie nach, »können wir durch ein Höhlensystem in den Bergen durchlaufen. Einer der vier Ausgänge befindet sich auf der Südseite der Berge, dahinter liegt ein wunderschönes Tal, in dem wir heute Nacht unser Lager aufschlagen können.«

»Moment. Noch mal zurück. Höhlenforschung?«

»Durch eine Höhle zu laufen hat nichts mit Erforschen zu tun. Sondern mit Laufen.«

»Im Dunkeln.«

»Wir haben Stirnlampen.« Er hält sein Telefon hoch. »Und ich habe aus einem Wanderbuch ein PDF mit weniger bekannten Wanderwegen gespeichert. Darin steht, dass es in den Bergausläufern mehrere große Höhlen gibt, aber diese ist die längste. Und sobald wir auf der anderen Seite der Berge sind, können wir uns einen größeren Weg suchen.«

Ich folge seinem Finger auf der selbst gemalten Karte. »Ich sehe drei verschiedene Zeltsymbole. Drei Nächte?«

Er nickt. »So kommen wir zum Condor Peak, ohne uns völlig fertigzumachen. Und falls du dich anders entscheidest, ist das hier die nächste Ranger-Station. Sie liegt auf dem Weg, wir kommen morgen daran vorbei. Was immer passiert, ich werde dich nicht irgendwo sitzen lassen. Falls du der Meinung sein solltest, ich hätte dich schon mal im Stich gelassen –«

»Bin ich nicht.« Bin ich aber so was von.

Er presst kurz die Lippen zusammen, dann fügt er hinzu: »Wir schaffen das, versprochen. Solange wir die Regeln einhalten, sollten wir auch keine Probleme mehr mit Bären haben. Es wird sicherer sein als drei Tage in der Zivilisation. Es ist wahrscheinlicher, bei einem Autounfall zu sterben, als in einem Nationalpark.«

»Schön, dass du den Tod ins Spiel bringst«, sage ich trocken. »Hatte ich ganz vergessen, aber jetzt ist es mir wieder voll bewusst, danke.«

»Keine Ursache«, er grinst. »Los, wir packen zusammen und machen uns auf den Weg. Bevor wir uns schlafen legen können, haben wir noch viele Meilen zu laufen.«

Okay, ich schaffe das. Es ist nicht der Plan meiner Wahl, aber es ist ein Plan. Und zwar einer, der berechnet und auf Papier gezeichnet wurde. Das mag ich. So habe ich weniger Panik. Allerdings würde ich es vorziehen, wenn es meiner wäre, nicht Lennons.

Den Lagerplatz aufzuräumen dauert länger, als ich mir vorgestellt habe. Die Gruppe hat nicht nur Bretts zerfetztes Zelt liegen lassen. Sondern auch Reagans und Summers Zelte und einen Teil der Campingausrüstung, die Reagan für diesen Trip gekauft hat. Sie scheint nicht vorzuhaben, sie noch mal zu benutzen – krass, was für eine Geldverschwendung. Lennon ist sauer, denn die ganze Schweinerei verstößt gegen die Regel, keine Spuren zu hinterlassen. Und mitnehmen können wir das Zeug nicht, es ist schlicht unmöglich. Wir können lediglich einen Teil des Essens in unsere Bärenkanister packen und uns ein paar Sachen schnappen, die wir eventuell brauchen. Einen Gaskocher. Eine zusätzliche Wasserflasche. Ein Ersatzfeuerzeug. Abbaubare Feuchttücher. Reagans Wasserfilter. Da ich wegen meines Teleskops kaum noch etwas Zusätzliches verstauen kann, schleppt Lennon das meiste davon, er hängt die Sachen mit Karabinerhaken an seinen Rucksack. Den Rest stapelt er in Reagans Zelt ordentlich auf einen Haufen.

»Wir melden den Kram in der Station«, erklärt er mir. »Dann schicken sie einen Ranger, der es abholt.«

»Falls ihnen nicht ein Bär zuvorkommt und alles zerstört.«

»Oder das«, sagt er seufzend.

Bis wir mit allem fertig sind, ist es später Vormittag. Ich ziehe frische Sachen an, putze mir die Zähne und versuche, meine zerzausten Locken zu bändigen. Als ich fertig bin, baue ich mein Kuppelzelt ab. Es einzupacken gestaltet sich schwieriger, als es auszupacken. Nachdem er mir unter »Nee«- und »Falsch herum«-Kommentaren zugesehen hat, bekommt Lennon Mitleid und hilft mir. Danach muss es nur noch in meinem Rucksack verstaut werden, und ich bin bereit.

Zumindest so bereit, wie ich nur sein kann.

Wir klettern auf den Wasserfall, wo Kendrick und Brett gestern abwechselnd hinuntergesprungen sind. Ich kann immer noch nicht glauben, dass sie weg sind. Oder dass ich mit Lennon allein bin. Es ist verrückt. Und abgesehen davon eine körperliche Herausforderung. Auf einem hügeligen Pfad zu wandern ist etwas völlig anderes, als sich mit einem Monsterrucksack an Felsplatten hochzuhangeln. Ich brauche länger als Lennon, aber auf halber Strecke habe ich den Dreh allmählich raus. Das Klettern hat einen gewissen Rhythmus, vorsichtig und geduldig. Man sieht sich nach einer guten Haltemöglichkeit um und lässt sich Zeit, um sich mit aller Kraft mit den Beinen abzustoßen. Als wir oben ankommen, bin ich außer Puste, aber in Hochstimmung.

»Tschüs, Mackenzie-Fälle«, sage ich und spähe zu dem Tümpel unter uns.

Lennon lacht. »Das Buch, in dem ich ihn gefunden habe,

nennt ihn ›Unbenannter Wasserfall #2‹, oder auch ›Greaves-River-Fälle‹.«

»Das sind ja schreckliche Namen.«

»›Mackenzie-Fälle‹ klingt entschieden besser«, stimmt er zu. »Wenn ich mein Wanderbuch schreibe, werde ich ihn so nennen.«

»Sieh an, du bist jetzt Schriftsteller? Wann dürfen wir denn mit *Sensenmanns gruselgruftigem Führer ins Dunkel der Wildnis* in den Läden rechnen?«

»Du weißt meinen Decknamen noch«, sagt er lächelnd.

»Natürlich. Ich habe ihn mir ja immerhin ausgedacht.«

Er brummt zufrieden, und wir lächeln uns an – ein bisschen zu lange, wird mir klar. Ich kappe die Verbindung und drehe mich weg. Ihr wisst schon, bevor es komisch wird.

Noch komischer.

»Komm«, sagt er. »Der Weg, auf dem ich beim ersten Mal hergefunden habe, ist gleich hinter dem Felsbrocken dort.«

Wir kämpfen uns durch Unterholz und entdecken Lennons Weg. So schmal und kaum zu sehen, wie er ist, unterscheidet er sich kaum von dem, auf dem wir gekommen sind. Er könnte von einem Hirsch stammen oder irgendein anderer Wildpfad sein. Es macht mich ein bisschen nervös, doch Lennon versichert mir, dass es ein richtiger Wanderweg für richtige Menschen ist. Wenigstens führt er größtenteils unter Bäumen hindurch. Je mehr sich die Mittagszeit nähert, umso heißer wird es, aber ich bin darauf vorbereitet und ziehe mein langärmliges T-Shirt aus, unter dem ich ein kurzärmliges trage. Es geht nichts über Zwiebellook.

Nachdem wir ungefähr eine halbe Stunde schweigend gewandert sind, fühle ich mich allmählich wohl auf dem Pfad und auch mit der Tatsache, mit Lennon allein zu sein. Er läuft angespannt und still in gleichbleibendem Tempo neben mir her, seine Augen suchen die ganze Zeit den Horizont ab. Trotz der Zombies, Kettensägen und Anarchie-Buttons auf seiner Jeansweste sieht er hier … seltsamerweise überhaupt nicht fehl am Platz aus.

»Wann hat deine Begeisterung fürs Campen angefangen?«, frage ich.

Er streicht eine dunkle Haarsträhne aus dem Auge. »Letztes Jahr. Ich hatte … ein paar Sachen mit mir auszumachen, und Mac hat einen Familienausflug ins Death Valley vorgeschlagen. Und es hat einfach gepasst. Ich fand es super.«

»Auf Steinen zu schlafen?« Meine Hüfte schmerzt noch immer von dem Stein letzte Nacht.

»Nein, und mit einer Isomatte unter dem Schlafsack liegt es sich übrigens besser«, sagt er und klopft auf die zusammengerollte Unterlage, die unter seinem Rucksack befestigt ist.

Hätten Reagan und ich ja auch mal dran denken können.

»Ich fand es einfach total genial, in der Wildnis zu zelten«, erklärt er. »Hier draußen ist man allein mit seinen Gedanken. Kein Stress, kein Druck. Kein Zeitplan. Wenn man will, kann man den ganzen Tag lesen. Man baut sein Lager auf und tut, wozu man Lust hat. Ich mochte es, das ganz alleine zu tun. Zu Hause wird alles für uns geregelt. Die Schule läuft nach Stundenplan. Man schaltet den Fernseher an, und alles ist programmiert. Hier draußen passiert nur etwas, wenn ich es tue. Und das klingt vielleicht komisch, aber ich habe das Gefühl, etwas Sinnvolles zu tun, wenn ich Feuer mache und darauf koche. Na ja, ich könnte überleben, wenn die Welt unterginge oder so. Die meisten Leute aus der Schule würden nach ein oder zwei Wochen in der Wildnis sterben, hätten Mühe, sich warm zu halten oder essbare Nahrungsmittel zu finden, oder sie würden von wilden Tieren angegriffen.«

»Du warst ziemlich beeindruckend mit dem Bären letzte Nacht«, räume ich ein. »Wenn du nichts gesagt hättest, wäre ich davongerannt und hätte als Bärenmahlzeit geendet.«

»Bärenangriffe sind selten, und selbst dann muss man nur ein paar Grundregeln befolgen. Verhält man sich aggressiv gegen ein Muttertier, das seine Jungen in der Nähe hat, ist die Wahrscheinlichkeit, zerfleischt zu werden, höher. Im Grunde geht es einfach um gesunden Menschenverstand.«

»Trotzdem. Du wusstest, was zu tun war.«

»Der Trick ist, ihnen generell aus dem Weg zu gehen«, sagt er. »Aber wenn es sich nicht vermeiden lässt und die Leute, mit denen du zeltest, sich als Vollidioten erweisen –«

»Nicht alle«, sage ich.

»Stimmt«, sagt er mit einem leichten Lächeln. »Aber wenn du Tieren nicht aus dem Weg gehen kannst, musst du sie als reale Bedrohung behandeln und respektieren, dass sie stärker sind.«

Klingt vernünftig. »Deine Begeisterung fürs Zelten kam also, weil du gern zündelst und Bären überlistest?«

»Ich habe das Gefühl, etwas gelernt zu haben, das messbar ist. Ich kann mich selbst ernähren –«

Er hat einen Weg gefunden, hier draußen Kaffee zuzubereiten. In meinen Augen der Gipfel der Kochkunst.

»– und ich finde meinen Weg, ohne dass mir eine Computerstimme erzählt, wo ich langgehen soll. Ich weiß das Wichtigste über Erste Hilfe. Ich weiß, wie man Wasser sammelt, wenn kein Fluss in der Nähe ist. Ich weiß, wie man einen Unterstand im Wald baut. Und das ist ...«

»Schon was.«

»Ja«, sagt er. »Es bedeutet, ein kompetenter Mensch zu sein, was meiner Meinung nach viele Leute verloren haben.«

»Hier rauszukommen gibt dir also das Gefühl, ein richtiger Kerl zu sein«, sage ich.

»Scharfsinnig erkannt«, kontert er sarkastisch. »Großer, stämmiger Holzfäller. Das bin ich.«

Na ja, die Sache mit der Größe kriegt er schon mal hin. Wenn ich neben ihm herlaufe, hält mir sein langer Körper die Sonne aus dem Gesicht.

»Schau dir das an. Genau deswegen komme ich her.« Er deutet auf die Bäume um uns herum. »Es ist friedlich. Als Ansel Adams ›Ich glaube an Schönheit‹ gesagt hat, war er hier, in der Sierra Nevada. Vielleicht ist er sogar auf diesem Weg gelaufen.«

Ich habe das merkwürdige Gefühl eines Déjà-vu, denn das klingt nach dem Lennon, den ich kenne, der absurde Zitate herunterrasselt und über die Stadtlichter in der San Francisco Bay schwadroniert, als wären sie ein Wunder. Vielleicht verstehe ich tatsächlich, warum ihn Wandern so begeistert.

Nun ist er ein wenig verlegen und lacht leise. »Abgesehen davon lässt sich hier draußen nie voraussehen, was passiert. Und das ist das Spannende daran. Tausend Dinge können schiefgehen.«

Ich stöhne. »Nein, das will ich nicht hören. Ich mag es, wenn alles nach Plan läuft.«

»Leider funktioniert die Welt nicht so.«

»Aber so sollte sie funktionieren«, sage ich. »Ich mag Pläne, die reibungslos laufen. Das ist die Schönheit, an die *ich* glaube. Es gibt nichts Besseres, als wenn alles genauso läuft, wie ich es erwartet habe.«

»Ich weiß, dass du das magst«, sagt er und kneift die Augen vor der Sonne zusammen, um mich ansehen zu können. »Es hat etwas Beruhigendes, klar. Aber es ist auch beruhigend zu wissen, dass man überleben kann, wenn alles schiefgeht. Dann kann das Schlimmste, was man sich vorstellen kann, passieren, und man steht es trotzdem durch. Deswegen lese ich so gern Horror-Romane. Es geht nicht um die Monster. Sondern um den Helden, der sie überlebt und heil aus der Sache rauskommt.«

»Das ist schön, dass du das so siehst«, erkläre ich ihm. »Aber ich bin nicht sicher, ob ich ›beruhigend‹ so definieren würde. Manche Menschen sind nicht zum Überleben bestimmt.«

»Du hast überlebt, dass uns die Gruppe im Stich gelassen hat.«

»Bisher. Es sind ja erst ein paar Stunden vergangen. Ich bin nur ein schwaches Weib. Wer weiß, ob ich die Nacht überlebe.«

Er gluckst. »Deshalb bin ich ja da. Wer nicht allein überleben kann, heuert Hilfspersonal an.«

»Ich hoffe, dir ist bewusst, dass die Everharts restlos pleite sind, mach dir also keine Hoffnungen wegen der Belohnung, wenn du mich lebend zurückbringst.«

»Dann tot *oder* lebendig. Perfekt. Das macht mein Leben doch gleich viel einfacher«, sagt er mit teuflischem Lächeln. »Ah, schau mal. Hier ist der Pfad, der zu den Höhlen führt. Bin ich gut oder nicht?«

An der Stelle, wo unser Pfad einen breiteren kreuzt, steht ein Holzpfosten mit mehreren vertikal eingeritzten Symbolen. Die Höhlen sind offenbar bloß fünf Stunden entfernt. In der Mittagssonne. Bergauf. Fantastisch. Auf Lennons handgezeichneter Karte sah alles wesentlich einfacher und freundlicher aus.

Wir laufen bis zum frühen Nachmittag, von Zeit zu Zeit reden wir über Wahrzeichen in der Landschaft ringsum oder die Orte, zu denen Lennon in letzter Zeit gewandert ist. Doch als ich auf eine Frage nicht antworte, weil ich aus Angst vor einem Ohnmachtsanfall zu angestrengt auf den steinigen Pfad starre, schlägt Lennon eine Mittagspause vor.

Wir setzen uns auf unsere Jacken, und nachdem ich die Hälfte meines Wasservorrats heruntergestürzt habe, hole ich das Truthahn-Jerky von meiner Mutter heraus und er geröstete Erdnüsse und Trockenfrüchte. Wir beschließen zu teilen. Er informiert mich, dass kalorienhaltiges, salziges Essen das Beste beim Wandern ist. Das sind sowieso meine Lieblingsnahrungsmittel, vielleicht kann ich mich also doch noch mit dem Wandern anfreunden.

Nach unserem Imbiss füllen wir unsere Trinkflaschen mit gefiltertem Wasser aus einem kleinen Bach und marschieren weiter. Der Boden hier ist steiniger, was nervt, denn schon nach einer Stunde werde ich müde und stolpere über die lose auf dem Sandboden herumkullernden Kiesel. Es ist, als würde man versuchen, Tausenden von Landminen auszuweichen. Vielleicht wären Wanderstiefel in dieser Situation doch nicht so verkehrt.

»Jetzt ist es nicht mehr weit«, erklärt mir Lennon, nachdem ich ausgerutscht und fast gestürzt bin.

Ich glaube, ich schaffe das nicht. Echt nicht. Die Sonne steht tief am Himmel, und wir wandern locker schon seit Stunden. Ich bin nur einen rutschigen Kiesel davon entfernt, meinen Stolz aufzugeben und Lennon anzubetteln, noch eine Pause einzulegen, als wir eine Hügelkuppe erreichen und einen schmalen Pfad finden, der vom Hauptweg abzweigt. Als ich schwer atmend aufblicke, sehe ich zu meiner Überraschung auf der anderen Seite des Feldes einen gewaltigen Granitberg. Vor einer Sekunde war er noch weit weg und plötzlich ragt er genau vor uns auf.

»Das ist er«, sagt Lennon aufgeregt und deutet auf den schmaleren Pfad. »An seinem Ende sollte einer der Höhleneingänge sein.«

»Puh, ich dachte schon, wir kämen nie hier an«, sage ich und finde plötzlich wieder Kraft, um den neuen Pfad hinunterzulaufen. Es schadet auch nicht, dass der Boden hier eben ist. »Ich spüre meine Füße nicht mehr. Sollte ich mir Sorgen machen?«

»Nein. Du solltest froh sein, dass sie taub sind«, sagt Lennon. »Später, wenn sie so wehtun, dass du mich anflehen wirst, sie abzuschneiden, wirst du mit Wehmut an diesen Moment zurückdenken. Hey, schau mal. Siehst du den Eingang?«

Oh ja. Es ist ein schwarzes Maul, das in den grauen Berg hineinführt. Als wir über das Feld darauf zulaufen, stelle ich erschrocken fest, wie groß der Höhleneingang ist. Der Pfad endet einfach. Keine Vorwarnung. Kein Schild.

»Hattest du nicht gesagt, diese Höhe sei erforscht?«, frage ich. »Sollte da nicht ein Schild des Nationalparks sein?«

»Die sind bloß an den kommerziell vermarkteten Höhlen. In manchen davon sind Lichterketten für die Touristen gespannt. In diese hier kommen eine Menge Höhlenforscher.«

»Höhlenkletterer.«

»Menschen, die Höhlen auskundschaften.«

»Ich dachte, das seien Höhlenforscher.«

»Höhlenforscher sind die Idioten, die sich in Höhlen verlaufen und von den Höhlenkletterern gerettet werden müssen.« Lennon mustert mein Gesicht. »Brett gäbe einen super Höhlenforscher ab.«

Ich verdrehe die Augen, aber innerlich gebe ich ihm eigentlich recht.

»Und? Wie sieht der Plan aus?«, frage ich, als wir vor dem Höhleneingang die Rucksäcke abnehmen und unsere Stirnlampen herausholen. Nachdem mich Lennon darauf hingewiesen hat, dass sie wesentlich teurer war als mein Standardmodell, habe ich mir die von Reagan geschnappt. Wäre doch pure Verschwendung gewesen.

»Von hier bis zum Ausgang auf der anderen Seite sind es nur ungefähr zwei Meilen«, erklärt er mir, als er die Stirnlampe überstreift. »Es ist absolut sicher, du brauchst keine Angst zu haben. Hier waren schon Tausende Leute vor uns.«

»Okay.« Ich spüre die kalte Luft aus der Dunkelheit herausströmen. Es ist wie eine natürliche Klimaanlage. Fühlt sich gut an. »Und wo ist der Haken? Gibt es einen Höhlentroll, den wir besiegen müssen?«

»Das hier ist nicht Moria, Zorie. Und wir überqueren nicht die Nebelberge.«

»Bösartige Armeen von Minenzwergen?«

»Du meinst Orks. Die Zwerge waren nicht bösartig. Haben wir uns früher in der Adventszeit nicht bei jedem Sonntagsessen die *Herr der Ringe*-Trilogie angeschaut?«

»Leider ja.«

»Du fandst sie toll.«

Das stimmt. »Okay, Gandalf. Welchen Haken hat diese Höhle?«

»Es gibt keinen Balrog, gegen den man kämpfen müsste. Keinen Haken. Zumindest keinen, den ich kenne. Ich war noch nie in dieser Höhle.«

»Aber in anderen, oder?«

»Nur in den Höhlen von Melita Hills mit den Ziplines«, sagt er, und seine Mundwinkel heben sich.

»Bei diesem Schulausflug?«

»Als Barry Smith danach im Bus gereihert hat?«

»In anderen Höhlen war ich auch noch nicht«, sage ich beunruhigt. Und die waren im Grunde genommen nur eine Ausrede, um einen Souvenirladen zu bauen und jedem einen Haufen Geld für Cola abzuknöpfen. »Vielleicht sollten wir es lieber lassen.«

»Wir schaffen das«, versichert er mir. »Laut Buch besteht der knifflige Part darin, dass alle Tunnel miteinander verbunden sind. Es ist ein großes Labyrinth. Angeblich führen zwei Seile zu den höher gelegenen Tunneln. Nach denen suchen wir.«

»Wir klettern Seile hoch?« Da ist es wieder, das Grauen des Sportunterrichts.

»Nein.«

»Oh, Gott sei Dank«, murmle ich.

»Die Seile sind bloß zur optischen Orientierung. Es gibt mehrere Ausgänge, und der, den wir finden müssen, befindet sich in der Nähe der Seile. Wir werden auf der Nordseite herauskommen, wo es einen breiten Weg in das Tal gibt, von dem ich dir erzählt habe.« Er streift seinen Hoodie über. »Vielleicht ziehst du lieber eine Jacke an. Drinnen wird es kalt sein. Und bis auf die andere Seite werden wir ungefähr eine Stunde brauchen. Der Weg ins Tal hinunter ist einfach, und dort schlagen wir dann unser Lager an einem Bach auf und essen zu Abend.«

Eine Stunde. Das schaffe ich. Besser, als den steinigen Weg hochzukraxeln, der hinter uns liegt. Und wenigstens sind wir aus der Sonne raus. Ich hätte einen Hut mitnehmen sollen, wie es meine Mutter vorgeschlagen hat. Ich glaube, ich habe Sonnenbrand auf dem Scheitel. Und wahrscheinlich auch auf den Wangen. Vitamin-D-Mangel ist jedenfalls kein Problem mehr.

Nachdem ich Reagans Stirnlampe eingeschaltet habe, betreten wir die Höhle. Den Eingang bildet ein großer, runder Raum. Hier und da liegen Steinhaufen, außerdem mehrere leere Wasserflaschen und etwas, das nach Toilettenpapier aussieht. So viel zu »keine Spuren«.

Am Ende des Raums führt ein breiter Tunnel tiefer in den Berg hinein, auf ihn steuern wir zu. Als das Sonnenlicht hinter unserem Rücken verblasst, werden unsere Stirnlampen unsere neue Sonne. Es ist wesentlich kälter hier drinnen und die Luft riecht feucht und muffig – nach Stein vermutlich. Ich habe noch nie darüber nachgedacht, dass Stein intensiv riecht. Es ist aber nicht unangenehm, und die kühle Luft fühlt sich gut an in meinen Lungen. Sauber. Unkompliziert. Sehr ähnlich wie unser Pfad. Der Tunnel ist breit genug, um zu zweit nebeneinander herzulaufen, die Decke ist mehrere Meter hoch. Die Steinwände sind von farbigen Adern durchzogen – Marmor, mutmaßt Lennon –, und der Untergrund besteht zwar aus Stein, aber es läuft sich angenehmer darauf als draußen.

»Das ist gar nicht so schlimm«, sage ich und lasse meine Stirnlampe über die Wände hüpfen.

»Habe ich dir doch gesagt.«

Bald erreichen wir den nächsten Tunnel. Zwei, genauer gesagt: Einer zweigt links ab, einer rechts. Sie sind beide fast genauso breit wie der, in dem wir laufen.

»Und jetzt?«, frage ich.

»Du brauchst nicht zu flüstern, Zorie.«

»Es hallt so hier drinnen.«

»Echo, Echo, Echo«, sagt Lennon mit tiefer Stimme und legt eine Hand an den Mund. »Der Klassiker: Wenn ein Echo von den

Wänden einer unbewohnten Höhle mitten im Wald hallt, hört es dann jemand?«

»Bist du fertig?«

»Vorläufig ja.« Lennon nimmt den schwarzen Kompass von der Gürtelschlaufe seiner Jeans und klappt ihn auf. »Wir müssen nach Süden. Das scheint der labyrinthische Teil zu sein, von dem ich dir erzählt habe.«

»Das wird jetzt aber nicht wie in dem Heckenlabyrinth in *Shining*, oder?«, frage ich.

»Oh, hoffentlich. Ich liebe diesen Film«, sagt Lennon. »Wusstest du, dass im Buch eine Armee von Heckenskulpturen zum Leben erwacht?«

»Bitte rede nicht davon, solange wir uns mitten in einer dunklen Höhle mitten in der Wildnis befinden, wo uns niemand zu Hilfe kommen kann«, sage ich. »Und bitte auch keine Gruselgeschichten. Hat dein Überlebenskünstler-Lehrer diese Geschichte wirklich erzählt? Warte. Vergiss es. Ich will es gar nicht wissen.«

»Ich sollte meinen Lebensunterhalt mit dem Erzählen von Gruselgeschichten verdienen«, sagt er. »Das hat Spaß gemacht. Bis der Bär auftauchte. Na ja, das hat auch Spaß gemacht. Bis zu dem Streit.« Der helle Lichtstrahl seiner Stirnlampe scheint mir ins Gesicht. »Zu früh?«

Ich halte schützend eine Hand hoch. »Kannst du das bitte lassen?«

Er dreht den Kopf weg, um uns zu leuchten. »Entschuldigung.«

»Ich bin nicht traurig wegen Brett, falls du das meinst«, erkläre ich ihm.

»Gut. Er hat deine Tränen auch nicht verdient. Obwohl du, das muss festgehalten werden, bei Typen einen schauderhaften Geschmack hast.« Lennon leuchtet nun wieder auf den Kompass.

»Wie bitte?« Ich schubse leicht gegen seine Kompasshand.

Er lacht leise. »Es sei dir nachgesehen. Und verziehen. Du wirst von all deinen Sünden freigesprochen. Und jetzt lass uns konzentriert hier durchlaufen, ich habe einen Riesenhunger.« Er hält seinen Kompass wieder ruhig. »Okay, wie ich gesagt habe, all diese Tunnel führen irgendwann in einen großen Höhlenraum. Wenn wir dort landen, sind wir zu weit nach Westen gelaufen. Ich denke, wir können einfach irgendeinen Tunnel nehmen und versuchen, gen Norden zu laufen.«

»Dann gehen wir nach rechts?«, frage ich.

»Falscher Norden. Auch bekannt als Süden. Nach links.«

Für jemanden, der nur eine vage Vorstellung hat, wohin wir gehen, ist er unglaublich aufgekratzt. Wir biegen nach links ab und laufen ein paar Minuten schweigend tiefer in die Höhle hinein. Aus entfernten Tunneln hallt ein Geräusch, es beschleunigt meinen Puls. Vielleicht hätte ich mich nach Fledermäusen erkundigen sollen. Aber wer weiß, vielleicht ist es besser, nicht Bescheid zu wissen.

Während er uns um eine scharfe Kurve steuert, grüble ich über seine Worte nach.

»Sünden?«, frage ich.

»Was?«

»Du sagtest, ich sei von meinen Sünden freigesprochen. Was hast du damit gemeint?«

»Ich habe dich bloß aufgezogen.«

Das glaube ich nicht.

Nach einem kurzen Schweigen fügt er hinzu: »Na ja, du weißt ja, was ich von Brett halte. Aber davor auch noch Andre Smith? Stehst du auf Sportdeppen, oder was? Was war das?«

Die Unterhaltung steuert auf ein Gebiet zu, das ich nicht unbedingt noch einmal aufleben lassen muss. »Andre war nett zu mir, als ich einen Freund brauchte.«

»Ja, seine Nettigkeiten habe ich gesehen.« Lennon redet nicht weiter, dann sagt er: »Aber ich wusste nicht, dass ihr fest zusammen wart. Brett hat mich aufgeklärt und mir erzählt ... na ja, mehr als ich wissen wollte.«

Ich bleibe stehen. »Was hat Brett dir erzählt?«

»Können wir über was anderes reden?«, fragt Lennon.

»Nein, können wir nicht. Ich glaube, ich habe ein Recht darauf zu erfahren, welchen Klatsch Brett über mich verbreitet.«

Lennon lässt es sich durch den Kopf gehen und läuft weiter, bis mir nichts mehr anderes übrig bleibt, als ihn entweder einzuholen oder im Labyrinth zurückzubleiben.

»Erzähl es mir«, dränge ich ihn.

»Gut«, willigt er schließlich ein. »Brett meinte, Andre und du, ihr hättet, du weißt schon ... Körperhitze ausgetauscht.«

Eigenwillige Art, es zu beschreiben. In gewisser Weise klingt es so noch schlimmer. Als könne Lennon – jemand, der Tag für Tag alle möglichen bescheuerten Sexspielzeuge sieht – sich nicht überwinden auszusprechen, was Andre und ich getan haben.

»Andre und Brett quatschen«, fügt Lennon hinzu. »Im Mehrspieler-Modus.«

»Was?«

»Computerspiele. Eines der Sportspiele, keine Ahnung. Ich spiele nur Horror-Überlebensspiele. Vielleicht ein bisschen *Minecraft* und manchmal *Final Fantasy*, aber erzähl das niemandem.«

»Ist mir total egal.«

»Hey, ich habe ihn nicht darum gebeten«, sagt er. »Brett hat das unaufgefordert getan.«

»Ich war nur ein paar Wochen mit Andre zusammen.«

»Ich habe euch mal im *Thai Palace* gesehen.«

»Du hast uns hinterherspioniert?«

»Das Restaurant ist gegenüber von meinem Arbeitsplatz«, erwidert er gereizt. »Und nein, ich habe nicht rumspioniert. Ich besitze ja kein Teleskop.«

Argh. Ich hatte gehofft, dass wir die Erwähnung dieses Missgeschicks vermeiden könnten. Am besten für immer.

»Und wenn du die Wahrheit wissen willst«, fährt er mürrisch fort, »ich fand es ziemlich scheiße, dass du es mir so demonstrativ unter die Nase gerieben hast.«

»Ich wusste nicht mal, dass du uns gesehen hast! Wie soll ich da irgendwas demonstrativ gemacht haben?«

»Es gibt Tausende Restaurants auf der Mission Street und du wählst ausgerechnet *dieses*?«

Er hat übrigens hundertprozentig recht. Ich habe dieses Restaurant ganz bewusst gewählt. Weil ich damals nämlich immer noch um ihn getrauert habe. Ich wollte, dass er mich mit einem anderen sieht. Ich weiß, platt, aber es hat echt wehgetan.

Was mich gerade verblüfft, ist die Tatsache, dass er sich darüber beschwert. Denn wüsste ich es nicht besser, könnte ich denken, er sei sauer, dass ich mit Andre zusammen war. Aber warum sollte er? Könnte was an Bretts Bemerkung dran sein, dass Lennon mich anschmachtet?

Überlegt er noch mal wegen uns? Warum? Was hat sich geändert?

Der Weg teilt sich erneut, doch dieses Mal führt einer der abzweigenden Tunnel nur nach Osten. Lennon zögert, sieht auf seinem Kompass nach und späht den Tunnel hinunter, in dem wir stehen. Da er weiter vorne eine Kurve zu machen scheint, was uns zurückführen würde, deutet Lennon auf den ostwärts führenden Tunnel.

Er ist sogar noch breiter, und die Wände verändern sich allmählich. Der Stein ist nicht mehr glatt, sondern zerknautscht wie der Stoff eines Vorhangs, und die Decke ist noch höher. Außerdem fühlt es sich an, als würden wir bergauf laufen.

»Komisch, dass du alles über mich gehört hast«, sage ich, nachdem wir ein paar Minuten gelaufen sind. »Ich wusste nämlich nicht, dass du eine Beziehung hattest.«

Meine Stimme klingt schnippisch. Was ist mein Problem? Vielleicht habe ich wegen der niedrigen Temperatur hier drinnen schlechte Laune. Meine Finger sind eiskalt und ich hätte lieber lange Hosen an.

»Vielleicht hast du nicht darauf geachtet.« Das hat er schon mal gesagt, aber ich verstehe nicht, wieso. Entgeht mir irgendwas? Bevor ich antworten kann, erwischt er mich kalt und sagt: »Ich war mit Jovana Ramirez zusammen.«

Oh.

Jovana. Sie ist eines dieser Emo-Mädchen, die mit den Kiffern im Skatepark abhängen. Ich kenne sie kaum. Und ich hatte absolut keine Ahnung, dass Lennon und sie was miteinander hatten. »Wann?«

»Es fing vor ein paar Monaten an. Wir haben bei Bands so ziemlich den gleichen Geschmack.«

Plötzlich brechen sämtliche Schutzmechanismen, die ich im letzten Jahr aufgebaut habe, wie nach einem ungeschickten Jenga-Zug zusammen. Eine grässliche Hitze breitet sich in meiner Brust aus.

Was ist dieses seltsame Gefühl? Eifersucht?

»Seid ihr noch zusammen?«, erkundige ich mich und bereue es auf der Stelle. *Nimm es zurück, nimm es zurück, nimm es zurück.* Ich will es nicht wissen.

Als er nicht gleich antwortet, befürchte ich schon das Schlimmste.

Und genau in diesem Moment trifft es mich wie ein Rippenstoß.

Ich bin noch nicht über Lennon hinweg.

Ich habe es mit allen Mitteln versucht. Ich habe ihn ignoriert. Ich habe alles weggeworfen, was mich an ihn erinnert hat. Ich bin nicht mehr zu den Plätzen gegangen, an denen wir zusammen waren. Ich habe geheult, bis die Tränen aufgebraucht waren, die mich von meiner Wut abgehalten haben. Und dann habe ich mein Leben weitergelebt.

Oder doch nicht.

Warum ist mir das nicht früher klar geworden?

Etwas trifft mich an der Schulter. Als ich die Stirnlampe nach oben richte, stelle ich fest, dass Lennons Arm mir den Weg versperrt. Ich folge seinem Blick und spähe in die undurchdringliche Dunkelheit. Ein Schatten bewegt sich.

»Hier ist noch jemand«, flüstert Lennon.

Mein Puls wird schneller, obwohl ich nicht sagen kann, warum. Diese Höhle ist öffentlich zugänglich. Vermutlich ist es bloß ein anderer Wanderer. Kein Grund zur Panik.

»Hallo«, ruft Lennon. Seine laute Stimme hallt von den Felswänden wider.

Keine Antwort.

Okay, so langsam kriege ich Angst. Die Dunkelheit war in Ordnung, als es nur wir beide waren. Sogar irgendwie beruhigend. Friedlich. Aber jetzt fühlt sich dieser Frieden bedroht an.

Lennon bedeutet mir, einen Schritt zurückzutreten, dann beugt er sich zu mir herunter und flüstert mir ins Ohr: »Ich dachte, ich hätte einen Mann gesehen. Aber vielleicht habe ich es mir auch nur eingebildet.«

»Warum flüsterst du dann?« Etwas tropft auf meinen Arm und lässt mich aufschrecken. Es ist bloß Wasser von einem Stalagmit. Oder Stalaktit. Die konnte ich noch nie auseinanderhalten. Welcher von beiden auch immer von der Decke nach unten wächst.

Lennon schüttelt den Kopf und lacht gezwungen. »Es hat mich bloß ein bisschen erschreckt.«

Jep, mich auch. Wir lauschen eine Minute. Ich höre nichts. Es ist unheimlich still hier drinnen. Bilder von axtmordenden Bergarbeitern überfluten mein verängstigtes Hirn.

»Sollten wir nicht schon längst wieder draußen sein?«, frage ich.

»Wir müssen in der Nähe eines Ausgangs sein.«

»Ist das der Weg?«, hake ich nach. »Wo du keinen gruseligen Schattentroll gesehen hast?«

Lennon sieht auf seinem Kompass nach und schaut sich um. Wenn ich die Augen zusammenkneife, meine ich vor uns zwei weitere Tunnelabzweigungen zu erkennen. Vielleicht sogar eine dritte. Das Labyrinth wird allmählich kompliziert.

Lennon sieht die Tunnel ebenfalls. »Bleib hier. Ich schau mir die mal an.«

Ich sehe zu, wie sein Rücken aus dem Lichtkreis meiner Stirnlampe verschwindet. Das gefällt mir nicht. Ganz und gar nicht. Allmählich werde ich ein bisschen klaustrophobisch, und als erneut Wasser auf meine Schulter tropft, muss ich mich zwingen, ruhig zu bleiben. Ich gehe einen Schritt zur Seite, um dem Höhlentröpfeln zu entgehen, dabei trete ich versehentlich einen großen losen Stein weg. Er schlägt gegen die Wand.

Ich zucke zusammen und blicke zu Boden. Da bewegt sich etwas. Eine schwarz-weiß gestreifte Kugel. Allerdings rollt sich das Ende der Kugel gerade auf wie Garn. Glänzendes Garn.

Es ist eine gottverdammte Schlange.

16

Ich erstarre.

Die Schlange rollt sich immer schneller auf. Ich habe sie in ihrem Versteck aufgestört, und nun hebt sie den Kopf und sieht sich nach der Person um, die es gewagt hat, sie aufzuwecken.

Was soll ich tun? Bei einem schnellen Blick in den Tunnel vor mir kann ich Lennons Stirnlampe nicht gleich erkennen, doch ich traue mich nicht, die Schlange zu lange aus den Augen zu lassen.

Vielleicht sollte ich mich nicht rühren, so wie Lennon uns bei dem Zwischenfall mit dem Bären angewiesen hat. Haben Schlangen gute Augen? Riechen kann sie mich nicht, oder? Vielleicht blende ich sie, aber wenn ich mich mucksmäuschenstill verhalte –

Meine Stirnlampe flackert. Es erregt die Aufmerksamkeit der Schlange.

»Fiese Shrimps«, rufe ich leise, als die Schlange den Kopf hebt. Ihr Schwanz zittert und schlägt auf den Felsuntergrund. Das scheint mir … kein gutes Zeichen. »Fiese Shrimps!«

Der Kopf der Schlange schnellt vor.

Ich mache einen Satz.

Meine Stirnlampe erlischt mit einem letzten Aufflackern.

Panik. Ich taumle zurück und knalle gegen die Wand. Mein Fuß scheint festzustecken. Ich ziehe, aber es passiert nichts. Er ist schwer und …

Oh Gott, ich ziehe die Schlange hinterher! Sie hat sich um meinen Knöchel gewickelt, mehr kann ich nicht sehen. Ich schüttle meinen Fuß, und in diesem Moment spüre ich erst den Biss. Ihr Maul umklammert mein Bein knapp über meiner Socke. Ich spüre kaum etwas – warum spüre ich es nicht? Ist es das Gift, das mich betäubt?

Ich schreie.

Lennons Licht taucht wippend auf. Er rennt auf mich zu, und nun kann ich die gestreifte Schlange um meinen Knöchel erkennen. Sie ist riesig. Ich werde sterben.

»Nicht bewegen!«, sagt Lennon und hält die Hände hoch. »Schon gut. Beruhige dich. Hör auf, um dich zu treten.«

Ich hole schluchzend Luft und kippe fast um.

»Es ist bloß eine Königsnatter«, erklärt er mir gelassen, aber entschieden, als er sich vor mich kniet. »Bloß eine Kalifornische Königsnatter. Ich nehme sie weg. Es ist gut. Sie hat nur Angst. Ich möchte, dass du stillhältst, während ich sie dazu bringe, dich loszulassen.«

Die Worte dringen nicht zu mir durch. Er könnte ebenso gut eine Fremdsprache sprechen. Vielleicht wird ihm das klar, denn er beruhigt mich leise – vielleicht auch die Schlange, ich bin nicht sicher. Seine Finger schieben sich unter den eng um mein Bein gewundenen Schlangenkörper und suchen nach dem Kopf, der sich festgebissen hat.

»Scheiße«, brummt Lennon.

»Was?«

»Warte«, sagt er. »Hast du Schmerzen?«

»Vielleicht. Ja. Ich weiß nicht. Sie zwickt mich irgendwie. Zerquetscht mich. Mein Knöchel fühlt sich an, als würde er langsam zermalmt. »Nimm sie weg. Bitte, Lennon.«

»Ich versuche es. Sie lässt nicht los. Ich werde –«

»Bring sie um!«

»Ich werde sie nicht umbringen.« Er löst die Gurte seines Rucksacks und lässt ihn ächzend von den Schultern gleiten. »Ich kann sie wegnehmen. Halte durch. Ich brauche dazu etwas.«

Er bindet schnell den Bärenkanister vom Rucksack los und öffnet ihn, dann schüttet er einen Teil des Inhalts aus, bis er eine kleine Plastikflasche mit blauer Flüssigkeit findet. Erst als er den Deckel abschraubt, wird mir klar, was darin ist: Mundspülung.

Er hält die Flasche an mein Bein und kippt der Schlange etwas seitlich ins Maul. Ein scharfer Geruch nach Minze und Alkohol steigt auf. Nichts passiert. Will er der Schlange frischen Mundgeruch verpassen? Was zum Teufel geht hier ab?

Er schüttet noch ein paar Tropfen nach. Und plötzlich spüre ich, wie mich das Maul der Schlange loslässt. In die schwarz-weißen Streifen kommt Bewegung. Lennon hält sie hinter dem Kopf fest und hilft gewaltsam nach, bis sie sich steif von meinem Knöchel löst.

Ich schnappe nach Luft und fange an, schneller zu atmen. *Wesentlich* schneller. Es klingt, als würde ich entbinden, aber das ist mir egal. Ich bin einfach so erleichtert. Als Lennon die Schlange endlich von mir wegnimmt, entfährt mir ein schrecklicher tierähnlicher Schrei.

»Schon gut«, beruhigt er mich. »Ich habe sie.«

Ich rieche Blut. Ich *sehe* Blut. Es tropft von meinem Knöchel auf meine Socke, wo es hellrote Flecken hinterlässt.

Ich falle gleich in Ohnmacht.

»Wirst du nicht«, sagt Lennon.

Habe ich das laut gesagt?

»Du hyperventilierst bloß«, sagt er. »Setz dich hin und atme langsamer. Ich muss sie wegbringen, sonst kann ich dir nicht helfen.«

Bring sie weit, weit weg. Noch besser, bring mich weg und lass die Schlange hier liegen.

»Langsamer atmen«, wiederholt er.

Ich schließe kurz die Augen und versuche, mich zu beruhigen. Ich halte die Luft an, bis ich das Gefühl habe, dass meine Lungen jeden Moment platzen. Nach ein paar zittrigen Atemzügen habe ich mich wieder unter Kontrolle.

»Alles gut?«, fragt er.

Ich nicke.

»Was ist mit deiner Stirnlampe passiert?«, fragt er.

»Ich weiß nicht. Sie ist ausgegangen.«

»Versuch es mal mit Aus- und Einschalten«, sagt er.

Meine Finger tasten nach dem Schalter. »Funktioniert nicht«, erkläre ich ihm.

»Nicht schlimm. Du hast ja noch eine.«

»Sie ist in meinem Rucksack.« Nicht dass es mich wirklich interessieren würde. Ich will bloß, dass sich die Schlange in seiner Hand nicht mehr bewegt.

»Okay, sobald ich zurück bin, hole ich sie dir raus.« Er bewegt den Arm, als sich der Schwanz der Schlange darumwickeln will. »Ich bin nur ganz kurz weg. Dort vorn, wo der erste Tunnel nach links abbiegt. Siehst du die Stelle?«

Ja. Doch sosehr ich die Schlange aus meinem Blickfeld haben will, so wenig möchte ich, dass Lennon wieder geht. Als sich Dunkelheit über meinen Tunnelabschnitt legt, überkommt mich eine neue Welle von Panik. Ich darf nicht darüber nachdenken. Oder mich fragen, ob die Schlange eine Mutter war und in der Dunkelheit vielleicht weitere kleine Babyschlangen herauskriechen werden. Ich lasse mich langsam an der Wand hinuntergleiten, bis mein Hintern auf dem kalten Felsboden landet. Dann lehne ich mich gegen meinen Rucksack und beobachte, wie sich das weiße Licht von Lennons Stirnlampe bewegt. Als er sich in die Tunnelabzweigung duckt, verschwindet es.

Undurchdringliche Finsternis.

Mir geht alles Mögliche durch den Kopf. Plötzlich erinnere ich mich daran, wie ich als Kind einmal in einem dunklen Haus aufgewacht bin und nicht wusste, wo ich war. Einen Moment lang hatte ich Panik und versuchte herauszufinden, wo sich die Tür befand und wie ich hergekommen war. Der Moment, als es mir schließlich einfiel, war allerdings noch schlimmer. Meine leibliche Mutter war zwei Tage zuvor gestorben, mein Vater hatte mich zu seinen Eltern gebracht – Menschen, die ich kaum kannte. Fremde. Und ich wusste nicht, wann oder ob mein Vater überhaupt zurückkommen und mich holen würde. So allein wie in diesem Moment hatte ich mich noch nie gefühlt.

Es ist okay. Alles okay, rede ich mir zu. *Du bist in einer Höhle, und Lennon kommt gleich zurück.*

Als er um die Ecke biegt und auf mich zueilt, erscheint mir das Licht wie die Sonne und ich könnte nicht dankbarer sein.

»Geh nie wieder weg«, sage ich.

»Ich geh nicht weg.«

»Doch, genau das tust du, du gehst! Ohne jede Erklärung lässt du Leute im Stich.« Ich weine, vielleicht bin ich schon im Fieberwahn. Ich komme mir blöd vor, weil ich so eine Schisserin bin, aber ich bin auch sauer auf ihn, dass er mich in diese dämliche Höhle geschleppt hat.

»Ich bin hier«, sagt er und hält mich an beiden Armen. »Es ist alles gut. Du hast bloß Panik bekommen. Das ist normal, aber es wird alles gut. Versprochen.«

»Das weißt du nicht.«

»Doch. Darf ich mir den Biss ansehen? Tut es weh?«

»Ja«, sage ich wütend. »Ich denke schon.«

Seine Hand liegt warm auf meinem Bein. Warum sind seine Hände in dieser Kühltruhe von Höhle nicht so kalt wie meine? Warum sind Jungs immer so warm? Mein Vater versucht ständig, meine Mutter und mich aus der Wohnung zu ekeln, indem er die Klimaanlage auf Schockfrosten stellt.

Lennon zieht den Sockenrand hoch, um das Blut abzuwischen. »Tut das weh?«

Wesentlich weniger, als ich nach einem Biss von einer Teufelsschlange erwartet hätte. »Es brennt ein bisschen.«

»Sie hat dich ganz schön erwischt.«

»Brauche ich ein Gegengift?«

Lennon gluckst. »Kalifornische Königsnattern sind nicht giftig.«

Stimmt. Weiß ich eigentlich. Denke ich jedenfalls. »Bist du sicher?«

»Sie gehört zu den Verkaufsschlagern von *Reptile Isle*. Ich bin schon mit Hunderten von denen fertiggeworden. Wurde aber auch schon ein paarmal gebissen.«

»Echt?«

»Und zwar wesentlich schlimmer. Ich weiß genau, wie du dich gerade fühlst, aber ich verspreche dir, es lässt nach. Wir müssen die Wunde desinfizieren, doch du wirst nicht sterben. Ich habe Verbandszeug in meinem Rucksack.« Er späht den Tunnel hinunter, als wäre er vor etwas auf der Hut. Mir fällt der Schattentroll wieder ein, den Lennon in der Höhle zu sehen geglaubt hat.

Ihm gehen eindeutig dieselben Gedanken durch den Kopf.

»Bring mich hier raus«, sage ich mit zitternder Stimme.

Er richtet die Stirnlampe wieder auf mein Gesicht. Das Licht, das ihm in die Stirn fällt, lässt seine stoische Miene kantig und starr erscheinen. »Kannst du aufstehen?«

Kann ich. Und nachdem ich vorsichtig meinen Fuß belastet habe, stelle ich fest, dass ich auch laufen kann. Er hatte vermutlich recht: Ich werde nicht sterben. Aber ich bin superängstlich und auf Lennons Lampe angewiesen, wenn ich etwas sehen will. Meine Muskeln sind so verspannt, dass es körperlich wehtut.

»Ich habe den Weg nach draußen gefunden«, sagt er. »Wir müssen nur noch diesen Tunnel hinunter.«

»Hast du die Seile gesehen?« Unser Orientierungspunkt in der Nähe des nördlichen Ausgangs.

»Nein, aber da ist Sonnenlicht. Siehst du es?«

Ja. Das ist sogar noch besser als irgendwelche blöden Seile. Das sprichwörtliche Licht am Ende des Tunnels. Meine unsicheren Schritte werden schneller. Ich schaffe das. Wir kommen aus diesem Höllenloch mit seinen bissigen Schlangen und lauernden herbeifantasierten Schattentrollen raus.

Der Ausgang ist entschieden kleiner als der Eingang, durch den wir gekommen sind. Es passt immer nur eine Person hindurch, außerdem muss Lennon erst Spinnweben entfernen. Doch als wir ins Spätnachmittagssonnenlicht hinaustreten – so warm, so golden –, bin ich derart glücklich, dass ich den Boden küssen könnte.

Allerdings ist da nicht viel zum Küssen.

»Oh, wow«, sage ich und kneife die Augen zusammen.

Wir stehen auf einem schmalen sonnenüberfluteten Felsvorsprung. Zwischen der Bergwand, aus der wir gerade herausgekommen sind, und dem Abgrund, der jedes Lebewesen umbringen würde, sind nur wenige Meter. Wir sind hoch, hoch über einem weiten, von Bäumen umgebenen Tal. Ringsum erheben sich Berge. Einige sind aus Granit, andere grün und baumbewachsen.

So etwas Schönes habe ich noch nie gesehen.

Ich bin überwältigt. Vollkommen und restlos überwältigt.

Doch als ich mich auf dem Felsvorsprung umsehe, wandelt sich meine Überwältigung in Skepsis. Der Boden, auf dem wir stehen, ist kaum mehr als ein Balkon entlang des Berges. Hier wachsen ein paar Bäume und Büsche, aber sonst nichts von Bedeutung. Kein Bach. Das ist definitiv nicht der von Lennon versprochene einfache Weg ins Tal hinunter. Über uns schwingt sich ein riesiger Vogel auf und zieht seine Kreise, bis er irgendwann in den Baumwipfeln verschwindet.

»Wie kommen wir hier runter?«, frage ich.

Lennon schweigt. Kein gutes Zeichen. Er läuft um die Klippe, an einer einsamen Kiefer vorbei, und mustert eingehend die Landschaft. Vielleicht ist der Pfad ins Tal versteckt. Doch selbst wenn es so wäre, wir sind echt weit oben.

»Scheiße«, brummt Lennon.

»Was?«, frage ich.

Als sich unser Blick begegnet, weiß ich, dass es übel ist. »Ich glaube, wir haben den falschen Weg genommen.«

17

Es gibt nicht viele Worte, die gerade schlimmer sein könnten. Ich will bloß wissen: (A) Wie »falsch« sind wir? Und (B) wie finden wir auf den richtigen Weg zurück?

Lennon zieht sein Handy heraus, um in dem abgespeicherten Buch nachzusehen. Nach einem Blick auf den Bildschirm entfährt ihm ein leises Wimmern. »Ich wusste es. Das hier ist nicht der richtige Ausgang. Wir sind irgendwo falsch abgebogen. Ich wusste, dass es sich anfühlte, als würden wir bergauf gehen. Ich wollte bloß ...«

»Wo sind wir?«

»Wir sind am Ostausgang. Wir sollten aber südlich sein, nicht so hoch. Und zwar entschieden weniger hoch.«

Keine Panik.

»Gibt es eine Karte der Höhle?«, frage ich.

»Wenn es eine gäbe, würden wir nicht hier stehen, oder?«

Hui. Kein Grund, schnippisch zu werden. Immerhin bin ich hier diejenige mit dem Schlangenbiss. Und wenn wir schon beim Thema Schlangen sind: »Ich gehe da nicht wieder rein. Vergiss es.« Ich spähe zum dunklen, von Spinnweben überzogenen Ausgang zurück.

»Müssen wir meines Erachtens auch nicht.« Lennon wischt zu einer anderen Seite, um einen Buchabschnitt noch mal zu lesen. »Der Felsvorsprung verläuft rings um den Berg bis zu dem Ausgang, den wir hätten nehmen sollen. Es ist bloß ...«

»Bloß was?«

Er holt den Kompass aus der Tasche. »Es ist ein Umweg. Der andere Ausgang wäre die direkte Route zu dem Pfad ins Tal gewesen. In Luftlinie ist es bis zum Nordausgang ungefähr eine Meile von hier. Aber wenn wir auf dem Felsvorsprung laufen, sind es eher zwei bis drei Meilen. Danach noch die Meile ins Tal hinunter.«

»Will heißen?«

»Zwei Stunden Fußmarsch. Ein bisschen länger. Es wird kein einfacher Abstieg. Es ist kein ausgebauter Pfad.« Lennon mustert meinen blutigen Knöchel, der allmählich anschwillt.

Ich blicke mich auf dem Felsvorsprung um. Wie kann mir ein so schöner Ort ein so jämmerliches Gefühl geben?

»Hey, schau mal!« Ich entdecke einige Meter von der Stelle, an der wir herausgekommen sind, etwas Dunkles an der Bergwand. Vielleicht täuscht sich Lennon. Vielleicht sind wir doch richtig. Das dort könnte der Südausgang sein.

Doch als ich darauf zuhumple und Lennon mit der Stirnlampe hineinleuchtet, wird meine Hoffnung zerstört. Es ist ein weiterer Höhleneingang, ja, allerdings nicht zu dem Tunnelnetz, durch das wir gerade gelaufen sind. Es ist bloß eine große, breite einzelne Höhle. Als hätte die Natur mit einem Melonenausstecher ein Loch in der Bergwand ausgehoben.

»Das ist keine Tierhöhle, oder?«, frage ich und male mir aus, wie wir eine Bärenfamilie aus dem Winterschlaf wecken.

»Sie sieht nicht bewohnt aus«, berichtet Lennon.

Wir müssen den Kopf einziehen, um durch den Eingang der Höhle zu passen, doch im Inneren ist die Decke hoch, wir können stehen und herumlaufen. Die Höhle ist knapp vier Meter breit und doppelt so tief. Keine Tiere im Winterschlaf in Sicht. Kein Bach. Außer einer Vertiefung im Felsboden am Eingang, in dem die Reste von verbranntem Feuerholz liegen, gibt es eigentlich überhaupt nichts.

»Hier haben schon Leute gezeltet.« Lennon beugt sich nach

unten und sieht es sich genauer an. »Scheint aber schon eine Weile her zu sein. Schau mal.« Er tritt eine weggeworfene leere Konservendose in die Ecke. Sie ist mit Erde bedeckt und knochentrocken, sie liegt also schon eine Weile herum. »Schweine. Was ist an ›keine Spuren‹ nicht zu verstehen?«

Doch es fällt mir gerade schwer, mich darüber aufzuregen. Ich drehe mich zu der halbmondförmigen Öffnung der kleinen Höhle und blicke auf das Tal voller Bäume. Es ist, als würde ich ein gerahmtes Bild betrachten.

»Ich hatte es zwar anders geplant, aber ich glaube, hier sollten wir übernachten«, sagt Lennon. »Die Höhle ist eben und geschützt. Sie scheint einigermaßen sicher – und wurde offenbar auch schon von anderen Wanderern zum Übernachten genutzt. Sie bietet genug Platz, um unsere beiden Zelte aufzubauen und ein Feuer zu machen.«

»Was ist mit Wasser?«, frage ich.

»Ich habe aus meiner Flasche nur einen Schluck genommen. Wie viel hast du noch?«

Die ganze Flasche. Ich habe sie nicht angerührt, nachdem wir sie beim Mittagessen aufgefüllt haben.

»Das genügt«, versichert er mir. »Wir werden schließlich keine Haare waschen oder so, und wenn wir sparsam sind, kommen wir damit aus, bis wir den Bach erreicht haben. Wenn du möchtest, können wir allerdings auch jetzt noch hinlaufen.« Er sieht auf einer seiner Kompass-Skalen nach, wie spät es ist. »Fast sechs. Um neun wird es dunkel. Das sollte reichen, aber es wird knapp. Und es ist bloß ein Trampelpfad; in der Dämmerung dort zu laufen wird eine kleine Herausforderung sein. Außerdem müssen wir uns um deinen Knöchel kümmern.«

Ich überlege hin und her. Ich hätte gern frisches Wasser. Der knappe Vorrat in unseren Flaschen macht mir Sorge. Doch beim Blick auf meinen Knöchel scheint sich das Gewicht meines Rucksacks schlagartig zu verdoppeln.

Ich bin müde und hungrig und verletzt.

Ich möchte nicht weiter.

»Lass uns einfach hierbleiben«, schlägt Lennon vor.

»Was ist mit deiner Karte? Das war nicht der Plan.«

»Nein, aber es würde funktionieren. Die Karte war nur eine ungefähre Richtlinie. Hier draußen läuft es manchmal anders als geplant, man muss flexibel sein.«

Flexibilität gehört nicht zu meinen Stärken.

»Das ist eine ziemlich coole kleine Höhle«, sagt er. »Und ich wette, von diesem Felsvorsprung kannst du tausend Sterne sehen.«

Er hat vermutlich recht. Ich blicke auf den klaren Himmel über den Bergen.

»Komm, nimm deinen Rucksack ab«, fordert er mich auf. »Wollen wir dich erst mal verarzten? Eins nach dem anderen.«

Das klingt vernünftig.

Ich folge seinem Vorschlag, öffne den Gurt meines Rucksacks und lasse mich auf einen Felsbrocken neben dem Höhleneingang fallen, während er sein Verbandszeug herausholt. Beim Anblick meiner blauen Wasserflasche wird mir bewusst, dass ich am Verdursten bin, aber ich widerstehe dem Verlangen, etwas zu trinken. *Muss es aufheben.* Ob wir Wasser brauchen, um meine Wunde auszuwaschen? Doch Lennon kniet schon mit einem Alkoholtupfer vor mir.

»Kalt«, beschwere ich mich und zucke zusammen. »Autsch!«

»Halt still und lass mich das säubern«, antwortet er.

»Es brennt.«

»Dann weißt du, dass es wirkt.« Er umfasst meine Ferse und reinigt den Biss. »Ich wurde mal von einem Grünen Hundskopfschlinger gebissen. Schöne Schlange, aber wow, ihre Bisse sind echt fies.« Er hält die Hand hoch und zeigt mir den Biss. Um sein Gelenk und die Handfläche verläuft eine U-förmige Narbenlinie.

»Oh Mann. Wann ist das passiert?«

»Vor ungefähr einem halben Jahr. Die Schlange war fast zweieinhalb Meter lang und *so* dick.« Er demonstriert es mir mit den Händen. »Ich musste in die Notaufnahme und die Wunde mit ein paar Stichen nähen lassen. Die Schlange war aufgebracht, weil sie in ein neues Habitat umgesetzt wurde. Sie war alt und hatte ihre eingefahrene Routine. Bei der Arbeit bekomme ich ständig kleine Bisse ab, aber normalerweise tun sie nicht weh. Doch der hat mir Angst gemacht. Die ganze Sache hat mir derart zugesetzt, dass ich ein paar Tage Schiss hatte, eine andere Schlange hochzunehmen.«

»Ich möchte nie wieder eine sehen, geschweige denn eine hochnehmen. Wenn ich gewusst hätte, dass mich in diesen Höhlen Schlangen erwarten, hätte ich mich nie darauf eingelassen, hier reinzugehen.«

»Niemand erwartet die Spanische Inquisition.«

»Komm mir jetzt nicht mit Monty-Python-Zitaten. Ich bin sauer auf dich.«

Er gibt ein schnaubendes Lachen von sich. »Nein, bist du nicht. Du hast bloß schlechte Laune, weil du Schmerzen hast.«

»Ich habe schlechte Laune, weil du mich in ein fieses Schlangennest geführt hast!«

»Schlangen werden immer zu Unrecht beschuldigt«, sagt er. »Sie greifen bloß an, wenn sie Angst haben oder hungrig sind. In ihren Augen sind wir die Ungeheuer. Und die Schlange, die dich gebissen hat, sollte gar nicht in dieser Höhle sein. Es ist dort viel zu kalt für eine Königsnatter. Sie hat sich bestimmt verirrt. Hoffentlich findet sie wieder hinaus.«

»Hauptsache, es geschieht nicht durch irgendeine Ritze in dieser Wand. Das ist *unsere* Höhle, hast du gehört, Schlange?«, rufe ich. »Ich frage mich, wie diese Höhle entstanden ist. Also, vor Tausenden vor Jahren oder so.«

»Keine Ahnung, aber es erinnert mich an *The Enigma of Amigara Fault.*«

»Was ist das?«

»Tja, Miss Everhart. Freut mich, dass du fragst«, erwidert er fröhlich. »Das ist so eine japanische Horror-Manga-Geschichte –«

»Oh nein«, brumme ich.

»– in der sich nach einem Erdbeben an einem Berghang Tausende von menschenförmigen Löchern auftun. Bald stellt sich heraus, dass es für jeden das passende Loch gibt. Sobald jemand sein persönliches Loch findet, kann ihn nichts mehr zurückhalten und er versucht auf Teufel komm raus hineinzuklettern.«

»Das klingt ... schräg. Was passiert, wenn man drin ist?«

»Willst du das wirklich wissen?«

Ich schüttle den Kopf. »Nein, auf keinen Fall. Keine Gruselstorys mehr. Schon gar nicht, wenn wir heute Nacht hier schlafen müssen.«

Er lacht leise. »Dann habe ich mein Ziel ja erreicht. Und ja, ich finde, wir sollten auf jeden Fall hier übernachten. Ich erkläre das also offiziell zum neuen Plan. Einverstanden?«

»Ja.« Ich lehne mich auf meine Handflächen zurück, während er weiter meine Wunde säubert. Für meine Begriffe sieht sie ziemlich geschwollen aus, aber er behauptet, morgen sei alles wieder gut. Er klebt die Bissstellen mit einigen Pflastern ab, damit sie sich nicht entzünden.

»Sind wir übrigens nicht«, sagt er ruhig und zieht die Papierhülle von einer Binde.

»Wie bitte?«

»Jovana und ich sind nicht mehr zusammen. Wir haben uns vor den Sommerferien getrennt. Na ja, genauer gesagt hat sie mit mir Schluss gemacht.«

Oh.

Es kommt unerwartet, dass er noch mal davon anfängt. Ich schäme mich auch ein bisschen, wie erleichtert ich darüber bin. »Das tut mir leid«, sage ich zu ihm. »Ich meine, falls du traurig warst.«

Was für ein blöder Kommentar. Natürlich war er –

»War ich nicht«, sagt er. Er wickelt, ohne aufzublicken, die Binde um meinen Knöchel. »Am Anfang war es cool zwischen Jovana und mir. Aber es hat nie so richtig ... gefunkt. Ich habe es versucht. Wirklich. Trotzdem hatte ich immer das Gefühl, dass etwas fehlt. Sie fand, ich sei distanziert und abwesend und würde jemand anderem hinterhertrauern.«

Mein Herz pocht schnell in meiner Brust. »Und? Hast du das?«

»Ja.«

Ich halte die Luft an; keine Ahnung, was das heißen soll. Ein Teil von mir würde ihm gern einen Zettel zustecken, auf dem *Magst du mich? Kreuze JA oder NEIN an* steht. Um diese Frage auszusprechen, bin ich zu feige. Ich habe zu viel Angst, dass er loslachen wird. Außerdem stünde dann für den Rest des Trips diese peinliche Verlegenheit zwischen uns.

»War es mit Andre und dir was Ernstes?«, fragt er.

Ich brauche eine ganze Weile für die Antwort. »Ich habe auch jemandem hinterhergetrauert.«

Er braucht sogar noch länger, um zu reagieren. »Und tust du es immer noch?«

Weiß er, dass ich von ihm spreche? Oder glaubt er, es ginge um Brett? Ich kann nicht sagen, ob es einfach Neugier auf mein Liebesleben ist, ein Versuch, über irgendwas zu reden, oder schlicht Höflichkeit. Seine unbeteiligte Miene und sein eintöniger Bass lassen keinen Rückschluss zu. Ist es für ihn bloß ein Gespräch unter Freunden, so wie damals mit vierzehn, als er in Yolanda Harris verknallt war und ich mir seine Tiraden anhören musste, wie cool sie sei und ob ich ihm helfen würde, mit ihr ins Gespräch zu kommen?

Allerdings ist da wieder diese Hoffnung und reckt gegen meinen Willen ihren Kopf.

Sag was.

Aber ich sage nichts. Und er auch nicht. Er sammelt bloß die Reste der Bindenverpackung ein und steht auf. »Ich weiß nicht, wie es dir geht, aber ich bin kurz vorm Verhungern. Lass uns unser Lager aufschlagen.«

Die nächste halbe Stunde verbringt er damit, unsere beiden Zelte in der Höhle aufzubauen, während ich draußen nach einem Platz für unsere Bärenkanister suche und außerdem etwas weiter entfernt auf dem Felsvorsprung ein paar nicht einsehbare Stellen hinter Büschen entdecke, die als Freiluftklo taugen. Der Vorsprung ist schmal, aber lang – meilenlang –, und jetzt, wo ich die Entfernung mit eigenen Augen sehe, bin ich dankbar, dass wir heute Abend nicht weiterlaufen. Allmählich beschwert sich nämlich mein Knöchel.

Ich finde ein paar trockene Stücke Holz und trage sie zur Höhle zurück. Lennon hat unsere Zelte nebeneinander aufgestellt und holt gerade die handtellergroßen LED-Lampen mit Schraubverschluss heraus. Er zeigt mir, wie ich die Halterung der Lampe an einer Schlaufe meiner Zeltdecke befestigen kann. Dass die winzigen Laternen das gesamte Zeltinnere erleuchten, macht die nahende Dunkelheit schon weniger bedrohlich.

Während ich meinen Schlafsack ausrolle und in meinem Rucksack herumkrame, sammelt Lennon noch mehr Holz und Anzündmaterial. Aus ein paar Steinen baut er einen Ring um die alte Feuerstelle, damit sich die Flammen nicht ausbreiten können. Danach bringt er mir bei, sein pyramidenförmiges Feuer aufzubauen, was eine ziemlich komplexe Angelegenheit zu sein scheint. Er hat tausend kleine Regeln zum Anzündholz und zur Dicke der Scheite. Aber es gefällt mir, dass er so genau über Einzelheiten nachdenkt. Ich habe die Ehre, den Zunder in Brand zu setzen, und nach ein paar missglückten Anläufen – das Lagerfeuer benötigt mehr Sauerstoff – klappt es. Was sich ... gut anfühlt.

Sobald das Holz ein wenig niedergebrannt ist, stellt Lennon

seinen kleinen tragbaren Grill und den Topf auf die Flammen, und wir messen sorgfältig die Menge Wasser ab, die wir zum Rehydrieren von zwei gefriergetrockneten Mahlzeiten brauchen. Ich habe mich noch nie so auf Bœuf Stroganoff gefreut. Falsch, ich habe mich überhaupt noch nie auf Bœuf Stroganoff gefreut, aber als wir Wasser in die Beutel schütten, duftet es köstlich.

Da wir uns nicht wie am Wasserfall auf große Felsbrocken setzen können, breiten wir die Außenzelte auf dem Boden aus und verwenden unsere Bärenkanister als Tische. Um Wasser zu sparen, wischen wir unsere Gabeln nach dem Essen mit Feuchttüchern ab. Lennon legt noch mehr Holz auf, und anschließend schauen wir uns den Sonnenuntergang an. Die Sterne sind bereits zu erkennen, ich bin so froh, dass Lennon vorgeschlagen hat, hier zu übernachten.

»Wie fühlt es sich jetzt an?«, fragt er und wirft einen Blick auf mein ausgestrecktes Bein. Es ist schwierig, sich auf dem Boden bequem hinzusetzen.

»Immer noch geschwollen. Und wund«, sage ich.

Er zieht meinen Fuß in seinen Schoß und sieht sich den Verband um meinen Knöchel an. »Ich glaube, das wird schon. Lass ihn einfach so liegen«, sagt er und legt mir sanft die Hand aufs Knie, als ich meinen Fuß zurückziehen will. »Hoch lagern hilft gegen die Schwellung.«

»Oder es befördert den verkeimten Schlangenspeichel schnurstracks in meine Blutbahn.«

»Das ist bereits passiert.«

»Oh, wundervoll.«

»Das ist eigentlich das Gefährlichste an nicht giftigen Bissen. Fiese Bakterien. Man weiß nicht, was die Schlange zuletzt gefressen hat, und es ist immer möglich, dass es etwas Vergammeltes oder Krankes war.«

»Willst du mir Schiss machen?«

Er lächelt. »Ein bisschen. Es gefällt mir, wenn du so entsetzt schaust. Dir steht immer alles ins Gesicht geschrieben. Das weißt du, oder?«

»Gar nicht wahr.«

»Doch. Für mich bist du ein offenes Buch.«

Diese Bemerkung macht mich ein wenig verlegen. Und warum liegt seine Hand überhaupt noch auf meinem Knie? Nicht dass ich mich darüber beschweren würde. Es fühlt sich ... schön an. »Tja, du bist kein offenes Buch für mich, dir sieht man keinerlei Gefühle an.«

»Das ist mein Pokerface.«

Da muss ich lachen. »Du spielst schauderhaft Poker. Weißt du noch, wie dein Vater es uns beigebracht hat? An dem Abend hast du massenhaft Oreos an mich verloren.« Ich habe Lennons Vater Adam nicht oft getroffen, weil Lennon häufiger zu Besuch bei ihm in San Francisco war als Adam in Melita Hills. Doch von Zeit zu Zeit kam sein Vater in unsere Stadt, und letzten Sommer hatte er Spielkarten und eine Riesenpackung Oreos zum Wetten dabei. Wir haben uns um Macs und Sunnys Esstisch gesetzt und bis nach Mitternacht Texas Hold'em gespielt. Weil ich den Klingelton an meinem Telefon ausgestellt und nicht mitbekommen habe, wie spät es war, musste mich meine Mutter abholen kommen. Doch am Ende hat sie ebenfalls mitgespielt – bis mein Vater um zwei Uhr morgens anrief und meiner Mutter und mir eine Szene machte.

Lennon lächelt. »Das war echt lustig. Ich weiß noch, ich habe gelacht, bis ich Seitenstechen hatte.«

»Was uns noch mehr zum Lachen gebracht hat.«

»Deine Mutter hat abgeräumt, oder? Sie hat sich den gesamten Einsatz geschnappt. Wer hätte gedacht, dass sie eine so ausgebuffte Pokerspielerin ist.«

Mich hat das auch überrascht. Sie wurde richtig laut, als sie gewonnen hat. Vermutlich hat sie mit ihrem Siegesgeschrei die halbe Nachbarschaft aufgeweckt. »Dein Vater war der Hammer, als er in diesem Poker-Dealer-Outfit mit grünem Visier aufkreuzte. Wenn er etwas macht, dann richtig, oder?«

Auf Lennons Stirn zeigt sich eine Falte. »Ja«, sagt er leise.

Bei Sunny und Mac hängen gerahmte Fotos von Lennon und Adam im Flur, auf denen sie zu Halloween Partnerkostüme tragen, die bis ins Detail ausgeklügelt sind. Milchtüte und Keks. Batman und Robin. Mario und Luigi. Surfer und Hai. Luke Skywalker und Yoda. Die Fotos fangen an, als Lennon ein Baby war, und reichen bis zu dem Jahr, als ich in die Mission Street gezogen bin. Dann war Lennon zu alt für Süßes oder Saures, und Adam ging auf irgendeine Punk-Reunion-Tournee.

»Ich habe nie rausbekommen, wo er diese Riesenpackung Oreos herhatte. Da waren Hunderte drin.«

»Ich glaube, er hat sie bei der Arbeit geklaut. Beziehungsweise er hat sie sich ›ausgeliehen‹, wenn es nach ihm geht.« Einer von Lennons Mundwinkeln wandert nach oben. »Als Mac es später rausfand, hat sie ihm die Hölle heißgemacht. Du kennst ja ihre Einstellung zu Diebstahl.«

Da ist sie rigoros. Gnade Gott demjenigen, der bei *Toys in the Attic* Vibratoren zu klauen versucht. Er oder sie kann sich auf eine ordentliche Standpauke gefasst machen, während Mac die Polizei ruft.

Lennon wirkt mit einem Mal bedrückt. Ich habe keine Ahnung, welche meiner Bemerkungen ihn so runtergezogen hat, doch bevor ich nachfragen kann, verscheucht er eine Mücke, die, vom Licht angezogen, ums Feuer herumflattert. Schließlich umfasst er mein Knie fester und schüttelt mein Bein, um meine Aufmerksamkeit zu erregen. »Hey, mir ist gerade etwas eingefallen. Ich habe in meinem Rucksack Karten. Wollen wir Poker spielen?«

»Um was denn? Wir haben keine Kekse. Und Joy würde mir den Hals umdrehen, wenn ich mein Notfallgeld verzocke.«

Lennon überlegt einen Moment. »Wir könnten die M&Ms aus deinem Knabberzeug nehmen.«

Könnten wir.

»Nur ein paar Runden, bevor es richtig dunkel wird«, sagt er. »Danach kannst du dein Teleskop rausholen und Sterne gucken.«

Ich kichere. »In Ordnung. Die Wette gilt. Bereite dich schon mal auf eine Niederlage vor!«

Da es im Feuerschein allmählich zu dunkel wird und die Bärenkanister nicht groß genug sind, um darauf zu spielen, beschließen wir, beide Rucksäcke in Lennons Zelt zu verstauen und in meinem zu spielen. Es ist das größere von beiden und wir können dort die Karten auslegen. Die LED-Lampe, die Lennon mir geliehen hat, sorgt für Licht; wir öffnen den Zelteingang für frische Luft, ziehen jedoch das Fliegennetz zu, damit keine Insekten hereinkommen. Es dauert eine Weile, bis wir die M&Ms aus meinem Knabberzeug herausgefischt haben, und ein paar Blatt, bis wir uns wieder an die Spielregeln erinnern. Ich bringe ständig Straight Flush und Full House durcheinander, und Lennon vergisst die Hälfte der Regeln. Vermutlich spielen wir immer noch falsch, aber es interessiert weder ihn noch mich. Wir sind viel zu sehr mit Lachen beschäftigt.

Und es fühlt sich ungezwungen und gut an. Leicht.

Wir spielen, bis draußen der Mond aufgegangen und der schwarze Himmel von Sternen übersät ist. Um Haaresbreite lassen wir das Lagerfeuer ausgehen. Und bis Lennon gegen meinen Knöchel stößt, vergesse ich sogar fast meinen Schlangenbiss. Bei meinem Aufschrei entschuldigt er sich tausendmal, massiert mein Bein und erkundigt sich nach meinem Ausschlag. Ich habe zum Abendessen eine niedrig dosierte Tablette genommen, insoweit plagt mich der Juckreiz gerade nicht allzu sehr, vielleicht liegt es aber auch an Lennons warmer Hand, die über meine nackte Haut streicht und mich ablenkt. Sie sorgt auf jeden Fall dafür, dass ich den Schlangenbiss wieder vergesse. Genau genommen vergesse ich alles, einschließlich des Blattes, das ich gerade in der Hand halte. Lennon gewinnt den ganzen Becher M&Ms.

Obwohl er aufgehört hat, mein Bein zu massieren, bin ich immer noch selig. Ich lächle vor mich hin, während ich die Karten einsammle und ordentlich aufeinanderstaple. »Das ist so was von unfair, weißt du das?« Ich war abgelenkt.

»Es war total fair«, widerspricht er und füllt die M&Ms vorsichtig in eine Tüte, um sie im Bärenkanister zu verstauen. »Wenn du morgen dein langweiliges Studentenfutter knabberst, wirst du denken: *Zorie, was hat dich bloß geritten, dich auf diese albernen Wetten einzulassen? Was würdest du jetzt für Schokolade geben.* Und dann werde ich richtig fies und dreckig lachen.« Er demonstriert mir besagtes Lachen mit seiner tiefen Stimme.

»Okay, okay.« Ich boxe ihn gegen die Schulter. »Dein Vater wird stolz sein, dass du deinem Pokerpotenzial alle Ehre gemacht hast. Bei eurem nächsten Treffen musst du ihm von deinem Sieg berichten.«

Lennon schnieft und reibt sich die Nase; seine dunklen Wimpern flattern. Er richtet den Blick auf das Kartenspiel, das ich ihm entgegenschiebe. »Tja, das wird schwierig.«

»Warum?«

Er sieht mich an. »Weil er tot ist.«

18

Ich erstarre. »Was sagst du da?«

»Mein Vater ist gestorben.«

»Wann?«

»Letzten Herbst.«

Wie kann das sein? Letzten Herbst? »Aber ...« Ich bekomme kaum ein Wort heraus. »Was soll das heißen? Wie?«

»Er hat sich umgebracht.«

Ohne Vorwarnung füllen sich meine Augen mit Tränen. »Nein. Das kann nicht sein.«

Lennon schiebt die Karten in ihre Schachtel. »Beim ersten Versuch ging es daneben. Seine Freundin fand ihn und schaffte ihn rechtzeitig ins Krankenhaus, wo ihm die Ärzte den Magen ausgepumpt haben. Er behauptete, es sei bloß eine Überdosis Schmerztabletten gewesen und keine Absicht, aber seine Freundin glaubte ihm nicht. Und sie hatte recht. Denn ein paar Tage später hat er es noch mal getan. Und diesmal erfolgreich.«

Nun weine ich. Lautlos, aber die brennenden Tränen laufen mir über die Wangen und tropfen auf den Nylonboden des Zeltes. »Das wusste ich nicht.«

Lennon sieht traurig aus. »Ich weiß. In der Schule hat es fast niemand mitbekommen. Na ja, ich dachte, *vielleicht* hörst du davon ... Es stand in der Zeitung. Für ein paar Stunden war es das Topthema im Netz.« Er schüttelt leicht den Kopf.

»Ich habe nichts gehört«, flüstere ich und schiebe die Brille hoch, um meine Tränen abzuwischen. »Es tut mir so leid. Warum habe ich nichts davon gehört? Warum ... Dein Vater war glücklich. Er war so lustig, hat immer gelacht. Wie ...?«

»Er nahm seit Jahren Antidepressiva und hat niemandem erzählt, dass er sie abgesetzt hat. Er hat sich eingeredet, seine Musikerkarriere sei zu Ende. Er war deprimiert, dass sich niemand mehr für ihn interessierte oder an ihn erinnerte.«

»Das stimmt doch nicht! Seine Platten werden immer noch gekauft!«

»Selten. Und er hatte eine verdrehte Vorstellung von Erfolg. Echt jetzt, wie viele Leute können von sich behaupten, dass ihre Songs im Radio gespielt wurden? Aber das sah er nicht. Er hat kaum noch Tantiemen bekommen, und die Band gehörte nie zu den Großen – jedenfalls nicht wie manch andere. Ich habe keine Ahnung. Vermutlich hat er sich als Versager betrachtet, weil er einen normalen Job machen musste. Er kam nicht damit klar, Durchschnitt zu sein.«

»Oh, Lennon.«

Er nickt, ohne den Blick zu heben.

Wusste es niemand aus unserer Gruppe? Nach dem, was Brett und Summer auf der Fahrt zum Glampingplatz über ihn geredet haben – und was beim großen Krach gestern Abend über ihn gesagt wurde –, bin ich fast sicher, dass es ihnen nicht bewusst war.

Ich weiß, dass Lennon seinen Vater nicht jeden Tag gesehen hat – nicht mal jeden Monat –, aber er stand Adam näher als ich meinem Dad. Ich denke an Sonny und Mac und wie auch sie getrauert haben müssen. Und ich habe es überhaupt nicht mitbekommen. Für was für ein Ungeheuer müssen sie mich halten?

»Wann war die Beerdigung?«, frage ich.

»Letzten Oktober.«

Als alles zwischen uns in die Brüche ging. Die Homecoming-

Party. Die Eröffnung des Sexshops. Die Streitereien meines Vaters mit Sunny und Mac.

Ist das der Grund?

Es ergibt keinen Sinn. Warum hätte er mich ausschließen sollen? »Ich hätte bei der Beerdigung sein sollen.«

Er sieht mich traurig an. »Ja.«

»Warum hast du es mir nicht erzählt?«

Seine Miene erstarrt, er schnappt sich die Tüte Knabberzeug. »Ich will nicht darüber reden.«

»Ich aber! Ich hätte bei der Beerdigung sein sollen. Wolltest du mich nicht dabeihaben?«

»Doch, ich wollte dich dabeihaben!«, brüllt er, was mich zusammenfahren lässt. »Mein Vater ist gestorben. Es war die schlimmste Zeit meines Lebens. Natürlich wollte ich dich dabeihaben, aber ...« Er kneift die Augen zusammen und senkt die Stimme. »Hör zu, es wird allmählich spät und wir sind beide müde. Ich will nicht darüber reden.«

»Lennon!«

»Ich sagte, dass ich jetzt nicht darüber reden will. Verdammt noch mal, Zorie. Was ist daran nicht zu verstehen?«

Das sitzt. Mittlerweile zittere ich und kämpfe noch immer gegen die Tränen an. Und ich bin völlig durcheinander. Doch Lennon ist schon dabei, den Reißverschluss des Moskitonetzes aufzuziehen, und duckt sich aus meinem Zelt, bevor mir die richtigen Worte einfallen, um ihn zurückzuhalten.

Benommen gehe ich alle Ereignisse des letzten Jahres durch. Versuche, irgendeinen Zusammenhang herzustellen. Lennons Wut zu verstehen. Lennon und ich haben uns in der letzten Woche der Sommerferien geküsst. Das Große Experiment wurde in Verschwiegenheit durchgeführt. Wir beschlossen, uns bei der Homecoming-Party zum ersten Mal als Paar zu zeigen. Lennon hat mich versetzt und danach nicht mehr mit mir geredet. Der Sexshop der Mackenzies eröffnete. Mein Vater fing Streit mit ihnen an.

Neue Information: Lennons Vater ist gestorben. Und er hat es niemandem erzählt.

Wie passt das zu der Entwicklung Aus-Freund-wird-Feind?

Die ganze Zeit dachte ich, er habe wegen der Party kalte Füße bekommen und unsere Beziehung nicht öffentlich machen wollen. Unser Experiment sei fehlgeschlagen und er zu feige gewesen, es mir ins Gesicht zu sagen.

Und jetzt schmollt er, weil ich nicht bei der Beerdigung seines Vaters war. Plötzlich habe ich das Gefühl, dass er verbittert ist über unsere Trennung – dass sie irgendwie meine Schuld war.

Was habe ich übersehen?

Ich krieche aus meinem Zelt, aber Lennon ist verschwunden. Das Licht in seinem zeigt nur die dunkle Silhouette seines Rucksacks. Meinen hat er mir vor mein Zelt geworfen, offenbar um mir klarzumachen, dass unser Gespräch für heute beendet ist.

Tja, da habe ich noch eine Neuigkeit für ihn. Ist es nicht.

Ihm im Dunkeln hinterherzustapfen, traue ich mich nicht, außerdem habe ich auch nicht die geringste Lust, ihn dabei zu überraschen, wie er hinter den Büschen dem Ruf der Natur folgt. Ich warte deshalb bei der Glut und schlage die Arme um mich, um mich warm zu halten. Er hatte recht. Die Sterne hier draußen sind unglaublich. Ich finde das Sternbild Cygnus und gleich daneben die Lyra, aber ich bin zu durcheinander, um mich wie sonst daran zu freuen.

Es vergehen mehrere Minuten, und Lennon kommt nicht zurück. Mittlerweile mache ich mir Sorgen, aber ich bin auch ein bisschen sauer. Wir brauchen Regeln. Er muss mir sagen, wo er hingeht, damit ich nicht hier rumsitze und mich frage, ob ich ihn suchen soll. Was, wenn er von einem Bären angegriffen wird oder von dem Felsvorsprung stürzt?

Ich ziehe mich ängstlich und gereizt in mein Zelt zurück und rolle meinen Schlafsack aus. Ziehe meine Schuhe aus. Und wieder an. Dann wieder aus, weil sich mein Knöchel ohne besser anfühlt. Irgendwann beschließe ich, schnell meine Schlafsachen anzuziehen. Als mir mittendrin einfällt, dass ich durch das Licht im Zelt von draußen zu sehen bin, knipse ich es aus und ziehe mich im Dunkeln um.

Anscheinend behält er also das letzte Wort.

Ich höre Lennon erst, als ich mit hochgezogenem Reißverschluss in meinem Schlafsack liege und mir wünsche, wir würden auf einem weicheren Untergrund kampieren als diesem gnadenlosen Felsboden der Höhle. Ich lausche auf seine Bewegungen, er tut irgendetwas mit der Glut – vermutlich löscht er sie –, dann geht er in sein Zelt.

Die Höhle verstärkt jedes Geräusch. Das Öffnen und Schließen von Reißverschlüssen. Das Rascheln von Plastik. Herumkramen. Als er sich räuspert, fahre ich zusammen. Schließlich erlischt sein Licht, und nach kurzem Rascheln ist nichts mehr zu hören.

Die Stille ist beklemmend.

Das ist doch bescheuert. Ich kann nicht schlafen, wenn ich so aufgewühlt bin. Was noch schlimmer ist: Mein Hirn fängt an, weitere Ängste hervorzukramen. Meinen geschwollenen Knöchel. Schlangen. Herumschleichende Schatten in Höhlen. Lennons dämlicher Horror-Manga. Und dann halte ich es nicht mehr aus.

»Lennon?«, wispere ich.

Keine Antwort.

Ich versuche es noch einmal, dieses Mal lauter. »Lennon?«

»Ich habe dich schon beim ersten Mal gehört.« Seine Stimme klingt gedämpft, aber nah. Ich frage mich, ob ich ihn, wenn die Zelte nicht da wären, mit ausgestrecktem Arm berühren könnte.

»Weißt du noch, als du in der großen Höhle einen Schatten zu sehen geglaubt hast, der sich bewegte? Was ist, wenn sich hier tatsächlich jemand herumtreibt und in unsere Höhle kommt?«

»Falls dieser Jemand das vorhatte, hätte er es vermutlich schon getan.«

»Er könnte aber auch abwarten und uns im Schlaf ermorden.«

»Oder das.«

»Ich meine es ernst«, erkläre ich ihm.

»Was soll ich deiner Meinung nach tun, Zorie?«

Er braucht gar nicht so pampig zu sein. »Keine Ahnung.«

»Wenn dir was einfällt, sag Bescheid.«

Ich atme tief aus.

»Hey, Lennon?«

»Ich höre dich immer noch«, sagt er.

»Bist du wirklich sicher, dass es in dieser Höhle keine kleinen Löcher gibt?«

»Wovon redest du?«

»Von Löchern, durch die Schlangen kriechen können.«

Ich höre ihn leise fluchen. »Ich bin sicher. Keine Löcher. Schlaf jetzt, Zorie.«

Tja, genau das wird nicht passieren.

»Hey, Lennon?«, flüstere ich.

»Verdammt, Zorie!«

Ich zucke zusammen und beiße im Dunkeln die Zähne zusammen. »Mir ging bloß so durch den Kopf: Da die Möglichkeit besteht, dass hier finstere Höhlentrolle reinschleichen und uns ermorden, solltest du vielleicht deine Axt parat haben. Nur für alle Fälle.«

»Sie liegt beim Schlafen neben mir.«

»Echt?«

»Nur für alle Fälle.«

»Das sorgt nicht gerade dafür, dass ich mich besser fühle«, wende ich ein. »Sondern gibt mir eher das Gefühl, dass draußen nachts tatsächlich Bedrohungen lauern.«

»Ja, natürlich. Siehst du irgendeine Tür, die du abschließen kannst? Wir sind in dieser Höhle völlig ungeschützt. Es kann alles Mögliche passieren.«

Ich setze mich in meinem Schlafsack auf. »Hey, hör zu.«

»Mir war gar nicht bewusst, dass ich eine andere Wahl habe«, brummt er.

Ich überhöre seine Bemerkung geflissentlich. »Ich finde, du solltest hier bei mir schlafen.«

Stille. Sekundenlang. Dann fragt er: »Äh, was?«

»Mein Zelt ist für zwei Personen gedacht«, erkläre ich ihm. »Es geht mir nicht um Austausch von Körperhitze, wie du es vorhin so eloquent genannt hast. Ich würde mich bloß einfach besser fühlen, wenn du bei mir wärst, wenn mich der Höhlentroll ermordet.«

Er erwidert nichts.

»Lennon?«

»Ich habe dich gehört.«

»Und?«

»Ich denke nach.«

Ich warte, mein Herz hämmert. Es raschelt eine Weile, dann höre ich einen Reißverschluss und schließlich erscheint eine Silhouette vor meinem Zelteingang. Er wird aufgezogen und Lennon steckt den dunklen Haarschopf herein. »Gib mir deinen Rucksack.«

Ich zerre ihn über den Zeltboden und schiebe ihn zum Eingang. Der Rucksack verschwindet und landet mit einem dumpfen Geräusch nebenan. Vermutlich hat Lennon ihn in seinem Zelt verstaut. Erneut Reißverschlussgeräusche. Schließlich teilt sich mein Fliegengitter und neben mir rollt sich etwas auf. Die Isomatte, die tagsüber unten an seinem Rucksack befestigt ist. Ihr folgt der Schlafsack.

Lennon kommt ins Zelt gekrochen und zieht den Reißverschluss hinter sich zu. Und bevor ich weiß, wie mir geschieht, rutscht er in seinen Schlafsack. Ein kurzes Aufblitzen schwarzer Boxershorts unter seinem T-Shirt, muskulöse Beine …

Dann liegt er neben mir. Das Zelt ist mit einem Mal so viel kleiner.

»Zufrieden?«, fragt er. Es klingt etwas motzig.

Ich lächle vor mich hin. *Ja.* »Kommt drauf an. Hast du deine Axt mitgebracht?«

Sein Stöhnen ist filmreif. »Ich werde den Höhlentroll wohl mit bloßen Händen erwürgen müssen. Reicht das?«

»Ja, gut gemacht, Schwein«, sage ich in meiner besten James-Cromwell-Stimme. »Gut gemacht.«

Die Kapuze seines Schlafsacks sieht fluffiger aus als meine. Er knetet sie zu einem Kissen, dann legt er sich auf den Rücken und schiebt einen Arm unter den Kopf. Ich drehe mich zu ihm und starre ihn so lange an, bis sich meine Augen an das trübe Licht gewöhnt haben und ich die scharfe, gerade Linie seiner Nase und die stacheligen Stirnfransen erkenne.

»Es tut mir leid, dass ich nicht da war«, flüstere ich in die Dunkelheit.

»Ich habe dich gebraucht«, flüstert er zurück. »Es war so schrecklich, und ich habe dich gebraucht.«

Mir kommt das Bild seines Vaters in den Kopf, und plötzlich denke ich unerwarteterweise an meine leibliche Mutter. Ihr Gesicht. Ihr Lachen. Wie leer ich mich gefühlt habe, als sie starb. Dass ich genau weiß, wie Lennon sich fühlt, macht alles nur noch schlimmer. Niemals soll ihm etwas so wehtun.

Ein seltsames unterdrücktes Geräusch erfüllt das Zelt; es dauert einen Moment, bis mir klar wird, dass er weint. Lennon weint nicht. Nie. Er hat als Kind nicht geweint und auch nicht, als wir älter wurden. Das Geräusch zerreißt mir das Herz.

Ich strecke instinktiv die Hand nach ihm aus. Als ich sie auf seine bebende Brust lege, umfasst er sie hart. Ich weiß nicht, ob er mich wegschieben will, und einen kurzen Moment verharren wir reglos in einem Zwischenstadium.

In einer angespannten Art Übergang.

Er dreht sich zu mir, und ich ziehe ihn näher, und er vergräbt seinen Kopf an meinem Hals und schluchzt stumm. Ich spüre heiße Tränen auf meiner Haut und lege die Arme um ihn. Sein Duft steigt mir in die Nase: Shampoo und Sonnigkeit und Feuergeruch, ein herber Geruch nach Schweiß und aromatischen Kiefernnadeln. Er ist härter, kräftiger und sehr viel männlicher als bei unserer letzten Umarmung. Ich habe das Gefühl, eine Ziegelwand festzuhalten.

Nach und nach hört das stumme Weinen auf, und er liegt schlaff in meinen Armen.

Wir befinden uns in einer unbekannten Höhle und sind etwas verloren. Ohne Plan und eindeutig vom Weg abgekommen.

Aber zum ersten Mal, seit wir von zu Hause losgefahren sind, habe ich keine Angst.

19

Obwohl wir nun schon seit mehreren Stunden laufen, haben wir gerade erst mal das Tal unterhalb der Höhle hinter uns gelassen. Lennon hat mir zwar ein Ibuprofen zum Frühstück verabreicht, aber trotzdem tun mir Rücken und Beine weh. Als ich aufgewacht bin, lag es auf einem Bärenkanister neben einer der blauen Kaffeetassen. Ich weiß nicht, wie er sich aus dem Zelt geschlichen hat, ohne dass ich es mitbekommen habe. Ich weiß nur, dass sein Arm jedes Mal, wenn ich nachts wach geworden bin, um mich geschlungen war. Irgendwann im Morgengrauen habe ich unbewusst gespürt, dass mir wesentlich kälter war.

Als ich schließlich richtig aufwache, hat er bereits Feuer gemacht und unser Frühstück vorbereitet. Statt der Gefühlsachterbahn von letzter Nacht verheißt der neue Tag heißen Kaffee.

Keine schlechte Art aufzuwachen. Wenn sich bloß mein Körper nicht anfühlen würde, als wäre er von einem Lastwagen überrollt worden, der aus purer Bosheit gleich noch ein paarmal zurückgesetzt hat.

Wandern ist schmerzhaft.

Als wir einen steilen Hügel erklimmen, wird es sogar noch schmerzhafter. Aber es ist egal, ich bin gespannt auf unser Ziel. Lennon hat eine neue Karte gezeichnet. Während ich heute Morgen damit beschäftigt war, möglichst nicht die dunklen Bartstoppeln auf seinem Kinn anzustarren, weil sie mich nur auf dumme Gedanken bringen, hat er die Route in seinem Heft aufgezeichnet und neu berechnet. Nachdem wir gestern in der Höhle die falsche Abzweigung genommen haben, werden wir uns nun an einen bekannteren Wanderweg halten, der laut Lennon mehr nach meinem Geschmack sein wird: Er ist auf der offiziellen Karte des King's Forest zu sehen und führt nicht nur zu einer Ranger-Station, sondern bietet unterwegs auch irgendeine Naturschönheit – Lennon besteht allerdings darauf, dass diese Schönheit eine Überraschung bleibt.

Und überredet mich trotz meiner Abneigung gegen Überraschungen, mich darauf einzulassen. Ich rede mir ein, dass ich nur nachgebe, weil er letzte Nacht so viel von sich preisgegeben hat, aber womöglich liegt es an den Bartstoppeln. Sie machen mich echt wuschig.

Wir stehen an einer Weggabelung. Ein Schild verrät uns, dass es sich bei dem breiteren Pfad um den Emperor Trail handelt. Durch eine Lücke in den Zedern sieht man nun die in der Sonne glitzernden schneebedeckten Berge.

»Oh, wow«, murmle ich.

»Ja, oder?«, sagt Lennon. »Der braune Gipfel links ist der Mount Topaz und der graue zerklüftete rechts der Thunderbolt Mountain. Dort kommt es zu vielen tödlichen Unfällen.«

Der Berg sieht überhaupt nicht tödlich aus. Sondern schön. Majestätisch. Nun kann ich total nachvollziehen, warum Leute das über Berge sagen. Ich strecke die Arme aus und fülle meine Lungen mit reiner Luft. Etwas zwickt. Ich schlage mir auf den Arm.

»Ach, übrigens, wir betreten jetzt Mückenland«, Lennon dreht sich um und deutet auf seinen Rucksack. »Schau mal in der zweiten Tasche nach. Dort ist eine kleine Flasche Mückenspray.«

Ich ziehe den Reißverschluss auf und taste mit den Fingern nach der fraglichen Flasche. Wir besprühen uns gegenseitig mit einem nach Zitronengras duftenden Öl, das mir in den Augen brennt. Sobald wir eingeschmiert und mückensicher sind, schlagen wir den Weg durch das Zedernwäldchen ein. Es dauert nicht lange, bis zwei Dinge passieren: (1) Wir sehen andere Wanderer vor uns, und (2) wir sehen sie steile, in den Berg geschlagene Granitstufen hinaufsteigen.

»Was ist das denn?«, frage ich.

»Die Emperor's Staircase«, Lennon wackelt mit den Augenbrauen. Er trägt eine ausgeleierte schwarze Strickmütze mit Totenkopf, unter der seine stacheligen Haarspitzen hervorstehen. Ich hätte auch gern eine Mütze, um das Debakel meiner Krissellocken zu bedecken. Die Natur kennt echt kein Erbarmen.

»Wir klettern diese Felstreppe hoch?«, frage ich.

»Das ist nicht einfach irgendeine Felstreppe, Zorie. Sondern zu Erhabenheit erhöhte Natur«, verkündet er salbungsvoll. »Mehr als achthundert Stufen, die im späten achtzehnten Jahrhundert in die Granitfelsen geschlagen wurden. Beim Bau starben drei Männer, und seitdem ist fast jedes Jahr jemand auf diesen Stufen zu Tode gekommen. Im letzten Jahrzehnt waren es fünfzehn. Es ist der zurzeit tödlichste Wanderweg aller amerikanischen Nationalparks.«

»*Wie bitte?*«, frage ich alarmiert.

Er grinst. »Keine Angst. Die Leute, die tödlich verunglücken, sind normalerweise bloß die Idioten, die bei irgendwelchem Blödsinn abstürzen. Wenn wir ein Stück weiter oben sind, wirst du verstehen, was ich meine. Wäre Brett hier, würde ich ihm eine Fifty-fifty-Überlebenschance einräumen. Er wäre einfach nicht in der Lage, dem Lockruf des Todes zu widerstehen. Was mich fast wünschen lässt, er wäre noch bei uns.«

»Das ist nicht nett«, beschwere ich mich, muss jedoch unwillkürlich lächeln.

»*Aber*«, beharrt Lennon, »wir beide werden uns nicht zu irgendwelchen riskanten Aktionen hinreißen lassen.«

»Äh, wäre zu hoffen, oder?«

»Alles gut. Jedes Jahr steigen Tausende von Leuten mit gesundem Menschenverstand die Stufen hinauf und überleben es. Die Treppe gehört zu den beliebtesten Attraktionen dieses Parks. Du wirst begeistert sein, versprochen. Und ganz oben gibt es noch ein Highlight.«

»Einen Whirlpool und eine Pizza?«

Er lacht leise. »Nicht ganz, aber es wird dir gefallen. Wir legen auf halber Höhe eine Mittagspause ein. Los, Everhart!«, ruft er enthusiastisch, ein ansteckendes Lächeln auf dem Gesicht.

Und so beginnen wir mit unserem Aufstieg.

Zuerst müssen wir noch ungefähr eine halbe Stunde lang einen steilen Pfad hochlaufen, dann erreichen wir die Treppe. Die Stufen sind uneben und breit, links und rechts wachsen anmutige Wildblumen und filigrane Gräser. Die Treppe schlängelt sich lässig den Berghang hinauf, die obersten Stufen führen um den Gipfel und sind von hier aus nicht zu erkennen. Teilweise sind sie steil und ein wenig wackelig, doch abgesehen von der Anspannung in den Waden leuchtet mir nicht so recht ein, was an ihnen gefährlich sein soll. Je höher wir steigen, desto lauter wird das Wassergeräusch, vermutlich ist irgendwo ein Fluss, den wir noch nicht sehen können.

Beim Klettern spüre ich, dass es mir körperlich besser geht. Immer noch nicht unbedingt hundertprozentig, aber Lennon behauptet, der Körper brauche seine Zeit, um sich ans Wandern zu gewöhnen. Es gehe um langsame und stetige Ausdauer, nicht um ein Wettrennen. Die unberührte Umgebung trägt auf jeden Fall dazu bei, mich zu motivieren.

Das Problem beim Wandern ist, dass alles andere verschwindet. Es gibt keine Ablenkung durch soziale Medien. Kein Fernsehen. Keinen Zeitplan, der eingehalten werden muss. Man ist auf sich selbst und seine Gedanken reduziert und die gleichmäßigen Schritte der eigenen Füße über den felsigen Boden. Selbst als ich versuche, meinen Kopf leer zu halten, rattert mein Hirn geschäftig im Hintergrund und möchte Dinge lösen, die ich nicht gelöst haben will.

Wie Lennon.

Und mich.

Uns.

Wir haben nicht über letzte Nacht gesprochen. Auch nicht darüber, dass wir im selben Zelt geschlafen haben, und schon gar nicht darüber, dass sein Vater gestorben ist. Ich habe Fragen über Fragen, aber ich warte auf ein Signal von ihm, dass er bereit ist, sie zu beantworten.

Vielleicht bin auch ich noch nicht bereit, die Antworten zu hören.

Ich hasse verzwickte Situationen.

Nach ungefähr zwanzig Minuten auf der Treppe fühlen sich mein Kopf und meine Füße an, als würden sie jeden Moment explodieren. Egal, wie lange ich in mich hineinhorche oder wie schön die Landschaft ist, nichts ist in der Lage, mich von diesem Schmerz abzulenken. »Ich kann nicht mehr«, keuche ich. »Das ist das brutalste StairMaster-Training aller Zeiten. Ich hasse diese Scheißstufen. Ich hasse sie, ich hasse sie, ich –«

»Sieh es sportlich. Wir haben fast die Hälfte geschafft. Nur noch bis dort oben«, sagt er und deutet auf eine Unterbrechung in der Treppe. Den Berg hinauf hat es schon ein paar Rastplätze gegeben, doch dieser hier ist ein glattes Granitplateau mit mehreren aus dem Stein geschlagenen Bänken. Eine wird von einer Touristenfamilie mit Tagesrucksäcken in Beschlag genommen – zwei Kinder plus Mama und Papa. Sie sind laut und schreien sich über das allgegenwärtige Rauschen des unsichtbaren Flusses zu. Nachdem wir gestern den ganzen Tag keine Menschenseele gesehen oder gehört haben, lässt mich das zusammenfahren.

Als Lennon seinen Rucksack auf einer schattigen Bank am Berghang des Plateaus absetzt, lasse ich mich neben ihn fallen und bleibe erst mal einen Moment lang auf der Kante sitzen.

Erst dann löse ich die Gurte meines Rucksacks. Diese Ecke ist ein wenig zurückgesetzt und geschützt, auch das Rauschen des Flusses ist hier nicht so laut.

»Ich schwitze«, verkünde ich. »Ich kann mich nicht erinnern, wann ich vor diesem Trip das letzte Mal geschwitzt hätte.«

Lennon dreht seinen Bärenkanister auf und holt unser vertrautes Mittagessen heraus. »Das ist gesund.«

»Ist Wandern der Grund für deine Wandlung von Hänfling zu Superman?«

Er mustert mich fragend. »War mir gar nicht bewusst, dass dem so ist.«

»Oh, doch«, sage ich und spüre meinen Nacken heiß werden. *Sehr subtil, Everhart.* Ich nähere mich zu sehr dem Thema, dass ich ihn mit meinem Teleskop in seinem Zimmer ausspioniert habe. Ich sollte es lieber fallen lassen, bevor ich mich verplappere.

»Du hast dir letzte Nacht überhaupt nicht die Sterne angesehen«, kommt nach einer Weile.

Argh. Er hat auch daran gedacht, dass ich ihm hinterherspioniert habe. Super.

»Nicht so schlimm«, erkläre ich.

»Heute Nacht wirst du eine tolle Sicht haben, versprochen.« Er überlegt kurz, dann räuspert er sich. »Ich habe dich noch gar nicht gefragt, ob du überhaupt die ganze Strecke bis zum Condor Peak laufen willst. Die Ranger-Station, von der ich dir erzählt habe, befindet sich auf der anderen Seite dieses Berges. Wir sollten sie heute Nachmittag erreichen. Ich weiß, ich bin einfach davon ausgegangen, dass du heute Nacht da sein wirst, um dir die Sterne anzuschauen, aber wenn du an der Ranger-Station einen Wagen rufen willst …«

Oh. Daran hatte ich, ehrlich gesagt, überhaupt nicht mehr gedacht.

»Du musst die Entscheidung nicht gleich treffen«, sagt er. »Lass es dir durch den Kopf gehen und sag mir Bescheid.«

Ich nicke, und das Thema ist erledigt. Wir essen schweigend – im Wesentlichen, weil ich zu müde bin, um zwei Sachen gleichzeitig zu tun. Ich schaffe es gerade noch zu kauen. Als wir wieder zusammenpacken, ist die Touristenfamilie verschwunden und wir sind allein auf dem Felsvorsprung. Mir fällt auf, dass Lennons Bein wie ein Presslufthammer zuckt. Das tut es immer, wenn er sich angestrengt konzentriert, zum Beispiel bei Tests, oder wenn er wegen irgendetwas nervös ist.

Als er bemerkt, dass ich sein Bein anstarre, hört er sofort mit dem Zucken auf und seufzt. »Das ist bescheuert. Wir sollten darüber reden.«

»Wie meinst du das?«

»Über letzten Herbst. Hör zu, ich habe dir das von meinem Vater erzählt. Jetzt möchte ich wissen, was mit deinem ist.«

»Mit meinem Vater?«

Er sieht mich fragend an. »Ich wüsste gern, was er dir nach der Homecoming-Party über mich erzählt hat; ich gehe jedenfalls davon aus, dass er dir etwas erzählt hat. Ich wüsste bloß gern, wie viel davon der Wahrheit entsprach.«

»Ich verstehe nur Bahnhof«, sage ich kopfschüttelnd.

»Nach der Party. Was er zu dir gesagt hat.«

Ich starre ihn an. »Ähm, wir hatten ein Gespräch und er hat mir erklärt, dass ich ohne dich besser dran sei. Dass ich lieber einen sauberen Schlussstrich ziehen und mein Leben weiterleben solle, weil die Sache mit dir mich nur ... belasten würde.«

»Das ist alles?«

Ich habe keine Ahnung, was Lennon von mir hören möchte. »Mehr oder weniger. Ich habe ihm nichts ... erzählt. Du weißt schon. Vom Experiment.«

Lennon mustert mich mit gerunzelter Stirn. »Und er hat es nicht angesprochen?«

»Warum sollte er?«

Lennon setzt zur Antwort an, überlegt es sich dann aber

anders. Zwei Mal. Nachdem er sich auf die Unterlippe gebissen und noch einmal schnell mit dem Bein gewippt hat, sagt er schließlich: »Ich versuche nur herauszufinden, warum du mich aus deinem Leben verbannt und was mit Andre angefangen hast.«

»Weil du mich bei der Party versetzt hast?«

»Ich habe dir eine Nachricht geschrieben.«

»Eine. ›Tut mir leid.‹ Das war's. Das war alles, was du gesagt hast. Ich habe dir tausendmal zurückgeschrieben und du hast nie geantwortet.«

»Tja, ich hoffe, du siehst mir nach, dass ich mit dem Selbstmordversuch meines Vaters beschäftigt war.«

Ich erstarre. »Das war … bei der Homecoming-Party?«

»Es war eines der vielen beschissenen Ereignisse an diesem Tag.«

»Ähm … Was ist denn noch alles passiert?«

Er starrt die Berge in der Ferne an. »Das ist der Grund, warum ich dich nach deinem Vater gefragt habe. Er hat nicht erwähnt, was an diesem Tag vorgefallen ist? Im Hotel?«

»Welchem Hotel?«

Er murmelt mit geschlossenen Augen etwas vor sich hin und rutscht auf der Parkbank noch tiefer. »Schon gut.«

»Oh nein, so läuft das nicht.« Allmählich werde ich gereizt. »Auf keinen Fall. Du hast damit angefangen, also bring es auch zu Ende. Welches Hotel?«

Er hält sich eine Hand vor die Augen und stöhnt.

Was meine Nervosität gleich noch um ein paar Grade steigert. Wenn Lennon es schon für schlimm hält, muss es noch weitaus übler sein, als ich angenommen habe.

»Erzähl es mir einfach«, bettle ich.

Er schlägt beide Hände auf die Knie. Seine Ellbogen sind angewinkelt, als wolle er aufstehen, doch stattdessen holt er scharf Luft und atmet hart aus. »Letzten Herbst haben sich die

Dinge zwischen uns, na ja, verändert. Das Große Experiment fand statt.«

»Ich war dabei«, erinnere ich ihn.

»Ich dachte, es liefe gut. Gut genug, dass wir es unseren Eltern erzählen und uns öffentlich zeigen wollten«, sagt er. Er lehnt sich wieder gegen die Bank, seine Arme sind vor der Brust verschränkt. »Und vermutlich war ich ... zu enthusiastisch, was die Bedeutung von Homecoming anbelangt. Ich dachte, na ja, du weißt schon. Dass wir die Sache mit der Freundschaft ziemlich gut draufhatten. Wir waren Experten darin, befreundet zu sein. Und als wir ... Ich meine, mein Gott. Was wir auf dieser Parkbank veranstaltet haben.«

»Nicht alles«, sage ich. Meine Ohren werden langsam heiß.

»Nein, aber es war schön. Ich meine, richtig, richtig schön. Oder?«

Es war unglaublich. Manchmal unbeholfen, vor allem am Anfang. Es ist komisch, seinen besten Freund zu küssen. Aber dann auch wieder nicht. Sondern sehr schön. So schön, dass ich gerade gar nicht daran denken darf, weil es mich aus der Fassung bringt. Dieses ganze Gespräch bringt mich aus der Fassung. Ich glaube, ich schwitze schon wieder.

Als ich zögernd nicke, entspannt sich Lennon. »Also. Es lief gut. Wir waren uns einig, dass wir es offiziell machen wollten. Es fühlte sich richtig an. Aber dann rückte Homecoming immer näher, und du wurdest immer gestresster, weil du es deinem Vater sagen musstest –«

Meine Finger werden leicht taub.

»– und ich kann es dir nicht verübeln. Er ist nicht unbedingt nett oder zugänglich. Und, na ja, er konnte mich noch nie leiden.«

Ich widerspreche ihm nicht, denn es stimmt. Solange wir Kinder waren, schien Dad keine Meinung zu Lennon zu haben – doch dann fand er heraus, dass Lennon zwei Mütter und einen

Muslim als Vater hatte, und ab diesem Zeitpunkt ging es mit seinen abfälligen Kommentaren über die Mackenzies los.

Lennon fährt fort. »Ich will nur sagen, ich konnte damals verstehen, dass du dich davor gedrückt hast, mit ihm zu reden, und besonders gut verstanden habe ich es nach dem Vorfall am Tag der Party.«

»Und was war das genau?«

Er stößt einen tiefen Seufzer aus. »Ich kannte ein paar Zwölftklässler, die Hotelzimmer für die Homecoming-Nacht klargemacht haben.«

Das geschieht jedes Jahr, sowohl bei der Homecoming-Party als auch beim Abschlussball. Manchmal werden die Zimmer von Leuten reserviert, die feiern wollen, manchmal sind es nur Paare.

»Ich dachte mir, ich buche ein Hotelzimmer für uns. Nur für uns beide«, sagt Lennon.

Ich gebe einen erstickten Laut von mir. Das ... hatte ich nicht erwartet. Aber so überhaupt nicht.

»Im Rückblick«, sagt er, »ist mir klar, dass es klingt, als hätte ich mir, was die Richtung unserer Beziehung anbelangt, ziemlich viel angemaßt. Und vermutlich stimmt das auch. Aber ehrlich gesagt dachte ich, wir wollten dasselbe. Zumindest habe ich mir das eingeredet.«

Ich habe keinen Schimmer, was ich gerade empfinde. Meine Haut fühlt sich gleichzeitig glühend heiß und taub an. »Und du hättest mich das nicht fragen können?« Zugegebenermaßen hätte ich es damals vermutlich total aufregend gefunden, doch es jetzt zu hören ist seltsam. »Also, vorher mit mir darüber reden können?«

»Ich hielt es für romantisch, dich zu überraschen.«

»Indem du ein Zimmer reservierst, in dem wir Sex hätten haben können?«

Er kneift ein Auge zu. »Tja, wenn du es *so* formulierst, dann klingt es wirklich ziemlich abgefuckt. Ich hätte dich nie zu etwas gedrängt. Das weißt du. Oder?«

»Aber war das nicht genau die Absicht, die dahinterstand?«

»Wie ich sagte, ich dachte, wir seien uns einig. Damals.«

Okay, stimmt, vielleicht waren wir das. Irgendwann ist es auch genug mit heißen Hardcore-*Wo ist mein BH?*-Knutschereien, und es muss was passieren, bevor man den Verstand verliert.

»Dann erzähl doch bitte weiter, wie es mit deinem romantischen Hotelplan weiterging«, sage ich trocken.

Erneutes Seufzen von ihm. Nicht gut. Wenn er viel seufzt, dann, weil er gleich etwas aussprechen wird, das er eigentlich nicht aussprechen möchte. »Wie dem auch sei, wahrscheinlich erinnerst du dich nicht mehr, aber am Tag der Homecoming-Party war ich in der Mittagspause nicht in der Schule.«

Ich nicke.

»Ich habe heimlich das Schulgelände verlassen, um das Hotelzimmer zu reservieren. Ich hatte Angst, dass das Hotel mich abweisen würde, weil ich erst sechzehn war. Von den anderen wusste ich, dass sie zur Zimmerreservierung die Kreditkarten ihrer Eltern nahmen, deshalb … habe ich mir Macs Kreditkarte sozusagen ausgeliehen.«

»Du …«

»Okay«, räumt er ein. »Vermutlich habe ich sie gestohlen.«

»Oh nein.«

»Ich weiß. Es war dumm. Ich habe nicht richtig überlegt. Ich dachte, ich kann das Zimmer damit bezahlen und die Karte anschließend wieder in Macs Handtasche schmuggeln, mir dann die Rechnung schnappen, wenn sie kommt, und sie begleichen, bevor Mac es mitkriegt. Die Cousine von Ina Kipling arbeitete an der Rezeption des Edgemont Hotels –«

»Wow. Das ist –«

»Nobel. Ich weiß. Nachdem Ina ein paar von uns in der Theater AG erzählt hatte, ihre Cousine könne was an der Mindestalterregelung drehen, bin ich am Tag der Party heimlich zum Edgemont gegangen. Ich stand am Empfang, und es war tatsächlich Inas Cousine, und sie fragte mich, auf welchen Namen sie reservieren solle, aber ich wollte nicht unsere richtigen Namen benutzen. In meiner Panik habe ich den Namen meines Vaters angegeben. Und als ich ›Ahmed‹ für Inas Cousine buchstabiere, fragt sie mich, ob ich Araber sei – was mich nervt, weil sie sich aufführt, als wäre ich ein Terrorist oder so.«

Ich gebe ein Handzeichen, dass er weiterreden soll. Komm endlich zur Sache, Mann!

»Und mitten in unserer Diskussion, als ich zugebe, dass Ahmed der Name meines Vaters ist, erklärt sie mir, dass ich echte Namen angeben muss, weil sie sonst Ärger bekommt. Ich nenne ihr also deinen und meinen Namen, und plötzlich, aus heiterem Himmel, schubst mich dein Vater.«

Moment. Was?

»Mein Vater?«

»Dein Vater«, wiederholt er mit feindseliger Stimme.

»Was wollte der denn dort?«

»Er wartete offenbar hinter mir in der Schlange und hatte alles mitgehört. Denn er machte eine Riesenszene. Wir stehen da mitten in diesem Luxushotel, mit Pagen und goldenen Gepäckwagen, und er brüllt mich an, dass er mich windelweich prügeln wird, wenn ich seine Tochter auch nur noch mal anschaue.«

Ich schaudere und halte mir entsetzt die Augen zu, als Lennon weitererzählt.

»Danach droht er Inas Cousine, dass sie gefeuert gehöre, weil sie einem Minderjährigen ein Hotelzimmer gebe, und ...« Lennon seufzt laut. »Es war *schrecklich*. Ich wäre am liebsten gestorben. Und dann schnappte sich dein Vater Macs Kreditkarte vom Empfangstresen und wollte wissen, ob meine Mütter das erlaubt hätten. Er hat sie als ›Dreckslesben‹ beschimpft.«

»Oh Gott.«

»Ja«, sagt er. »Da ist bei mir die Sicherung durchgebrannt.«

»Was ist passiert?«

»Ich habe ihm eine reingehauen.«

WAS? Ich starre Lennon ungläubig an.

»Jep«, bestätigt Lennon und klopft sich mit den Knöcheln auf die Schenkel. »Habe ihm einen Kinnhaken verpasst. Tat höllisch weh. Meine Knöchel waren noch tagelang blau.«

Ich gehe meine Erinnerungen an letztes Jahr durch. Mein Vater hatte eine geschwollene Wange und einen Bluterguss am Kinn. Uns hat er erzählt, es wäre an einer Baustelle durch ein umstürzendes Gerüst passiert.

»Nach dem Schlag«, fährt Lennon fort, »stürzte er sich auf mich, aber ein Hotelangestellter ging dazwischen. Und dann hat Inas Cousine den Hotelmanager geholt. Und ... um die Geschichte kurz zu machen, dein Vater hat mich aus dem Hotel gezerrt und gesagt, wenn ich mich von dir fernhielte, würde er auf die Benachrichtigung der Polizei und eine Anzeige verzichten. Keine Homecoming-Party. Keine Besuche. Keine Gespräche in der Schule. Keine Anrufe oder Nachrichten. Er behauptete, er würde dein Handy kontrollieren.«

»Oh Gott«, sage ich erschrocken. Kann er mein Handy kontrollieren? Hat er es schon getan? Meine Eltern haben mir schon immer ziemlich viele Freiheiten zugestanden. Ich hätte nie erwartet, dass sie in meinen Angelegenheiten herumschnüffeln würden.

»Das war es, mehr oder weniger«, sagt Lennon. »Ich war entschlossen, es dir trotzdem zu erzählen. Erst mal fuhr ich durch die Stadt, bis ich mich beruhigt hatte. Ich habe Avani eine Nachricht geschrieben, sie solle dir ausrichten, ich würde dich bei der Party treffen, denn unser Plan, dich zu Hause abzuholen und deinen Eltern zu erzählen, dass wir zusammen sind ... würde ja nun nicht stattfinden. Ich dachte, ich würde dir einfach bei der Party von dem Vorfall mit deinem Vater erzählen und wir würden uns etwas überlegen. Doch dann rief Sunny an und sagte mir, dass mein Vater versucht hatte, Selbstmord zu begehen, und wir fuhren Hals über Kopf in die Stadt und warteten im Krankenhaus, weil nicht klar war, ob er es überleben würde.«

Er schluckt; sein Adamsapfel bewegt sich auf und ab. »Dad hat das Wochenende überlebt. Und meine Mütter haben sichergestellt, dass seine Freundin ihn zu Hause betreuen würde – haben Lebensmittel für die beiden eingekauft und so. Wir waren fix und fertig. Ich war erst Sonntagabend wieder zu Hause. Ich wollte am nächsten Tag in der Schule mit dir reden, mich wegen der Party entschuldigen und dir erklären, was passiert war. Aber dann unternahm mein Vater seinen zweiten Selbstmordversuch, und dieses Mal war keiner da, der ihn davon abhielt.«

»Oh, Lennon.«

»Ja.« Sein verkrampftes Lächeln verschwindet gleich wieder. »Es war die letzte Nachricht, die ich dir geschrieben habe.«

Es tut mir leid.

Ich sehe die Nachricht noch genauso deutlich vor mir wie damals. »Ich dachte ... du wolltest mir damit sagen, dass du keine Beziehung willst. Dass du Schiss hattest, es mir ins Gesicht zu sagen.«

»Ich hatte Angst, dass dein Vater dein Handy kontrolliert, und ich steckte mitten in einem Albtraum. Ich konnte keinen klaren Gedanken fassen. Ich redete mir zu, dass wir es gleich nach der Beerdigung klären würden. Dich mit Andre zu sehen, als ich wieder in die Schule ging, war das Letzte, was ich erwartet habe.«

Oh Gott.

Alles in meinem Kopf fügt sich zusammen.

Ich sehe diesen Montag noch glasklar vor mir. Ich hatte das ganze Wochenende geheult, weil ich dachte, alles außer Freundschaft sei ihm zu schräg und er habe mich sitzen lassen. Ich wollte nicht in die Schule gehen, aber nachdem ich ihr von dem Großen Experiment erzählt hatte, zwang mich meine Mutter dazu. Sie fand, ich solle mit Lennon reden und herausfinden, was vorgefallen war. Ihm nicht gleich das Schlimmste unterstellen. Und –«

»Mein Vater hat lange mit mir geredet.« Zu nervös, um sitzen zu bleiben, springe ich von der Bank auf und gehe auf dem Plateau hin und her. »Er sagte, Mom habe ihm erzählt, ich sei völlig aufgelöst und es wäre besser, wenn ich nicht mit dir rede. Ich solle loslassen, alle Beziehungen würden sich verändern, und ich solle lieber Stolz beweisen, statt herumzubetteln. Er ...« Ich rede nicht weiter und stemme die Hände in die Hüften, um das Gleichgewicht zu bewahren. Mir ist speiübel. »Ich habe ihn für einen besorgten Vater gehalten. Warum sollte es ihn kümmern, was wir getan haben oder nicht?«

Lennon nickt zustimmend. »Ja, oder? Ich habe es nie verstanden. Ich meine, meine Eltern sind wesentlich weniger verklemmt, was Sex anbelangt –«

Ich spüre, wie ich rot werde.

»– aber ich fand es seltsam, dass er so in die Luft gegangen ist.«

»Oh, er geht ständig in die Luft«, sage ich und tigere weiter auf und ab. »Er ist ein Pulverfass.«

»Und er ist richtig gemein. Er behielt Macs Kreditkarte – als Druckmittel, wie er mir erklärte. Als sie nach der Beerdigung meines Vaters völlig aufgelöst danach gesucht hat, konnte ich sie nicht länger belügen und habe ihr alles gestanden. Sie war stinksauer auf mich. Du kennst ja ihre Einstellung zu Diebstahl.«

»Oh ja.«

»Aber auf deinen Vater war sie danach noch viel wütender. Der ganze Scheiß, den er über den Sexshop abgelassen hatte ... Das war das erste Mal, dass sich unsere Familien gegenseitig angebrüllt haben. Es ging um uns beide. Während wir in der Schule waren, lief Mac rüber in die Praxis deiner Eltern und hat ihm die Meinung gesagt.«

Es war unseretwegen? Das ganze Durcheinander hat die Feindseligkeit zwischen unseren Familien ausgelöst?

Lennon nickt. »Ich wollte über alles mit dir reden, doch als ich nach der Beerdigung meines Vaters in die Schule kam, standst du mit Andre vor deinem Spind und hast ihn geküsst.«

»Ich dachte, das mit uns sei vorbei! Ich habe mich blamiert und bei der Homecoming-Party geweint, und er war nett zu mir. Er war für mich da, du nicht, und ich dachte, du wolltest nicht mehr ... Hätte ich die Wahrheit gewusst, hätte ich es nie getan. Ich hatte keine Ahnung, dass dein Vater gestorben war – du hättest es mir sagen können!«

»Ich ging davon aus, du würdest es mitbekommen. Es lief in den Nachrichten. Aber du hast nichts gesagt, und dein Vater hatte mir angedroht, mich umzubringen, wenn ich mich nicht von dir fernhalte. Die Schule war der einzige Ort, wo ich mit dir hätte reden können, ohne dass er es mitbekam, aber da warst du immer mit Andre zusammen. Andre! Außerdem hast du nicht mal in meine Richtung geschaut! Ich kam mir vor wie ein Aussätziger. In der Mittagspause bist du plötzlich in den Hof gegangen, um mit Reagan und Andre zusammen zu essen, und dann habe ich euch zwei im Thai Palace gesehen ...«

»Ich dachte, du würdest mich hassen. Ich dachte, es wäre Schluss mit uns.«

Er nimmt die Mütze ab und fährt sich durch die Haare, anschließend zieht er sie noch tiefer in die Stirn. »Ich stand wegen meines Vaters völlig neben mir ... Ich wusste nicht, was ich tun sollte. Alles war total beschissen und ich dachte, du wolltest nichts mehr mit mir zu tun haben. Ich war am Ende, Zorie. Am Ende.«

Ich höre den Schmerz in seiner Stimme, er entspricht dem Gefühl in meinem Herzen.

Überwältigt gehe ich zum Rand des Plateaus und spähe die gewundenen Stufen hinunter. Sie wirken wie aus einer anderen Welt, wie die uralten Stufen zu einem tibetischen Bergtempel.

Dabei sind wir hier in Kalifornien, und nichts ist heilig. Es gibt keine Mönche. Keinen Schrein.

Bloß den Berg und die Sonne und uns beide mit all dem Schmerz zwischen uns.

Ein ganzes Stück weiter unten kommt eine Gruppe Wanderer die Treppe hoch. Sie sehen wie Ameisen aus. Ich gehe um ein kurzes Holzgeländer einige Schritte auf die Bänke zu und betrachte die zerklüftete Landschaft. Ist das eine der Stellen, wo Touristen den Berg hinunterstürzen? Dieser Ort sieht überhaupt nicht so aus, als würden Menschen hier sterben. Er ist viel zu schön.

Ich höre Lennon näher kommen, aber ich drehe mich nicht um. Ich weiß nicht, was ich sagen soll. Die ganze Sache will mir nicht in den Kopf. Ich strenge mich an, aber ich bin wütend und todtraurig, alles in mir fühlt sich wund an.

Ist es meine Schuld, weil ich mich an Andres Schulter ausgeheult und Lennon das Schlimmste unterstellt habe?

Ist es Lennons Schuld, weil er mir das Schlimmste unterstellt hat?

Und dann ist da noch mein Vater ...

»Alles, was im Hotel passiert ist ...«, bringe ich schließlich heraus; ich spreche eher zu den Bergen als zu ihm. »Ich meine, das grenzt doch schon an Erpressung, was mein Vater mit dir gemacht hat.«

»Genau das war es auch. Weißt du, es gab etwas, was mir keine Ruhe gelassen hat. Warum stand er in diesem Hotel am Empfang? Es war mitten am Tag. Und wer braucht ein Hotel, wenn er zwanzig Minuten entfernt wohnt? Ich habe nicht wirklich drüber nachgedacht, nachdem alles den Bach runtergegangen war. Erst als dieses Paket versehentlich im Laden meiner Eltern abgegeben wurde.«

Ich erstarre, mein Herz schlägt schnell und unregelmäßig. »Warum?«, frage ich. Es ist fast ein Flüstern. Ich bin nicht sicher, ob ich es wissen möchte.

»Weil diese Frau auf den Fotos … Mir wurde klar, dass ich sie schon mal gesehen hatte. Sie stand in der Hotellobby neben dem Empfangstresen. Und dann habe ich sie noch einmal gesehen, als sie durch die Drehtür schaute, nachdem mich dein Vater nach draußen geschleift hatte«, Lennon redet nicht weiter, dann sagt er: »Als ich es mir später habe durch den Kopf gehen lassen, habe ich mich gefragt, ob er so eine Szene gemacht hat, damit ich sie nicht bemerke.«

Das ist der Todesstoß. Ich möchte die Hände hochhalten und mich ergeben. Ich bin tot, du brauchst nicht mehr zu schießen, schönen Dank auch. Nichts kann mich mehr verletzen. Ich bin jenseits von Schmerz. Alles in mir fühlt sich taub an.

Ich gehe zu unserer Bank, schiebe die Arme unter die Gurte und hieve den Rucksack auf meine Schultern.

»Was tust du da?«, fragt Lennon.

»Ich muss nachdenken«, erkläre ich ihm. »Ich muss einfach … nachdenken.«

20

Und genau das tue ich. Als ich die letzten hundert Stufen erklimme und mit meinen Gedanken allein bin, gehe ich alles durch, was gerade passiert ist. Ob es mir je gelingen wird, nicht mehr wütend auf meinen Vater zu sein? Bin ich eigentlich auch wütend auf Lennon? Ich bin so mit mir selbst beschäftigt, dass ich kaum mitbekomme, dass das Wasser immer lauter wird. Und lauter. Als die Treppe scharf nach rechts biegt, erkenne ich plötzlich den Grund dafür.

Wasserfälle. Zwei. Nicht die kleine besinnliche Kaskade der Mackenzie-Fälle. Falls *das* Rauschen war, spricht hier die Göttin höchstpersönlich. Und zwar mit Donnerstimme.

Blaues Wasser stürzt von einer steilen Klippe über viele Stufen in die tosende weiße Gischt. Es fließt so wild, dass ein Drittel der Fälle bloß aus nebelhaftem Dunst besteht. Ich spüre ihn sogar auf meinen Beinen – dabei muss das Wasser erst fast einen halben Kilometer tiefer auftreffen.

Ich steige die letzten paar Schritte zu einer großen Aussichtsplattform auf einem Plateau hinauf, das doppelt so groß ist wie das unten. Hier oben ist niemand. Wie kann das sein? Am Ende der Plattform erspähe ich eine weitere Steintreppe, die zum höchsten Punkt hinaufführt. Dort scheint es einen schmalen Rundweg um die Wasserfälle zu geben, ganz oben stehen mehrere Touristen, die durch den Sucher blicken und Fotos schießen. Falls ich mich nicht täusche, gibt es dort eine Seilbahn und einige

Toiletten. Vermutlich fahren die meisten lieber damit hoch, statt die gefährlichste Treppe der Welt hinaufzuklettern.

Ich gehe zum Rand der Aussichtsplattform, lasse meinen Rucksack auf eine trockene Stelle fallen und schaue zu den Wasserfällen hinüber.

»Die Emperor und die Empress Falls«, sagt Lennon laut von der Seite, als er seinen Rucksack neben meinem abwirft. »Sie entspringen demselben Fluss, aber diese gezackte Felsformation teilt ihn. Sie sind über hundert Meter hoch.«

Sie sind wunderschön und ich bin völlig überwältigt. Von der Aussicht und von der Unterhaltung, die wir gerade geführt haben. Kann ich einfach die Wasserfälle betrachten und, bis mir etwas einfällt, so tun, als wäre nichts vorgefallen –

»Zorie«, fleht er von hinten. »Sag was. Bitte.«

Ich muss lauter sprechen, damit er mich durch das Rauschen hört; es entwickelt sich zu einem Schreien. »Wenn du deinen Eltern alles erzählt hast, hatte mein Vater doch gar kein Druckmittel mehr gegen dich in der Hand.« Ich drehe mich zu ihm um, in meiner Stimme liegt Bitterkeit. »Warum hast du es mir damals nicht gesagt?«

»Du hast nicht mit mir gesprochen.«

»Weil ich annahm, du würdest mich hassen!«

»Ich habe dich nie gehasst. Ich war wütend, dass du mich ignoriert hast, und ich war verdammt wütend wegen Andre. Dich mit ihm vor deinem Spind zu sehen war einer der schlimmsten Augenblicke meines Lebens – und glaub mir, davon hatte ich im letzten Jahr eine ganze Menge.«

»Ich war nur mit Andre zusammen, um über dich hinwegzukommen.« Mittlerweile weine ich – halb aus Wut, halb aus Trauer. Gleich wird meine Brust explodieren und ich werde über den Rand der Aussichtsplattform stürzen und in der Gischt sterben. Mir geht nicht nur durch den Kopf, was ich mit Andre getan habe, sondern auch das, was Lennon mit Jovana Ramirez getan hat. Und ich weiß nicht, welches Bild ich schlimmer finde.

»Und dann«, schreit er, »musste ich mir Bretts Prahlereien anhören – ausgerechnet von Brett, dem Arschloch –, wie nahe er dran sei, ›ihn einzulochen‹.«

Ekelhaft. Was habe ich bloß in ihm gesehen?

»Es war nur ein Kuss!«, erkläre ich Lennon. »Ein Kuss, und nicht mal ein besonders schöner. Es war nicht schön mit Andre, und das mit Brett war überhaupt nichts. Ist es das, was du hören willst?«

»Ich habe, ehrlich gesagt, nichts dagegen, es zu hören.« Seine Wangen sind dunkel vor Entrüstung.

»Und was ist mit Jovana? Andre und ich hatten ein Mal Sex. Ein Mal! Du hast Jovana vermutlich monatelang gevögelt.«

»Das werde ich keiner Antwort würdigen. Sie ist ein netter Mensch.«

»Aha!«, sage ich. »Du bist meiner Frage ausgewichen.«

»Das war eine Frage? Ich habe nämlich nur eine Feststellung gehört. Und ja, wir hatten Sex. Aber ich war nicht in sie verliebt.«

»Macht es das besser?«

»Du hörst mir nicht zu. *Ich war nicht in sie verliebt.*«

»Habe ich gehört.«

»Sie hat mich verlassen, weil ich noch nicht über dich hinweg war.«

»Warum hast du dann nicht mit mir geredet?«, frage ich.

»Weil du mir deutlich zu verstehen gegeben hast, dass du das nicht willst. Weil du damit beschäftigt warst, mit Brett auf Partys rumzumachen. Weil du dich mit neuen Leuten angefreundet hattest und mir in der Schule aus dem Weg gegangen bist. Weil mich dein Vater die ganze Zeit im Auge hatte.«

»Du hättest um mich kämpfen können!«, schreie ich. »Warum hast du nicht um mich gekämpft?«

»Du hattest mich abgeschrieben!«, schreit er zurück. »Wie soll ich um jemanden kämpfen, der mich wie Luft behandelt?«

»Ich habe versucht, mich zu schützen. Du hast mir wehgetan. Meine ganze Welt ist zusammengebrochen.«

»Genau. Wie. Meine.«

Ich zittere mittlerweile, aber wenigstens hat das wütende Schluchzen aufgehört.

»So soll es nicht sein!«, erkläre ich ihm.

»Was soll nicht sein?«

Ich deute zornig zwischen ihm und mir hin und her. »Das hier! Wenn es so sein sollte, wäre alles einfacher. Vielleicht will uns das Universum etwas sagen.«

»Ach ja?« Er kommt näher und stellt sich vor mich. Baut sich vor mir auf. »Meinst du?«

»Ja«, sage ich, schon weniger überzeugt.

»Ich möchte es wirklich verstehen, Zorie. Was will uns das Universum deiner Meinung nach denn sagen?«

»Dass wir ...« Mein Mund steht offen, aber ich kann den Gedanken nicht zu Ende führen. Lennon ist mir zu nah. Nur Zentimeter entfernt. Mein Kopf ist leer; alle Worte, die mir auf der Zunge lagen, sind verschwunden. Ich habe keine Ahnung, was ich zu sagen versuche. Was ich empfinde. Ich habe bloß das Gefühl, dass wir einen entscheidenden Moment erreicht haben und gleich etwas passieren wird. Als habe die Energie zwischen uns plötzlich zugenommen und würde nun vibrieren. Wie das Schild, das hinter mir warnt: BITTE ABSTAND HALTEN. RUTSCHGEFAHR.

»Willst du wissen, was ich denke?«, sagt Lennon. Er senkt den Kopf, um mir in die Augen zu blicken. »*Ich* glaube, falls das Universum versucht, uns auseinanderzuhalten, dann lost es gerade ziemlich ab. Denn dann wären wir nicht zusammen hier draußen.«

»Ich wünschte, wir wären es nicht!«

»Nein, das wünschst du dir nicht«, sagt er entschieden.

»Oh doch. Ich wünschte, ich wäre nie mitgefahren. Ich wünschte, ich hätte das alles nicht erfahren, und ich wünschte mir –«

Ohne Vorwarnung liegt sein Mund auf meinem. Er küsst mich hart. Ohne Widerstand zuzulassen. Seine Hände umfassen meinen Hinterkopf und halten mich fest. Einen langen, ungewissen Moment bin ich starr, unsicher, ob ich ihn wegstoßen möchte. Doch plötzlich durchläuft es mich heiß und ich taue auf.

Ich erwidere seinen Kuss.

Und, *oh*, ist es schön.

Seine Hände entspannen sich, seine Finger wühlen sich in mein Haar, eine sanfte Zunge berührt meine. Und als mir die Puste ausgeht und ich kurz Luft holen muss, küsst er meinen Mundwinkel. Meine Wange. Meine Stirn. Eine Spur von Küssen über meinen Kiefer. Über meinen Hals. Mein Ohrläppchen – ich bin kurz davor, in Ohnmacht zu fallen, so schön fühlt es sich an. Er zieht sogar den Kragen meines Shirts zurück, um die Haut darunter zu küssen. Sein Mund ist heiß und die Bartstoppeln aufs Allerschönste kratzig. Seine Küsse sind lang und bedächtig und überlegt, und sie sind sehr, *sehr* selbstbewusst. Es ist, als würde er eine Karte auf meinem Körper zeichnen und einem Pfad von Wahrzeichen folgen, den er sich ausgedacht hat.

Er ist unaufhaltsam in seiner Erkundungstour, und ich gebe seltsame Stöhnlaute von mir, die fast peinlich sind. *Aber ich kann einfach nicht damit aufhören.* Nun kämpfe ich, meinen Mund wieder auf seine Haut zu pressen, jedes Stückchen Haut, das ich erwischen kann, und meine Arme sind um ihn geschlungen, ziehen ihn näher, und ich finde den Weg zurück zu seinem Mund, und OH, IST DAS SCHÖN.

Wie habe ich das vergessen können?

Ist er besser geworden? Ich?

Denn *hallo*.

Sprühnebel bedeckt meine Beine, und meine Knie werden weich. Meine Knochen funktionieren nicht mehr, es ist, als hätte er einen verborgenen Anschaltknopf in mir gefunden. Ich bin der Gnade meines Körpers ausgeliefert – der Lennons Körper sehr mag und sich unbedingt auf den Boden legen und sich seinen Verführungskünsten überlassen möchte, gleich hier, im Angesicht der Stimme der Göttin. Und wie. In diesem Moment bin ich ein zügelloses Frauenzimmer. Ein willfähriges Geschöpf, das keine Reue kennt. Ich bin ein lodernder, unkontrollierbarer Flächenbrand von Gefühlen und Empfindungen, und ich kann ihn nicht löschen.

Und wow. Ich bekomme tatsächlich keine Luft mehr. Offenbar muss ich lernen, meine zügellose Seite in den Griff zu kriegen. Oder wenigstens lernen, beim Küssen durch die Nase zu atmen.

Ich versuche, mein Gleichgewicht zu finden, und in diesem Moment fangen die Stimmen in meinem Kopf zu flüstern an. *Er hat dich verlassen. Er hat dich verletzt.*

Die Stimmen sich nähernder Wanderer verstärken mein ungutes Gefühl.

Ich löse mich von Lennon.

Er zieht mich wieder an sich.

»Da kommen Leute«, warne ich.

»Zorie«, sagt Lennon, und seine Hand wandert über meinen Rücken. »Ich möchte es noch mal versuchen. Ich will nicht, dass wir Feinde sind. Oder Freunde. Ich will ... alles. Dich und mich. Dein Vater ist mir egal. Ich werde für uns kämpfen, wenn es nötig ist. Wir werden uns gemeinsam überlegen, was wir tun. Sag mir, dass du es auch willst.«

Und einen Moment lang bin ich kurz davor, nachzugeben und ihm zuzustimmen, doch dann lacht einer der Wanderer – sie sind wesentlich näher, als ich dachte. Das Lachen zerstört den Moment und kippt den sprichwörtlichen Eimer kaltes Wasser über die Wärme zwischen uns. Und mit schlagartiger Klarheit erinnere ich mich daran, dass Lennon vor der Homecoming-Party sehr ähnliche Gefühle geäußert hat, damals, als wir beschlossen, das Große Experiment öffentlich zu machen.

Können wir wieder zusammen sein?

Will ich das?

Hat das, was er mir erzählt hat, meine Gefühle zu letztem Herbst verändert?

Warum fällt mir die Entscheidung so schwer?

Und schließlich: *Was stimmt nicht mit mir?*

»Ich muss über alles nachdenken«, erkläre ich ihm.

Der Schmerz auf seinem Gesicht ist nicht zu übersehen.

Er schließt die Augen und blinzelt schnell, fasst sich. Dann nickt er und tritt einen Schritt zurück, legt Abstand zwischen uns.

»Es tut mir leid«, sage ich. »Es ist bloß ... Es ist so viel auf einmal, und ...«

Ich kann einfach nicht wie ein normales menschliches Wesen funktionieren.

Er nickt. »Ich weiß, und ich kann es nachvollziehen.«

»Lennon –«

Die Wanderer drängen sich auf unser Plateau. Es ist eine Gruppe Jungs im College-Alter. Ihr Lachen zerstreut meine Gedanken und errichtet eine unsichtbare Mauer zwischen Lennon und mir.

»Komm, lass uns von hier abhauen.« Er deutet auf unsere Rucksäcke. Aus seiner Stimme und Haltung weicht jedes Gefühl, er ist wieder undurchschaubar für mich.

Ich würde am liebsten schreien. Ich möchte ihn anflehen zurückzukommen. Ich möchte allein sein, damit ich alles, was gerade passiert ist, genau durchdenken kann. Ich möchte aufhören zu denken.

Doch nichts davon kommt infrage. Und so kehren wir schweigend auf den Weg zurück, jeder von uns tief in Gedanken versunken ... Noch nie waren wir uns so nah, noch nie waren wir weiter voneinander entfernt.

21

Nach den Wasserfällen folgen wir für den Rest des Nachmittags dem Emerald Trail, reden nur miteinander, wenn unbedingt nötig, oder über unverfängliche Themen. Das System der Nationalparks. Das Wetter. Wir halten höflich Abstand zueinander, als wären wir zwei flüchtige Bekannte auf demselben Pfad. Als hätten wir uns nicht gerade wild geküsst. Als läge meine ganze Welt nicht rücklings da wie eine gestrandete, zappelnde Schildkröte.

Wir treffen zwar unterwegs etliche Wanderer, trotzdem verblüfft es mich, als wir am frühen Abend schließlich nicht nur eine Ranger-Station sehen, sondern auch einen ganzen Campingplatz voller Menschen. Eine Straße. Autos. Dazu der Geruch von gebratenem Fleisch auf Grills. Musik in einem Wohnmobil.

»Camp Silver«, klärt mich Lennon auf. »Hier beginnt der Silver Trail. Um den Weg in dieser Jahreszeit zu wandern, muss man vorab reservieren. Der Park versucht, die Besucherzahl einzuschränken, damit man sich nicht Ellbogen an Ellbogen drängt.«

»Es sieht gerade aber trotzdem ziemlich nach Ellbogen an Ellbogen aus«, stelle ich mit Blick auf den Campingplatz fest.

»Alle wollen dort wandern, wo Ansel Adams seine Fotos gemacht hat«, sagt er. »Der Weg führt zur Crown hoch, von dort aus blickt man über den gesamten Park.«

Da ich davon schon mal gehört habe, ist es wohl eine große Touristenattraktion.

»Für Leute, die es ein bisschen bequemer haben wollen, gibt es auch unterwegs Campingplätze, aber dieser ist vermutlich der größte«, sagt Lennon. »Außerdem befindet sich hier die Ranger-Station, von der ich dir erzählt habe.«

Es ist ein kleines dunkelbraunes Blockhaus am Rande des Campingplatzes. Vor der Tür steht eine Tafel mit ausgedruckten Informationen – Wettervorhersagen, Angaben zur Belegung jedes Campingplatzes und Meldungen geschlossener Wege. Weiterhin eine Warnung vor einem Puma in der Gegend, mehrere Vermisstenanzeigen und eine Nachricht über ein kleines zweimotoriges Flugzeug, das in den Bergen abgestürzt ist und von dessen Wrack sich Wanderer fernhalten sollen, bis der Park die Bergung organisiert hat.

»Was in aller Welt?«, murmle ich, als ich die Flugblätter lese. Ich weiß nicht, welche Meldung ich schlimmer finden soll.

Der Puma scheint Lennon keine Sorge zu machen, denn er tippt auf die Meldung über den Flugzeugabsturz und stößt einen leisen Pfiff aus. »Davon habe ich schon gehört. Die Bergkette der Sierra Nevada ist ein Friedhof vermisster Flugzeuge. Sie wird Nevada-Dreieck genannt.«

»Nach dem Bermuda-Dreieck?«

»Genau. Zwischen Fresno und Las Vegas befindet sich eine Art schwarzes Loch entlang der Grenze zwischen Kalifornien und Nevada. Dort stürzen Flugzeuge ab oder verschwinden spurlos.« Seine Stimme wird theatralischer. »Manche behaupten, es habe mit der Kombination aus rasch wechselndem Wetter, starken Winden und in den Wolken verborgenen Gipfeln zu tun. Die ganze Bergkette ist von diesem unheimlichen Area-51-Mythos umwittert, das ist das militärische Sperrgebiet, wo die Luftwaffe neue Flugzeuge austestet. Seit 1960 sind hier mehr als zweitausend Flugzeuge abgestürzt. Einige sind einfach vom Radar verschwunden und nie aufgefunden worden.«

»Wow«, sage ich, entsprechend beeindruckt.

Seine Lippen verziehen sich zu einer sanften Kurve – nur einen kurzen Moment lang. Dann wird er wieder nüchtern und still.

»Also, dieser Silver Trail …«, setze ich an und versuche, mich an seine Karte zu erinnern. »Ist das der Weg, der uns zum Condor Peak führen wird?«

Er schüttelt den Kopf. »Wir haben keine Wandererlaubnis, außerdem führt er nach Süden. Wir müssen von hier nach Westen. Es gibt einen kleineren Weg durch die Wildnis. Ich bin ihn schon gelaufen, also keine Überraschungen wie gestern in den Höhlen.«

»Verstehe.«

Er deutet auf die Ranger-Station. »Es sei denn, du hast beschlossen, nach Hause zu fahren.«

Habe ich das? Über diese Entscheidung habe ich schon den ganzen Nachmittag nachgedacht. So wie über alles, was er mir über die Party erzählt hat. Und über den Kuss.

An den Kuss denke ich sogar ziemlich viel.

Ich könnte weiterwandern. (Aber was, wenn es im Streit endet?)

Ich könnte anrufen, dass mich jemand abholt. (Aber was, wenn ich anschließend bereue, dass ich nicht geblieben bin?)

Die Energie zwischen uns ist fühlbar; sie ist angespannt und ein wenig hilflos. Aber Lennon ist geduldig und drängt mich zu keiner Entscheidung, wofür ich ihm dankbar bin. Er wirft einen Blick auf sein Handy. »Immer noch kein Empfang. Aber in der Station gibt es bestimmt ein Telefon.«

»Ich sollte wenigstens meine Mutter anrufen«, sage ich. »Nur damit sie weiß, dass ich noch am Leben bin.«

Sein Blick wird forschender. Er mustert mein Gesicht und versucht herauszufinden, was ich vorhabe. Dabei würde ich es ihm, wenn ich eine Ahnung hätte, einfach sagen.

»Das sollte ich auch tun«, sagt er schließlich. »Außerdem muss ich die Ausrüstung melden, die Reagan und Brett zurückgelassen haben. Wollen wir?«

Ich nicke und hole tief Luft, als wir die Ranger-Station betreten.

Das Blockhaus besteht aus einem dunklen, anheimelnden Raum. Die Grundfläche ist klein, doch die grob behauenen Balken des Giebeldachs lassen ihn größer wirken. Am Eingang steht ein kleiner Schreibtisch und ein Regal mit Reiseführern über den Nationalpark, die man kaufen kann. In der Mitte des Raums drängen sich ein paar Stühle um einen Ofen, im Hintergrund, neben einer riesigen Karte des Parks, hängt ein alter Münzfernsprecher.

»Abend«, begrüßt uns der Ranger mit einem ruhigen Lächeln. »Wir schließen gleich.«

»Wir werden uns beeilen«, versichert ihm Lennon und bedeutet mir, zum Telefon zu gehen. Sein Blick ist undurchdringlich. »Willst du zuerst?«

Während ich an den Stühlen vorbeilaufe, erzählt Lennon dem Ranger von der Ausrüstung, die Reagan und Brett liegen gelassen haben. Hoffentlich reagiert der Ranger nicht voreingenommen auf zwei Teenager, die ohne Eltern mit dem Rucksack unterwegs sind. Aber es scheint in Ordnung, Lennon klingt selbstbewusst und kompetent, und der Ranger nimmt ihn ernst. Dass sie sich nicht um mich kümmern, gibt mir Zeit, noch einmal tief durchzuatmen und mich zu konzentrieren.

Bleiben oder gehen?

Gehen oder bleiben?

Wenn ich bleibe, können Lennon und ich nicht einfach vergessen, was alles passiert ist, und nur wieder Freunde sein. So viel ist mir klar. Zwischen uns ist zu viel passiert, und dieser Kuss hat meinen einjährigen Versuch, alte Gefühle zu begraben, so ziemlich zunichtegemacht. Ich stehe wieder ganz am Anfang, ausgeliefert und verletzlich.

Ich würde gern meine Mutter um Rat fragen, bloß würde sie dann erfahren, dass ich allein mit Lennon hier draußen bin ... Na ja, eigentlich ist nicht sie meine größte Sorge, eher mein Vater, der es allerdings sowieso irgendwann rausfinden wird. Ich hätte gern Zeit, mir genau zu überlegen, was ich ihr sage. Vielleicht eine Stichpunktliste zu schreiben. Aber die Station wird gleich schließen, und wenn ich sie anrufen will, heißt es jetzt oder nie.

Nachdem ich die Erläuterungen gelesen und endlich kapiert habe, wie der alte Münzfernsprecher funktioniert, krame ich ein paar Münzen heraus und werfe sie ein. Danach wähle ich die Nummer ihres Handys.

»Joy Everhart«, meldet sich die Stimme meiner Mutter. Es knackt in der Leitung.

»Mom?«

»Zorie? Bist du es? Geht es dir gut?« Sie klingt außer sich.

»Mir geht es super«, erkläre ich ihr und schaue auf die Riesenkarte an der Wand. »Ich bin im King's Forest.«

Sie atmet laut aus. »Verdammt, Zorie. Ich habe mir solche Sorgen gemacht. Du hast nicht auf meine Nachrichten geantwortet.«

»Ich habe hier draußen keinen Empfang«, sage ich. »Darüber haben wir geredet, weißt du noch?«

»Stimmt. Du hast recht«, sagt sie. »Ich bin trotzdem erleichtert, deine Stimme zu hören. Moment, hast du gerade gesagt, du seist im Nationalpark? Warum bist du nicht auf dem Glampingplatz?«

»Äh ...« Soll ich ihr sagen, was passiert ist? Ich hasse es, sie anzulügen. Falls ich mich dafür entscheide, bei Lennon zu bleiben, kann ich ihr das unmöglich erzählen. Nun bin ich gezwungen, eine Entscheidung zu treffen. Ich schließe die Augen. Was immer aus meinem Mund kommt, wird meine Wahl sein.

Eins, zwei, drei –

»Erinnerst du dich noch, dass ich dir erzählt habe, wir würden vielleicht abseits der Pfade wandern?«, frage ich. »Genau das machen wir jetzt. Ich bin auf dem Weg zur Sternenparty.«

Oh mein Gott, ich tue es wirklich. Ich bleibe bei Lennon?

Ja.

Erleichterung überkommt mich, die Anspannung in meinen Schultern lässt nach, die Krämpfe in den Armen und Beinen.

»Ich kann dich kaum hören. Hast du gerade gesagt, dass du zum Condor Peak wanderst?«, fragt Mom, und ihre Stimme wird eine Oktave höher. »Ich dachte, du wolltest den Bus nehmen. Bist du allein unterwegs?«

»Es ist nicht so weit, und ich bin nicht allein«, versichere ich ihr. »Ich treffe Dr. Viramontes und Avani bei der Sternenparty.«

»Okay, aber mit wem bist du jetzt unterwegs?«

Mist. Warum habe ich keine Stichpunktliste geschrieben? »Wir haben den Plan für die Woche geändert. Ich bin mit einem Führer unterwegs, du brauchst dir keine Sorgen zu machen.«

»Mit einem Führer?«

»Mit jemandem, der sich in der Wildnis richtig gut auskennt. Im Moment sind wir auf einem Campingplatz an einer Ranger-Station.«

»Zorie –«

»Alles gut bei mir, Ehrenwort. Hier zelten Familien und es gibt einen Park-Ranger. Ich bin absolut sicher. Bitte vertraue mir. Du musst mir vertrauen, sonst kann ich es nicht genießen. Du hast gesagt, ich soll bedacht sein, aber nicht ängstlich, weißt du noch?«

Sie seufzt. »Und du machst keine Dummheiten, oder?«

»So wenige wie möglich. Ich schwöre bei meinem Rucksack.«

»Oh, gut. Okay. Alles klar.« Ich höre die Erleichterung in ihrer Stimme. »Ausschlag?«

»Unter Kontrolle.«

»Gott sei Dank. Hast du genug zu essen?«

»Jep. Und ich habe auch immer noch dein Notfallgeld.«

Sie ist kurz still. »Hast du Spaß?«

Ich spähe zu Lennon. Er überragt den Ranger um etliche Zentimeter und zeigt gerade auf der laminierten Karte auf einen Ort. Er sieht unfassbar gut aus. Ich glaube, diesen Gedanken habe ich mir im letzten Jahr nicht oft gestattet, aber ich denke ihn jetzt, und er verursacht mir Schmetterlinge im Bauch. Diese Stimme, diese Lippen, dieser –

»Zorie?«

Oh, Mist. »Was? Oh, ähm, ja. Ich habe Spaß.« Ein Schlangenbiss, ein Bär und der fantastischste Kuss meines Lebens. »Mir tun die Knochen weh vom Wandern, und ich brauche eine Dusche, aber es ist echt schön hier draußen.«

»Ich bin so froh. Das ist toll.« Sie klingt glücklich. Ich mag es, wenn sie glücklich ist. Sie verdient jemand Besseren als meinen Scheißvater. Lennons Hotelgeschichte lässt mich nicht los, die heimliche Affäre wiegt immer schwerer. Aber ich bin nach wie vor viel zu feige, um ihr reinen Wein über meinen Vater einzuschenken. Und am Telefon schon gar nicht. Ich habe Angst, sie zu verletzen, und noch mehr Angst, sie zu verlieren. Deshalb sage ich ihr bloß, an welchem Tag ich auf dem Condor Peak ankommen werde, und versichere ihr noch einmal, dass alles in Ordnung ist.

Ich bin eine egoistische, egoistische Person.

»Süße?« Ihre Stimme klingt plötzlich anders. »Gibt es noch irgendetwas, das du mir erzählen möchtest?«

Mein Puls geht schneller. »Was meinst du damit?«

»Ich meine damit, dass du meine Aversion gegen Heimlichtuerei kennst.«

»Ja.«

»Wenn Leute Geheimnisse haben, hat das meistens einen schlechten Grund.«

Weiß sie, dass ich mit Lennon hier bin? Oder redet sie von der Affäre meines Vaters? Das kann nicht sein. Ich bin paranoid.

»Ich weiß, manchmal sieht es aus, als ob …« Sie redet nicht weiter. »Zorie, du bedeutest mir mehr, als du dir vorstellen kannst. Aber …«

»Aber was?« Warum gibt es ein *Aber*?

»Du sollst bloß wissen, dass du mir alles erzählen kannst«, sagt sie entschiedener.

»Das weiß ich.«

»Okay, das ist alles.«

Das ist alles? Was geht da vor sich? Warum spricht sie in Rätseln? Vielleicht sollte ich ihr das mit Lennon beichten. Aber ich habe Angst, dass sie es meinem Vater sagt und sie dann herkommen und mich nach Hause bringen. Ich habe mich schon entschieden. Ja, ich habe ewig dafür gebraucht, aber jetzt weiß ich, was ich will. Ich will *auf keinen Fall* nach Melita Hills zurück.

Ich hasse es, sie anzulügen.

Aber ich will hier bei Lennon bleiben.

Warum kann es nicht alles einfacher sein?

Im Hintergrund läuft eine Ansage, dass ich mehr Geld einwerfen soll. »Ich habe keine Münzen mehr, ich muss auflegen«, erkläre ich ihr. »Aber ich wollte dir kurz Bescheid sagen, dass es mir gut geht und dass … na ja, wie ich schon sagte, ich habe einen echt kompetenten Führer hier draußen. Du brauchst dir also keine Sorgen zu machen.«

»Warte! Wann kommst du auf dem Condor Peak an?«

»Übermorgen. Spät.«

»Versprich mir, dass du mir eine Nachricht schreibst, sobald du dort bist.«

»Ich verspreche es dir. Und ich hab dich lieb.«

»Ich hab dich auch lieb, meine Süße.« Sie klingt traurig. Oder enttäuscht? »Und du fehlst mir. Pass bitte gut auf dich auf.«

Puh. Sie bricht mir das Herz. Aber ich komme nicht mehr dazu, noch etwas zu sagen, weil das Telefon schließlich merkt, dass ich keine weiteren Münzen eingeworfen habe, und die

Verbindung abbricht. Ich lege auf und presse die Stirn auf den Hörer.

»Alles in Ordnung?«, fragt Lennon leise neben meiner Schulter.

»Ich denke mal. Meine Mutter war ein bisschen seltsam.«

»Wie hast du dich entschieden?«

Ich drehe mich um und kratze mich abwesend am Arm. »Hoffentlich hast du es dir inzwischen nicht anders überlegt und willst mich immer noch zum Condor Peak bringen: Du hast mich jetzt nämlich am Hals.«

Er seufzt. Gleich zwei Mal. Beim dritten Mal streckt er zögernd die Hand nach meiner Wange aus und streicht mir eine verirrte Locke aus den Augen. Seine Finger verharren kurz. »Ich bin froh. Richtig froh.«

»Wirklich?«

»Ja. Und ich erwarte nichts von dir. Ich werde kein Hotelzimmer für uns buchen oder so.«

Ich stöhne leise und bin etwas verlegen.

»Zu früh?«, fragt er vorsichtig lächelnd.

Ich schüttle den Kopf und lächle ebenfalls.

Als er die Hand von meinen Haaren nimmt, herrscht einen Moment lang betretenes Schweigen zwischen uns, und ich versuche, von dem komplizierten Thema *wir* abzulenken, indem ich weiterrede. »Ich mache mir Gedanken, ob ich Mom von der Frau hätte erzählen sollen, die du letztes Jahr mit meinem Vater im Hotel gesehen hast. Und von dem Fotobuch. Aber ich konnte es nicht.«

»Vermutlich ist es besser so. Manche Dinge will man einfach nicht am Telefon sagen, glaub mir. Zum Beispiel: Hey, ich bin ein Idiot und wollte, weil ich keine Ahnung habe, wie man eine Beziehung führt, ein Hotelzimmer reservieren, und ach ja, dabei habe ich deinem Vater eine reingehauen, und wir dürfen uns übrigens nicht mehr sehen. Du weißt schon, so in die Richtung.«

Ich kichere.

»Ich weiß es immer noch nicht«, flüstert er.

»Was weißt du nicht?«, flüstere ich zurück.

»Wie man eine Beziehung führt.«

»Oh, das trifft sich gut, ich nämlich auch nicht.«

»Wir kriegen den Dreh irgendwann raus. Also, wenn du willst.«

»Ich glaube schon«, flüstere ich.

Sein Lächeln ist fast schüchtern, doch nach einem letzten Stoßseufzer klingt er zufrieden. Was mir meine Angst etwas nimmt.

Er räuspert sich. »Ich habe ... uns einen Stellplatz klargemacht«, sagt er und hält eine kleine perforierte Karte mit aufgedruckter Nummer hoch. »Keine Erwartungen übrigens. Wenn du heimgefahren wärst, hätte ich heute Nacht sowieso einen Schlafplatz gebraucht, und ich wollte wirklich nicht –«

»Ganz ruhig, ich glaube dir.«

»Okay.« Wir lächeln uns wieder an.

Konzentrier dich, Zorie. »Stellplatz. Wir zelten nicht in der Wildnis?«

»Auf den Plätzen ist vieles einfacher und ich habe mir gedacht, warum sollen wir es uns nicht mal eine Nacht bequem machen? Und wir haben Glück, dass wir einen bekommen haben. Bis zu der Puma-Warnung, die wir draußen an der Tafel gesehen haben, waren sie komplett ausgebucht. Offenbar wurde in einem anderen Camp ein kleines Kind angegriffen.«

Mit einem Mal habe ich Angst, aber Lennon hebt beruhigend die Hand.

»Normalerweise halten sich Pumas von bewohnten Gebieten fern, aber wenn sie anzugreifen versuchen, betrachten sie kleine Kinder als Beute. Wir sind keine Kinder. Uns wird nichts passieren, vor allem nicht hier unter anderen Campern. Außerdem wurde der Puma etliche Meilen von hier gesichtet, und der kleine Junge hat es unverletzt überstanden.«

Das gibt mir trotzdem kein besseres Gefühl …

»Geh mal zur Seite«, sagt Lennon und bedeutet mir, Platz zu machen. »Bevor uns der Ranger rausschmeißt, ruf ich lieber mal schnell die Erziehungsberechtigten an.«

Es kommt mir komisch vor, seinem Telefongespräch zuzuhören, also gehe ich nach draußen und nehme mir aus einer Plastikbox eine der kostenlosen Parkkarten. Die untergehende Sonne scheint mit einem warmen orangefarbenen Licht durch die Bäume. Als Lennon herauskommt, strotzt er vor Lächeln, Ausgeglichenheit und Selbstsicherheit. Was immer zwischen ihm und seinen Müttern gesagt wurde, hat seine Stimmung erheblich gebessert. Doch bevor ich nachfragen kann, schwenkt er die Zelterlaubnis vor meiner Nase hin und her.

»Okay, Medusa. Wir suchen jetzt nach einem freien Stellplatz hier. Lass uns unser Lager aufschlagen. Und als Sahnehäubchen obendrauf gibt es Toiletten und heiße Duschen.«

(A) Er hat mich schon ewig nicht mehr bei meinem Spitznamen genannt, und (B) Duschen. DUSCHEN!

»Du weißt wirklich, wie man das Herz eines Mädchens erobert«, sage ich grinsend.

»Ich gebe mein Bestes«, erwidert er, was mein Herz kurz aussetzen lässt.

Wir laufen einen Weg durch das Camp hinunter und nicken Fremden zu, die zum Gruß die Hand heben. Scheint so ein Camper-Ding zu sein. Ich bin jedenfalls nicht an so viel offene Freundlichkeit unter Fremden gewöhnt. Meine Strategie lautet: Kopf senken und den Blick auf den Gehweg richten. Sicher ist sicher. Andererseits, vielleicht sind sie alle so enthusiastisch, weil sie Autos haben, die entweder direkt neben ihren Zelten stehen oder auf dem nahe gelegenen Parkplatz. Campen mit Fahrzeug scheint ein Unterschied wie Tag und Nacht zu sein. Diese Leute haben Kühlboxen mit richtigem Essen – keinen Aufwärmfraß – und Klappstühle. Seit wann bin ich eifersüchtig auf einen Stuhl und eine Packung Billigwürstchen? Aber hey, es sieht echt extrem verlockend aus.

»Bingo«, sagt Lennon und deutet auf ein leeres Stück Erde. »Ranger Bob meinte, es gäbe zwei freie Plätze und wir könnten uns einen aussuchen. Soweit ich das sehe, ist der andere neben den Toiletten, aber davon würde ich abraten. Ich habe schon neben Klos gezeltet. Es ist, wie im Flugzeug neben den Toiletten zu sitzen, allerdings noch schlimmer. Sehr viel schlimmer.«

»Schon verstanden. Die Stelle hier riecht gut und sieht gut aus.« Na ja, das ist ein bisschen übertrieben. Es ist ein ziemlich karger Flecken Erde, und nach links und rechts ist für meinen Geschmack etwas zu wenig Abstand. Aber der Platz ist eben, es gibt keine Steine oder Zweige, die wir wegräumen müssen, und wir haben unseren eigenen Picknicktisch, eine bärensichere Box, und einen verrosteten Feuerstellenring mit Grillrost. »Super. Wenn wir bloß ein paar Würstchen hätten.«

»Wir haben gefriergetrocknete Käsemakkaroni, und wenn du nett zu mir bist, gebe ich dir was von meinem M&M-Vorrat ab.«

»Abgemacht«, sage ich.

Als wir unsere Rucksäcke auf dem Picknicktisch abstellen und unsere Zelte herausholen, gibt es einen kurzen verlegenen Moment. Ich weiß nicht, was er denkt, ich erinnere mich jedenfalls daran, dass wir letzte Nacht in einem Zelt geschlafen haben. Aber jetzt ...

Ja. Als ich aufblicke, sehe ich die Bestätigung in seinen Augen. Er denkt auch daran.

Jetzt ist es anders.

»Ähm, sollen wir die Zelte hier nebeneinander aufstellen?«, fragt er nach ein paar angespannten Sekunden.

»Klingt gut.«

Wir brauchen nicht allzu lange dazu. Lennon späht zu dem Waldstück neben dem Campingplatz. »Ich könnte mich dort nach Holz umsehen, aber es wird vermutlich eine Weile dauern, weil die anderen Camper dort auch regelmäßig auf die Suche gehen. Möchtest du duschen, während ich schaue?« Er kneift die Augen zusammen und hebt einen Finger. »Dumme Formulierung. Ich meinte, während ich nach Holz schaue. Im Wald.«

Ich gebe ein kleines schnaubendes Lachen von mir.

»Oder die andere Variante«, sagt er.

»Hol einfach nur Holz.«

Sein Lächeln ist neckisch. »Falls du deine Meinung änderst, ein Ruf genügt.«

»Aye, aye, Captain.«

Bevor er im Wald verschwindet, macht mich Lennon noch darauf aufmerksam, dass jetzt ein guter Zeitpunkt wäre, schmutzige Kleider zu waschen, und kramt ein Fläschchen biologisch abbaubare Olivenölseife hervor. Meine von dem Schlangenbiss blutigen Socken können definitiv eine Wäsche vertragen, genau wie meine Unterwäsche und ein paar Tanktops. Ich suche alles zusammen und mache mich mit meinem Kulturbeutel und frischen Sachen zum Waschhaus auf, das in einer ähnlich rustikalen Blockhütte wie die Ranger-Station untergebracht ist. Ein anderer Camper stolziert in Bademantel und Flipflops über den Platz, hier macht sich anscheinend wirklich keiner den Kopf wegen Etikette.

Das hier ist kein Glamping.

Die Tür mit der Aufschrift FRAUEN wird von einer Abtrennung aus Holzlatten abgeschirmt. Drinnen finde ich Kleiderspinde und Spiegel mit großen, langen Waschbecken davor, an denen es nur kaltes Wasser gibt. Möchte man in einer der drei Duschkabinen heißes haben, muss man Geld in einen kleinen Apparat werfen. Meine Münzen reichen für fünf Minuten, aber obwohl ich mir blitzschnell die Haare wasche, mich einseife und rasiere, kommt, als ich den Verband von dem Schlangenbiss entferne, plötzlich nur noch eiskaltes Wasser und ich schreie überrascht auf. Ich halte tapfer durch, bis ich alles erledigt habe, dann trockne ich mich mit einem kleinen Mikrofaserhandtuch ab – ein Kauf von Reagan –, putze mir die Zähne und wasche meine Kleider im Waschbecken.

Ein Problem beim Duschen in der Wildnis sind fehlende Föne und dass die Temperatur draußen ebenso schnell sinkt wie die Sonne. Obwohl es noch nicht kalt ist, fühlt sich ein Kopf voll nasser Locken auch nicht gerade warm an. Glücklicherweise hat Lennon, als ich zu unserem Platz zurückkomme, schon Feuer gemacht und ein tief hängendes Seil zwischen seinem Zelt und dem Picknicktisch gespannt, auf das ich meine nassen Kleider zum Trocknen hängen kann. Es ist mir ein bisschen unangenehm, meine Unterwäsche für alle sichtbar aufzuhängen, doch da es die anderen ja auch tun, ist es wohl einer der Momente, in denen ich meinen Stolz herunterschlucken und *Scheiß drauf* sagen muss. Ich hänge schnell alles auf und setze mich auf einem Bärenkanister vor das Feuer, um meine Haare in der Wärme trocknen zu lassen, während Lennon sich zum Waschhaus aufmacht.

Jetzt, wo alle von Tagestouren zurückkommen und Essen kochen, herrscht rege Betriebsamkeit im Camp. Es ist komisch, unter so vielen Leuten zu sein. Es kommt mir wie eine Ewigkeit vor, dass Reagan uns sitzen gelassen hat und ich Panik hatte, mit Lennon allein zu sein. Ich beobachte, was die Leute so machen, und frage mich, wo sie alle herkommen und was sie dazu bewogen hat, hier zu zelten. Sie sind ganz anders als die Glamper. Ob das gut oder schlecht ist, oder einfach nur *ist*, kann ich nicht sagen. Wenigstens brauche ich hier nicht nervös zu rätseln, welche Gabel ich bei dem Vier-Gänge-Menü benutzen soll. Hier scheinen auch alle viel bessere Laune zu haben. Und obwohl ich mir ein bisschen Sorgen wegen des Telefonats mit meiner Mutter mache, geht es mir irgendwie auch so.

Nachdem ich ein paar Minuten vornübergebeugt meine Locken vor dem Feuer gekämmt habe, höre ich einen leisen Pfiff.

Als ich den Kopf hebe, sehe ich Lennons lange Beine auf unseren Stellplatz zugehen. »Oh, là, là. Sieh an, da flattert ja deine gesamte Unterwäsche im Wind. Wow. Ich weiß gar nicht mehr, wo ich hinschauen soll vor lauter französischer Lingerie. Ehrlich gesagt hatte ich Karos erwartet.«

»Oh mein Gott«, sage ich und trete ihm gegen das Bein. »Hör auf zu starren, du Spanner.«

Er hängt seine Unterwäsche neben meine. Über seiner Schulter liegt ein Handtuch, seine nassen schwarzen Haare stehen ihm total süß vom Kopf ab. »Erst wenn du auch damit aufhörst.«

»Was soll ich mir da anschauen? Schwarze Boxershorts? Die habe ich schon gestern Abend gesehen, als du in mein Zelt gekommen bist.«

»Hmm, stimmt. Und? Hast du den ganzen Tag lang über mich in Unterwäsche fantasiert?«

»Sprich jetzt besser nicht weiter.«

»Soll ich gar nicht mehr sprechen, oder …?« Er lacht und weicht mir tänzelnd aus, als ich ihn noch mal treten will. Ich rieche Rasierschaum und mir fällt auf, dass er die Bartstoppeln abrasiert hat. »Okay, okay. Versuch, dich zu beherrschen, ich werde dasselbe tun. Wir müssen uns um wichtigere Dinge kümmern, zum Beispiel um die Tatsache, dass mein Magen sich gerade selbst zu verdauen versucht. Wollen wir die Käsemakkaroni warm machen?«

Während er unsere Kochutensilien herausholt, schaue ich mir die anderen Plätze und das Kommen und Gehen von Kindern und Erwachsenen an. Auf einem Stellplatz sind sogar nur Jugendliche, und einer der Typen packt gerade eine Gitarre aus. Lennon erklärt mir, dass es auf jedem Campingplatz einen Möchtegern-Gitarristen gibt. Es ist sozusagen unvermeidbar.

Während das Wasser für unser Abendessen warm wird, sieht sich Lennon meinen Schlangenbiss an und verbindet die Wunde neu. Seiner Meinung nach sieht sie schon »viel besser«

aus. Danach bereiten wir unser wenig gourmetmäßiges Makkaroni-Mahl zu, das außer einer unangenehm süßlichen Käsesoße auch noch getrocknetes Rindfleisch enthält. Wir werfen die schräge Mischung zusammen und stellen uns beim Essen sehnsüchtig vor, es wären die köstlich riechenden gegrillten Hamburger unserer Nachbarn. Nach der Hälfte ist es so dunkel, dass Lennon unsere kleinen Campinglichter anschalten muss – um meine Höschen besser sehen zu können, witzelt er, und ich werfe meine Gabel nach ihm. Während er Pseudoverletzungen vortäuscht, stimmt die Jugendgruppe mit dem Klampfen-Heini ein Kirchenlied an. Lautstark.

»Neeeein«, flüstere ich. »Albtraum. Und sie singen zu allem Übel auch noch falsch.«

»Und es ist nicht mal ein schönes Kirchenlied. Wie wäre es mit ›Holy, Holy, Holy‹? Da könnte man sich wenigstens richtig ins Zeug legen.«

»Aha!«, sage ich. »Jetzt verstehe ich, warum Mac dich in die Kirche mitschleppt. Es geht gar nicht um deine Satanistenkluft. Sondern darum, dass du ihre Kreditkarte geklaut hast, um ein Hotelzimmer zu buchen.«

Er wirkt zerknirscht. »Ertappt. Obwohl ich mich freiwillig gestellt habe, das sollte mir eigentlich angerechnet werden. Aber du hast schon recht, sie lässt mich die Kirchenlieder zur Strafe absitzen.«

»Jetzt ist mir alles klar.«

»Eigentlich ist es deine Schuld.«

»Meine?«, frage ich.

»Du bist einfach sehr verlockend, Zorie. Hättest du letztes Jahr nicht den Anfang gemacht und mich geküsst, dann hätte ich nie den Wunsch nach einem Hotelzimmer verspürt, und –«

»Ich soll dich geküsst haben? Das war ein Versehen!«

»Küsse sind nie ein Versehen. Noch nie in der Geschichte des Küssens gab es da ein Versehen.«

»Ich bin abgerutscht, als ich mich auf die Bank setzen wollte.«

»Und dein Mund ist rein zufällig auf meinem gelandet?«

»Andromeda hat an der Leine gezerrt und versucht, ein Eichhörnchen zu jagen!«

»Mach dir schön weiter was vor. Ich habe mit meiner Rolle Frieden geschlossen, dass ich nämlich absolut unschuldig war.«

»Wenn es kein Versehen war, dann waren wir beide schuld.«

»Nicht, wenn es nach den bibeltreuen Sittenwächtern geht.« Er wechselt zum salbungsvollen Ton eines Straßenpredigers. »Und obwohl ich von einer sündigen Dämonin im Garten verführt wurde –«

»Hey! Du bist doch derjenige mit dem Dildogarten im Schaufenster.«

»Dildo*wald*, Zorie. Da muss ich doch sehr bitten. Ich habe beim Aufbau geholfen, und übrigens, ich habe ein Bild gemacht, wie Ryuk darin herumgelaufen ist.«

»Das muss ich sehen«, sage ich, doch meine Worte gehen in dem Kirchenliedmarathon von gegenüber unter. »Mann, diese ganzen Leute«, beschwere ich mich. »Würden wir doch bloß irgendwo in der Pampa zelten. Also, versteh mich nicht falsch, die Dusche ist super, und Trinkwasser aus einem Hahn zu lassen ist entschieden einfacher, als es aus dem Fluss zu schöpfen und zu warten, dass es durch den Filter läuft. Oh Mann, Zivilisation ist echt laut.«

»Ja, ja, ja. Sieh an, wer sich angesteckt hat.« Lennon deutet auf mich.

»Wie, angesteckt?« Ich mustere hektisch meine Haut.

»Ich meine, mit dem Wandervirus«, sagt er lachend. »Du ziehst Ruhe und Frieden vor. So hat es bei mir auch angefangen. Ich wollte bloß weg von Menschen und nachdenken.«

»Na ja, ich bin noch nicht so weit, das ständig machen zu wollen, aber allmählich kann ich den Reiz verstehen.«

Er deutet auf den hinteren Teil des Camps. »Weißt du, was?

Als ich vorhin Holz gesammelt habe, bin ich diesen großen Hügel dort hinuntergelaufen. Es ist bloß Weideland und Wiese, aber ich wette, dass man dort die Sterne ziemlich gut sehen kann. Wollen wir dein Teleskop rübertragen, bevor sie auch noch mit ›Kumbaya‹ loslegen?«

Ja. Oh ja. Nachdem wir alles abgewaschen und weggeräumt haben und Lennon das Feuer gelöscht hat, packen wir meine Außenplane und mein Teleskop zusammen. Wir setzen die Stirnlampen auf – Reagans teures kaputtes Modell werfen wir in den Müll – und schleppen alles zu dem Hügel.

Nach kurzer Zeit haben wir eine gute Stelle gefunden, wo wir die Lichter des Camps im Rücken haben. Man hört noch Leute, aber es ist nicht mehr so laut. Lennon breitet die Plane aus und wir lassen uns wie bei einem Picknick darauf nieder. Ich knipse meine Stirnlampe aus. Die Sterne sind der Hammer hier draußen. Ich glaube, ich werde mich nie daran gewöhnen, sie so ohne die Lichtverschmutzung der Stadt zu sehen. Es ist, als würde ich auf einen völlig anderen Himmel blicken.

»Schau mal«, sage ich und deute auf eine feine weiße Spur. »Die Milchstraße. Zu Hause ist sie nur mit dem Teleskop zu sehen. Selbst in der Sternwarte.«

Lennon nimmt seine Stirnlampe ab und lehnt sich auf die Handflächen zurück. »Sie sieht unwirklich aus. Ich weiß, das ist sie nicht, aber irgendwie will mein Verstand nicht akzeptieren, dass es keine Fälschung oder irgendeine projizierte Lightshow ist.«

Keine Projektion könnte so aussehen. Eine ganze Weile starren wir beide zum Himmel. »Ich bin nicht mal sicher, ob ich das Teleskop benutzen möchte«, sage ich. »Ich glaube, ich möchte sie einfach nur betrachten. Ist das komisch?«

»Überhaupt nicht. Das hier bekommst du schließlich nicht jeden Tag geboten.«

Mein Handy-Akku hat noch ein bisschen Saft, und ich schalte

schnell die Taschenlampe an, um einen Platz für mein Teleskop zu suchen. Da fällt mir etwas auf.

»Wir haben Empfang!«

»Tja, wer hätte es gedacht?«, unkt Lennon und zieht sein Telefon heraus. »Sieh an. Ich habe Nachrichten vom Brettster.«

»Ernsthaft?« Ich habe nur Nachrichten von Mom und Avani.

»Er entschuldigt sich, dass er uns sitzen gelassen hat. Na ja ... es ist eine Art Nicht-Entschuldigung. Ah, Moment. Er nimmt sie zurück. Nein ... Er entschuldigt sich noch mal. Sind Reagans Eltern nicht in der Schweiz oder so?«

»Ja, warum?«

»Weil er sich ständig widerspricht. Nun gibt er Reagan die Schuld daran, dass sie uns im Stich gelassen haben. Seine Rechtschreibung ist nebenbei bemerkt unterirdisch.«

»Wie viele Nachrichten hat er geschickt?« Ich spähe auf Lennons Display.

»Eins, zwei, drei, vier ... acht. Und in der letzten fragt er wieder an, ob ich ihm Gras besorgen kann.«

»Wieder?«

»Er hat schon mal gefragt. Er geht fälschlicherweise davon aus, dass ich, weil mein Vater in einer Band gespielt hat, unbegrenzten Zugang zu Drogen habe. Ich schwör dir, Brett ist echt der Schlimmste. Da werde ich nicht mal drauf antworten.«

Avanis Nachricht bestätigt nur, dass sie morgen zur Sternenparty losfährt und mich dort treffen wird. Ich entscheide spontan, ihr zu erzählen, dass Lennon und ich mit Rucksäcken durch den Park wandern – superlässig, keine Einzelheiten –, und frage, ob es in Ordnung ist, wenn er mit uns nach Hause fährt. Nachdem sie zugestimmt hat und ich ihr durchgegeben habe, wann wir ankommen werden, lese ich die Nachricht von meiner Mutter: *Bin froh, dass du heute angerufen hast. Pass bitte auf dich auf und schreib mir, sobald du auf dem Condor Peak bist. Wenn du reden willst, weißt du, dass ich immer für dich da bin, oder?*

Warum wiederholt sie das ständig? Als ich mir unser Telefonat noch einmal durch den Kopf gehen lasse, stößt mir etwas auf. »Ich habe das Fotobuch zu Hause in meinem Schreibtisch gelassen.«

»Was?«, fragt Lennon und schaltet sein Telefon aus.

»Ich habe Angst, dass meine Mutter es gefunden haben könnte. Sie fragt ständig, ob es etwas gibt, das ich ihr sagen möchte – als wolle sie mir ein Geständnis entlocken. Und entweder geht es um dieses Fotobuch, oder sie weiß, dass ich mit dir hier bin.«

»Woher soll sie das wissen?«

»Wissen deine Eltern, dass wir hier gerade allein unterwegs sind?«

Er zögert. »Ja, sie wissen Bescheid. Sie sind ziemlich erfreut darüber.«

Tatsächlich?

»Hör zu«, sagt er. »Sie wissen, dass deinen Eltern nicht bewusst ist, dass wir zwei zusammen wandern, aber sie würden nicht zu deiner Mutter rennen und es ihr erzählen. Sie wissen, dass es uns gut geht, und das ist das Einzige, was für sie zählt.«

»Dann muss es das Fotobuch sein«, sage ich.

»Klang Joy durcheinander?«

»Nicht direkt. Eher ... enttäuscht.«

Er sagt eine Weile nichts dazu. »Also, wenn du meine Meinung hören willst, ich wette, sie ahnt es schon eine ganze Weile. Wenn sie das Fotobuch gefunden hat, dann ist es eben so. Im Moment kannst du sowieso nichts daran ändern.«

Ich weiß, dass er recht hat. Mir Sorgen zu machen ist sinnlos. Es ist bloß so schwer, damit aufzuhören. Ich mag es nicht, wenn ich so durch den Wind bin.

Um nicht weiter daran zu denken, schalte ich mein Telefon aus und stecke es in meine Hosentasche. Dann lege ich mich auf den Rücken und betrachte die Sterne.

Lennon legt sich neben mich, Schulter an Schulter.

»Wir sind unter demselben Sternenhimmel«, sage ich.

»Sind wir immer.«

»Aber nicht zusammen«, wende ich ein.

»Ich glaube, wir waren immer zusammen, sogar als wir getrennt waren«, sagt er und nimmt meine Hand.

»Ich weiß, es klingt abgedroschen, aber manchmal habe ich zu den Sternen hochgesehen und mich gefragt, ob du wohl auch gerade zu ihnen hochsiehst«, gebe ich zu.

»Wenn ich zu den Sternen hochgesehen habe, sah ich uns. Du warst die Sterne und ich der dunkle Himmel dahinter.«

»Ohne den dunklen Himmel wären die Sterne nicht zu sehen.«

»Wusste ich doch, dass ich nützlich bin«, sagt er.

»Du bist absolut lebensnotwendig.«

Er seufzt erfreut und schiebt den Arm unter den Kopf. »Als wir getrennt waren, habe ich immer nach Sternbildern gesucht und mir vorgestellt, wie du über sie redest. Die Große Katze zum Beispiel.«

»Die Große Katze? Du meinst den Großen Bären ... oder den Löwen?«

»Welches davon ist Felis Major?«

»Es gibt kein Sternbild namens Felis Major. Es gibt Ursa Major, und das ist der Große Bär. Er und noch einige andere Sterne bilden den Großen Wagen.«

»Ich hätte schwören können, dass es eine Katzen-Konstellation gibt. Den Großen Kater.«

»Kater?«, frage ich genervt.

»Hätte schwören können, dass es eine Kater-Konstellation mit langem Schweif gibt. Genau dort.«

»Wo?«

Er deutet nach oben. »Da, kann sich nicht entscheiden.«

»Meinst du Taurus?«

»Ist Taurus eine Katze?«

»Es ist ein Stier!«

»Ich weiß«, sagt er und rollt sich zu mir. »Ich wollte bloß hören, wie du dich über die Sterne ereiferst.«

»Du bist ein Arsch, weißt du das?«, frage ich lachend und bohre ihm ein paarmal den Finger in die Rippen.

Er zuckt zusammen und versucht meinen Finger festzuhalten. »So ein Arsch. Ich an deiner Stelle würde mir das nicht bieten lassen.«

»Ach ja? Was soll ich denn dagegen tun? Dich hier draußen Katzen-Sternbilder suchen lassen und ins Camp zurückgehen?«

Ich tue, als würde ich aufstehen, aber er hält mich am Arm fest und zieht mich wieder zu Boden. »Neeiiin.«

»Wenn du so weitermachst, erwischst du gleich mein Teleskop.«

Er nimmt es hoch und legt es hinter sich. »So. Besser?«

»Na ja, jetzt kann ich es nicht mehr benutzen.«

»Wolltest du doch sowieso nicht. Es sei denn, du hattest vor, den Betschwestern und -brüdern da oben diskret hinterherzuschnüffeln. Ich würde allerdings bezweifeln, dass du irgendwelche Unsittlichkeiten zu sehen bekommst. Wir wissen ja beide, dass du ein bisschen nackter Haut nicht abgeneigt bist, wenn du heimlich – hey!« Er schützt sich lachend mit einem Arm. »Autsch! Hör auf, mich zu schlagen! Ich habe nicht gespannt, als du nackt warst. Ich bin hier das Opfer.«

»Du warst nicht nackt.«

»Fünf Sekunden länger und ich wäre es gewesen. Hättest du etwa weggeschaut, wenn ich dich nicht ertappt hätte?«

Ich warte zu lange mit meiner Antwort.

Er fasst mich um die Taille und zieht mich näher. Sehr viel näher. Meine Brüste sind gegen seinen Oberkörper gepresst. »Oder hättest du Fotos gemacht?«

»Ihr beleidigt mich, Sir. Ich benutze mein Teleskop nicht für voyeuristische Zwecke.« Normalerweise jedenfalls nicht.

»Und das soll ich Euch abnehmen? Was weiß ich, vielleicht habt Ihr mich bereits heimlich mit Eurem Winkelspiegelobjektiv fotografiert«, flüstert er gegen meine Lippen. »Sollte ich mir Sorgen machen?«

»Nach allem, was ich gesehen habe, besteht kein Anlass zur Sorge.«

»Ihr schockiert mich, Miss. Habt Ihr mich böse Dinge in meinem Zimmer tun sehen?«

»Du lässt immer die Jalousien herunter. Spielverderber.«

Als er leise lacht, vibriert seine tiefe Stimme in der Brust. »Zorie?«

»Ja?«

»Gott, du hast mir gefehlt.«

»Du hast mir auch gefehlt.«

»Ich werde dich jetzt ganz aus Versehen küssen.«

»Okay.«

Sanft, langsam, streifen seine Lippen über meine. Sein Mund ist weich und seine Hand wandert meinen Rücken hinauf. Ich atme bebend aus, und er küsst mich.

Einmal. Kurz.

Wärme flackert in meiner Brust auf.

Ein zweites Mal, länger.

Hitze entfaltet sich tief in meinem Bauch.

Dreimal, und ...

Ich bin verloren.

Versinke in ihm. Nichts als Gänsehaut und surrende Endorphine und Wonne auf meiner Haut. Nichts als sein Mund, der uns verbindet, und meine Fingerspitzen, die unter sein Shirt gleiten und über die harte Fläche seines Rückens tanzen. Nichts als seine Arme, die mich wie eine warme Decke umhüllen.

Nichts als wir und die Sterne am Himmel.

Es ist vollkommen. Als würden wir das hier seit Jahren tun. Als wisse er genau, wie er mich zum Schaudern bringt, und ich ihn zum Stöhnen. Wir sind mutige Forscher. Die *besten* Forscher. Lewis und Clark. Ferdinand Magellan und Sir Francis Drake. Neil Armstrong und Sally Ride.

Zorie und Lennon.

Wir sind so was von gut.

Und bevor ich weiß, wie mir geschieht, wälzen wir uns herum, ein Wirrwarr von Armen und Beinen, halb auf der Zeltplane, halb im nächtlichen Gras. So wie früher, damals beim Großen Experiment. Meine Brille liegt irgendwo, und seine Hand ist unter meinem Shirt, und er sagt all diese unfassbar schockierenden und intimen Dinge, die er mit mir anstellen will und die mir eigentlich rote Ohren verursachen sollten, doch für mich klingen sie wie Poesie. Und meine Finger steuern auf seine Gürtelschnalle zu und –

Ein Schrei.

Nicht von mir. Und auch nicht von Lennon. Es kommt aus dem Wald.

Es klingt wie eine Frau. In Bedrängnis.

22

Es folgt ein weiterer Schrei. Er kommt aus einer anderen Richtung. Dann ein antwortender Schrei.

Kein menschlicher Schrei. Ein Tier?

»Was zur Hölle ist das?«, flüstere ich. Meine Hand erstarrt auf Lennons hartem Waschbrettbauch. Da hat doch glatt jemand höchst unanständig sein Shirt hochgeschoben. Huch, das war ja ich.

»Ist gut. Bloß ein kleiner Puma. Keine Gefahr«, flüstert Lennon und schiebt meine Hand tiefer.

Oh.

Wow.

Er findet den Puma eindeutig aufregend.

Was ich wiederum sehr aufregend finde.

Moment. Puma?

»*Puma?*«, flüstere ich nervös.

»Paarungsrufe. Vermutlich sucht er nach einer Gespielin«, versichert mir Lennon mit benommener Stimme. »Mmh, deine Hand fühlt sich gut an.«

»Wird er uns angreifen?« Meine Stimme klingt ebenfalls benommen. Ich weiß, ich sollte meine Hand aus seiner Jeans nehmen, aber diese Botschaft ist meinen Fingern schwer zu vermitteln, sie möchten so gern dort verweilen und weiterforschen. Mein Körper sagt: *Ahoi! Ich bin monatelang über verlassene Meere gesegelt und endlich habe ich Land gesichtet. Fruchtbares Land. Land, das noch schöner ist, als ich es in Erinnerung habe. Um nichts in der Welt werde ich jetzt abdrehen.*

»Was?«, flüstert er.

»Habe ich das laut gesagt?«

»Ist das irgendeine schmuddelige Piratennummer? Ich stehe nämlich *total* auf Anne Bonny.«

Ein weiterer Schrei zerreißt die Nachtluft.

»Oh nein.« Mein Herz rast, und zwar nicht auf die angenehme Art. »Das klingt wie ein Mensch.«

»Es klingt außerdem sehr, sehr nah.« Seine Stimme wird nüchterner. »So gern ich hätte, dass du nie, nie, *nie* aufhörst … glaube ich, dass wir –«

Noch mehr Geschrei. Okay, wie war das mit dem Eimer Eiswasser? Mittlerweile habe ich richtig Angst und stelle mir vor, wie etwas aus der Dunkelheit gesprungen kommt und mir das Gesicht mit den Klauen zerfleischt. Die Natur ist ein Horrorfilm. Und wir liegen hier mitten auf einem Feld, während mordlustige Viecher es auf uns abgesehen haben.

In meiner Panik finde ich weder meine Brille noch meine Stirnlampe, doch Lennon entdeckt sie. Wir können unsere Sachen gar nicht schnell genug zusammenraffen. Danach rennen wir unter dem Geschrei der liebeskranken Wildkatzen den Hügel hoch.

Als wir den Zeltplatz erreichen, stehen dort schon mehrere andere Camper in langer Unterwäsche und lauschen misstrauisch den Paarungsrufen. Alle Blicke richten sich auf uns, und – super – ich erröte schuldbewusst. Na ja, genau genommen bin ich schuldig. Aber, hurra, jetzt soll ich auch noch das Zeltplatzluder sein?

Lennon hingegen verhält sich ruhig und gefasst, redet, die Zeltplane unterm Arm, lebhaft mit den anderen: Ja, es könnten tatsächlich zwei Pumas an der Baumgrenze unten am Hügel sein, aber nein, sie werden nicht hochkommen. Ein Mann mittleren Alters mit jamaikanischem Zungenschlag, der sich als Gordon vorstellt, erzählt, dass er in den letzten Jahren in diesem Park mehreren Pumas begegnet sei. Er stimmt Lennon zu und empfiehlt den anderen Campern, ihre Kinder nicht allein herumlaufen zu lassen und vorsichtig zu sein.

Da der Ranger Feierabend gemacht hat, melden sich mehrere Freiwillige, darunter Lennon, eine Weile Wache zu halten. Nachdem wir unsere Sachen weggebracht haben, holt er ein weiteres dieser handtellergroßen Campinglichter aus seinem Rucksack und stellt es auf unseren Picknicktisch.

Eine Weile sind noch gemurmelte Gespräche zu hören, bei ein paar Stellplätzen werden die Feuerstellen wieder angezündet. Wir essen in einem Anfall spätnächtlicher Angstvöllerei ein paar M&Ms aus Lennons Vorrat, doch bei meiner zweiten Handvoll reißt er die Augen auf.

»Ach, du Scheiße.«

»Was?«, frage ich und schaue mich panisch nach Wildkatzen um.

»Nein, nein«, sagt er und dreht mich um. »Nesselsucht.«

Ich schaue mir die Stelle an, wo er vorsichtig den T-Shirt-Ausschnitt herunterzieht. Mein Hals und meine Brust sind mit rosa Quaddeln bedeckt. Ich ziehe mein Shirt hoch. Mein Bauch und meine Arme sind ebenfalls betroffen.

Mein erster Gedanke ist: Jetzt reagiere ich auch noch aus irgendeinem Grund allergisch auf Lennon. Natürlich bestraft mich das Universum für all das Herumgewälze in unserem sprichwörtlichen Bett im Kornfeld. Zeltplatzluder eben. Auf mir lastet ein Fluch. Doch Lennons Analyse fällt nicht ganz so paranoid aus.

»Das lange Gras auf dem Hügel. Wie immer es heißt, deine Nesselsucht kann es nicht leiden.« Er inspiziert meinen Körper und erkundigt sich nach Atemnot. Habe ich nicht. Auch keine Sehstörungen. Meine Kehle schwillt nicht an. Kein Symptom, bei dem man einen Krankenwagen rufen müsste.

»Hast du einen EpiPen?«, fragt er.

»Ja, aber ich glaube, so schlimm ist es nicht. Das ist früher auch schon passiert, weißt du noch?«

»An dem Tag, als wir in dem verlassenen Lagerhaus nach Metall gesucht haben«, murmelt er.

Wir waren vierzehn und jemand hatte seinem Vater einen gebrauchten Metalldetektor überlassen, den er Lennon gab. Wir waren fest überzeugt, dass wir verstecktes Piratengold finden und reich werden würden. Am Ende bestand unsere Beute allerdings nur aus einem alten Metallnamensschild, das aussah, als habe es einer Kellnerin gehört, einer alten Münze mit einem Loch in der Mitte und einer verbogenen Veterinärspritze. Allesamt wertlos. Lennon behielt das Namensschild – der eingravierte Name lautete »Dorothy« – und ich die Münze.

Und, ach ja, ich entwickelte einen blitzschnellen Anfall von Nesselsucht wegen Pusteblumen.

»Hast du Cetirizin dabei?«, fragt er.

Ich nicke. »Jede Menge.«

»Dann nimm doch einfach die Maximaldosis«, schlägt er vor. »Am besten gleich.«

Ich nehme ein bisschen mehr als sonst, sicher ist sicher. Der Ausschlag sieht scheußlich aus. Gerade eben hatte ich noch eine der tollsten Knutschereien meines Lebens, und nun sehe ich aus wie ein Ungeheuer.

Du kannst mich mal, Universum. Du kannst mich so was von.

Mein Schlafsack ist noch zusammengerollt; als ich mich auf den Zeltboden lege, benutze ich ihn als Kopfkissen. Ich konzentriere mich darauf, mich zu beruhigen, Stress macht alles nur noch schlimmer. Mir ist vage bewusst, dass das Medikament »Müdigkeit verursachen kann«, was zu »Du kannst deinen Arsch drauf verwetten, dass es müde macht« wird, als ich mich einrolle. Das Nächste, was ich mitbekomme, ist, dass Lennon mich aufweckt und ich mir den Hals verrenkt habe.

»Isses schon Morgen?«, lalle ich total angeschlagen.

»Nein, es ist kurz nach Mitternacht. Du hast ungefähr eine Stunde geschnarcht.«

»Oh nein.«

Er lacht leise. »Es war total süß. Du hast nicht laut geschnarcht. Dein Mund stand offen.«

Ich stöhne und recke den Hals. »Scheißmedikamente.«

Lennon hebt den Saum meines Shirts. »Aber sie wirken. Der Ausschlag lässt nach. Bist du müde?«

»Todmüde«, flüstere ich.

»Die Pumas sind weg. Lass uns schlafen.«

Da bin ich dir schon einen Schritt voraus, Junge.

Aber er lässt nicht zu, dass ich mich wieder auf den Zeltboden fallen lasse. Er drängt mich sanft in die kalte Nachtluft, was mir schlechte Laune macht, bis ich sein Zauberkunststück sehe. Er hat es geschafft, unsere Schlafsäcke mithilfe der Reißverschlüsse in einen Riesenschlafsack zu verwandeln. Da sie nicht genau gleich groß sind, ist er ein bisschen schief, aber Lennon rollt seine Isomatte aus und legt den zusammengefügten Superschlafsack darauf. Er bastelt auch noch ein langes Kopfkissen aus ein paar Kleidungsstücken, über das er unsere mittlerweile trockenen Handtücher breitet.

Er ist ein verdammtes Camping-Genie.

Wäre ich wacher und weniger benebelt, würde ich ihm meine Wertschätzung für seine Fähigkeiten gern damit zeigen, dass ich dort fortfahre, wo wir vor dem Pumageschrei aufgehört haben. Aber ich kann kaum noch die Augen offen halten. Während er unsere Rucksäcke in seinem Zelt verstaut, krieche ich in den Doppelschlafsack und wurstele mich aus meiner Jeans. Und dann rutscht er neben mich, warm und fest. Wir werden voneinander angezogen. Als ich mich in seine Arme kuschle und den Kopf auf seine Brust lege, gehen mir alle möglichen Gedanken durch den Kopf.

Erstens: *Das ist himmlisch.*

Zweitens: *Das soll nie aufhören.*

Den letzten Gedanken spreche ich aus. »Der einzige Weg, meinen Vater dazu zu bringen, dass ich mich mit dir treffen darf, ist, ihm seine Affäre unter die Nase zu reiben.«

Nach einem langen Seufzer spüre ich Lennons gebrummte Antwort durch meine Wange. »Ich weiß.«

»Es wird meine Eltern auseinanderbringen.«

»Das würde ich nicht wollen. Niemals. Ich bin nicht sicher, ob ich die Trennung meiner Eltern verkraften würde.«

»Was sollen wir dann tun?«

Er streichelt über meinen Arm. »Uns fällt schon irgendetwas ein. Versprochen. Mach dir keine Sorgen.«

Das kann ich auch nicht mehr. Ich bin zu müde. Irgendwo im Hinterkopf weiß ich jedoch, dass unsere Zeit zusammen schnell vorbei sein wird und zu Hause vielleicht alles auseinanderbricht. Ich brauche einen soliden Plan, wie wir vorgehen wollen. Ich muss eine Art Sicherheitsbunker in meinem Kopf schaffen – für den Fall, dass meine Welt zerstört wird.

Die ganze Zeit dachte ich, mein Leben ohne Lennon sei einfacher. Zur Hälfte hatte ich recht. Jetzt, wo er wieder da ist, ist alles tausendmal schwieriger. Mir war nie bewusst, dass »wir« so kompliziert sein würde.

Am nächsten Morgen brechen wir früher auf als geplant.

Als ich aufwache, ist es kalt im Schlafsack und ich finde Lennon draußen, bereits angezogen. Alles an ihm ist geballte nervöse Energie. Zuerst fürchte ich, dass wir immer noch ein Puma-Problem haben, doch er versichert mir, dass sie längst weg sind. Es gibt allerdings einen neuen Grund zur Besorgnis.

Ein Sommersturm ist im Anzug. Ein gewaltiger. Er hat sich aus den Überresten einer Tropenfront über dem Pazifik vor der südkalifornischen Küste zusammengebraut, wo er an Stärke gewonnen hat und von wo aus er nun gen Norden zieht.

Wenn wir zur Sternenparty wollen, müssen wir heute durch die Queen's Gap – einen schmalen Durchgang durch einen Canyon. Der Fluss, der hindurchfließt, steigt bei Stürmen stark an. Will heißen, er überflutet den gesamten Canyon.

»Ich habe mit dem Ranger gesprochen. Er hat mich gewarnt, dass wir dort nicht in die Falle geraten dürfen«, erklärt Lennon. »Wir müssen den Canyon also entweder bis zum Abend durchquert haben oder noch eine Nacht hierbleiben. Dann besteht allerdings die Möglichkeit, dass es einen weiteren Tag dauert, bis man dort wieder wandern kann.«

»Bist du sicher, dass wir es durchschaffen?«

»Wenn der Sturm sich nicht verändert, sollte es kein Problem sein. Aber wir müssen bald aufbrechen. Innerhalb der nächsten Stunde.«

»Oh, wow.«

»Wie geht es deinem Nesselfieber?« Er inspiziert meinen Arm und zieht den Ärmel hoch. »Nicht mehr so schlimm, aber noch nicht ganz abgeklungen.«

»Wenigstens juckt es nicht so schlimm.« Mehr, als den Ausschlag im Auge zu behalten, kann ich sowieso nicht tun. Ich muss Stress vermeiden und vorsichtshalber Medikamente nehmen. Obwohl ich immer noch ganz benebelt von der Tablette gestern Abend bin, werde ich eine weitere zum Frühstück nehmen, die nicht müde macht. Und wie ich sehe, wartet tatsächlich Frühstück auf mich, Lennon hat schon alles hingestellt, sogar den überlebenswichtigen Kaffee.

»Ich gehe mal schnell auf die Toilette, aber danach werde ich dieses Koffein brauchen«, erkläre ich ihm. »Lass mir so viel wie möglich übrig.«

»Ich mache ihn besonders stark. Er wird nach gebranntem Schlamm riechen. Und dick wie ein Milchshake sein.«

»Ich habe ganz vergessen, wie sehr ich dich mag.«

Er grinst. »Du wirst mich noch mehr mögen, wenn ich dich zu

der Sternenparty bringe, ohne dass wir in einem Sturm ertrinken, also beeil dich.«

»Tu ich!«

Wir essen hastig und packen unsere Sachen zusammen. Dazu gehört auch, die Rucksäcke mit Müllbeuteln auszukleiden, falls es regnet. Als wir fertig sind, verlassen wir mit ein paar anderen unglücklichen Seelen, die auch schon mit den Hühnern aufgestanden sind, den Campingplatz. Nach kurzer Zeit trennen wir uns und sie folgen dem Silver Trail. Unser Pfad nach Westen ist entschieden schmaler. Was keine anderen Wanderer bedeutet – gut –, aber auch die Rückkehr in die Wildnis.

Keine Schilder, keine Toiletten, kein Handyempfang.

Wir sind auf uns gestellt.

Während wir auf eine kleine Bergkette mit Ponderosa-Kiefern zusteuern, lüftet sich der Morgennebel. Nach einem strammen Aufstieg wird der Wald eben und öffnet sich zu einem Fluss, der sich durch einen langen Canyon schlängelt: die Queen's Gap.

Die Schlucht ist ziemlich schmal und üppig mit Farn und Moos bewachsen. Der langsam ansteigende Weg am rechten Flussufer ist kaum breit genug, dass zwei Leute bequem nebeneinander herlaufen können; von Zeit zu Zeit bleibe ich zurück, um nicht gegen überhängendes Gebüsch zu rennen. Aber der unebene Weg, die Spinnweben und die immer wieder tief hängenden Äste, die mir um Haaresbreite das Auge ausstechen, sind der Mühe wert – es wirklich atemberaubend schön hier. Der Fluss plätschert vor sich hin und an den Stellen, wo er über flache Hügel aus glatten Flusssteinen fließt, steigt feiner Dunst auf. Je weiter wir kommen, desto größer und ausladender scheinen die unwirklichen Farne auf dem Canyonboden zu werden. Es sind unfassbar viele. Als hätte die Natur gesagt: Bitte sehr, und hier noch eine Extraportion.

Wir kommen gut voran, und ich bin froh, von den Gitarre spielenden Campern und ihrem verlockenden Grillfleisch weg zu sein. Ich bin auch froh, mit meinen Gedanken allein zu sein. Während wir durch den Canyon wandern, verbringe ich die Zeit – statt wie sonst über meine Eltern nachzugrübeln oder meine Pläne für den Tag zu katalogisieren – einfach damit, Lennon zu beobachten. Über Lennon nachzudenken. Ich denke an unsere Knutscherei gestern Abend und füge noch ein paar Fantasien dazu, die die ganze Mischung gleich noch mal fünfzig Prozent schmutziger machen.

Doch gegen Mittag lässt meine Energie nach, und nicht einmal schmutzige Gedanken können mich aufrecht halten. Alles tut weh und ich bin müde, ich möchte mich bloß noch auf die Erde fallen lassen und schlafen. »Ich brauche eine Pause«, erkläre ich Lennon.

Er sieht mich fragend an. »Alles in Ordnung mit dir?«

»Bin bloß müde.«

»Ich ehrlich gesagt auch. Komm her.« Er winkt mich näher. »Ich möchte mir deinen Ausschlag noch mal ansehen.«

»Du willst dich doch bloß daran weiden, wie entstellt ich bin«, widerspreche ich, als er den Saum meines Shirts hebt und einen Streifen meines Bauchs entblößt. Die Haut dort ist übersät mit roten Pusteln, doch die größeren Quaddeln klingen schon ab. »Total sexy, oder?«

»Unschlagbar sexy«, stimmt Lennon zu und fährt mit der Rückseite seiner Finger über die geschwollenen Striemen. »Juckt es?«

»Ich weiß nicht genau. Wenn du mich so betatschst, fällt es mir schwer, mich schlecht zu fühlen.«

Er grinst. »Willst du damit sagen, ich hätte magische Hände – wie Jesus?«

»Willst du damit sagen, ich sei eine Leprakranke?«

Er stopft mein Shirt wieder in den Bund. »Was sonst. Du legst mir die Worte in den Mund. Bitte halt dich von mir fern und küss mich auf keinen Fall.«

»Alles klar.«

»Das sollte eigentlich das Gegenteil bewirken.«

»Ich weiß. Mir ist bloß gerade etwas klar geworden.«

»Oh? *Was*, sag schon.«

»Außer Joy bist du der einzige Mensch, der sich nicht vor meinem Nesselausschlag gruselt.«

»Er ist ja nicht ansteckend. Und wenn du glaubst, ein paar Flecken auf deiner Haut würden mich nach gestern Nacht davon abhalten, dich mit meinen magischen heilenden Händen anzufassen, dann täuschst du dich.«

»Sehr gut. Ich meine, äh ...«

»Das *war* ziemlich schön, oder?«, fragt er.

Werde ich etwa rot? Meine Ohren fühlen sich heiß an. Ein paar andere Körperteile auch.

Letzten Herbst haben wir nicht viel geflirtet. Es war nicht wie jetzt. Tagsüber waren wir Freunde und nachts haben wir rumgeknutscht, und indem wir das auseinanderhielten, konnten wir sowohl unsere Beziehung geheim halten als auch diese seltsame neue Welt gemeinsam erforschen.

Nun ist es anders zwischen uns. Es herrscht eine kribbelnde Art von Anspannung.

Ich weiß, dass nicht nur ich diese neue Kraft zwischen uns spüre. Ich habe ihn mehrmals dabei ertappt, wie er aus den Augenwinkeln zu mir herübergespäht hat, als wolle er mich vermessen. Studieren. Es ist aufregend und unerträglich, und ich habe das Gefühl, dass ich einen Herzinfarkt bekommen könnte, wenn nicht bald etwas geschieht.

Da ist wieder dieses Lächeln. »Dein Ausschlag sieht jedenfalls echt besser aus als letzte Nacht, du solltest deinen Körper aber trotzdem nicht überstrapazieren.«

»Ist das Ihre wissenschaftliche Meinung, Dr. Mackenzie?« Okay, vielleicht habe ich doch noch ein klitzekleines *bisschen* Kraft für schmutzige Gedanken. Wenn er dabei mithilft, wäre ich eindeutig bereit, meinen Körper überzustrapazieren.

»Gordon hat mir erzählt, dass hier letzten Sommer ein Typ mit Nesselsucht ins Krankenhaus geflogen werden musste.«

»Gordon?« Mein Hirn braucht einen Moment, um die anzüglichen Gedanken abzuschütteln und sich daran zu erinnern, dass er von dem Mann auf dem Zeltplatz letzte Nacht spricht.

»Wir haben uns heute Morgen unterhalten.«

»Sieh an, gar nicht so antisozial wie sonst.«

Lennon verdreht verschmitzt die Augen und fährt fort. »Gordon meinte, dieser Wanderer habe zuvor offenbar noch nie Nesselausschlag gehabt, oder jedenfalls keinen starken. Er hatte eine leichte Erdnussallergie und kam mit gelegentlichen kleinen Mengen klar, aber hier hat er beim Klettern Schokoriegel mit Nüssen gegessen. Und das in Kombination mit der Erschöpfung ... Sein Hals ist so stark angeschwollen, dass er das Bewusstsein verloren hat.«

Angioödem. Dabei schwillt das Gesicht wie ein Ballon an. Das haben viele Leute mit chronischer Nesselsucht. Zum Glück ist mir das bisher erspart geblieben.

Ich höre, was Lennon sagt, aber mich interessiert eher der Anlass, wie es zu der Geschichte über den Noteinsatz kam. »Du hast Gordon von meinem Ausschlag erzählt?«

»Er zeltet oft hier, und ich wollte bloß herausfinden, ob er weiß, was für ein Gras auf diesem Hügel wächst. Es handelt sich übrigens um Wolliges Honiggras und Magerwiesen-Margeriten.«

»Ah, alles klar. Der Same der Magerwiesen-Margerite steht auf meiner Verbotsliste. Hochgradig allergen.«

Der Blick, den er mir zuwirft, sagt *Da hast du's*.

»Es tut mir leid für den Wanderer, der sich beim Aufstieg mit Snickers vollgestopft hat, aber ich bin nicht allergisch gegen Nüsse«, sage ich. »Ich meine, echt jetzt, kannst du dir eine Welt ohne Erdnüsse vorstellen?«

Lennon verzieht amüsiert den Mund. »Das Grauen. Doch

selbst wenn du nicht gegen Nüsse allergisch bist, schau dir das ganze andere Zeug an, das dich außer Gefecht setzt.« Er zählt eine Liste an den Fingern ab. »Stress, Gänseblümchen, Shrimps, von Sunny gekocht –«

»Fiese Shrimps«, murmle ich fröhlich.

»Fiese Shrimps«, wiederholt er mit Sunnys Stimme. »Ah, und dann war da doch noch der Hund des alten Mr McCrory. Weißt du noch? Er hat dir die Hand abgeleckt und fünf Minuten später ...«

»Das war echt abgefahren. Gegen Andromedas Küsse bin ich überhaupt nicht allergisch. Woher sollte ich wissen, dass der Speichel dieses Höllenhundes Gift war?«

»Vielleicht hatte er zuvor Gänseblümchen gefuttert.«

»Oder Shrimps.«

»Du bist eine Anomalie, Zorie Everhart.«

»Wenn überhaupt, bin ich ein Original.«

»Okay, Original, lass uns deinem ausschlaggeplagten Körper was zu essen geben, damit wir aus diesem Canyon raus sind, bevor der Sturm zuschlägt.«

Wir suchen uns einen bequemen Platz zum Sitzen und verzehren ein schnelles Mahl aus unseren Bärenkanistern, und als wir weiterlaufen, sind meine Schmerzen verflogen. Entweder hat die Pause geholfen oder die zusätzliche Tablette, vielleicht gewöhne ich mich aber auch allmählich ans Wandern. Was auch immer zutrifft, ich verfalle in einen angenehmen Rhythmus. Einfach einen Fuß vor den anderen setzen, die Landschaft betrachten und atmen.

Klarer Kopf, steter Schritt. Vorwärts.

Als wir nachmittags eine zweite Pause einlegen, spüre ich allmählich die Veränderung in der Luft. Einen anderen Geruch. Beinahe süß. Er ist scharf und frisch und wird von immer stürmischer werdenden Winden herangetragen.

Lennon blickt zum Himmel hoch. »Siehst du die? Kumuluswolken. Sie sammeln sich und bilden Wolkentürme. Danach kommt der Regen.«

»Oh-oh.«

Er sieht auf dem GPS auf seinem Handy nach. »Wir sind fast raus – ach, Scheiße. Das Handy ist verreckt. Lass mich mal auf deins schauen.«

Ich hole mein Telefon heraus, aber der Akku ist ebenfalls leer. Mist. Ich kann meiner Mutter keine Nachricht schreiben. Aber sie versteht es bestimmt und schiebt es auf den fehlenden Empfang.

Er starrt das schwarze Display eine ganze Weile an, bevor er mir das Handy zurückgibt. »Auch egal. Ich weiß, wo wir sind. In einer halben Stunde oder noch weniger sind wir aus dem Canyon raus. Kannst du weiterlaufen?«

»Wenn es bedeutet, dass wir nicht nass werden, klar. Auf geht's.«

Einige Minuten marschieren wir stramm, doch mittlerweile peitscht der Wind richtig durch den Canyon und bläst mir die Haare ins Gesicht. Lennon sieht immer wieder nach oben. Ich glaube, es wird dunkler. In gewisser Weise wünsche ich mir, ich hätte ihn mehr über den Sturm ausgefragt. Es sieht mir so *überhaupt nicht* ähnlich, aber ich hatte mich ausschließlich darauf konzentriert, dass wir durch den Canyon kommen, ohne bei lebendigem Leib von Moskitos aufgefressen zu werden. An alles danach habe ich keinen Gedanken verschwendet. Dieser Sturm wird uns nicht gewinnen lassen. So nach dem Motto: *Ihr habt es durchgeschafft? Super! Dafür werde ich euch nicht nass regnen.*

Was tun wir, wenn es regnet?

»Bin ich gut oder bin ich verdammt fantastisch?«, fragt er; er ist mir mehrere Schritte voraus.

Als ich ihn auf einem Hügel einhole, sehe ich, was er sieht.

Einen schattigen Wald mit riesigen Bäumen.

23

Der Canyon öffnet sich und mündet direkt im Wald, der Fluss führt pfeilgerade mittendurch.

»Majestic Grove«, erklärt Lennon. Er bleibt stehen, um die gewaltigen Baumstämme zu betrachten. »Sequoias, Riesenmammutbäume. Die größten Bäume der Welt. Viele dieser Schönheiten sind tausend Jahre alt. An der Küste können sie noch höher werden, dafür werden hier in der Sierra Nevada die Stämme dicker.«

Ich habe in der Nähe der Sternwarte schon Küstenmammutbäume gesehen, aber noch nie einen ganzen Wald riesengroßer Bäume. Der Durchmesser mancher Stämme entspricht der Länge eines Autos; man sieht den Himmel fast nicht mehr. Die Farne im Canyon waren im Vergleich zu den Farnen hier geradezu kümmerlich. Sie bilden einen blassgrünen Teppich auf dem Waldboden und ihre Wedel sind so groß, dass es wirkt, als würden sie sich mit den Sequoias einen Wettstreit um Größe liefern.

»Es sieht prähistorisch aus«, murmle ich.

»Die Ewoks-Szenen auf Endor in *Die Rückkehr der Jedi-Ritter* wurden in einem ähnlichen Wald in der Bay Area gefilmt. Cool, oder?«

»Es ist der Hammer«, sage ich, als wir den uralten Wald betreten und ich mir den Hals verrenke, um an den gewaltigen Stämmen hochzublicken. Der Untergrund ist schwammig und es riecht eigenartig hier, wie eine Bibliothek im Freien – modrig.

Aber angenehm modrig. Und es ist still. Was seltsam ist, denn der Canyon war von Vogelgezwitscher und den von den Felswänden widerhallenden Flussgeräuschen erfüllt. Das Wasser fließt hier zwar noch immer, aber es ist ein sanfteres Plätschern, das von den großen Bäumen verschluckt wird.

Ich gehe zu einer Sequoia und fahre staunend mit der Hand über die wellige Rinde, dann breite ich die Arme aus und versuche, sie zu umarmen. »Wie viele Leute bräuchte man wohl, um sie zu umfassen?«

»Zu viele.« Lennon stellt sich neben mich und legt ebenfalls die Arme um den Baum. Zusammen schaffen wir nicht mal ein Viertel.

»Ich liebe diesen Ort«, sage ich und meine es ehrlich.

»Diesen Teil des Parks mag ich am allerliebsten«, antwortet er mit funkelnden Augen. »Er ist meine Kathedrale.«

Ich verstehe, warum.

Er deutet nach links. »Ein paar Meilen von hier gibt es einen breiteren Weg, der nördlich um die Sequoias herumführt. Er ist abgeschieden. Dort kommt nie jemand lang. Weder Mensch noch Tier. Die Bäume schotten den Waldboden vom Licht ab, was weniger Nahrung für die Tiere bedeutet. Also weniger Insekten für die Vögel und somit mehr Ruhe.«

»Keine Mücken.«

»Weniger Mücken«, verbessert er mich.

»Dann lass uns den nehmen. Jede Verbesserung ist gut.« Ich schaue mich um. »Das ist surreal. Ich wünschte, wir könnten hierbleiben.«

»Können wir«, sagt er. »Wir werden hier campen.«

»Heute Nacht?«

»Gleich jetzt. Wir machen früher Schluss.«

»Echt?«

»Ja. Grund eins, ich liebe es hier. Ich weiß, es klingt vielleicht komisch, weil es hier so dunkel ist, aber dieser Wald ist für mich der Inbegriff von Glück. Als ich ihn gefunden habe, war einer meiner ersten Gedanken, dass ich ihn gern mit dir zusammen erleben würde.«

Ein Blick auf sein Gesicht und mein Herz schmilzt dahin.

»Und nun ist es so«, sagt er, leiser.

Aus der Ferne kommt Donnergrollen.

Lennon deutet nach oben. »Und das ist der zweite Grund. Der Sturm wird heftig, und wir müssen eine Stelle finden, wo wir unser Lager aufschlagen können. Lass uns noch ein Stück weiter vom Canyon weggehen und einen guten Platz suchen. Schnell.«

Hier gibt es keinen Pfad. Als wir dem Fluss weiter folgen und tiefer in den Mammutwald hineingehen, müssen wir Bäumen und Farnen ausweichen. Der Donner wird lauter, was mir Angst macht, doch jedes Mal, wenn ich eine nicht bewachsene Stelle finde, die groß genug für unsere Zelte wäre, blickt Lennon zum Himmel und schüttelt den Kopf.

»Warum?«, frage ich nach der dritten Ablehnung frustriert. »Sie ist in der Nähe des Flusses, aber nicht zu nah. Sie ist eben, sie ist –«

»Dort«, sagt er und deutet auf eine andere Stelle. Sie sieht im Prinzip genau gleich aus. Vielleicht ein bisschen größer. Aber da ich der Sucherei müde bin, folge ich ihm und bin erleichtert, endlich anzuhalten und den Rucksack abzustellen.

Lennon blickt zu den Baumkronen hoch. »Ja, hier sollte es okay sein. Wir bauen die Zelte zwischen diesen beiden Bäumen auf. Sie sind halb so hoch wie die anderen ringsum.« Er ist schon dabei, die Reißverschlüsse seines Rucksacks zu öffnen und sein Zelt herauszufischen, als Blitze in den Bäumen über uns aufleuchten. Er hält inne und lauscht.

In der Ferne grollt der Donner.

»Fünfzehn Sekunden«, sagt er. »Fünf Sekunden pro Meile. Dieser Sturm ist nur noch drei Meilen entfernt.«

»Ist das schlimm?«

»Die Bäume werden uns Schutz bieten, aber sie sind auch hoch, und Höhe zieht Blitze an. Deshalb wollte ich die Zelte unter niedrigeren Bäumen aufschlagen« – er deutet auf die beiden Bäume links und rechts von unseren Zelten –, »damit die größeren Bäume ringsum die Blitze abfangen. Das ist nicht wie ein Sturm zu Hause. Hier draußen werden Leute vom Blitz getroffen und sterben.«

»Überlebt hier draußen überhaupt jemand?«, beschwere ich mich. »Das ist wie in einer Tragödie.«

Seine Mundwinkel wandern nach oben. »Ich weiß.«

»Aber –«

»Erst Zelt aufbauen, dann reden«, sagt er und zieht die Zeltteile aus der Hülle.

Ich hole eilig meins heraus, aber als ich es endlich geschafft habe, steht seins bereits. Ich breite wie die letzten Tage meine Bodenplane neben seinem Zelt aus, doch er schüttelt den Kopf. »Lass sie uns Eingang zu Eingang aufbauen, sodass sie sich gegenüberstehen.«

Ich frage nicht nach dem Grund, sondern vertraue einfach darauf, dass er einen Plan hat. Nachdem er sich etwas an meinem Zelt angesehen und den Abstand abgemessen hat, zeigt er mir, wo ich anfangen soll. Der Wind peitscht nun mit ziemlichem Tempo durch den Wald, und der Himmel ist so dunkel, dass es fast aussieht, als sei unter dem Blätterdach die Nacht hereingebrochen. Ich richte das Zelt aus und setze die Stangen zusammen, doch danach müssen wir noch das Außenzelt festmachen. Es scheint ewig zu dauern. Ich versuche, die Heringe einzuschlagen, bevor das Zelt davongeweht wird. Lennon macht an seinem die letzten Handgriffe, dann hilft er mir, das kleine Vordach über meinem Eingang aufzustellen. Er hat gut gemessen, bis auf einen winzigen Spalt bedeckt es als kleiner überdachter Gang den Abstand zwischen unseren beiden Zelten.

Nachdem er unsere Schlafsäcke und seine Isomatte herausgenommen hat, wuchtet er die Rucksäcke in sein Zelt. »Ich richte alles im großen Zelt ein«, erklärt er mir. »Füll du die Flaschen auf. Meine ist fast leer, und wir brauchen Wasser zum Kochen. Bleib immer in Sichtweite und beeil dich.«

Donnergrollen. Ich schnappe mir die Wasserflaschen und Lennons Filter, der schneller läuft als meiner. Zwischen zwei hohen Farnen schlängelt sich ein schmaler Pfad zum Fluss, den ich vermutlich mit einigen Schritten überqueren könnte, doch das Wasser fließt schnell hier und scheint tief zu sein. Als ich mich vorbeuge, achte ich darauf, dass meine Füße festen Halt haben, dann pumpe ich Wasser durch den Filter.

Während sich die erste Flasche füllt, leuchtet ein Blitz auf. Ich zähle stumm die Sekunden mit und behalte die Bäume im Auge. *Eins, zwei, drei, vier, fünf–*

Es donnert.

Fünf Sekunden. Dieser Blitz war nur eine Meile entfernt?

»Beeil dich!«, ruft Lennon von den Zelten, was mich zusammenfahren lässt.

»Ich kann den Wasserfilter doch nicht schneller machen«, brumme ich.

Endlich ist die erste Flasche voll. Ich drehe den Deckel zu, stecke den Filter in die zweite und fange zu pumpen an.

Ich spüre etwas auf dem Kopf. Ist das ein Regentropfen? Ich sehe nach oben. Definitiv ein Regentropfen. Zwei. Vier. Zwanzig. Wie albern, Wasser zu holen, wenn es sowieso gleich auf uns herunterplatschen wird.

Der Himmel hellt sich auf, doch fast zur gleichen Zeit hallt ohrenbetäubend lauter Donner. Und von einem Moment auf den anderen prasselt der Regen herunter. In Strömen. Ich höre Lennon meinen Namen rufen, aber ich versuche, mich zu konzentrieren. »Scheiße, Scheiße, Scheiße!«, fluche ich und pumpe schneller.

Allerdings nicht schnell genug.

Der ganze Wald leuchtet mit dem lautesten Knall auf, den ich je gehört habe.

Ich weiche ruckartig vom Fluss zurück. Die zweite Flasche fällt zusammen mit der Pumpe in die Stromschnellen. Einen kurzen Moment lang bin ich orientierungslos und taub. Die Flasche schaukelt auf dem Wasser und verschwindet in der Gischt. Ich will ihr hinterherrennen, doch eine Hand packt mich am Arm.

»Vergiss sie!«, schreit Lennon und zerrt mich vom Fluss weg.

Die Heftigkeit, mit der er mich den Pfad hinunterzieht, macht mir den Ernst der Lage klar. Wir sind in Gefahr.

Mit hämmerndem Herzen renne ich im Regen hinterher, von meinen Schuhsohlen steigt ein frischer Duft nach Sauerampfer und Moos auf. Und ich rieche noch etwas anderes; es erinnert an einen verbrannten Weihnachtsbaum. Die Blitze. Sie haben die Baumwipfel versengt.

Der Geruch macht mir Angst.

Ich haste über den glitschigen, federnden Boden, unsere Zelte tauchen auf. Doch da schlägt der Blitz erneut ein. Zum ersten Mal in meinem Leben kapiere ich die ganze Nummer mit Zeus und dem Blitz-Geschleudere, genau so sieht es nämlich gerade aus. Als würde ein wütender Gott mit einer riesigen Laserpistole auf die Erde ballern. Das Geräusch klingt wie eine Bombe und lässt den Waldboden erbeben. Das Gebüsch, die gewaltigen Bäume, uns – alles.

Ich glaube, ich mache mir gleich vor Angst in die Hose.

Mein Hirn hat sich abgeschaltet. Ich möchte am liebsten weinen, aber dazu bin ich viel zu verängstigt. Ich bin bloß noch blinde Angst und felsenfest davon überzeugt, dass ich sterben werde.

Überall diese Riesenbäume und trotzdem gibt es nichts, was uns Schutz bieten würde. Keinen Unterstand. Keine Tür, hinter der man sich verstecken könnte. Kein Auto, mit dem man vor dem Sturm flüchten könnte. Ich fühle mich klein und hilflos.

Kurz vor den Zelten zieht mich Lennon auf die Erde und legt sich schützend über mich.

Wumm!

Meine Welt wird weiß.

Ich kauere auf etwas, das weder Erde noch Schlamm ist, ich bin bis auf die Knochen durchnässt, es schüttet, der Geruch von brennendem Holz erfüllt meine Nasenlöcher. Es fühlt sich an, als würde es nie wieder aufhören. *Bring uns einfach um,* denke ich. *Mach schon, bring es hinter dich.*

Beim nächsten Blitz werden Lennons Muskeln stahlhart. Doch ich spüre, dass auch er zusammenzuckt. Es ist, als befänden wir uns mitten in einem Kriegsgebiet. Sekunden später der nächste Schlag.

Aber.

Dieser ist nicht ganz so laut. Und nicht ganz so nah. Donner und Blitz finden wieder getrennt statt. Wir warten – Sekunden oder Minuten, das kann ich nicht sagen. Doch irgendwann fühlt es sich nicht mehr an, als würde rings um uns die Welt auseinanderbrechen, und auch Lennons Anspannung lässt nach.

Ist es vorbei? In der Ferne höre ich es immer noch donnern.

»Geschafft«, sagt Lennons Stimme ganz nah bei meinem Ohr. »Habe ich dir nicht gesagt, dass es ein gewaltiger Sturm sein wird? Und hör dir das an. Jetzt bewegt er sich langsamer vorwärts. Ich zähle immer noch die Donnerschläge mit. Langsam bedeutet viel Regen, aber wir sind erst mal aus dem Blitzgebiet raus. Komm, lass uns aufstehen.«

Als er mich auf die Füße zieht, sehe ich alles ganz verschwommen. »Meine Brille«, sage ich.

Lennon blickt sich um. »Du hast sie irgendwo verloren.«

»Die Wasserflaschen auch.«

»Eine liegt am Ufer. Wir holen sie nachher. Und wir haben noch einen anderen Filter. Im schlimmsten Fall kochen wir das Wasser eben ab.«

Ein paar Tage lang komme ich notfalls auch ohne Brille aus. Ich bin viel zu benommen, um mir wegen irgendetwas Sorgen zu machen.

Er hebt mein Kinn an. »Ist doch nicht schlimm. Mit dir alles in Ordnung?«

»Ja.« Ich nicke.

»Das war heftig.«

»Das war ...« Ich lache. Ich kann nicht anders. Ich weiß nicht, ob ich aus Nervosität lache oder aus Erleichterung, aber ich streiche mir die nassen Haare aus dem Gesicht und lache. »Uns hat es fast aus den Schuhen geblasen. Wir wären beinahe draufgegangen.«

»Nein, Zorie, wir haben *uns auf das Leben eingelassen.*« Lennon hebt beide Arme in die Höhe und stimmt mit geballten Fäusten Siegesgeschrei an. »Wir sind am Leben! Wir haben gewonnen!«

Er hat recht. Wir haben uns auf das Leben eingelassen. Zu überleben ist etwas Wundervolles. Ich fange wieder zu lachen an und halte die schmutzigen Hände im Regen hoch, bis der Matsch weggespült ist. Noch immer pulst Adrenalin durch meine Adern; ich fühle mich unbesiegbar.

Lennon streicht sich die dunklen Haare aus den Augen. Dass seine Kleider an ihm kleben, betont seine Figur. Jede kantige Fläche. Jeden Muskel. Es ist nicht ganz jugendfrei – nein, *absolut* nicht jugendfrei, denn als ich den Regen wegblinzle, sehe ich, dass sein Blick ebenfalls über mich wandert. Und wie er mich ansieht, das hat nichts Galantes.

Vielleicht hat der Sturm etwas in unseren Köpfen gelöst.

Ich hole scharf Luft. Aus seiner Kehle kommt ein leises Seufzen.

Unsere Blicke treffen sich.

Wir stürzen uns aufeinander.

Er zieht mich an sich, ein Arm liegt um meine Schultern, mit der anderen Hand umfasst er meinen Hinterkopf. Seine regenglatten Kleider sind kalt, doch sein Mund liegt heiß auf meinem. Er küsst mich stürmisch. Es ist ein ungeduldiger, gieriger Kuss. Ein ausgehungerter. Und als der Donner in der Ferne grollt, zucke ich zwar zusammen, aber ich lasse Lennon nicht los.

Mein Rücken stößt gegen die glatte feuchte Rinde eines Mammutbaums, Lennon drängt sich mit seinem ganzen Körper an mich. Er ist straff und fest, eine Ziegelwand schlanker Muskeln, und er hebt mich hoch, bis meine Zehen über die unebenen Wurzeln streifen. Als er die Hüften gegen mich presst, erwidere ich den Druck und spüre die unmissverständliche Härte zwischen uns. Mich durchläuft ein Schauder.

Meine Beine schlingen sich um seine Hüften; er schiebt mich gegen den Baum und wärmt meinen Hals mit Küssen. Ich rieche seine Haare und den Duft der Sequoia-Rinde. Der Regen ist so heftig, dass meine Hand von seinen Schultern abrutscht. Ich schlinge meine Arme um seinen Hals.

»Zelt«, flüstert er in mein Ohr. Ohne zu wissen, ob es eine Frage oder eine Feststellung ist, sage ich Ja. »Halt dich fest.« Aber wenn ich ihn nur noch ein klitzekleines bisschen fester halte, werde ich ihm die Knochen brechen. Mein Rücken löst sich von dem Baum, und er trägt mich ein paar Schritte. Wir schlittern über den Schlamm. Als er mich ungeschickt vor den Zelten absetzt, klammere ich mich so fest an ihn, dass ich uns beinahe zu Boden reiße. Sein Kopf knallt gegen meinen.

»Autsch!«

Wir lachen beide, ich fühle mich ein bisschen berauscht. »Wir sind klatschnass«, stelle ich fest.

Er streicht mir die nassen Locken aus dem Gesicht. »Ja.«

»Die Schlafsäcke werden nass.«

»Vielleicht sollten wir einfach, ich weiß nicht« – er zuckt langsam die Achseln –, »die Kleider ausziehen, bevor wir ins Zelt gehen.«

Mein Puls dröhnt mir in den Ohren.

Nackt.

Lennon.

Ich.

Wir.

»Das wäre vernünftig«, stimme ich zu und versuche, lässig zu klingen.

Aber das hier ist so was von nicht lässig. Und wir wissen es beide.

Wir stürzen uns aufeinander, er zieht mir das Shirt aus. Meine Arme verheddern sich, und er lacht und versucht, den nassen Stoff abzustreifen, der dabei zerreißt. Sein Arm schwingt zurück und mein Oberteil landet mit einem lauten *Platsch* auf dem Zelt.

Lennon hält einen Moment inne, sieht mich an und ein träges Lächeln sorgt dafür, dass sich seine Wangen heben. »Tun wir das wirklich?« Er klingt wie unter Drogen.

Ich bin ein wenig verlegen, aber es hält mich nicht davon ab, weiterzumachen. »Oh, und wie wir das tun.«

Schuhe und Socken landen im Matsch. Und dann ziehe ich ihm sein Shirt aus, und wir gehen auf die Jeans des anderen los. Und oh, okay, nasse Boxershorts sind eindeutig pornografisch. ICH KANN ALLES SEHEN, und ich kann den Blick nicht abwenden – es ist mir so was von egal, dass ich mitten im Wald in BH und Höschen bibbere.

»Warte, warte, warte.« Ich lege ihm eine Hand auf die Brust. Mein Mund bewegt sich schneller als mein Hirn. »Ich darf nicht schwanger werden«, erkläre ich ihm nachdrücklich.

Lennons Gesicht verzerrt sich; seine Miene wechselt in schneller Folge. »Was für eine unerwartete Bitte.«

»Ich meine, es *könnte* bestimmt passieren, das ist ja das Problem. Aber das hier kam in meiner Planung einfach nicht vor. Das wollte ich damit sagen.« *Argh, Idiotin,* denke ich und bin mit einem Mal verlegen. Ich hatte daran denken müssen, wie es mit Andre gelaufen ist und wie bescheuert wir waren. Und nun unterstelle ich Lennon etwas, weil wir uns ausziehen. Sollte ich ihm nichts unterstellen? Ich bin restlos verunsichert.

»Vergiss es«, sage ich.

Als er den Mund öffnet, um zu antworten, hält er kurz inne, dann sagt er: »Warte.«

Er bückt sich unter das kurze Vordach, das die Zelte miteinander verbindet, zieht den Reißverschluss zu seinem Zelt auf und verschwindet. Was soll ich tun? Ich stehe halb nackt und gedemütigt im Regen und –

Lennon kommt heraus. Er kriecht unter dem Vordach zum großen Zelt, zieht den Eingang auf und wirft unsere Handtücher hinein. Dann hält er einen langen Streifen metallisch glänzender Kondomverpackungen hoch und zeigt ihn mir, um ihn anschließend ebenfalls ins Zelt zu werfen. »Du hast vielleicht nichts geplant, aber ich«, sagt er lächelnd. »Pfadfindermotto: Allzeit bereit.«

»Holla.« Wie viele sind das?

»Nenne es von mir aus Wunschdenken, vermutlich habe ich einfach nichts aus dem Hotelzimmerfiasko gelernt. Und eine gute Sache an *Toys in the Attic* ist der unerschöpfliche Vorrat an kostenlosen Kondomen. Komm her.«

Mit rasendem Herzen ergreife ich seine ausgestreckte Hand und krieche schnell ins Zelt, wo es dämmrig ist und durchdringend nach Nylon und Regen riecht. Wie eng es hier drinnen ist und wie lang Lennons Beine sind! Und so viel nackte Haut, sowohl von ihm als von mir. Diese pornografischen Boxershorts – NICHT HINSEHEN.

Zu spät. Er wirkt nicht ängstlich.

Aber ich bin es plötzlich. So, so ängstlich. Warum?

Als ich an mir herunterblicke, sehe ich überall Ausschlag. Das macht es nicht besser. Hoffentlich ist es dunkel genug hier drinnen, dass er ihn nicht auch sieht. Ich lege schnell den Arm über den Bauch.

»Hey«, sagt Lennon leise, zieht die Hand weg und schiebt seine Finger zwischen meine. »Das bin doch nur ich.«

»*Nur?*« Ich schüttle den Kopf. »Das ist ja das Problem. Dass du es bist. Und ich. Ich habe dich gerade erst zurückbekommen. Wir haben nicht mal einen Plan, was passieren wird, wenn wir wieder zu Hause sind. Alles könnte in die Brüche gehen. Meine Eltern könnten sich scheiden lassen. Ich könnte gezwungen werden, zu meinem Vater zu ziehen –«

»Oder alles regelt sich.«

»Ja, vielleicht. Aber das Leben ist unberechenbar, das ist das Schlimmste daran. Ich brauche Verlässlichkeit. Ich brauche etwas, worauf ich zählen kann. Und wenn das hier schrecklich oder komisch läuft, dann –«

»Dann was? Wie schrecklich kann es denn werden? Ich bin ziemlich sicher, dass ich das Wichtigste weiß.«

»Für dich ist es einfacher. Du bist ein Junge. Dein Körper ist kein Rätsel.«

Er lässt sich meine Bemerkung einen Moment durch den Kopf gehen. »Ich mag Rätsel. Ich bin sehr gut darin, Rätsel zu lösen.«

Ich zögere. »Wie gut?«

»Sehr, *sehr* gut. Ich werde nicht aufhören, bevor ich das Geheimnis gelüftet habe. Ich bin scheiß Miss Marple.«

Mein Kichern ist nur ein Hauchen. »Ja?«

»Weißt du noch, als Mr Henrys Katze verschwunden war? Wer hat herausgefunden, dass sie von dem Rassisten am Ende der Sackgasse gekatznappt wurde?«

»Du. Hör auf, mich zum Lachen zu bringen.«

Mit strahlendem Blick faltet er ein Handtuch auseinander und winkt mich mit dem Finger heran. Ich beuge mich vor und lasse mir von ihm die Haare trocknen. »Und wer hat, nachdem sich die Managerin vom *Jitterbug* beschwert hat, ihre Stromrechnung würde ständig höher, herausgefunden, dass der Friseursalon ihre Stromleitung angezapft hat?«

»Auch du«, murmle ich mit gesenktem Kopf. Seine Hände fühlen sich gut an in meinem Haar, und ich habe einen super Blick auf seine Brust und seine Arme. »Halt, dieses Rätsel haben wir gemeinsam gelöst. Ich bin als Erste draufgekommen, dass vielleicht jemand ihren Strom stiehlt.«

»Aber wer hat im Internet recherchiert, wie man das macht, und es dann zum Friseursalon zurückverfolgt? Wer hat dich hinterm Haus als Schmiere aufgestellt, während ich die Zähler kontrolliert habe? Und wer wurde angebrüllt, weil ich dich erst Kaffee holen lassen wollte, wenn wir fertig waren?«

»Ich habe dich nicht angebrüllt.«

»Und wie«, sagt er und rubbelt sich nun die eigenen nassen Haare, bis sie ihm um den Kopf stehen. »Es hat mich fuchsteufelswild gemacht. Aber *das* war das erste Mal, dass ich dich unbedingt küssen wollte.«

»Moment mal, nein. Das kann nicht sein. Wir waren ...«

»Vierzehn.«

»Du wolltest mich schon mit vierzehn küssen?«

»Ich wollte viele Sachen mit dir machen, als wir vierzehn waren. Fünfzehn. Sechzehn. Bis du mich endlich geküsst hast, hatte ich schon einen Tresor mit Zorie-Fantasien gebaut, der größer war als Fort Knox. Ich dachte, du würdest nie aufholen.«

Ich bekomme keinen Ton heraus, so baff bin ich. Ich versuche, diese Geständnisse mit meinen Erinnerungen in Einklang zu bringen, was wir damals waren.

Was wir jetzt sind.

»Und ich weiß, du verabscheust den Laden meiner Eltern, und manchmal geht es mir genauso«, sagt er und wirft das Handtuch in eine Zeltecke. »Aber manchmal hat er auch seine Vorteile.«

»Außer kostenlosen Kondomen?«

»Außer denen«, sagt er mit einem durchtriebenen Lächeln. »Du wärst überrascht, was ich alles gelernt habe. Kunden sind erstaunlich konkret, und du würdest nicht glauben, was für einen

Scheiß sie einem erzählen. Alles, was irgendwie schiefgehen kann – oder gut gehen –, scheint jemand anderem auch schon mal passiert zu sein.«

»Hmm …«

»Ich will damit sagen, dass jeder Körper erst mal mysteriös ist. Ich würde gern jedes Rätsel mit dir lösen.«

»Es ist nicht so, dass ich es nicht selbst lösen könnte. Das möchte ich nur mal klarstellen.«

»Das ist übrigens das beste Gespräch, das wir je geführt haben. Und ich werde auf jeden Fall für später ein Bild von dir in den guten alten Tresor packen, wie du deine eigenen Probleme löst –«

»Oh Gott«, murmle ich etwas erschrocken.

»Aber würde es im Moment nicht mehr Spaß machen, wenn wir uns zusammentäten und das Verbrechen gemeinsam aufklären würden?«

»Ich habe Schiss, dass es nicht schön sein wird, oder peinlich«, sage ich kleinlaut.

»Davor habe ich auch Schiss.« Als er mit den Fingerknöcheln über meine Schulter und den Arm hinunter reibt, folgt er seiner Bewegung mit den Augen. »Das hier ist nicht irgendwas. Das ist nicht leichtfertig. Das hier ist groß. Richtig, richtig groß.«

»Das sind du und ich«, sage ich.

Er nickt. »Aber nach letzter Nacht auf dem Hügel, und dann gerade eben draußen im Regen?«

»Es ist so schön mit uns«, stimme ich zu und öffne die Hand, als er mit dem Finger über meine Knöchel fährt. »Oder?«

»Wir sind verdammt noch mal unglaublich. Wir sind eine Rakete voller Möglichkeiten. Entweder sterben wir vor Verlassen der Erdatmosphäre in einem Inferno, oder wir durchdringen sie und kreisen um den Mond.«

»Falls du vorhast, mich mit Weltraumkram zu verführen, funktioniert das übrigens hervorragend.«

Sein Lächeln ist göttlich. »Ja?«

»Ja.«

»Willst du es versuchen?«

Ich nicke langsam. »Ich glaube schon.«

»Bist du sicher?«

Ja, bin ich. »Flieg mit mir zum Mond.«

Der Regen trommelt aufs Zelt, als er mich näher zieht, und wir lassen uns in die Schlafsäcke sinken. Mund an Mund, Hüfte an Hüfte, Herzschlag an Herzschlag. Wir sind nicht mehr so gierig wie draußen, sondern nehmen uns bewusster wahr. Es ist ein leidenschaftliches Wahrnehmen, nervös und aufregend zugleich. Als wir die letzten Kleiderschichten abstreifen, redet er die ganze Zeit ruhig leise auf mich ein, und ich folge seiner Stimme wie dem Signalfeuer eines Leuchtturms.

Er führt mich. Gibt mir Sicherheit. Vergewissert sich, dass ich nicht in dunkle Gewässer abdrifte und untergehe.

Dann bin ich dran, ihn zu führen. Er hört zu. Folgt meinen Hinweisen den unbekannten Weg entlang.

Es ist eine schöne neue Welt.

Und eine, in der nichts anderes mehr zählt. Als er die Kondome nicht finden kann, bin ich bereit, alles, was ich gelernt habe, über Bord zu werfen, es ist mir so was von egal. Und das sollte es eindeutig nicht sein, aber ich würde ohne Weiteres meine ganze zivilisierte Existenz aufgeben und sorglos und frei in diesem Zelt leben, Hauptsache, er –

»Sie waren gerade noch hier!« Er steht kurz vor einer Panikattacke.

»Warte, was ist das denn?« Ich ziehe etwas unter meinem Rücken hervor.

»Danke, danke, danke«, murmelt er.

»Beeil dich.«

»Nein, sag das nicht. Glaub mir, ich kann mich kaum noch zurückhalten.«

»Bitte?«, flüstere ich.

»Du bringst mich um, Zorie.«

Jedes Mal, wenn er mit seiner tiefen Stimme meinen Namen sagt, habe ich das Gefühl zu sterben. Ich weiß nicht, wohin vor lauter Lust, ich stehe am Rand von etwas Großem, und ich will auf gar, gar keinen Fall, dass er aufhört. Und dann ... passiert es. Hier und jetzt. Es ist schön und ein bisschen unbeholfen und manchmal lustig, denn wow, menschliche Körper sind echt rätselhaft. Aber es ist auch mehr, als ich erwartet habe – als ich je gehofft habe.

Es ist ganz er und ganz ich, und vor allem sind es wir, sind es wir, sind es wir.

24

»Habe ich dir doch gesagt, dass wir das Rätsel lösen würden«, sagt Lennon, nachdem wir eine Weile eng umschlungen dem nachlassenden Regen gelauscht haben. »Sogar gleich zweimal.«

Ich lächle an seiner Brust. »Ich habe es nie angezweifelt. Immerhin bist du scheiß Miss Marple.«

»Und du scheiß Sherlock Holmes.«

»Wenn wir unsere eigene Detektei gründen, möchte ich, dass diese Namen an der Tür stehen, genau so.«

»Meine Eltern hätten den Laden ›Die Detektivagentur‹ nennen sollen.«

Ich kichere und er tut, als würde er mich in den Nacken beißen, was mich aufquietschen lässt. Aber er hält mich nur noch fester. Von mir aus, ich kann die Finger sowieso nicht von ihm lassen. Oder von den Stoppeln an seinem Kinn. Seinen dicken Augenbrauen. Diesem vorgewölbten Muskel über seinen Hüften. So nah war ich ihm noch nie, und es gibt so viel, was danach bettelt, erforscht zu werden.

Erst als mein Magen knurrt, wird uns beiden klar, wie spät es schon ist. Nicht *exakt*, wie spät, schließlich sind unsere Handy-Akkus beide leer, und Lennons schicker Kompass – unsere einzige Quelle, um die Uhrzeit herauszufinden – steckt gerade in der Hosentasche seiner Jeans, die vor dem Zelt im Matsch liegt. Aber wir sind nun schon eine ganze Weile bei dieser Detektivarbeit, und ich brauche ein paar Sachen aus dem anderen Zelt. Etwas zu essen zum Beispiel. Feuchttücher. Trockene Klamotten. Okay, damit habe ich es eigentlich nicht so eilig, doch als Lennon anbietet, unter dem Dach in das kleinere Zelt zu krabbeln, setze ich sie auf die Liste, und er befreit sich tapfer aus unserem Schlafsack.

Das andere Zelt steht direkt gegenüber, und so albern es ist, ich hasse es, dass er sich so weit von mir entfernt. Als ich das Mückengitter unseres Zeltes zurückbinde, beobachte ich gebannt, wie er nackt durch den zweiten Zelteingang kriecht. »Interessanter Anblick«, kommentiere ich durch den offenen Eingang unseres Zeltes.

»Freut mich, dass du zufrieden bist«, ruft er zurück.

Er schafft nicht alles auf einmal und verschwindet dazwischen für ein paar Minuten in den Regen. Ein nackter Lennon im Wald. Jetzt wäre ein guter Moment für ein Foto. Doch als er zurückkommt, hält er eine unserer Wasserflaschen, die er mir zitternd durch den Eingang reicht, dann kriecht er noch einmal in das andere Zelt. Dieses Mal kommt er in Boxershorts zurück und wirft mir ein T-Shirt zu. Er hat auch unsere Essensvorräte geplündert, juhu!

Bäuchlings und die Köpfe durch den Zelteingang streckend stellen wir unseren Campingkocher unter das Vordach. Er besteht lediglich aus einer Benzinflasche mit vier ausklappbaren Klammern, um einen Topf daraufzustellen. Wir erhitzen Wasser für den heißen Kakao aus den zwei braunen Feldrationen, die Lennon dabeihat. In der Rationstüte sind noch tausend andere Sachen: ein Keksriegel, Cracker, Trockenfrüchte und das Allerheiligste: ein Töpfchen Erdnussbutter.

»Ich dachte, das magst du vielleicht«, sagt Lennon lächelnd, als wir den Tüteninhalt durchgehen. Es gibt Löffel, Servietten, Streichhölzer, sogar eine winzige Tabasco-Flasche und ein paar Bonbons. Die Hauptmahlzeit wird in einem Kochbeutel erwärmt, der durch Zugabe von etwas Wasser eine exotherme Reaktion auslöst. Es schmeckt nicht ganz so lecker wie Reagans gefriergetrocknete Gourmet-Verpflegung, aber ich sterbe vor Hunger, und die Erdnussbutter und die Cracker machen alles wett.

Nachdem wir gegessen und aufgeräumt haben, holt Lennon sein Heft und die Karte heraus, und ich sehe ihm auf der Seite liegend zu, wie er den letzten Abschnitt unserer Tour zum Condor Peak berechnet. »Sechs Stunden Fußmarsch«, sagt er. »Vielleicht sieben, wenn wir lange Pausen einlegen.«

»Das klingt nicht so schlimm.«

»Nein.«

»Ich dachte, es sei noch weiter.« Wir betrachten die Karte, die aufgefaltet auf dem Heft liegt. »Bist du sicher, dass du zur Sternenparty mitkommen willst?«

»Warum sollte ich nicht?«

»Es werden viele Leute dort sein, die ich nicht kenne, und ein paar Leute, die ich jeden Monat bei den Clubtreffen sehe.«

»Und Avani.«

»Für anständige Fotos werde ich ihr Teleskop benutzen müssen, der Aufbau wird viel Zeit in Anspruch nehmen. Es könnte langweilig für dich sein, bloß rumzustehen, wenn wir Sternen-Nerds durch die Objektive starren oder versuchen, mit Sandra Faber ins Gespräch zu kommen.«

»Ich habe zwar keine Ahnung, wer das ist, aber dem Zittern in deiner Stimme entnehme ich, dass es sich um jemand Wichtigen handelt.«

»Es gibt bloß ein astronomisches Gesetz, das nach ihr benannt ist, außerdem hat sie herausgefunden, wie man die Entfernung zwischen Galaxien berechnet. Keine große Sache.«

Er grinst. »Beeindruckend.«

»Ich wollte nur sagen, dass du die Sternenparty vielleicht doof finden wirst.«

»Keine Sorge, ich werde mich schon nicht langweilen. Schließlich bin ich mit dir zusammen. Außerdem interessiert mich alles, was du magst.«

»Echt?«

»Meteorschauer sind cool. Du kannst eine Menge guter Bilder machen und über Galaxien fachsimpeln«, sagt er. »Und wir können jederzeit in die Zivilisation zurückfahren. Avani ist nicht unsere einzige Möglichkeit.«

»Es gibt einen Linienbus, der mehrmals am Tag hochfährt«, bestätige ich. »Ich habe mich schlaugemacht.«

»Ich habe hier irgendwo einen Busfahrplan«, sagt er und kramt einen Papierstapel zwischen den Notizbuchseiten durch. »Er ist vom letzten Jahr, aber ich würde bezweifeln, dass sich viel geändert hat.«

Während er danach sucht, sticht mir etwas in seinem Heft ins Auge. Ich lege den Finger auf die Seite, um ihn am Weiterblättern zu hindern. »Was ist das?«

»Ahh, nicht hinschauen«, wehrt er ab und legt die Hand darauf.

»Warum?«

»Weil es peinlich ist.«

»Na, *jetzt* werde ich es garantiert vergessen«, ziehe ich ihn auf und zupfe an seinen Fingerspitzen. »Zeig es mir.«

Er stöhnt und nimmt die Hand weg. Als ich über seinen Arm spähe, entdecke ich Zeichnungen von Menschen. Sie sehen wie Mangafiguren aus, ein bisschen stilisiert mit schlichten klaren Linien und großen Augen. Es dauert, bis ich merke, dass es alles Mädchen sind. Dasselbe Mädchen. Immer und immer wieder, aus verschiedenen Perspektiven. Am Tisch sitzend, über Hausaufgaben gebeugt. An einem Picknicktisch essend. Auf der Treppe lesend. Kaffee trinkend in einem Café. Die meisten Zeichnungen zeigen sie von hinten, deshalb ist ihr Gesicht nur teilweise zu erkennen, aber …

Aber …

Sie hat dunkle lockige Haare und trägt eine Brille und Schottenkaros.

Als ich langsam umblättere, entdecke ich noch mehr Zeichnungen. Dasselbe Mädchen, Dutzende Male gezeichnet. Jede Skizze ist mit Lennons penibler, ordentlicher Handschrift datiert. Sie reichen bis letzten Herbst zurück. Zum letzten Frühling. Bis zum Sommeranfang dieses Jahr.

Die neueste ist von letzter Woche. Das Mädchen steht auf einem Balkon und sieht durch ein Teleskop nach unten.

Die Zeichnungen sind schmeichelhaft. Die Zeichnungen sind traurig. Die Zeichnungen sind voller Sehnsucht. Lennons Herz liegt auf jeder Notizbuchseite.

Zärtlichkeit und Schmerz schnüren mir die Kehle zu. Der bittersüße Schmerz wird davon getrübt, wie schrecklich dieses Jahr für uns beide war. Ich habe mich so sehr und so lange angestrengt, meine Gefühle für ihn zu verdrängen, sie in eine kleine Schachtel zu stopfen und irgendwo in meinem Kopf im Dunkeln zu verstecken. Ich habe alles getan, um zu vergessen.

Und Lennon hat alles getan, um sich zu erinnern.

Tränen tropfen von meiner Wange auf die Seite und zerplatzen. Als ich sie wegwischen will, verschmiert die Tinte.

»Tut mir leid«, flüstere ich. »Die Zeichnungen sind so schön, und ich habe sie verdorben.«

Er schließt das Heft und zieht mich an sich, um mir mit dem Daumen die Tränen von der Wange zu wischen. »Schon gut«, murmelt er und küsst meine Augenlider. »Ich brauche sie nicht mehr. Ich habe ja dich.«

Am nächsten Morgen bitte ich ihn um einen weiteren Tag in unserer Sequoia-Kathedrale. Bis zur letzten Nacht der Sternenparty schaffen wir es allemal, und da sieht man den Meteorschauer sowieso am besten. Da unsere Akkus leer sind, kann ich Avani nicht Bescheid sagen, dass wir einen Tag später kommen, aber ist das so dramatisch? Sie ist ja ohnehin dort und wird wahrscheinlich so damit beschäftigt sein, die Sternenparty zu genießen, dass es ihr nicht mal auffällt. Das einzig mögliche Problem stellt meine Mutter dar, der ich versprochen habe zu schreiben, wenn ich bei der Sternenparty angekommen bin. Allerdings habe ich ihr auch gesagt, dass das erst spätabends sein wird, und welchen Unterschied macht schon ein Tag? Schließlich wandere ich und nehme nicht den Bus, der nach Fahrplan verkehrt. Bestimmt wird sie verstehen, dass da nie alles ganz planmäßig läuft. Sobald wir morgen auf dem Condor Peak sind, kann ich sie von Avanis Telefon anrufen.

Ich diskutiere das alles mit Lennon durch, aber es ist ehrlich gesagt nicht viel Überredungskunst nötig. Er ist mehr als einverstanden, und so bleiben wir, wo wir sind.

Nachdem der Sturm weggezogen ist, verbringen wir den Tag mit nützlichen Sachen. Wir waschen im Fluss den Schlamm aus unseren Kleidern. Sammeln Feuerholz und legen es zum Trocknen in die Sonne. Suchen meine Brille.

Wir tun allerdings nicht *nur* nützliche Dinge. Baden zusammen im Fluss. (Es ist weniger Baden, mehr Berühren.) Lesen den Manga, den Lennon dabeihat. (Weniger Lesen, mehr Berühren.) Machen ein Nickerchen. (Weniger Schlafen, mehr Sex, der Lennon fast das Augenlicht kostet, als der Zeltpfosten umfällt.)

Mein Ausschlag ist noch nicht ganz abgeklungen, aber ich kratze meine Arme nicht mehr so oft. Zum einen wegen der Tabletten, zum anderen, weil ich nachgegeben und mich von Lennon mit Miss Angelas stinkender Hanfsalbe habe einschmieren lassen. Ich glaube, ich war noch nie so relaxt – »sexlaxt« nennt Lennon es und behauptet, dass er ein Vermögen damit verdienen wird, wenn er es als Therapie gegen Allergien und Stress vermarktet.

Doch alle guten Dinge sind irgendwann vorbei, und als uns die Kondome ausgehen, wissen wir, dass die Zeit zum Aufbruch gekommen ist.

Bye-bye, Sexcamp.

Beim Zusammenpacken prüfe ich, ob meine Kamera noch funktioniert. Kaum zu glauben, dass ich auf dem ganzen Trip noch kein einziges Foto gemacht habe. Und nicht nur das. Ich habe auch nicht ständig nachgesehen, was sich in den sozialen Netzwerken abspielt. Ich habe keine Ahnung, was gerade trendet, und ich habe nichts gepostet. Ich kann nicht nachsehen, ob Kommentare abgegeben wurden, oder Likes oder Favoriten, oder ob irgendwas rebloggt wurde. Und ich habe keine Ahnung, was in der Welt los ist.

»Wir haben uns ausgeklinkt«, stelle ich fest.

»Ich weiß. Ist das nicht genial?«

Ist es wirklich. Ich würde es vermutlich nicht für immer wollen, aber es bringt einen nicht um.

Wir haben so lange wie möglich gewartet, aber nach dem Mittagessen brechen wir auf. Obwohl in meinem Rucksack immer noch die gleichen Dinge sind, fühlt er sich irgendwie schwerer an. Vermutlich geht er genauso widerwillig wie ich.

Aber es ist Zeit, dass wir uns auf den Weg machen.

Am Nachmittag laufen wir über eine Wiese nach der anderen, unser Abendessen nehmen wir in der Nähe eines Sees ein, der zu den größten alpinen Gewässern des Bundesstaates gehört. Wir befinden uns in über fünftausend Metern Höhe, insoweit ist das Wasser zwar zu kalt, um darin zu schwimmen, aber der Anblick ist trotzdem beruhigend. Wenn auch nicht so beruhigend wie zu sexlaxen, betone ich. Lennon schaut zum dritten Mal nach, doch wir haben definitiv keine Kondome mehr.

Beim Weiterlaufen geht das Kopfkino weiter. Wir haben nicht darüber geredet, was wir wegen meines Vaters unternehmen werden, wenn wir wieder zu Hause sind. Oder überhaupt über die Zukunft. Ich möchte nicht darüber nachdenken. Ich möchte hierbleiben. Ich weiß, das ist unmöglich, doch wenn ich mir vorstelle, was uns erwartet – Eltern, Schule, sogenannte Freunde, die uns sitzen gelassen haben, die drohende Gefahr wegen der Affäre meines Vaters –, ruft das alles Zweifel in mir wach. Zweifel, Sorgen und eine immer größer werdende Angst.

Auf dem letzten Stück die Bergausläufer hinauf geht die Sonne unter. Wir sind nun auf einem Hauptweg mit offiziellen Parkschildern zu Entfernungen und Sehenswürdigkeiten in der Nähe. Der Condor Peak liegt außerhalb des King's Forest in einem öffentlich erschlossenen Gebiet. Auf und um den Berg herum gibt es mehrere Aussichtspunkte, doch die nördliche Beobachtungsplattform, zu der wir wollen, ist nur einen halben Kilometer entfernt. Die Sternenparty hat sich auf einem kleinen Campingplatz unterhalb davon versammelt, auf der anderen Seite der Straße, die um den Nationalpark führt.

Eine richtige Straße. Mit richtigen vorbeisausenden Autos.

Ich hätte nie gedacht, dass ich so widerwillig in die Zivilisation zurückkehren würde.

Als wir am Parkplatzeingang neben dem Campingplatz ein großes Schild für die Sternenparty erspähen, rücken all meine Befürchtungen in den Hintergrund. Das Schild warnt die Besucher, dass sie sich einem Lichtschutzgebiet nähern und hinter dem Campingplatz zur Vermeidung von Lichtverschmutzung ausschließlich Rotlicht gestattet ist. Zum eigentlichen Beobachtungsareal muss man eine Viertelmeile um den Berg herumlaufen. Da für Astronomen selbst geringe Mengen von weißem Licht störend sind, haben viele der Autos und Campingmobile hier ihre Scheinwerfer mit rotem Klebeband abgedunkelt. Ich bin vorbereitet und habe eine kleine rote Stiftleuchte dabei.

»Wow«, sagt Lennon. »So viele Leute. Das ist eine große Sternenparty, was?«

Größer, als ich erwartet hatte. »Bevor wir zur Beobachtungsplattform hochsteigen, sollten wir vielleicht hier unten nach Avani Ausschau halten. Bis die Sternschnuppen richtig zu sehen sind, dauert es noch eine halbe Stunde, wir haben also noch ein bisschen Zeit.«

Wir laufen über den überfüllten Parkplatz. Wer keine Lücke mehr findet, stellt seinen Wagen am Straßenrand ab. Die Leute hieven Teleskopkästen aus ihren Autos – einige davon sind Profis, andere nicht. Es gibt auch mehrere Familien mit kleinen Kindern. Ich halte die Augen offen, ob ich jemanden aus meinem Club entdecke, aber es ist dunkel, und auf dem Parkplatz herrscht Chaos.

Ein Lattenzaun aus Zedernholz teilt den Parkplatz vom Zeltplatz ab. Er ist nur halb so groß wie der, auf dem wir vor drei Nächten geschlafen haben, und auf den Stellplätzen stehen die Zelte dicht an dicht. Die meisten scheinen allerdings mit dem Wohnmobil gekommen zu sein. Am Eingang weist ein Schild darauf hin, dass der Platz voll belegt ist.

Wir laufen den Hauptweg hinunter, der einmal um den Platz führt, aber schon nach der Hälfte kommt jemand die Arme schwenkend auf uns zugerannt.

»Zorie!« Es ist Avani, und sie bleibt gerade noch rechtzeitig stehen, um mir die Arme um den Hals zu werfen. »Du lebst noch!«

»Natürlich lebe ich noch!«, sage ich. »Tut mir leid, wir sind einen Tag zu spät.«

Avani löst sich von mir und blinzelt Lennon mit großen Augen an. »Wow. Du bist echt hier. Ich wollte sagen, hallo, Lennon. Es ist einfach so ungewohnt, euch wieder zusammen zu sehen. Aber schön!«

»Es ist auch schön, dich zu sehen«, sagt Lennon lächelnd. Als er sie kurz umarmt, muss ich daran denken, dass die beiden im letzten Schuljahr mehr Zeit miteinander verbracht haben als ich mit jedem von ihnen.

Avani ist außer Atem und sieht von einem zum anderen. Als sie wieder Luft bekommt, runzelt sie die Stirn. »Also, es tut mir wirklich, wirklich leid.«

Ich sehe sie fragend an. »Was denn?«

»Mir blieb keine andere Wahl. Ich hätte nie irgendwas gesagt, aber er hat nicht lockergelassen.«

Wovon redet sie?

»Es ist ziemlich heftig.« Sie verzieht das Gesicht. »Ich habe das Gefühl, dass alles meine Schuld ist.«

»Mal langsam, und dann erzählst du uns, was passiert ist«, schlägt Lennon vor.

Avani späht über ihre Schulter. »Soweit ich weiß, hat Reagans Mutter deine Mutter angerufen, Zorie. Und so fing alles an.«

Oh Gott. Nein, nein, nein ...

»Reagans Vater ist krank geworden«, sagt sie, »und sie konnten nicht in die Schweiz fliegen, und dann scheint Reagan mit Brett nach Hause gekommen zu sein, obwohl sie eigentlich mit dir auf diesem Glampingdings hätte sein sollen. Aber ihr seid dort rausgeflogen?«

Mein Magen wird gerade zu Stein.

»Es war Bretts Schuld«, erklärt Lennon.

»Oh«, sagt sie, einen Moment wirkt sie unkonzentriert, dann schüttelt sie den Kopf. »Na ja, jedenfalls hat sich dein Vater gestern bei Dr. Viramontes nach dir erkundigt.«

»Was?«, frage ich erschrocken.

Sie nickt. »Dein Vater war auf hundertachtzig und sagte, deine Mutter und er hätten versucht, dich zu erreichen, du hättest allerdings nicht auf ihre Nachrichten reagiert –«

»Unsere Handys sind verreckt«, wende ich ein, doch ich kann bloß an das Telefongespräch denken, das ich vor drei Tagen von der Ranger-Station mit meiner Mutter geführt habe. Sie wusste Bescheid!

»– und als deine Mutter das letzte Mal etwas von dir gehört hat, hast du ihr erzählt, dass du gestern hier zur Sternenparty eintreffen wolltest. Deshalb ist er ausgeflippt. Und Dr. Viramontes fragte mich, ob ich irgendetwas wisse, denn dein Vater wollte die Polizei anrufen und eine Vermisstenanzeige aufgeben. Und deshalb …« Sie kneift die Augen zusammen. »Ich habe ihm gesagt, was du mir vor ein paar Tagen geschrieben hast: Du seist mit Lennon wandern. Und dass du eigentlich gestern hier ankommen wolltest.«

»Oh Gott«, murmle ich.

»Daraufhin hat Dr. Viramontes deinen Vater zurückgerufen und ihm das erzählt. Und er hat deinem Vater versichert, dass wir anrufen, sobald ihr hier seid. Aber dann kamt ihr gestern Abend nicht –«

»Wir haben uns bloß ein bisschen verspätet!«, sage ich genervt.

Sie nickt und sieht zu Lennon, der leise schmutzige Flüche ausstößt.

»Was ist passiert?«, erkundige ich mich.

»Ich habe nur einen Teil mitgehört«, sagt sie. »Dein Vater ist laut, wenn er sauer ist. Er sagte alles Mögliche über die Mackenzies, und dass sie Lennon erlaubt hätten, dich zu entführen.«

»Was?« Ich presse die Hände auf die Schläfen.

»Und ich habe mich eingemischt und versucht, dich in Schutz zu nehmen, Lennon.« Avani späht wieder über ihre Schulter. »Aber Mr Everhart ist … na ja, er hat mich niedergebrüllt und mir vorgeworfen, ich würde Beihilfe leisten –«

»Oh Mann«, sage ich. »Warte, warte, warte. Du sagtest, du hättest mitgehört … Du sagtest, er hätte dich angeschrien. Am Telefon?«

Avani beißt sich auf die Lippe und schüttelt den Kopf. »Es tut mir so leid, Zorie. Ich habe dir vor einigen Stunden eine Nachricht geschrieben und dich angerufen, um dich vorzuwarnen, aber du bist nicht drangegangen.«

Und in diesem Moment sehe ich in die Richtung, in die sie die ganze Zeit gespäht hat. Die Tür eines Wohnmobils öffnet sich und drei Leute kommen heraus. Dr. Viramontes ist der Erste. Hinter ihm sind meine Eltern.

25

»Zorie!«, ruft meine Mutter quer über den Campingplatz; sie klingt erleichtert. Sie eilt an den Männern vorbei und fällt mir um den Hals. »Es geht dir gut.«

»Mom …«, sage ich und hoffe, dass die richtigen Wörter herauskommen, aber ich bin zwischen ihrer Sorge und dem Shitstorm, der gleich kommt, hin- und hergerissen.

Sie löst sich und umfasst mein Gesicht. »Alles in Ordnung mit dir?«

»Alles gut.«

Sie berührt Lennons Gesicht. »Und mit dir ist auch alles in Ordnung?«

Er nickt. Seine Miene ist angespannt.

»Was geht hier vor sich?«, brüllt mein Vater über die Schulter meiner Mutter. Er redet nicht mit mir. Nach einem flüchtigen Blick bin ich Luft für ihn. Seine Augen sind auf Lennon gerichtet, und nachdem er meine Mutter beiseitegeschoben hat, baut er sich vor ihm auf. »Du angelst dir meine Tochter und schleppst sie in den Wald?«

»Ich habe mir überhaupt nichts geangelt«, erwidert Lennon mit schmalen Augen.

»Ich habe ihn darum gebeten«, erkläre ich meinem Vater. »Reagan hat uns sitzen lassen. Sie war unsere Mitfahrgelegenheit nach Hause. Und Lennon kennt sich im Park aus –«

»Das interessiert mich nicht«, sagt mein Vater. »Reagan kam

vor fünf Tagen nach Hause. Vor fünf Tagen! Du warst allein mit meiner Tochter in der Wildnis – mit *meiner Tochter*!«, brüllt er Lennon an.

»Dan«, sagt meine Mutter und versucht, ihn von Lennon wegzuziehen.

Dr. Viramontes räuspert sich. »Zorie, ich freue mich, dass Mr Mackenzie und du wohlbehalten hier angekommen seid.«

»Es bestand nie Anlass zur Sorge«, erkläre ich ihm mit einem verkniffenen Lächeln. »Tut mir leid, dass Sie in die Sache hineingezogen wurden.«

Er schüttelt den Kopf. »Ich bin bloß froh, dass es dir gut geht. Ich fühle mich verantwortlich, immerhin habe ich dich hierher eingeladen.«

»Verdammt richtig, Sie sind verantwortlich«, blafft ihn mein Vater an. »Das sind minderjährige Kinder.«

»Ich halte die meisten unserer Clubmitglieder für kluge, selbstbewusste Persönlichkeiten, die keinen Babysitter nötig haben.«

Mein Vater schnaubt. »Dann scheinen Sie kein Vater zu sein, denn diese Kinder sind völlig ahnungslos.«

Dr. Viramontes hält kapitulierend die Hand hoch. »Ich habe Ihnen ja bereits erklärt, dass ich mich nicht mit Ihnen streiten werde. Da mein Clubmitglied so weit unversehrt hier angekommen ist, werde ich Sie das unter sich regeln lassen. Ich darf Sie nur um Rücksicht den anderen Campern gegenüber bitten. Wir sind hier, um die Natur zu erleben, nicht, um sie zu stören.« Dr. Viramontes wirft mir einen mitleidigen Blick zu, dann dreht er sich um und geht davon.

Meine Mutter drängt sich sanft zwischen Lennon und meinen Vater. »Lasst uns zivilisiert darüber reden.«

»Die Zeiten von zivilisiert sind vorbei«, kläfft mein Vater.

In meinem Kopf legt sich ein Schalter um. Ich vergewissere mich, dass Dr. Viramontes außer Hörweite ist, dann wende ich mich meinem Vater zu.

»Aber so was von«, erkläre ich ihm. »Sie sind vorbei, seit du Lennon letztes Jahr in diesem Hotel bedroht hast. Ja, ganz richtig. Ich weiß Bescheid. Ich weiß *alles*.«

»Welches Hotel?«, fragt meine Mutter.

Über das Gesicht meines Vaters läuft ein Ausdruck, der Zorn ziemlich nahe kommt. »Ach, wirklich? Hat er dir erzählt, dass ich ihn dabei erwischt habe, wie er eine gestohlene Kreditkarte benutzen wollte, und dass er mir einen Kinnhaken verpasst hat?«

»Ja, und das war genau der blaue Fleck, von dem du Mom und mir weismachen wolltest, du hättest ihn dir an einer Baustelle geholt!«, schreie ich. »Du hast gelogen. Du hast, was Lennon angeht, gelogen. Anstatt es seinen Eltern zu erzählen, hast du dir angemaßt, selbst Strafen auszuteilen, wozu du *absolut kein* Recht hattest.«

»Wovon in aller Welt redet ihr?«, fragt meine Mutter. »Dan, was ist hier los?«

»Ich habe ihn dabei ertappt, wie er versucht hat, ein Hotelzimmer für die beiden zu organisieren«, sagt mein Vater.

Mom blinzelt heftig. Als sie den Mund öffnet, kommt ein erstickter Laut heraus.

»Ganz richtig, genau das hat er getan. Und mein Liebesleben geht nur mich etwas an«, erkläre ich meinem Vater. »Du hast mir meinen besten Freund genommen. Um dein kleines schmutziges Geheimnis zu wahren, hast du unser beider Leben zerstört.«

Darauf folgt angespanntes Schweigen. Ich kann kaum glauben, dass ich das gerade gesagt habe. Es … kam einfach so raus, und nun, wo sich Moms Augen fragend verengen, wünsche ich mir von ganzem Herzen, ich könnte es zurücknehmen. Ich sehe mich um, ob irgendjemand auf dem Zeltplatz unserem Streit zuhört; doch außer Avani scheint sich niemand darum zu kümmern. Sie wirkt unentschlossen, ob sie bleiben oder lieber gehen soll.

»Zorie«, sagt meine Mutter ruhig. »Welches schmutzige Geheimnis?«

»Nichts.« Ich kann meinen Vater nicht ansehen. Warum habe ich bloß den Mund aufgerissen?

»Zorie«, wiederholt meine Mutter, dieses Mal nachdrücklicher.

»Lennon war wegen der Homecoming-Party im Hotel«, erkläre ich ihr, während mir die Tränen über die Wangen laufen. »Dad war im Hotel, weil ... er was mit einer anderen Frau hatte.«

Meine Mutter starrt mich an, dann dreht sie sich langsam zu meinem Vater um. »War das Molly?«

Er nickt einmal kurz.

»Verstehe«, sagt meine Mutter.

Wie bitte?

»Das ist alles?« Ich schaue ungläubig zwischen den beiden hin und her.

»Ich weiß über sie Bescheid«, sagt sie. »Wir haben eine schwierige Zeit durchlebt. Aber das ist jetzt vorbei.«

Nun bin ich an der Reihe, sie mit offenem Mund anzustarren. Als ich endlich etwas sage, klinge ich wie eine Idiotin. »Wie ...? Wann? Du wusstest davon? Das hast du mir nicht erzählt. Du wusstest davon?«

Meine Mutter sieht zu Avani, die noch immer neben uns steht und tut, als betrachte sie den Nachthimmel. »Es ist nichts, was ich öffentlich diskutieren möchte. Aber ganz richtig, dein Vater hat mir davon erzählt ... von der anderen Frau. Er hat Schluss gemacht. Wir haben unsere Probleme aufgearbeitet.«

»Er hat dich betrogen«, flüstere ich.

»Ich diskutiere das jetzt nicht mit dir«, erklärt sie ruhig.

»Du hast es überhaupt nicht mit mir diskutiert!«

»Es ging dich nichts an.« Nun ist sie wütend. Ihre dunklen Augen glänzen aufgewühlt. »Es war meine Angelegenheit. Ganz allein meine. Und die deines Vaters.«

»Und ich gehöre nicht zu dieser Familie?«, frage ich. »Habe ich es nicht verdient zu erfahren, dass mein Vater ein Stück Scheiße ist?«

»Hey!«, sagt meine Mutter warnend.

»So wirst du nicht mit mir sprechen«, sagt mein Vater. »Joy hat recht. Es ging dich nichts an.«

Lennon verschränkt die Arme vor der Brust. »Indem Sie ihr diese dreckige Lüge aufgetischt haben, haben Sie es sehr wohl zu Zories Angelegenheit gemacht.«

Mein Vater deutet auf Lennon und stolziert auf ihn zu. »Du hörst mir jetzt mal zu –«

»Nein, werde ich nicht«, sagt Lennon. »Wollen Sie mich schlagen? Nur zu, alter Herr. Damals war ich zu dumm, um es zu durchschauen, aber jetzt weiß ich, dass ich vor Ihren Drohungen keine Angst zu haben brauche. Wir stehen hier auf einem ganzen Zeltplatz voller Zeugen. Sie wollen einen Minderjährigen schlagen? Dann werden Sie meine Eltern vor Gericht treffen.«

»Hier schlägt niemand irgendjemanden!«, schreit meine Mutter und stößt meinen Vater wütend zurück. »Das ist lächerlich. Und im Moment hat sich keiner mehr im Griff, es ist also weder die Zeit noch der Ort, um darüber zu reden. Das einzig Wichtige für mich ist, dass Zorie und Lennon heute Abend wohlbehalten hier angekommen sind. Wir werden nach Hause fahren und über den Rest reden wir später.«

»Ich werde diesen Flegel nicht nach Hause fahren.« Mein Vater späht über den Kopf meiner Mutter und deutet wütend in Lennons Richtung. »Sieh doch zu, wie du nach Hause kommst. Fühlst dich ja auch alt genug, um mit meiner Tochter durch den Wald zu marodieren. Ruf dir ein Taxi, nimm den Bus, ruf deine eigenen Eltern an. In meinem Auto wirst du jedenfalls nicht mitfahren.«

»Dan«, hält meine Mutter dagegen.

»Nein, schon gut.« Lennons Mund ist hart. »Es würde mir

nicht im Traum einfallen, ihn um einen Gefallen zu bitten. Ich mache mir selbst eine Mitfahrgelegenheit klar.«

»Das können wir beide«, stimme ich ihm zu und nehme seine Hand. »Denn ich werde auch nicht in dein Auto steigen, Dad. Ich bleibe mit Lennon hier.«

»Einen Teufel wirst du tun«, sagt mein Vater. »Du kommst mit uns nach Hause.«

Neuer Plan.

Neuer Plan.

Mir will einfach kein neuer Plan einfallen! Ich weine und entfernt ist mir bewusst, dass uns mittlerweile der halbe Campingplatz anstarrt – vermutlich sogar ein paar Bekannte. Leute, die ich kennenlernen wollte. Sandra Faber! Mein Gott, eine berühmte Astronomin könnte diese ganze Hässlichkeit mitbekommen. Genau wie jeder andere in der Region, der mir eventuell helfen könnte, in Stanford angenommen zu werden.

Aber nichts davon hat in diesem Moment Bedeutung. Mein Herz zerbricht gerade und meine Familie ist bloß Schein, und ich stehe kurz davor, Lennon ein zweites Mal zu verlieren.

»Ich habe dich noch nie so gehasst wie in diesem Moment«, erkläre ich meinem Vater.

In seinen Augen flackert Schmerz auf, aber statt mit mir zu reden, wendet er sich wieder an Lennon. »Das ist *dein* Werk. Dein schlechter Einfluss auf meine Tochter. Und stell dir mal vor, du Schlaumeier! Es hat sich nichts geändert. Ich werde nicht erlauben, dass du dich mit Zorie triffst.«

»Von Ihnen nehme ich keine Befehle an«, erklärt Lennon.

»Du vielleicht nicht, aber sie. Und falls es dir entfallen sein sollte, ich habe Beweise, was du dir letztes Jahr geleistet hast.«

Lennon zuckt mit den Schultern. »Meine Eltern wissen Bescheid wegen der Kreditkarte, und sie wissen von dem Hotelzimmer. Sie wissen auch, dass ich mit Zorie hier bin, und wie Sie sehen, rasten sie deswegen nicht aus.«

Mein Vater wird ihn gleich umbringen. Einfach kaltmachen. Ich überlege ernsthaft, ob ich nach Hilfe rufen soll, doch dann merke ich, dass er sich körperlich zur Beruhigung zwingt. Er atmet tief durch. Lässt den Kiefer knacken. Richtet den Blick auf den Boden. »Zorie, du kommst mit uns nach Hause. Das ist mein letztes Wort.«

Er meint es ernst. Hier geht gerade alles in die Brüche.

Was soll ich tun?

»Ich werde nicht gehen«, erkläre ich Lennon unter Tränen und wende mich von meinen Eltern ab. »Ich werde nicht zulassen, dass er uns das antut. Ich werde dich nicht verlieren. *Ich werde dich nicht verlieren*«, wiederhole ich verzweifelt und balle meine Fäuste in sein Hemd.

Lennons Gesicht ist versteinert; er sieht über meine Schulter meinen Vater an. Er senkt den Kopf und flüstert schnell in mein Ohr: »Fahr mit ihnen nach Hause. Ich komme hier schon klar. Und wir werden uns etwas überlegen.«

Wie? Wie sollen wir uns etwas überlegen? Wie soll das funktionieren? Vor allem: Wie soll ich mein Leben ohne ihn leben? Das habe ich das letzte Jahr versucht, aber es war kein Leben. Sondern nur ein Überleben.

Ohne nachzudenken, stelle ich mich auf die Zehenspitzen und küsse ihn. Es ist schnell und hart, und ich weine noch immer. Als er meinen Kuss erwidert, fühlt es sich wie ein Abschied an.

»Joy«, sagt mein Vater kalt, »bringe Zorie zur Vernunft, bevor ich mich vergesse. Wir fahren in drei Minuten.«

»Ich bin hergekommen, um Fotos von dem Meteorschauer zu machen«, protestiere ich schwach. Es ist mir nicht einmal mehr wichtig; ich kämpfe einen Kampf, den ich sowieso schon verloren habe. »Ich wollte Sandra Faber treffen.«

Mein Vater schüttelt den Kopf. »Dieses Privileg hast du verspielt, als du uns angelogen hast, mit wem du hierherfährst.«

»Ich bin mit Reagan in die Sierra Nevada gefahren! Sie hat

mir nicht erzählt, dass Lennon dabei sein würde, und sie hat vor allem keinem von uns gesagt, dass sie den Glampingtrip abbrechen und mit ihrer Clique abhauen würde. Lennon und ich hatten keine Ahnung, dass wir allein in der Wildnis stranden würden. Wir haben das nicht geplant!«

»Das Leben ist ungerecht«, sagt mein Vater und wendet sich abrupt ab. Hinter seinen Augen brauen sich Sturmwolken zusammen. »Das hier hat auch keiner von uns geplant.«

Die Stimmung im Wagen ist gedrückt, und als mein Vater vom Parkplatz des Campingplatzes fährt, sagt keiner von uns etwas. Ich drehe mich auf dem Rücksitz zu den vielen roten Lichtern der Sternenparty um. Lennon ist schon in der Menschenmenge verschwunden, nun kann ich nicht einmal sein Gesicht ein letztes Mal sehen. In den weißen Meteoriten, die über den schwarzen Himmel streifen, sehe ich nur meine Freiheit dahinschwinden. Staub und Partikel, manche nicht größer als ein Sandkorn, die auf ihrem Weg durch die Erdatmosphäre verglühen. Etwas so Winziges kann für einen Moment so strahlend leuchten. Es sieht wie ein Wunder aus. Unwirklich.

Sternschnuppen.

Kein Wunder, dass Menschen sich bei ihrem Anblick etwas wünschen.

Und obwohl ich weiß, dass es keine richtigen Sterne sind und dass es vergeblich ist, sich etwas zu wünschen, folge ich den weißen Spuren über den Bergen und wünsche mir etwas. Wünsche es mir so inbrünstig. *Lass mich ihn nicht wieder verlieren.*

26

Mein Vater fährt den ganzen Weg mit hoher Geschwindigkeit; zu Hause angekommen, verschwindet er wortlos im Schlafzimmer meiner Eltern. Er scheint nicht schnell genug von uns wegkommen zu können. Soll mir recht sein. Ich habe ihm sowieso nichts zu sagen. Ich will keinen Streit. Ich will keine Versöhnung.

In diesem Moment will ich sein Gesicht nie wiedersehen.

Andromeda trottet mir hinterher, als ich die Treppe hochlaufe und meine Zimmertür so fest zuknalle, dass einer meiner Leuchtsterne von der Decke fällt. Es ist komisch, wieder hier zu sein. Früher war das mein Rückzugsraum, doch nun ist er irgendwie beschmutzt. Alles riecht seltsam. Staubig und künstlich. Ich glaube, ich war zu lange in der freien Natur, denn mein Zuhause fühlt sich wie ein Gefängnis an, nicht wie eine Zuflucht. Andromeda ist das einzige Stück Glück in dieser Wohnung. Wenigstens sie scheint mich vermisst zu haben.

Es ist ein Uhr morgens, und ich befinde mich in diesem seltsamen Zwischenstadium von Erschöpfung und Schlaflosigkeit. Selbst der Anblick meiner Wandplaner flößt mir Widerwillen ein. Dieser Sommer ist ein Desaster, und statt mir zu helfen, die Ruhe zu bewahren, erinnern sie mich an alles, was schiefgelaufen ist. Ich beschäftige mich deshalb lieber mit etwas, das ich kontrollieren kann: Ich packe stoisch meine Sachen aus. Als es leise an meine Zimmertür klopft, werfe ich gerade schmutzige Wäsche auf einen Haufen, um sie in die Waschmaschine zu stecken.

»Ist offen«, sage ich tonlos.

In der Türöffnung erscheint das Gesicht meiner Mutter. »Darf ich kurz reinkommen?«

»Wie soll ich dich daran hindern?«

Sie seufzt, schließt die Tür hinter sich und setzt sich neben meinem Rucksack aufs Bett. »Ich weiß, dass du gerade wütend auf uns bist.«

»Du musst zugeben, dass es dafür ziemlich gute Gründe gibt.«

Sie hat schwarze Ringe unter den Augen. »Wir haben auch Gründe, wütend auf dich zu sein. Du hast mich angelogen, Zorie. Als wir vor ein paar Tagen telefoniert haben, hättest du mir ruhig sagen können, dass du mit Lennon zusammen bist.«

»Wusstest du es da schon?«

Sie spielt am Reißverschluss meines Rucksacks herum. »Reagans Mutter hat mich angerufen. Offenbar kam Reagan früher als geplant mit Brett Seager nach Hause, hat ihrer Mutter aber nicht erzählt, dass sie Lennon und dich im Nationalpark zurückgelassen haben. Der Glampingplatz hat sich mit Mrs Reid in Verbindung gesetzt und sie schließlich darüber informiert, was vorgefallen ist. Rausgeworfen, weil ihr Wein geklaut habt?«

»Ich hatte damit nichts zu tun«, wende ich ein. Im Großen und Ganzen. »Es war Bretts Idee.«

Mom seufzt und schüttelt den Kopf. »Wie dem auch sei, durch den Anruf des Campingplatzes ist Reagan aufgeflogen, und irgendwann hat sie zugegeben, dass sie Lennon und dich sitzen gelassen haben. Ein paar Stunden bevor ich von dir gehört habe, hat mich Mrs Reid panisch angerufen. Da dein Vater nicht hier war, bin ich nach nebenan gegangen und habe mit den Mackenzies geredet.«

Ich stöhne leise.

»Jaaaa«, sagt meine Mutter gedehnt und lächelt mich verkniffen an. »Es tat weh herauszufinden, dass sie über euren Trip

Bescheid wussten. Lennon hat es ihnen erzählt, du *mir* aber nicht. Ich kam mir wie die böse Stiefmutter vor.«

»Ich hatte keine Ahnung, als wir losfuhren, ehrlich. Ich wusste …« Ich zögere, aber warum jetzt noch lügen? »Ich wusste, dass Brett und die anderen dabei sein würden. Dass Lennon mitkommt, habe ich erst bei der Abfahrt herausgefunden.«

»Aber du scheinst dich mit ihm versöhnt zu haben. Das war kein freundschaftlicher Kuss.«

»Nein, war es nicht.«

Sie schnieft. »Ich wusste, dass es nur eine Frage der Zeit sein würde, bis sich eure Freundschaft verändert. Wie er dich angesehen hat. Wie du ihn angesehen hast …«

»Was ist falsch daran? Du solltest glücklich sein. Früher mochtest du Lennon.«

»Ich mag ihn immer noch. Ziemlich sogar.«

»Wo ist dann das Problem?«

Statt einer Antwort streichelt sie Andromeda.

Alles klar. Sie will also nicht reden. Ich auch nicht. Ich nehme mein tragbares Teleskop aus dem Rucksack und lege es auf den Boden. Überprüfe sämtliche Teile. So bescheuert, wenn ich daran denke, dass ich es tagelang durch die Berge geschleppt und das verdammte Dinge nicht einmal benutzt habe.

»Lennon und du, ihr wart lange allein miteinander«, sagt meine Mutter schließlich. »Ich hoffe, ihr habt aufgepasst.«

»Haben wir.«

Sie stöhnt leise, dann atmet sie hart aus.

Darüber will ich jetzt nicht reden. Ich lege die Kamera neben das Teleskop und lenke das Gespräch in eine andere Richtung. »Wir hatten viel Zeit, um über all das zu sprechen, was mir alle verschwiegen haben.«

»Zorie …«

»Wusstest du, dass sein Vater letztes Jahr gestorben ist?«, frage ich zornig.

Mom blinzelt mich an. »Adam …?«

Sie wusste es auch nicht. Irgendwie ist das vielleicht sogar noch schlimmer. Waren wir alle so mit unserem Kleinscheiß beschäftigt, dass wir nicht mitbekommen haben, dass unsere Nachbarinnen uns brauchten? Die Vorstellung lässt den Schmerz neu aufbrechen.

»Ja«, erkläre ich ihr. »Adam ist gestorben. Du darfst es ruhig aussprechen. Er hat sich letzten Oktober umgebracht. Und weil Dad diesen Keil zwischen unsere Familien getrieben hat, hat es keiner von uns erfahren.«

Sie bedeckt die Augen und erhebt sich mit einem leisen Wimmern vom Bett, dann geht sie im Zimmer auf und ab. »Ich kann es nicht glauben.«

»Glaub es«, sage ich. »Kannst du dir vorstellen, wie sich das für Lennon angefühlt haben muss? Damals, als wir hergezogen sind und ich getrauert habe, war er für mich da. Er hingegen war die ganze Zeit allein und hat versucht, damit klarzukommen. Wie unfair ist es, dass –« Meine Stimme überschlägt sich; ich muss kurz innehalten. »Wir wussten nicht Bescheid, weil mein Vater so damit beschäftigt war, die Tatsache zu vertuschen, dass er irgendeine andere Tussi vögelt.«

»Rede nicht so mit mir«, erwidert sie scharf.

»Mein Vater kann sich so was ungestraft rausnehmen, aber ich darf es nicht aussprechen?«

»Wir haben eine Eheberatung aufgesucht.«

Ich höre mit dem Auspacken auf. »Eheberatung? *Eheberatung?* Du hast nicht nur vergessen zu erwähnen, dass mein Vater ein fremdgehendes Arschloch ist, sondern ihr seid auch noch heimlich zur Eheberatung marschiert?«

»Es war unsere Angelegenheit, nicht deine.«

»Ich dachte, wir seien Freundinnen.«

Sie sieht betroffen aus. »Wir *sind* Freundinnen, Zorie. Du bedeutest mir mehr als sonst irgendjemand auf diesem Planeten. Mehr als …« Sie redet nicht weiter. Setzt noch einmal an. »Ich wollte bloß unsere Familie zusammenhalten. Ich wollte dich nicht gegen deinen Vater aufhetzen.«

»Zu spät. Das hat er schon ganz allein geschafft.«

»Beziehungen sind kompliziert«, sagt sie. »Wenn du älter bist, wirst du das verstehen. Nicht alles ist schwarz oder weiß. Menschen begehen Fehler, weil sie innere Schäden davongetragen haben, doch das heißt nicht, dass sie keine Vergebung verdient hätten. Es bedeutet nicht, dass sie sich nicht verändern können.«

»Mein Vater hat einen Schaden, so viel steht fest«, brumme ich. »Aber ich verstehe nicht, warum ihm zu verzeihen über den Respekt gestellt wird, den du verdienst. Warum soll er mehr wert sein? Er hat dich mit wer weiß wie vielen Frauen betrogen –«

»Es war nur eine, und er hat immer noch um deine Mutter getrauert.«

»Meine Mutter? Sie ist seit Jahren tot! Ich habe ihn kein einziges Mal deswegen weinen sehen. Nie! Nicht ein einziges Mal.«

»Es war seine Art, damit zurechtzukommen. Er hat versucht, es zu verdrängen und zu vergessen. Ich weiß nicht, ob er das von seinem idiotischen Vater gelernt hat, aber so tickt er nun mal. Er glaubt, wenn er ein Problem ignoriert, wird es irgendwann verschwinden.«

Sie hat recht. Das tut er tatsächlich. Ständig.

Genau wie ich.

Joy blickt seufzend aus meinem Balkonfenster. »Trauer ist heimtückisch. Manchmal glaubt man über etwas hinweg zu sein, aber in Wirklichkeit hat man sich bloß in die Tasche gelogen. Wenn du dich der Trauer nicht stellst, wird sie dich so lange begleiten und dir kleine Stücke deines Lebens wegnehmen, bis du es endlich tust. Du merkst nicht mal, wie es passiert.«

Das verstehe ich gut.

Der Tod meiner Mutter kam unerwartet. Den einen Tag war sie noch da, und am nächsten war sie weg. Es war die schlimmste

Art von Überraschung. Meine Welt wurde auf den Kopf gestellt. Ich konnte mich nicht von ihr verabschieden. Der plötzliche Verlust verstärkte meine Ängste … und ich kam nicht mehr so gut mit Veränderungen klar. Wenn ich für etwas Stressiges einen Plan habe, wenn ich sorgfältig alle Blickwinkel und Möglichkeiten abgewogen habe, dann habe ich die Kontrolle darüber. Dann habe ich es im Griff. Nichts kann mich unvorhergesehen überraschen, denn wenn ich sorgfältig geplant habe, bin ich auf jede Situation vorbereitet.

Aber das stimmt nicht. Denn man kann nicht alles kontrollieren. Manchmal hast du dein eigenes Leben im Griff, aber dein Vater hat trotzdem Affären. Manchmal kannst du einen Trip mit Freunden bis ins kleinste Detail planen, aber dann stellt sich heraus, dass diese Leute überhaupt nicht deine Freunde sind. Manchmal kannst du einer sorgfältig geplanten Route durch den Wald folgen und wirst trotzdem von Pumas angegriffen.

Und manchmal, manchmal, gibst du deinen besten Freund auf, aber er hat dich nicht aufgegeben.

»Ich wusste nicht, dass mein Vater so unter dem Tod meiner Mutter gelitten hat«, erkläre ich Joy. »Aber weißt du, was? Wenn ich schlechte Entscheidungen treffe, muss ich dafür büßen. Und er als erwachsener Mann bekommt den Freifahrschein? Das finde ich scheiße. Und ich glaube, du hast etwas Besseres verdient als ihn. Wir verdienen beide etwas Besseres.«

»Zorie«, fleht sie leise.

»Ich hatte solche Angst, was passieren würde, wenn du und Dad euch scheiden lasst, weil ich den Gedanken nicht ertragen habe, dass man mich zwingen würde, bei ihm zu leben. Ich habe mir vorgestellt, dass du die Nase voll davon haben würdest, ein Kind aufzuziehen, das nicht deines ist, und dass mein Leben wieder zerbrechen würde. Dass ich noch mal meine Mutter verlieren würde.«

»Das wird niemals passieren«, sagt sie und fasst mich an den

Schultern. »Hörst du? Nur deinetwegen habe ich eingewilligt, an dieser Ehe zu arbeiten. Deinetwegen, nicht seinetwegen.«

»Wie?«, frage ich verwirrt.

»Ich bin deinetwegen geblieben. Weil du mich brauchst und weil ich dich brauche.« Sie umfasst meinen Kopf. »Ich ziehe sehr wohl mein eigenes Kind auf. Du gehörst zu mir. Ich musste dich nicht auf die Welt bringen, um dich lieb zu haben, Süße.«

Nun weine ich, und sie, glaube ich, auch. Wir entschuldigen uns flüsternd, und dann umarmt sie mich, wie sie mich immer umarmt: so fest, dass es beinahe wehtut.

Aber es ist ein guter Schmerz.

Als die Tränen versiegen, lässt sie ein wenig los und streichelt mir über den Rücken. »Es tut mir leid wegen heute Abend. Wegen des Meteorstroms und der Szene ... wegen Lennon.«

»Ich fasse es nicht, dass wir ihn nicht mitgenommen haben. Er hätte mich nie zurückgelassen.«

»Bevor ich zu dir hochkam, habe ich Sunny angerufen und mich entschuldigt.«

»Ist sie sauer?«

»Sie ist nicht glücklich darüber. Ich habe ihr nicht viel erzählt, aber sie klang, als wüsste sie schon mehr als ich.« Meine Mutter sieht mich an. »Bist du in Lennon verliebt?«

Bin ich das?

Oh Gott.

Ja, bin ich.

Ich bin in meinen besten Freund verliebt.

Ich blinzle sie mit tränennassen Augen an. »Ich glaube ... das bin ich vermutlich schon seit langer Zeit.«

Sie nickt und schnieft, ihr Lächeln ist sanft. »Ich werde mit deinem Vater reden. Im Moment ist er zu aufgebracht, aber vielleicht begreift er, dass er einfach stur ist. Ich kann nicht versprechen, dass er seine Meinung morgen ändern wird, aber irgendwann wird er zur Vernunft kommen müssen. Okay?«

Nein, es ist eigentlich nicht okay. Ich will nicht wie eine Bettlerin mit ausgestreckter Hand leben und meinen Vater um Erlaubnis bitten, mich mit Lennon treffen zu dürfen. Aber das sage ich nicht. Ich weiß, dass sie ihr Bestes gibt.

»Es ist spät«, erklärt sie mir. »Und du hast einen ereignisreichen Abend hinter dir. Schlaf ein bisschen, und wir reden morgen weiter. Ja?«

Ich nicke, und sie verlässt mit einem müden Lächeln mein Zimmer.

Ich rede hier egoistisch darüber, dass ich verliebt bin, dabei hat sie genug eigene Probleme. Was sie mit meinem Vater durchgemacht hat, kann ich nur erahnen. Mir geht durch den Kopf, wie sachlich sie den Namen seiner Geliebten erwähnt hat – als wäre es etwas, das sie einfach hingenommen hat.

Molly.

Das war der Name, den sie genannt hat.

Allerdings ist das nicht der Name auf dem Umschlag mit dem Fotobuch.

Catherine Beatty.

Eine von vielen.

War es dieselbe Frau? Vielleicht hat sie das Päckchen unter einem falschen Namen geschickt. Ich weiß bloß, dass Lennon die Frau aus dem Fotobuch erkannt hat, weil er sie mit meinem Vater im Hotel gesehen hat. Außerdem steht da noch Reagans Beschuldigung im Raum, dass mein Vater nach der Benefizveranstaltung für die Olympiade versucht hat, Michelle Johnsons Mutter ins Bett zu kriegen. Ich weiß nicht, ob das stimmt, aber meine Mutter hat erwähnt, dass sie letzten Winter zur Eheberatung gegangen sind. Die Benefizveranstaltung war im Frühjahr. Da passt etwas nicht zusammen.

Was soll ich tun?

Ich setze mich auf die Bettkante und gehe meine Optionen durch. Ich könnte meiner Mutter alle Informationen geben und riskieren, dass sich meine Eltern streiten – oder noch schlimmer. Ich könnte meinen Vater unter vier Augen stellen und worauf hoffen? Dass er vor Scham die Wahrheit gesteht? Und dann? Ich könnte alles für mich behalten, und vielleicht würde sich alles irgendwann wieder einrenken.

Ist es nicht das, was ich will? Um Schmerz zu vermeiden? Um mich an irgendetwas zu klammern, das Normalität nahekommt? In meinem Kopf bekämpfen sich Bilder von meinen Eltern – zusammen und getrennt –, und ich versuche, sie einzuordnen und auf einen Nenner zu bringen, aber in meine Gedanken mischen sich andere Dinge. Dinge von letzter Woche. Der Bär, der Bretts Zelt zerfetzt hat. Mein Schlangenbiss. Der Puma. Die Blitzeinschläge in die Mammutbäume. Das Einschlafen in Lennons Armen.

Unvorhersehbare Folgen. Manche davon gut, andere schlecht.

Plötzlich wird mir klar, dass ich loslassen muss. Dass ich aufhören muss zu planen. Alles unter Kontrolle haben zu wollen. Es funktioniert nicht. Selbst die ausgeklügeltsten Pläne gehen daneben.

Hätte ich nicht den Ausschlag und eine ganze Menge Nägelkauerei vermeiden können, wenn ich einfach meiner Mutter das Fotobuch gegeben hätte? Die ganze Grübelei hat mich nicht einen Schritt weitergebracht. Denn nun sitze ich hier und mein Vater ist noch immer ein Lügner. Und ich habe noch immer keine Ahnung, wohin das führen wird, sondern frage mich nach wie vor, was aus meiner Familie werden wird. Bin noch immer unfähig, ein Debakel zu verhindern.

Ich kann nicht ständig auf der Hut sein und jede Katastrophe verhindern wollen, indem ich alles abwäge und bewältige.

Außerdem hat Lennon recht. Niemand erwartet die Spanische Inquisition.

Von nun an werde ich keine neuen Pläne schmieden. Keinen Versuch mehr unternehmen, jedes Detail meines Lebens zu kontrollieren. Man kann sich zurechtlegen, wie man ans Ziel gelangen will, doch man kann nicht vorhersehen, was einem unterwegs begegnet. Ich werde das Leben deshalb einfach laufen lassen und mich dem stellen, was es bringt.

Ab jetzt.

Das Fotobuch liegt noch immer in der Schublade. Ich nehme es zusammen mit dem Brief heraus. Es steht mir nicht zu, es geheim zu halten. Stand es nie.

Meine Handtasche liegt noch an derselben Stelle im Schrank, wo ich sie vor dem Campingtrip hingeräumt habe. Ich stopfe saubere Kleider und mein Ladegerät hinein, dann laufe ich die Treppe hinunter. Andromeda befehle ich, sich in ihr Hundebett neben der Treppe zu legen. Bis auf das Licht über der Spüle, wo Mom gerade ein Glas Wasser trinkt, ist es dunkel im Haus. Mein Vater ist nirgends zu sehen.

»Hier«, sage ich leise, als sie aufblickt. »Das ist das Päckchen, das ich in der Woche vor dem Campingtrip für dich bei den Mackenzies abholen sollte. Ich habe dir erzählt, sie hätten nichts gekriegt, aber das stimmte nicht. Sie haben das Päckchen aus Versehen geöffnet, und auf dem Weg zur Praxis habe ich einen Blick hineingeworfen. Ich habe es vor dir versteckt. Es tut mir leid.«

Sie nimmt es zögernd und faltet den Brief auf. Ihre Hand zittert. Sie blinzelt ein paarmal. Dann faltet sie den Brief wieder zusammen und schiebt ihn in das Fotobuch.

»Mein Vater hat dich angelogen. Es war nicht nur Molly, oder diese Catherine. Reagan weiß von einem weiteren Vorfall. Und auf dem Glampingplatz habe ich Razan Abdullah getroffen, die mich gefragt hat, ob Dad und du immer noch zusammen wärt.«

Meine Mutter starrt mich erschrocken an.

»Die Leute reden schon«, erkläre ich ihr. »Und wahrscheinlich ist es der Grund, warum Dad Kunden verloren hat und du nicht. Jeder weiß, was für ein Drecksack er ist.«

Wir stehen uns gegenüber und eine ganze Weile sagt keine von uns etwas.

»Es tut mir leid«, erkläre ich ihr. »Ich habe dich lieb, und es tut mir leid. Alles.«

»Bis morgen früh«, sagt sie leise und geht zum Elternschlafzimmer. Einen Moment später ist sie hinter der Tür verschwunden.

Ich habe keine Ahnung, was jetzt passieren wird, mein Magen krampft sich schon vor Angst zusammen; am liebsten würde ich ihr hinterherrennen und ihr das Fotobuch entreißen.

Leider ist es zu spät. Egal, was ich tue, ich kann die Uhr nicht zurückdrehen. *Tief Luft holen.* Ich kritzle eine kurze Nachricht für meine Mutter und lege sie auf den Küchentresen. Als die streitenden Stimmen meiner Eltern lauter werden, verlasse ich leise die Wohnung.

Draußen ist es kühl. Durch die Palmwedel raschelt ein sanfter Wind. Ich springe die Haustreppe hinunter und ziehe die Handtasche höher über die Schulter. Sie ist so viel leichter als mein Rucksack. Fast vermisse ich sein Gewicht. Fast.

Die Hälfte der Sterne ist vom Himmel verschwunden. Als hätte eine Hand übers Universum gewischt und sie ausgelöscht. Doch dann wird ein weißer Streifen sichtbar. Hoffentlich betrachtet Lennon ihn gerade mit Avani. Auch Meilen entfernt ist es derselbe Sternenhimmel.

Ich gehe zum linken Apartment des blauen Doppelhauses gegenüber. In den Fenstern brennt noch Licht. Die Mackenzies waren schon immer Nachteulen – noch ein Argument, das mein Vater als Beweis für ihr Lotterleben anführt. Doch als ich auf die Klingel drücke und warte, denke ich nicht an ihn. Genau genommen denke und plane ich nichts über diesen Augenblick hinaus, und als Sunnys Gesicht erscheint und sie ins Verandalicht blinzelt, sage ich einfach das Erste, was mir in den Sinn kommt.

»Es tut mir wirklich leid, euch noch so spät zu stören. Darf ich heute Nacht bei Mac und dir schlafen? Meine Eltern haben Probleme.«

Sie trägt eine Pyjamahose mit winzigen Trollen darauf und starrt mich überrascht an. »Ja, klar, Zorie. Komm rein, bevor du dir den Tod holst.«

Sie zieht mich über die Türschwelle, an den Halloweenfotos von Lennon und seinem Vater vorbei. Ihr Haus riecht genauso, wie es immer gerochen hat: nach Vanilleglasur und alten Büchern. Und als ich Mac auf dem abgewetzten Wohnzimmersofa vor dem Fernseher liegen sehe, die mich mit freundlichen Augen anschaut, habe ich das Gefühl, endlich zu Hause zu sein.

27

Als ich am nächsten Morgen aufwache, weiß ich im ersten Moment überhaupt nicht, wo ich bin. Es dauert ein paar Sekunden, bis mir klar wird, dass ich nicht mit Lennon in einem Zelt liege, sondern allein in seinem Bett. Die Laken riechen wie er, frisch gewaschen und nach Sonne. So gut. Jedenfalls einen Augenblick lang. Dann entdecke ich die Wand mit den heimtückischen Reptilien, darunter auch Ryuk, der mich aus seinem Echsenhabitat anstarrt.

»Sorry, Kumpel«, erkläre ich ihm. »Dein finsterer Meister ist leider nicht hier.«

Und wird es auch noch etliche Stunden nicht sein. Bevor ich kam, hat Mac gestern Abend eine Nachricht von Avani bekommen, dass es ihm gut gehe und er heute mit ihr nach Hause fahren werde. Lennons Akku scheint immer noch leer zu sein.

Ich hoffe, es ist alles okay bei ihm.

Der Wecker auf dem Stapel blutrünstiger Graphic Novels auf Lennons Nachttisch verkündet halb zehn. Als ich Speck und Kaffee rieche, vollführt mein Magen einen Freudensprung. Bevor ich letzte Nacht wie tot in Lennons Bett gefallen bin, habe ich zwar geduscht, jedoch nichts gegessen, und meinem Körper ist mehr als bewusst, dass meine letzte Mahlzeit ein gefriergetrockneter Eintopf gestern Nachmittag auf dem Weg nach Condor Peak war.

Ein Teil von mir möchte in Lennons Zimmer zwischen Stapeln von Horror-Comics und DVDs Winterschlaf machen, doch ich weiß, dass ich nicht ewig hier herumtrödeln kann. Nachdem ich mir meinen Ausschlag angesehen habe – nicht toll, aber auch nicht völlig außer Kontrolle –, ziehe ich die Kleider an, die ich gestern Nacht in meine Tasche gestopft habe, und laufe den kurzen Flur zum Wohnbereich der Mackenzies hinunter. Sunny und Mac sitzen schon angezogen am Esstisch und scrollen sich auf einem Tablet durch die neuesten Schlagzeilen.

»Guten Morgen«, begrüßt mich Sunny gut gelaunt. »Wie hast du geschlafen?«

»Wie eine Tote.«

»Hervorragend.« Sie steht auf und geht um den Küchentresen. »Wie wäre es mit etwas zu essen?«

»Ja, bitte. Ich sterbe vor Hunger.«

Mac mustert mich. »Du hast nicht zufällig irgendwelche neuen Allergien gegen Eier oder Schweinefleisch entwickelt, oder?«

»Solange keiner Shrimps macht, ist alles gut.«

»Ahh«, sagt Mac pseudo-genervt. »Wie lange bekomme ich das noch unter die Nase gerieben?«

»Fiese Shrimps«, ruft Sunny fröhlich hinter dem Herd.

Ich atme tief aus und setze mich neben Mac. »Ihr zwei habt mir gefehlt.«

»Wir haben dich auch vermisst«, versichert sie mir und rempelt mich mit der Schulter an.

Sunny bringt mir einen Teller mit Eiern, Speck und Toast und ich schenke mir aus der Kaffeekanne ein, die auf dem Tisch steht. »Schon was von Lennon gehört heute Morgen?«, frage ich hoffnungsvoll. Ich habe mein Handy über Nacht aufgeladen, aber keine Nachrichten von ihm.

Mac hebt ihre Kaffeetasse. »Avani meinte, sie würde schreiben, wenn sie heute aufbrechen. Ich habe sie gebeten, ihm Bescheid zu sagen, dass du bei uns bist.«

Ich bin froh, aber ich fühle mich auch ausgeschlossen und

ohne Draht zu ihm. Es ist seltsam, sich am anderen Ende eines Kein-Empfang-Problems zu befinden. Es war cooler, als ich diejenige war, die keinen Empfang hatte.

Ich weiß nicht, was es mit der Zivilisation auf sich hat, aber seit ich hier bin, habe ich wieder diesen ständigen Drang zu kommunizieren. Wenn ich ihn schon nicht vor mir haben kann, soll er wenigstens nur eine Nachricht entfernt sein.

Ich widerstehe dem Bedürfnis, ein zweites, drittes und viertes Mal auf meinem Handy nachzusehen, und beantworte stattdessen Sunnys und Macs Fragen zu unserem Trip. Sie sind neugierig, wollen Einzelheiten wissen, und ich erzähle ihnen eine Menge ... aber nicht alles. Mein Gefühl sagt mir, dass sie ganz genau wissen, was Lennon und ich im Wald getrieben haben. Ihr Dauerlächeln macht mich verlegen, ich konzentriere mich deshalb eher auf die Situationen, bei denen es um Leben und Tod ging, nicht auf die Sexlax-Momente. Während ich ihnen von dem Gewitter erzähle, klingelt es an der Tür, und als Sunny öffnet, spricht sie kurz mit jemandem und ruft mich dann leise in den Flur.

»Für dich«, flüstert sie.

Ich spähe zur Wohnungstür. »Ist es meine Mutter?«

Sie schüttelt den Kopf. »Geh. Das wird schon. Und wenn du uns brauchst, wir sind nur ein paar Schritte entfernt.«

Beklommen schlurfe ich zur Tür und öffne sie. Das Gesicht, das mich anstarrt, ist vertraut, aber unerwartet: ein gut aussehender koreanischer Mann Mitte fünfzig, die kurzen Haare sind an den Schläfen ergraut, am Hinterkopf schwarz.

»Grandpa Sam?«, frage ich total verwirrt.

»Zorie«, er betont sorgfältig jede Silbe. Darauf folgt eine Reihe unverständlicher Sätze, die drängend und entschieden klingen.

»Du weißt, dass ich kein Koreanisch spreche«, erkläre ich ihm. Ich kann »Hallo« sagen (*Annyeong haseyo*) und »bitte« (*juseyo*) und gewisse Wörter, die meine Mutter benutzt, wenn uns der Besitzer von Pizza Delight für Extra-Toppings zu viel Geld abknöpfen will.

Wenn wir uns mehrere Folgen der koreanischen Lieblingsserien meiner Mutter hintereinander anschauen, kann ich manchmal verstehen, was die Schauspieler sagen, das war es dann aber auch schon.

Grandpa Sam hingegen versteht fast alles auf Englisch. Er spricht es bloß nicht so gut. Er sagt »Okay« und »Ja« und »Nein«, doch alles darüber hinaus ist ihm ziemlich egal. Am liebsten kommuniziert er über Emojis mit mir.

Jetzt hebt er den Kopf und nuschelt irgendetwas gen Himmel. Nach einem tiefen Seufzer bedeutet er mir mitzukommen. »Okay?«, fragt er.

»Ja, warte kurz.« Ich renne ins Haus zurück und hole meine Sachen, und als Mac sich erkundigt, was los sei, sage ich es ihr. »Ich habe absolut keine Ahnung.«

Sie beteuern mir, dass alles gut wird, und ich gehe zu Grandpa Sam, der vor der Tür auf mich wartet. Er legt mir sanft die Hand auf den Rücken und führt mich über die Wendeschleife. Er redet noch immer auf Koreanisch auf mich ein, aber nun klingt er nicht mehr ganz so aufgeregt. Er will mir irgendetwas versichern, doch als ich meine Mutter auf der Rückbank seines auf Hochglanz polierten Audis entdecke, überkommt mich ein schreckliches Gefühl.

»Was geht hier vor sich?«, frage ich. Meine Mutter schaut in die andere Richtung. Weicht sie mir aus? Was ist mit ihrem Versprechen von letzter Nacht? Sie hat gesagt, sie würde nicht gehen.

Grandpa Sam deutet auf unsere Haustür und befiehlt mir etwas auf Koreanisch, anschließend fragt er: »Okay?«

»Nein, ich will nicht hierbleiben«, erkläre ich ihm verzweifelt. »Nehmt mich mit.«

»Ja.« Er klingt verärgert.

»Was meinst du mit ›Ja‹? Ja, ich kann mitkommen? Ja, *was*?«

Bevor er wieder zu einer seiner aufgebrachten Tiraden ansetzen kann, öffnet sich unsere Haustür und es folgt ein Schwall von

Flüchen, die ich sehr gut verstehe. Sie kommen aus dem Mund meiner winzigen koreanischen Großmutter, was sie noch viel schlimmer klingen lässt – größtenteils handelt es sich um kreative Kombinationen mit Tieren.

Esther Moon flucht nie. Sie schreit auch nie. Wir bewegen uns hier auf unbekanntem Terrain. Sie hält Andromeda an der Leine und wechselt nahtlos von Wutanfall zu gemurmelter Babysprache, um meinen Hund die Treppe hinunterzulocken. Ich weiß nicht, wem die Stufen größere Schwierigkeiten bereiten, dem alten Husky oder der Frau in Stilettos und dem eng anliegenden Designerrock.

Als mein Großvater ihr etwas zuruft, hebt sie den Kopf. »Zorie! Gott sei Dank. Pack eine Tasche und verabschiede dich von deinem schmeißfliegenumsurrten Hundehaufen von einem Vater.«

Wie ich sagte, anders als Grandpa Sam spricht sie ausgezeichnet Englisch.

»Grandma Esther«, sage ich. »Was ist hier los?«

»Joy und du, ihr werdet ein paar Tage bei uns wohnen«, erklärt sie fröhlich und krault Andromeda, die ihren Rock abzulecken versucht, den Kopf. Grandma Esther ist die koreanische Hundeflüsterin. Sie hat zwei französische Bulldoggen und einen Boston Terrier, die ihr wie ein Fanclub durchs ganze Haus hinterherlaufen. »Du wirst so viel Spaß mit meinen Mädels haben, weißt du das, Süße?«, flötet sie Andromeda zu.

Mein Hirn versucht, das alles zu begreifen. »Wir fahren nach Oakland?«

»Nein, zu unserem Ferienhaus auf Bali«, antwortet sie sarkastisch. »Natürlich nach Oakland. Alles in Ordnung mit dir?« Sie löst sich von dem Hund, nimmt mich fest in die Arme und streicht mir zart über die Locken.

»Ich weiß nicht«, sage ich wahrheitsgemäß.

»Wird schon. Ich koche dir Hühnersuppe mit Reis.«

Ich muss zugeben, das ist eine starke Motivation. Grandma

Esther kann fantastisch kochen. Was sie übrigens ebenfalls auf hohen Absätzen tut.

Grandpa Sam bittet mich um ... irgendwas. Ich verstehe kein Wort. Er redet zu schnell.

Ich schaue von einem zum anderen. »Was?«

Grandma Esther streckt meinem Großvater die Zunge heraus. »Kümmere dich nicht um ihn. Er drängelt, weil er das Footballspiel sehen will. Lass dir Zeit. Wir warten im Auto.« Sie schnalzt mit der Zunge, damit ihr Andromeda zum Wagen folgt, dann fügt sie über die Schulter zuckersüß hinzu: »Falls dich dein Jauchegrubevater zum Bleiben überreden will, richte ihm aus, dass er gern das Sorgerecht einklagen kann.«

Oh Gott.

Grandpa Sam kichert vor sich hin, klopft mir auf den Rücken und läuft ihr zum Auto hinterher. Ich bleibe allein zurück und wünsche mir, es wäre nicht so. Ich habe das Gefühl, ein Gespensterhaus voller Dämonen zu betreten, die sich jeden Moment auf mich stürzen werden.

Ich wappne mich und gehe ins Wohnzimmer, wo rotäugig und übernächtigt mein Vater steht. Er sieht aus, als hätte er gerade eine Todesnachricht erhalten. Geschockt. Leer. Unfähig, irgendetwas zu begreifen.

Der selbstbewusste, charmante Diamond Dan hat sich in Luft aufgelöst.

»Hey«, sage ich vorsichtig.

»Oh«, sagt er und setzt sich aufs Sofa. »Zorie.«

»Was passiert hier?«

Er reibt sich den Kopf. »Das ist eine ausgezeichnete Frage. Weiß ich auch nicht so genau. Was hat Esther dir erzählt?«

»Dass ich ein paar Tage bei ihnen wohnen werde.«

»Das ist alles?«

»Das ist alles.«

Er nickt, während er, die Hände auf den Knien, seine Gedanken ordnet. Schließlich lächelt er mich verhalten an. »Also, deine Mutter und ich werden uns möglicherweise trennen. Es ist noch nicht entschieden. Ich werde keine Einzelheiten erzählen, aber die willst du sowieso nicht wissen. Nun ja, ein paar Dinge hast du gestern Abend ja schon gehört, es kommt also vermutlich nicht überraschend für dich –«

»Dad, die ganzen letzten zwei Wochen waren eine Überraschung nach der anderen.«

»Aha. Nun denn.«

Das ist alles? Mehr sagt er nicht dazu? Wie wäre es mit *Hey, ich habe rumgevögelt und diese Familie ist nur Schwindel. Uups!* Echt jetzt, gib mir *irgendwas.*

Das Schweigen steht zwischen uns.

»Warum?«, frage ich schließlich.

Er schüttelt langsam den Kopf. »Das würdest du nicht verstehen.«

»Ich verstehe mehr, als du annimmst.«

Als er wegschaut, fällt mir Moms Erklärung ein – dass mein Vater auch nach all den Jahren noch Schwierigkeiten hat, über den Tod meiner Mutter hinwegzukommen. Letzte Nacht klang das nach einer praktischen Ausrede, aber nun denke ich an das Fotobuch und dass die Frau meiner leiblichen Mutter sehr ähnlich sah.

»Du kannst sie nicht zurückholen«, erkläre ich ihm. »Sie ist tot, und sie war einmalig, und du kannst sie nicht zurückholen.«

»Ich weiß«, sagt er mit gebrochener Stimme.

»Statt mich auszuschließen, hättest du mit mir reden können. Ich habe nämlich auch um sie getrauert, weißt du? Sie war immerhin meine Mutter.«

»Das weiß ich.«

»Warum hast du dann nicht mit mir geredet? Nicht ein einziges Mal?«

Eine Schulter hebt sich langsam, dann sinkt sie wieder. »Es

hat mich unvorbereitet getroffen, dich allein großzuziehen. Ich kam mir vor wie ein Versager. Und dann musste ich zusehen, wie Joy in unser Leben gerauscht ist und dir alles gegeben hat, wozu ich nicht in der Lage war. Sie war ein Naturtalent. Wie konnte sie besser sein als ich, obwohl du mein eigen Fleisch und Blut bist? Ihre Eltern haben dich verwöhnt –«

»Verwöhnt?« Wohl kaum. Es ist nicht so, dass mich Grandpa Sam ständig mit Geschenken überschüttet. Er kauft mir bloß nützliche Dinge.

»Gott, selbst die Mackenzies kriegen es besser hin, dich großzuziehen, als ich«, sagt er. »Deine Mutter würde sich im Grab umdrehen.«

Ich habe meine leibliche Mutter nicht als homophob in Erinnerung, aber vielleicht habe ich das verdrängt.

»Du brauchst mich nicht«, sagt mein Vater leise und mutlos.

»Dad –«

»Es stimmt«, sagt er. »Ich weiß es. Jeder weiß es. Ohne mich bist du besser dran.«

Ich bin nicht sicher, ob diese Selbstmitleidstour echt ist oder ob er Mitleid erregen will – oder ob er mich noch weiter von sich zu stoßen versucht. Aber ich beschließe, ihm erst einmal Glauben zu schenken.

»Ich werde lange brauchen, um dir zu verzeihen, was du uns angetan hast«, sage ich. »Mom und mir. Trotzdem ... bist du immer noch mein Vater. Ich werde dich immer brauchen. Irgendwann wirst du begreifen, dass du mich auch brauchst. Wenn es so weit ist, werde ich da sein.«

Er sieht mich mit schmerzverzerrtem Gesicht an.

»Aber heute«, erkläre ich ihm und wende mich ab, »braucht mich meine Mutter dringender.«

28

Wir verbringen das Wochenende bei meinen Großeltern in Oakland. Sie bewohnen ein kleines Haus in einem Viertel der gehobenen Mittelschicht, wo jeder seinen Rasen vom Gärtner pflegen lässt. Das klingt vielleicht erst mal nett, aber es ist auch langweilig, und nach kurzer Zeit fühle ich mich wurzel- und ruhelos. Als würde mein Leben rückwärts- statt vorwärtslaufen.

Als hätten wir Krieg geführt und ihn verloren.

Dass Grandma Esther uns von morgens bis abends füttert, scheint meiner Mutter zu helfen. Sie bricht nicht komplett zusammen, wie ich befürchtet habe, aber sie weint viel, was mich wiederum zum Weinen bringt. Die Gespräche auf Koreanisch zwischen ihr und meinem Großvater geben mir das Gefühl, überflüssig zu sein.

Alles ist durcheinander. Ich habe kein Zuhause mehr. Unsere Familie ist zerbrochen. Meine Zukunft hängt in der Luft. Und Lennon fehlt mir so sehr. Obwohl er gut vom Cedar Peak zurückgekommen ist und wir uns ständig Nachrichten schreiben und – wenn ich mich abseilen kann – auch ab und zu telefonieren, ist es nicht mehr dasselbe.

Ich vermisse ihn wie nie zuvor.

Ich vermisse seine tiefe Stimme und seinen schwarzen Sinn für Humor. Ich vermisse sein Gesicht und das Gefühl von Sicherheit in seiner Nähe. Ich vermisse es, wie er mich hält, und das wohlige Kribbeln, wenn seine Finger über meinen Rücken streicheln. Ich vermisse ihn so sehr, dass ich mich körperlich krank fühle.

Ich will nicht noch mehr Essen und auch kein Nickerchen und ich will mir auch keinen Film anschauen. Ich möchte bloß nach Hause und Lennon sehen. Leider weiß ich nicht mehr, wo zu Hause ist. Ich denke daran, wie Lennon und ich uns im letzten Jahr aus dem Weg gegangen sind und was für eine Verschwendung das war. Wir wussten gar nicht, wie gut wir es hatten, so nah beieinander zu wohnen. Wir waren beide dumm. Wenn ich doch bloß das letzte Jahr ausradieren und neu beginnen könnte. Ihn davon abhalten könnte, dieses Hotelzimmer zu buchen. Und meinen Vater von seiner Fremdgeherei, die die Praxis und unsere Kreditwürdigkeit zerstört. Grandma Esther behauptet, er sei der Grund, warum meine Mutter, bevor ich zu dem Campingtrip aufgebrochen bin, Schwierigkeiten mit der Bank hatte. Er hat klammheimlich die gesamten Ersparnisse meiner Eltern und seinen Geschäftskreditrahmen für seine Affären verprasst. Reisen. Hotelzimmer. Teure Restaurants. Geschenke. Während meine Mutter versuchte, die Praxis am Laufen zu halten, hat er auf großem Fuß gelebt.

Meine Großeltern drohen, ihn wegen des Geldes, das sie ihm für Investitionen gegeben haben, vor Gericht zu bringen. Grandma Esther ist zuversichtlich, dass der Richter im Fall einer Klage meiner Mutter das alleinige Sorgerecht zusprechen wird. Das Gute ist, dass mein Vater nicht klagen wird; das Traurige ist, dass er nicht klagen wird. Ich bin unentschlossen, was meine Gefühle für ihn anbelangt, aber ich bin es leid, darüber nachzudenken. Außerdem habe ich es satt, dass mein Leben in der Schwebe hängt. Irgendetwas muss passieren.

Und am Dienstagmorgen ist es so weit.

Alles verändert sich.

Ich bin unruhig und ein wenig deprimiert und beobachte Andromeda, die sich apathisch in einem zu kleinen Hundekorb rekelt, obwohl Grandma Esthers vor Energie strotzende Hunde sie zum Spielen motivieren wollen. Als meine Mutter in der Türöffnung erscheint, denke ich zunächst, sie wolle sich meinen Ausschlag ansehen, über den sie wie eine Ärztin wacht.

Aber Mom hat kein Interesse an meinen Allergien. Auf ihrem Gesicht liegt ein merkwürdiger Ausdruck. Er ähnelt Glück, aber er ist ein bisschen wütender. Glücklich wütend.

»Pack deine Sachen«, fordert sie mich auf. »Wir fahren nach Hause.«

»Zu Dad?«

»Dein Vater ist zu einer seiner Geliebten in San Francisco gezogen. Wir beide fahren nach Hause, wechseln die Schlösser aus, und ich mache mir Gedanken, wie ich die Praxis ohne ihn am Laufen halte.«

Es klingt zu gut, um wahr zu sein. »Kannst du das?«

»Zorie, ich kann alles tun, was ich verdammt noch mal will.« Sie klingt unerwartet selbstbewusst und zuversichtlich. »Und ich will zurück in die Mission Street und die beste Akupunkteurin der East Bay sein und meine Tochter, eine zukünftige Astrophysikerin, großziehen. Und genau das werde ich verdammt noch mal tun.«

»Vielleicht solltest du dann ein bisschen selbstsicherer klingen«, brumme ich lächelnd.

Und zum ersten Mal, seit uns dieses ganze Chaos um die Ohren geflogen ist, lächelt auch sie. Nur eine Sekunde lang.

»Ich bin mir nicht sicher«, räumt sie ein. »Noch nicht. Aber ich vertraue darauf, dass ich es eines Tages sein werde. Dass *wir* es sein werden. Wir machen einen Plan und legen los. Damit fangen wir an.«

Bei ihren Worten wird mir etwas klar.

Planen kann einen nicht vor allem retten. Veränderungen sind unvermeidlich und Unsicherheit ist eine Tatsache. Wenn du ohne Plan schon gar nicht mehr leben kannst, macht das Leben keinen Spaß. Keine Kalender oder Notizbücher oder Listen dieser Welt werden einen vor dem Zusammenbruch retten. Und vielleicht, nur vielleicht, war meine Planerei weniger ein Mittel, um zurechtzukommen, als eine Ausrede, um allem aus dem Weg zu gehen, was ich nicht kontrollieren kann.

Im Umkehrschluss heißt das nicht, dass vorbereitet zu sein zwangsläufig schlecht sein muss. Zu planen kann sich als nützlich erweisen, wenn man auf der falschen Seite einer Höhle herauskommt und sich überlegen muss, wie man auf den richtigen Weg zurückfindet.

Wenn man nichts anderes tun kann, als einen Fuß vor den anderen zu setzen und vorwärtszugehen.

»Wir schaffen das«, erklärt mir meine Mutter, und ich glaube ihr.

»In Ordnung«, sage ich. »Lass uns einen Plan schmieden.«

Ich wollte bloß nach Hause, um Lennon zu sehen. Aber natürlich müssen die Mackenzies ausgerechnet jetzt ihrer stellvertretenden Managerin die Verantwortung für *Toys in the Attic* überlassen, während sie Freunde in der Stadt besuchen – irgendwelche alten Punkmusiker, die Lennons Vater kannten. Ich könnte schreien. Ich muss Lennon sehen. Es ist keine Option. Sondern ein *Bedürfnis*. Ich weiß, wir haben ein ganzes Jahr getrennt verbracht, insoweit sollten ein paar Tage eigentlich nichts ausmachen. Aber im Gegenteil. Es ist eine Qual.

Lennon überlegt kurz, ob er mit der BART über die Oakland Bay Bridge fährt, um sich mit mir zu treffen. Aber dann beschließen wir, lieber zu warten, bis er Donnerstag nach Hause kommt und wir uns zu einem richtigen Date verabreden können. Lustig, dass wir noch nie eines hatten.

Zuvor hat er noch Tickets für ein Konzert in San Francisco – irgendeine düstere Depri-Band – und ich habe unglaublich viel zu tun. Grandma Esther bleibt für ein paar Tage, um uns bei etwas zu helfen, das sie als »die Säuberung« bezeichnet. Es hat nichts mit dem gleichnamigen Horrorfilm *The Purge – Die Säuberung* zu tun, obwohl es durchaus passen würde, denn es bedeutet endlose Stunden Arbeit, in denen wir alles entsorgen, was uns darin hindert, nach vorn zu schauen.

Es ist genauso schlimm, wie es klingt. Und sosehr ich Grandma Esther liebe, allmählich treibt sie mich in den Wahnsinn. Meiner Mutter scheint es ähnlich zu gehen.

»Ich bringe sie irgendwann um«, meint sie unter vier Augen.

»Bitte nicht«, sage ich. »Ihre Leiche wäre nur noch ein Gegenstand mehr, den wir auf die Veranda schleppen müssten. Sie sieht leicht aus, aber das tat die Kiste mit Schuhen, die ich gerade runtergebracht habe, auch.«

»Stimmt. Kluger Einwand. Wir warten, bis sie draußen ist. Du stellst ihr ein Bein und ich schubse sie vor ein vorbeifahrendes Auto.«

»Wer wird dann für uns kochen?«

»Verdammt, Zorie. Ich versuche gerade einen Mord zu planen!«

»Ich bezweifle, dass du sie umbringen kannst. Sie hat zu viel Energie. Es ist abartig.«

»Stell dir vor, wie es war, mit ihr aufzuwachsen«, sagt sie. »Es grenzt an ein Wunder, dass ich nicht im Gefängnis gelandet bin.«

Als wir endlich mit der Säuberung fertig sind, können wir ziemlich sicher sein, dass uns Melita Hills einen Sperrmüllwagen zusätzlich in Rechnung stellen wird, denn auf dem Bürgersteig türmen sich die schwarzen Plastiksäcke – dabei haben wir schon etliche Sachen an den örtlichen Wohltätigkeitsverband gegeben. Mir war nie bewusst, dass wir im wahrsten Sinne des Wortes so viel Ballast mit uns herumschleppen. Ich nehme sogar die alten Leuchtsterne von meiner Zimmerdecke ab, und meine Mutter hilft mir, mein Zimmer in einer neuen Farbe zu streichen, einem sonnigen Gelb, das gut zu meinen Fotografien vom Nachthimmel passt.

Meine ganzen selbst gebastelten Wandplaner? Habe ich in den Müll geworfen. Noch bin ich nicht bereit, komplett auf meine Planungsunterlagen zu verzichten. Doch statt manisch für das ganze Jahr jede Kleinigkeit meines Tagesablaufs in unterschiedlichen Kalendern aufzulisten, klebe ich ein Raster aus Sternchen-Washi-Tape auf eine Pinnwand und markiere nur wichtige Feiertage und astronomische Ereignisse mit lustigen ausgeschnittenen Bildern.

Kleine Schritte.

Mittwoch kommen Avani und ihre Mutter vorbei. Sie bringen Hummus, selbst gemachtes Bananenbrot und eine Platte mit Sandwiches mit. Es fühlt sich wie bei einer Beerdigung an, und als ich das erwähne, witzelt meine Mutter, dass sie sich öfters scheiden lassen sollte.

Zu ihrer Verteidigung muss gesagt werden, dass es *echt* gutes Bananenbrot ist.

Während sich unsere Mütter unterhalten, erzählt mir Avani haarklein, was nach unserer Abfahrt auf dem Condor Peak passiert ist – und alles, was die zwei Tage vor unserer Ankunft passiert ist. Ich scheine gleichzeitig alles und kaum etwas verpasst zu haben. Erst als sie mir einige Fotos von dem Meteorstrom zeigt, werde ich ein bisschen eifersüchtig. Doch es wird andere Meteorströme geben, andere Sternenpartys. Mir wird zum ersten Mal richtig bewusst, dass sich niemand Sorgen um uns gemacht hätte, wenn Lennon und ich keine zweite Nacht in dem Mammutbaumwald verbracht hätten. Vielleicht hätten wir dann nicht die Kette von Ereignissen ausgelöst, die uns an diesen Punkt gebracht haben.

Entscheidend ist, ich bereue nichts.

Nachdem sie uns zum Einzug gigantische Vorräte an Toilettenpapier und Waschmittel als »Glücksbringer« geschenkt hat –

eine koreanische Tradition, wie sie behauptet –, verlässt uns Grandma Esther. Nach all dem selbst gekochten Essen bin ich traurig, dass sie geht, andererseits aber auch froh, denn die Mordfantasien nahmen allmählich überhand. Und ich muss über wichtigere Dinge nachdenken, als nette alte Damen abzumurksen.

Über Lennon zum Beispiel.

Ich warte so sehnsüchtig auf seine Rückkehr nach Melita Hills, dass ich wieder beginne mir Sorgen zu machen. Es ist eine Woche her, seit wir uns das letzte Mal gesehen haben – die längste, schrägste Woche meines Lebens –, und so vieles hat sich verändert. Was, wenn sich auch unsere Gefühle füreinander geändert haben? Was, wenn die Woche, die wir fernab von allem verbracht haben, die Ausnahme war? Stimmt, wir haben uns in der Wildnis wieder angenähert, aber was, wenn es uns in der realen Welt nicht gelingt? Ich habe Angst, dass die zerbrechliche Balance zwischen Freundschaft und Mehr-als-Freundschaft dem Gewicht des Alltags nicht standhält.

Meine Eltern waren verheiratet und haben es trotzdem nicht geschafft.

Warum sollte es uns beiden besser ergehen?

Je länger ich von ihm getrennt bin, umso mehr beschäftigt mich ein bestimmter Gedanke: Was, wenn uns einfach die Natur verführt hat? Der Zauber der funkelnden Sterne. Der Duft der Mammutbäume. Die majestätischen Berge.

Was, wenn ihr Einfluss Lennon zu jenem ersten Kuss am Ende der Granittreppe veranlasst hat? Hätte er den ersten Schritt auch hier zu Hause gemacht, ohne das verlockende Rauschen der Wasserfälle im Hintergrund?

Wäre ich so empfänglich dafür gewesen?

Wirkt Natur wie ein paar Bier?

Unter dem Sternenhimmel auf einer Decke herumzuknutschen ist eindeutig romantischer, als sich unter Andromedas Blick auf einer Parkbank zu befummeln.

Die Sache ist die: Letztes Jahr hatten wir die Chance, diese Beziehung zum Funktionieren zu bringen, aber keiner von uns wollte sich wirklich anstrengen. Ich habe mir von meinem Vater einreden lassen, mich von Lennon fernzuhalten. Statt mich im Schmerz zu suhlen, hätte ich den Arsch hochkriegen und Lennon zwingen können, mir zu erzählen, was an Homecoming Sache war. Und Lennon hätte mir erzählen können, was passiert war. Er hat den Mut aufgebracht, seinen beiden Müttern zu beichten, dass er Macs Kreditkarte gestohlen hatte, also hätte er auch den Mut haben können, mir gegenüberzutreten.

Aber den hatte er nicht.

Und ich auch nicht.

Und selbst nach der Zeit im Wald hat keiner von uns einen Plan, was wir nach unserer Rückkehr in die Zivilisation tun wollen. Es gab keine Versprechen. Keine Abmachungen. Es wurde nicht im Dunkeln *Ich liebe dich* geflüstert. Sind seine Gefühle für mich hier zu Hause noch dieselben?

Können wir es als reale Menschen in der realen Welt schaffen? Oder ist bloß Freunde zu sein die bessere Option?

In der Wildnis, wo alles schön und das Zelt voller Kondome nur ein paar Schritte entfernt ist, kann man sich leicht einreden, man sei verliebt. Hatten wir einfach einen einwöchigen One-Night-Stand?

Woher soll ich wissen, ob das, was wir geteilt haben, flüchtig oder real ist?

Dass ich bis auf ein paar kurze Nachrichten, um unser Date nach seiner Rückkehr zu planen, die letzten Tage kaum von ihm gehört habe, macht die Sache auch nicht gerade besser. Ich versuche, mich nicht von der Ungewissheit überwältigen zu lassen. Wenn mir manchmal Gedanken durch den Kopf gehen, er könnte ein hipperes Mädchen als mich in der Stadt getroffen und beschlossen haben, dass ich den Ärger nicht wert bin, versuche ich sie mit aller Kraft zu ignorieren. Ich weiß, dass es bloß mein

Gedankenkarussell ist, das sich unruhig und abgelenkt in einem fort dreht. Als Lennon mir schreibt, wir könnten uns doch erst nach dem Abendessen treffen, kommen allerdings die Erinnerungen an die Homecoming-Party letztes Jahr wieder hoch.

Was, wenn er mich wieder im Regen stehen lässt?

Ich weiß, es ist nicht rational, und meine Mutter rät mir, lieber locker zu bleiben, ehe ich wieder von Kopf bis Fuß mit dicken Quaddeln bedeckt bin. Aber ich stehe ausgehfertig in meinem schmeichelhaftesten rot-schwarz karierten Kleid hier, und die Sonne geht unter, und Lennon ist immer noch nicht da.

Es ist acht.

Halb neun.

Viertel vor neun.

Die Klingel schrillt.

Auf dem Weg zur Tür stürze ich fast. Und als ich sie öffne, steht er vor mir. Schwarze Haare. Schwarze Jeans. Jungenhaftes Grinsen.

Lennon.

Meine Gefühle spielen verrückt, und ich bin so glücklich, ihn zu sehen, dass mir die Stimme versagt. Wir stehen beide unbeholfen da, einer von uns muss jetzt was sagen – irgendwas!

»Du kommst spät«, bringe ich schließlich heraus.

Er sieht unsicher aus. »Ich musste mich noch um ein paar Sachen kümmern. Gott, siehst du schön aus.«

In meiner Brust explodiert ein Feuerwerk. Wenn er mich nicht sofort berührt, falle ich garantiert in Ohnmacht.

Genau in dem Moment, als ich es kaum noch aushalte, legen sich seine Arme um mich und meine Arme um ihn, und er ist warm und muskulös, und er riecht gut, wie frisch gewaschene Kleider, die in der Sonne trocknen. Erleichterung überkommt mich. Dankbarkeit. Freude.

Jetzt weiß ich, dass es nicht nur an den funkelnden Sternen lag. Ich will nicht *Nur Freunde* sein. Aber was ist mit ihm?

»Hi«, murmelt er in meine Haare.

»Du hast mir gefehlt«, sage ich und umarme ihn noch fester, bis ich sein Herz in der Brust pochen höre.

Ich möchte ihm sagen, *Du hast mir so sehr gefehlt, dass ich das Gefühl hatte zu sterben.*

Ich will, dass er es mir sagt.

Aber wir schweigen beide, und ich spüre seine Arme steif werden. Er löst sich von mir und blickt über meine Schulter. Meine Mutter steht mit verschränkten Armen hinter uns.

»Hi, Lennon«, sagt sie. »Schön, dich zu sehen.«

»Ganz meinerseits.«

Sie reicht ihm eine Tüte mit irgendwas. »Bitte sehr.«

»Danke«, sagt er lächelnd.

Ich blicke von einem zum anderen. »Was geht hier vor sich? Ist das eine Art Drogenring?«

Lennon wackelt mit den Augenbrauen. »Wirst du noch sehen.«

Meine Mutter und Lennon stecken unter einer Decke? Das ist ja interessant.

Er sieht sie schüchtern an. »Ist es …? Ich meine, ist es okay, wenn wir gehen?«

»Alles gut. Mir geht es gut.« Sie hebt die Hand und scheucht uns hinaus. »Zieht ihr zwei mal los. Ich freue mich, ehrlich gesagt, auf ein bisschen Ruhe. Kommt einfach zu einer halbwegs vernünftigen Zeit heim.«

»Das werden wir«, versichert er ihr und schwenkt dankend die Tüte, die sie ihm gegeben hat.

Als wir die Treppe hinunterlaufen, ruft sie uns hinterher: »Und, Lennon? Pass auf sie auf!«

»Keine Sorge«, ruft er zurück. »Das mache ich immer.«

Er führt mich zu seinem Wagen, in dem ich seit letztem Sommer nicht mehr gesessen habe. Die schwere Autotür öffnet sich mit lautem Knarren, innen riecht es nach altem Leder und Maschinenöl. Irgendwie ganz angenehm.

»Keine Leichen im Kofferraum, oder?«, frage ich, als er neben mir auf den Fahrersitz rutscht.

»Diese Woche nicht.« Als er mich anlächelt, könnte ich dahinschmelzen.

Meine Güte, Everhart, krieg dich ein.

»Und jetzt anschnallen«, weist er mich an, »damit ich meiner Verantwortung für deine Sicherheit nachkomme.«

»Wo fahren wir hin?«

»Das ist ein Geheimnis, Medusa.«

Dass er meinen Kosenamen benutzt, jagt einen kleinen Schauer durch mich. »Ich mag keine Geheimnisse«, erinnere ich ihn.

»Dieses wirst du mögen. Denke ich jedenfalls. Hoffe ich. Lass es uns rausfinden.«

Er fährt die Mission Street hinunter und zügig durch die Stadt, weigert sich aber, mir irgendeinen Wink zu geben. Ich versuche es zu erraten – ein Film? Ein Restaurant? Kaffee im *Jitterbug*? –, aber er antwortet jedes Mal bloß »Nee«. Ehrlich gesagt bin ich so selig, dass ich bloß die Hand auszustrecken brauche, um ihn zu berühren, dass es mir total egal ist, wohin wir fahren. Doch als wir an vertrauten Orientierungspunkten vorbeikommen und der Motor sich einen Hügel am Stadtrand hinaufquält, ist mir unser Ziel ziemlich klar.

Die Sternwarte.

Auf dem Parkplatz ist unser Wagen der einzige. Nicht weiter überraschend, denn sie hat vor einer halben Stunde geschlossen. Lennon stellt das Auto ab und zieht mich zu einem gewundenen Weg, der an der linken Seite des Gebäudes zu einer öffentlichen Aussichtplattform auf dem Dach führt. Wir laufen Rampen mit bemalten Metallgeländern hoch, bis wir schließlich vor einem verschlossenen Tor stehen. Lennon tippt den Code ein.

»Woher kennst du den?«, frage ich.

»Zufallstreffer.«

»*Lennon*«, sage ich ernst.

»*Zorie*«, sagt er, nicht ernst. »Ich habe den Code nicht illegal herausgefunden, und ich habe auch nichts Illegales im Austausch dafür angeboten. Miss Everhart, wenn Sie nun bitte ...« Er hält mir das Tor auf und lässt mir den Vortritt.

Ich sehe ihn fragend an und gehe hindurch.

Die dunkle Aussichtsplattform ist von einer niedrigen Mauer mit roten Lichtern umgeben. Unter uns erstreckt sich am Fuße des Berges die Stadt bis zur Bay, ein Gitter aus weißen und gelben Lichtern, die wie heruntergefallene Sterne auf dem schwarzen Grund glitzern. In der Ferne schimmert die Skyline von San Francisco, wir sehen die Golden Gate Bridge und die Bay-Brücken, die sich über das dunkle Wasser spannen. Der Wind bläst, ich rieche die Eukalyptusbäume.

Die Aussicht ist wunderschön. Atemberaubend.

Und es ist unsere Aussicht: Wir sind allein.

Während der Öffnungszeiten des Observatoriums ist die oxidierte grüne Kuppel geöffnet, damit ein großes, leistungsstarkes Forschungsteleskop den Himmel absuchen kann. Nun ist sie geschlossen, doch die beiden kleineren öffentlichen Teleskope, die normalerweise jede Nacht in einen kleinen Metallverschlag geschoben werden, stehen noch draußen.

»Was ist das hier?«, frage ich.

»Weiß nicht genau«, sagt er und kratzt sich am Kinn, »aber ich würde es für eine Sternwarte halten.«

Ich mustere ihn scharf.

Er lächelt. »Avani hat mir geholfen, das mit Dr. Viramontes zu arrangieren. Nachdem du die Sternenparty verlassen hast, haben wir lange geredet. Ich bin eigentlich davon ausgegangen, dass er mich nach dieser Megaszene mit deinem Vater hassen würde –«

Ich stöhne. Es ist immer noch so demütigend.

»Aber Dr. Viramontes hat es erstaunlich cool genommen.«

»Er ist ein cooler Typ«, sage ich.

»Und er mag dich sehr«, sagt Lennon. »Womit wir schon zwei sind. Hier, bitte. Das wirst du brauchen.«

Ich nehme die Tüte, die ihm meine Mutter gegeben hat, und spähe hinein. Darin liegt meine gute Kamera. »Meine Mutter weiß Bescheid?«

»Ich wollte sichergehen, dass sie mit unserem Ziel einverstanden ist. In der Vergangenheit war es komisch zwischen uns, und ich will nicht, dass sie mich hasst, wie dein Vater es tut.«

Ich schüttle den Kopf. »Sie hat dich immer in Schutz genommen.«

»Alles gut mit dir? Also, nach dem Auszug von deinem Vater? Ich weiß, es ist nicht einfach – für deine Mutter und dich.«

»Es ist merkwürdig«, gebe ich zu. »Ich glaube, es ist noch nicht ganz zu mir durchgedrungen.«

»Wäre es doch bloß anders gelaufen. Ich habe ihm in meinen Fantasien zwar die Pest an den Hals gewünscht, aber ich wollte nie, dass Joy oder du darunter leiden müsst.«

»Ich weiß«, sage ich und zerknautsche die Papiertüte mit meiner Kamera. »Aber ein Gutes hatte es wenigstens.«

»Und das wäre?«

»Niemand verbietet mir mehr, mich mit dir zu treffen.« Mit einem Mal bin ich unerklärlich schüchtern.

»Noch nicht«, sagt Lennon und seine Augen strahlen. »Die Nacht ist noch jung.«

Ich hänge die Tüte mit meiner Kamera an das Stativ neben einem der Teleskope. »Echt cool, dass du das alles organisiert hast.«

»Pfft. Ich habe mir bloß den Code geben lassen«, winkt Lennon ab. »Dr. Viramontes meinte, du wüsstest Bescheid wegen Kamerahalterung oder Vorrichtung oder Stativ – oder wie auch immer das Ding heißt. Und wenn wir irgendwas kaputt machen, kriegen wir richtig fett Ärger. Will sagen Enthauptung. Oder Gerichtsverfahren. Keine Ahnung, was schlimmer ist.«

»Vermutlich ein Gerichtsverfahren«, sage ich und schaue mich um. »Ich war noch nie allein hier oben.«

»Heute Nacht ist eine Mondfinsternis«, sagt er. Oh, da hat recht. Tatsache. Jetzt fällt es mir wieder ein.

Er lächelt mich sanft an. »Ich weiß, das ist nicht so toll wie ein Meteorstrom und die Sicht ist auch nicht so gut wie auf dem Condor Peak, aber ich habe dir versprochen, dass wir Sterne gucken würden. Ich habe mein Wort gehalten.«

Mir bleibt die Luft weg. Ich suche nach Worten, und nachdem ich mich stumm auf dem Dach umgeblickt habe, blinzle ich Lennon an. »Ich weiß nicht, was ich sagen soll. So viel Mühe hat sich noch nie jemand für mich gegeben.«

»Das weiß ich nicht ... Aber ich finde, dass ich auch ein paar Punkte dafür bekommen sollte, dass ich dich vor einem wütenden Bären gerettet habe.«

Ich kichere. »Stimmt. Aber ich habe dich beim Poker gewinnen lassen und dir den Großteil meines M&M-Vorrats überlassen. Wenn das keine Liebe ist, dann weiß ich auch nicht.«

Plötzlich wird mir bewusst, was ich da gerade gesagt habe.

Ihm auch.

Ohne meine Hand loszulassen, legt er den anderen Arm um meine Taille und zieht mich an sich. »Ich bin so froh, dass du das sagst.«

»Wirklich?«, flüstere ich.

»Oh ja. Ich liebe dich nämlich auch.«

Auf meinen Armen bildet sich Gänsehaut. »Tust du?«

»Ich habe dich schon immer geliebt«, murmelt er. »Und das werde ich vermutlich auch immer. Du bist meine beste Freundin, und du bist meine Familie. Das Jahr, in dem ich auf dich gewartet habe, war zwar das schlimmste meines Lebens, aber es war jede Sekunde wert. Wenn ich es noch einmal durchstehen müsste, um dich dann irgendwann in den Armen zu halten, würde ich es wieder tun.«

»Ich nicht«, sage ich mit Tränen in den Augen. »Weil ich dich auch liebe und es nicht ertragen kann, nur noch eine Sekunde von dir getrennt zu sein. Hör auf, das Unglück heraufzubeschwören.«

»Du liebst mich«, sagt er und grinst dümmlich vor sich hin. Dann senkt er den Kopf, bis seine Nase meine berührt.

»Natürlich liebe ich dich. Du gehörst zu mir, und ich kann nicht einfach wieder nur mit dir befreundet sein. Und wenn wir im Wald schlafen oder uns mit unseren Familien streiten müssen, dann ist das eben so. Ich will kein Leben, in dem du nicht vorkommst.«

»Sag es noch einmal«, flüstert er und küsst mich genau unter dem Ohr auf den Hals.

Wärme überflutet meine Haut. »Ich kann nicht klar denken, wenn du das tust.«

»Dann werde ich aufhören.«

»Wehe dir.«

»Sag es noch einmal«, wiederholt er und küsst meinen Kiefer.

»Du gehörst zu mir.«

»Das andere.«

»Ich liebe dich.«

Er löst sich und sieht mich mit einem Lächeln an, das von einem Ohr zum anderen reicht. »Das ist das Tollste, was ich je gehört habe. Das werde ich oft hören müssen. Mein Ego ist zerbrechlich.«

Ich lache und reibe eine Träne weg. »Dein Ego war nie zerbrechlich.«

»Doch, wenn es um dich geht, schon.«

Ich küsse ihn unters Kinn, und ein Schauer durchfährt ihn. »Ich kann auch nicht klar denken, wenn du das tust.«

»Gut. Lass uns nicht denken. Es wird sowieso überbewertet.«

»Ich weiß, dass wir deiner Mutter versprochen haben, zu

einer annehmbaren Zeit zu Hause zu sein, aber diese Finsternis wird nicht vor Mitternacht eintreten –«

»Du hast erwähnt, dass heute keine Leichen in deinem Leichenwagen liegen.«

»Er ist so was von leichenfrei«, versichert er mir. »Es ist zwar kein Zelt mitten im Wald, aber er bietet einigermaßen Privatsphäre. Vielleicht finden sich sogar eine Decke und ein Kopfkissen. Du weißt ja, ich halte mich an die Pfadfinderregel. Allzeit bereit.«

»Das mag ich am liebsten an dir.«

»Damals im Zelt hast du was anderes gesagt«, murmelt er grinsend und zieht mich näher.

»Ich war kurz vorm Verhungern und verängstigt und stand völlig neben mir. Ich habe vermutlich alles Mögliche gesagt. Vielleicht musst du mir auf die Sprünge helfen.«

»Echt? Tja, ich bin in der Stimmung, ein Rätsel zu lösen. Was meinst du? Hast du Lust auf ein bisschen Detektivarbeit mit dem Jungen, den du liebst?«

Ja. Und wie.

29

»Ich sag's dir, die Mitglieder von KISS haben ihr eigenes Blut in die rote Druckfarbe gemischt und damit den ersten KISS-Comic gedruckt«, sagt Sunny. »Darauf wette ich einen Cupcake.«

Es ist fast dunkel draußen, und ich stehe im *Toys in the Attic* neben Sunny, die Kommandos gibt, wie der Kistenstapel neben der Schaufensterauslage verteilt werden soll. Ihre Miene ist lebhaft, während sie auf uns einredet. »Es war in den Siebzigern. Eines der großen Verlagshäuser, Marvel oder DC, hat einen KISS-Comic herausgebracht – ihr wisst schon, Gene Simmons und Paul Stanley als Superhelden oder was auch immer. Sie haben Blut von der Band in die Druckfarbe gemischt. Ich schwöre, es ist wahr.«

Mac verdreht die Augen. »Wer bringt solche blödsinnigen Gerüchte auf?«, fragt sie. »Es ist so was von nicht wahr. Und außerdem eklig.«

Meine Mutter verschränkt die Arme und nickt Mac zu. »Kannst du dir vorstellen, wie viele Geschlechtskrankheiten diese Typen hatten? Wer will schon ihr verkeimtes Blut in einem Comic haben?«

»Scheinbar viele, denn es ist eine Tatsache«, beharrt Sunny. »Frag Lennon.«

Ich ziehe an einer der hinteren Gürtelschlaufen von seiner schwarzen Jeans. Seine obere Körperhälfte steckt vornübergebeugt im hinteren Teil der Schaufensterdeko – einer Gruppe ausgehöhlter Halloween-Kürbisse und einem schwarzen Kessel, aus dem statt Hexengebräu Kondome und Flaschen mit Massage-Gel quellen. Letzte Nacht war Halloween, deshalb tauschen wir gerade die Kürbislaternen gegen ein Thanksgiving-Füllhorn aus.

»Hast du mitgehört?«, frage ich.

Lennon dreht sich um und richtet sich zu voller Größe auf. »Sunny hat recht. Eine Schwester hat ihnen Blut abgenommen, damit flogen sie nach New York und ließen sich in der Marvel-Druckerei dabei fotografieren, wie sie die Glasröhrchen mit ihrem Blut in die Druckfarbenbehälter gekippt haben. Ein Notar war Zeuge und hat es beglaubigt.«

»Igitt«, sagen wir einstimmig.

Lennon zuckt mit den Schultern. »KISS haben ständig solche albernen Schocker gebracht, damit sich ihr Merchandise verkauft. Sie hatten mehr Interesse an Kohle als an der Musik.«

»Und jetzt schuldest du mir einen Cupcake«, erklärt Sunny Mac. Ihr Gesicht verzieht sich zu einem entzückten Grinsen.

Mac hebt die Faust gegen die Decke. »Zum Teufel mit diesen Rockstar-Legenden.«

Es ist mir schleierhaft, warum sie überhaupt gegen Sunny wettet. Sie verliert immer. Doch vielleicht geht es ja genau darum. Ein Cupcake ist allerdings gerade eine extrem verlockende Vorstellung. Wäre das Schaufenster bloß voller Törtchen statt voller Kondome. In letzter Zeit habe ich unfassbar viel Junkfood gegessen, meine Mutter und ich waren einfach zu beschäftigt, um im Lebensmittelladen richtiges Essen zu kaufen. Unsere einzigen selbst gekochten Mahlzeiten sind die Abendessen sonntags bei den Mackenzies.

Seit dem Auszug meines Vaters sind ein paar Monate vergangen. Er lebt noch immer in San Francisco, wo er schon wieder voll im Diamond-Dan-Modus ist und irgendetwas Unüberlegtes tut. Er hat sich zu einem Qualifizierungskurs für – jetzt ohne

Scheiß – Pferdemassage angemeldet. Ganz richtig, er will nach Sonoma ziehen und dort Pferden den Rücken streicheln. Na ja, ist sein Leben. Ich habe ein paarmal mit ihm telefoniert, ihn aber noch nicht wiedergesehen. Was vermutlich gut so ist. Ich bin zwar nicht mehr ganz so wütend, doch ich brauche nicht noch mehr Chaos in meinem Leben.

Und Mom auch nicht. Sie ist ebenfalls superbeschäftigt. Die *Everhart Wellness-Oase* heißt jetzt *Moon Wellness-Spa*. Auf die Idee, dem Spa ihren koreanischen Mädchennamen zu geben, ist sie gekommen, und ich habe den Mond als Logo vorgeschlagen. Sunny und Mac haben eine neue Masseuse für sie gefunden – die Freundin einer Freundin, die in die East Bay gezogen ist, weil sie sich die Miete in der Stadt nicht mehr leisten konnte. San Francisco hat meinen Vater bekommen und wir dafür Anna, eine junge Latina mit violetten Haaren, die Hunde mag. Für beide Seiten ein Gewinn.

Während meine Mutter damit beschäftigt ist, ihre Praxis wieder zum Laufen zu bekommen, konzentriere ich mich auf die Schule. Zuerst habe ich mir mega den Kopf gemacht wegen der College-Bewerbungen, doch mittlerweile überlegen Lennon und ich, zwischen Highschool und College ein Jahr auszusetzen. So könnte ich an meiner Astrofotografie-Mappe arbeiten und einen Koreanisch-Kurs hier am Community College belegen, damit ich besser mit Grandpa Sam kommunizieren kann. Lennon möchte Vollzeit arbeiten und Geld ansparen, um gemeinsam mit dem Rucksack durch Europa zu reisen. Für diese Idee bin ich durchaus auch zu haben.

Und wir diskutieren ernsthaft, ob wir versuchen sollen, den Pacific Crest Trail zu wandern. Die komplette Strecke – von Mexiko bis hoch nach Kanada – ist über viertausend Kilometer lang und führt durch Kalifornien, Oregon und Washington. Für das ganze Ding braucht man ein halbes Jahr, aber ich bin noch nicht sicher, ob ich dazu schon – oder jemals – bereit bin. Wenn wir nächsten Juni starten, könnten wir den Abschnitt von der Sierra Nevada über die Kaskadenkette bis an die kanadische Grenze laufen.

Wir werden sehen. Bisher haben wir jedes zweite Wochenende gezeltet. Bloß kurze Trips mit zwei Übernachtungen, bei denen wir nicht großartig abseits der Pfade gewandert sind. Dieses Wochenende fahren wir die Küste hoch zum Redwood-Nationalpark im Humboldt County. Ganz ehrlich: Die Hälfte vom Spaß beim Camping ist, dass man dabei sexlaxen kann. Mittlerweile bin ich wirklich gern in der freien Natur und raus aus der Stadt. Lennon benutzt seine Kartenkenntnisse, um mich an nicht so weit entfernte Plätze zu bringen, wo der Nachthimmel trotzdem gut zu sehen ist. Statt es nur sinnlos durch die Gegend zu schleppen, habe ich endlich angefangen, mit meinem tragbaren Teleskop zu fotografieren.

»Ich sage es ungern, aber ihr müsstet euch selbst um eure Cupcakes kümmern«, erklärt Lennon gerade seinen Müttern. »Ich habe ein Date mit einer heißen Astrophysikerin im *Jitterbug*.«

»Damit meint er mich«, sage ich und winke. »Ich bin das heiße Date.«

»Ist es nicht schon zu spät für Koffein?«, warnt meine Mutter.

»Kann es dafür je zu spät sein?«, frage ich.

»Kräutertee, bitte«, sagt sie.

»Ich werde es in Erwägung ziehen.«

»Wir werden dort übrigens Hausaufgaben machen«, räumt Lennon ein. »Vernünftiges WLAN und Angestelltenrabatt sind eine unschlagbare Kombination.«

Vor ein paar Wochen habe ich im *Jitterbug* als Teilzeitkraft angefangen und lebe jetzt mehr oder weniger im Coffeeshop, aber das ist in Ordnung, denn (1) habe ich den Kaffee dort schon immer geliebt, und (2) werde ich jetzt dafür bezahlt, ihn zu trinken. Außerdem muss ich möglichst viel Geld verdienen, denn auch Campen kostet Geld.

»Um zehn bist du wieder hier«, sagt meine Mutter. »Morgen ist Schule.«

Lennon hebt die Hand zum Gruß und ich ziehe an Andromedas Leine. Wir wünschen allen einen schönen Abend und verlassen den Laden. Die Abendluft draußen wird allmählich kühl, aber es fühlt sich eigentlich ziemlich gut an, und es ist auch noch nicht so frisch, dass es Andromeda abschreckt. Seit wir mehrmals die Woche abends mit ihr rausgehen, ist sie wesentlich munterer, es scheint ihr neuen Auftrieb zu geben. Und vielleicht stimmt das. Mit Lennon spazieren zu gehen hat sie, glaube ich, im letzten Jahr vermisst. Meine Mutter behauptet, meine deprimierte Stimmung habe sich möglicherweise auf Andromeda übertragen. Vielleicht liegt es aber auch daran, dass wir Grandma Esthers Hunderasselbande viel öfter sehen und Andromeda lernen musste mitzuhalten.

Lennon nimmt ihre Leine und sie trottet schwanzwedelnd vor uns her und kundschaftet den Weg aus. Als wir zur Kreuzung schlendern und an der Ampel auf Grün warten, legt mir Lennon den Arm um die Schultern.

»Okay, Mylady«, sagt er. »Wir wissen beide, dass wir im Coffeeshop keine Hausaufgaben machen.«

»Ich habe meine schon in der fünften Stunde erledigt«, bestätige ich.

»Ich meine vorhin bei der Arbeit, als ich die Gecko-Käfige geputzt habe. Multitasking macht's möglich.«

»Wir sind so was von gut«, sage ich und halte die Hand für eine Ghettofaust hoch.

»Die Besten.« Er schlägt seine Knöchel gegen meine, ohne den Arm von meiner Schulter zu nehmen.

Schule und Arbeit und uns unter einen Hut zu kriegen war nicht ganz einfach. Dass wir jeden Tag zusammen im Schulhof Mittagspause machen, hilft. Wir sitzen mit Avani und ihrem Freund zusammen und manchmal leider auch mit Brett. Seitdem er Lennon um Verzeihung für seinen Anteil an dem Debakel gebeten hat, das mittlerweile als »Die Schlacht an den Mackenzie-Fällen« in die Annalen eingegangen ist, werden wir ihn nicht mehr los. Reagan hingegen ist auf eine Privatschule gewechselt. Offiziell, weil sie nicht länger auf die Olympischen Spiele abzielt und deshalb keine Unterstützung durch unseren Sportbereich mehr benötigt. Inoffiziell haben ihre Eltern sie nach dem Glamping-Vorfall zu dem Wechsel gezwungen.

Ich würde gern sagen können, dass wir uns versöhnt haben, aber das ist bislang nicht der Fall gewesen. Ich bin bereit, ihr zu verzeihen, aber sie muss auch auf mich zugehen. Die Zeiten, in denen ich vor ihr gekuscht habe, sind vorbei.

»Und? Wo wollen wir heute Abend hingehen?«, fragt Lennon. »Mission und Western Avenue, oder Mission und Euclid Street?«

Wir haben vier verschiedene Routen. Eine ist unser alter Weg aus Kinderzeiten, eine führt über den Ökomarkt, wo es nachts so menschenleer ist, dass es schon fast romantisch ist – ihr würdet staunen, was zwei verliebte, fantasiebegabte Menschen auf Heuballen alles veranstalten können. Die beiden anderen Routen führen in jeweils entgegengesetzter Richtung um die Bay herum, mein absoluter Lieblingsweg schlängelt sich jedoch durch den Park, wo wir auf einen Hügel steigen und unter einer großen alten Eiche sitzend die Stadt betrachten können. Es ist nicht dunkel genug dort, um die Sterne optimal zu sehen, aber zum Rumknutschen reicht es.

Oh, die Knutschecken, die wir entdeckt haben. Davon finden sich auf jeder Route welche.

»Für die Wege um die Bay ist es zu frisch«, sage ich. »Das wäre nichts für Andromeda.«

»Wir könnten den Wick Boulevard an dem Gelände mit den Lagerhäusern hinunterlaufen und von dort zu den Gleisen oben auf dem Hügel.«

»Das klingt verdächtig nach einer fünften Route.«

»Ja, oder?«

Zu unserem einmonatigen Jubiläum hat er mir eine illustrierte Karte gezeichnet, die sämtliche Wendepunkte unserer sich kreuzenden Leben enthält. Wo wir uns kennengelernt haben. Die Nacht, als wir mit seinem Vater Poker gespielt haben. Unser erster Streit. Unser erster Kuss. Das Debakel bei der Homecoming-Party. Die Sequoia-Kathedrale. Die Nacht, als wir auf der Sternwarte *Ich liebe dich* zueinander gesagt haben.

Eine Karte von uns.

In ihr stecken Jahre, und sie ist chaotisch und kompliziert, manches davon ist sogar tragisch. Ich würde die Route trotzdem nicht ändern, denn wir haben sie gemeinsam zurückgelegt – selbst als wir getrennt waren. Das Beste an der Karte ist, dass sie noch nicht abgeschlossen ist. Ungewissheit hat auch ihre guten Seiten. Manchmal bietet sie geradezu ungeahnte Möglichkeiten.

»Was also?«, fragt er, als die Ampel auf Grün schaltet. »Alte Route oder neue Route?«

»Überrasche mich«, sage ich.

Er lächelt mich an, und ich schiebe meine Finger zwischen seine. Wir setzen einen Fuß vor den anderen. Mit klarem Kopf, stetem Schritt. Und gehen weiter.

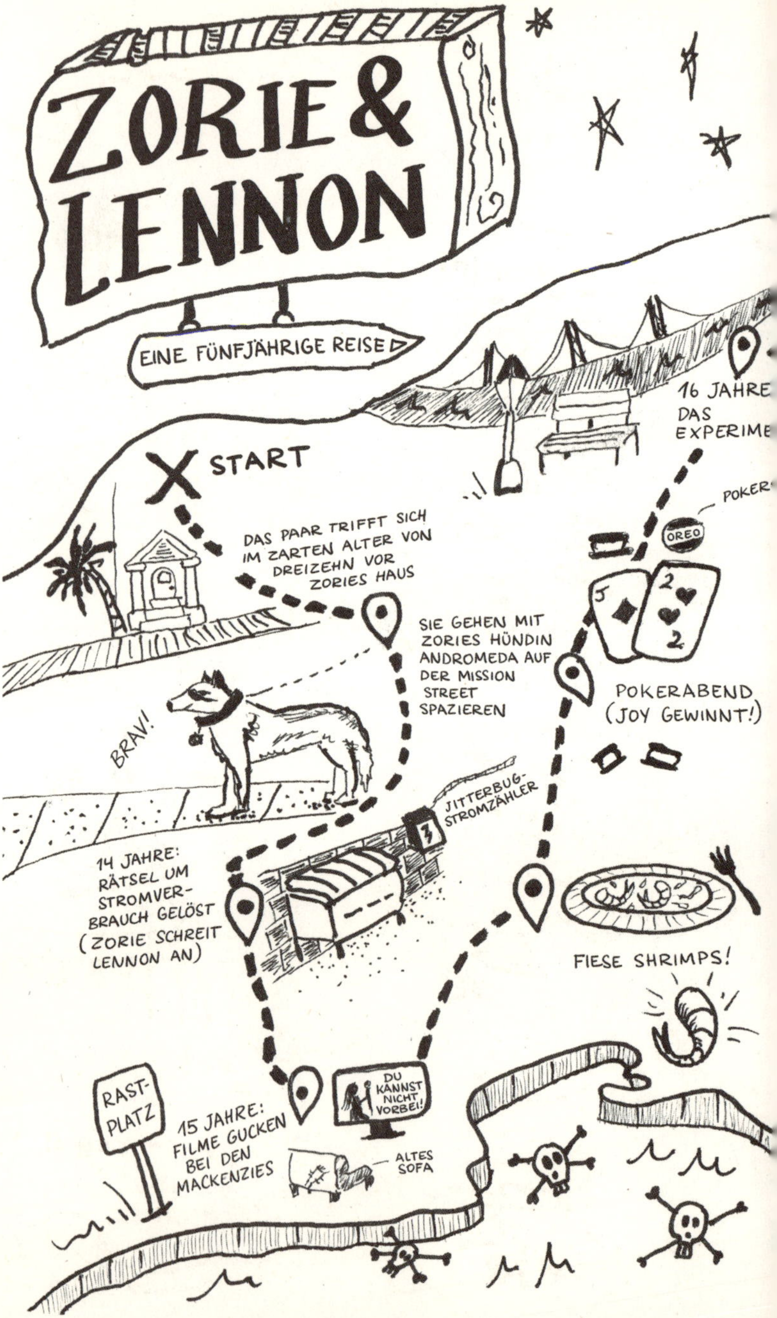
ZORIE & LENNON
EINE FÜNFJÄHRIGE REISE
START
DAS PAAR TRIFFT SICH IM ZARTEN ALTER VON DREIZEHN VOR ZORIES HAUS
SIE GEHEN MIT ZORIES HÜNDIN ANDROMEDA AUF DER MISSION STREET SPAZIEREN
BRAV!
JITTERBUG-STROMZÄHLER
14 JAHRE: RÄTSEL UM STROMVERBRAUCH GELÖST (ZORIE SCHREIT LENNON AN)
RAST-PLATZ
15 JAHRE: FILME GUCKEN BEI DEN MACKENZIES
DU KANNST NICHT VORBEI!
ALTES SOFA
FIESE SHRIMPS!
POKERABEND (JOY GEWINNT!)
OREO
16 JAHRE
DAS EXPERIME

GETRENNT: EIN JAHR IN DER WILDNIS VERIRRT
VOM WEG ABGEKOMMEN
ACHTUNG
HOMECOMING-PARTY
17 JAHRE: WIEDERVEREINT DANK FALSCH ZUGESTELLTER POST
TOYS IN THE ATTIC
IM STICH GELASSEN!
BESTER STREIT ALLER ZEITEN
DECKEL NICHT DEFEKT
BÄREN-KANISTER
CONDOR PEAK
LAWINE!
ÜBELSTER STREIT ALLER ZEITEN
ZUM GLÜCK GIBT ES GEWITTER
MELITA-HILLS-STERNWARTE
DIE REISE GEHT WEITER

Tausend Dank an:

Weil sie harte Arbeit geleistet haben:
Laura Bradford, Taryn Fagerness
Nicole Ellul, Lucy Rogers, Sarah Creech
Die Teams von Simon Pulse und Simon UK

Weil sie mich angefeuert haben:
Karen, Ron, Gregg, Heidi, Hank
Brian, Patsy, Don, Gina, Shane, Seph

Weil sie mir Feedback gegeben hat:
Aya Sharif

Weil sie mich inspiriert haben:
Yosemite, Sequoia und Kings-Canyon-Nationalpark
Die Stadt Berkeley, Kalifornien
Nancy Grace Roman, Neil DeGrasse Tyson, Carl Sagan
Tsugumi Ohba, Takeshi Obata
Kimberly Saul

Weil es euch gibt:
Jede*n einzelne*n Bibliothekar*in
Jede*n einzelne*n Buchhändler*in
Und euch

SONNE, MEER UND JEDE MENGE ROMANTIK

Jenn Bennett
WIEDERSEHEN MIT LUCKY
Softcover
384 Seiten
ISBN 978-3-551-58437-3
Auch als E-Book erhältlich

JOSIE (17) HAT EINEN PLAN, als sie mit ihrer Mutter an den Ort ihrer Kindheit zurückkehrt: Während Mom die Buchhandlung der Familie führt, wird sie ihren Abschluss machen, mit der Kamera die Stadt erkunden und am Ende des Sommers zu ihrem Vater, einem berühmten Fotografen, an die Westküste ziehen. Und dann steht plötzlich Lucky Karras vor ihr – groß, gut aussehend und verdammt wütend. Ganz anders als der Junge, der 5 Jahre zuvor ihr bester Freund war. Alle warnen Josie, doch als Lucky ihr aus einer Notlage hilft, ist es um sie geschehen. Könnte er der eine gute Grund sein, um doch zu bleiben? Witzige Dialoge, sympathische Figuren, tolles Setting und perfekt fürs Herz!

WWW.CARLSEN.DE

CARLSEN